La orquesta de mujeres de Auschwitz

ANNE SEBBA

La orquesta de mujeres de Auschwitz

La música las salvó del horror, pero no del sufrimiento

Planeta

Título original: *The Women's Orchestra of Auschwitz*

Traducción: Mera
Formación: Alejandra Romero
Ilustración de portada: © Getty Images
Fotografía de la autora: © Serena Bolton
Diseño de portada: Planeta Arte & Diseño / Estudio la fe ciega / Domingo Martínez

Bajo el sello editorial PLANETA M.R.
Avenida Presidente Masarik núm. 111,
Piso 2, Polanco V Sección, Miguel Hidalgo
C.P. 11560, Ciudad de México
www.planetadelibros.com.mx

Primera edición impresa en México: julio de 2025
ISBN: 978-607-39-2985-1

Impreso en los talleres de Corporación en Servicios
Integrales de Asesoría Profesional, S.A. de C.V.,
Calle E # 6, Parque Industrial
Puebla 2000, C.P. 72225, Puebla, Pue.
Impreso y hecho en México / *Printed in Mexico*

Un homenaje a quienes no pueden contar su historia.

ÍNDICE

INTRODUCCIÓN

La orquesta de mujeres de Auschwitz

UNA TARDE, A PRINCIPIOS DE 1944, cuatro mujeres demacradas que intentaban sobrevivir las terribles condiciones de su encierro interpretaron en secreto la sonata *Patética* de Beethoven en las frías y abarrotadas barracas que usaban como dormitorio, sala de ensayos, comedor y bodega. Aunque la pieza fue compuesta para un solo de piano, la cantante de un club nocturno que acababa de llegar la transcribió para tres violines y un chelo, aprovechando lo que había estudiado en un conservatorio antes de la guerra.

Las cuatro mujeres, tres de ellas judías, eran prisioneras en Auschwitz, el campo de concentración nazi más conocido, situado en las afueras de Oświęcim, una ciudad al sur de Polonia. Formaron parte de la única orquesta compuesta exclusivamente por mujeres que existió en cualquiera de las prisiones, campos y guetos establecidos por los nazis antes y durante la Segunda Guerra Mundial. A lo largo de la breve existencia de la orquesta, de abril de 1943 a octubre de 1944, muchas de sus integrantes fueron adolescentes, la más joven con apenas 14 años. Sorprendentemente, casi todas las cuarenta instrumentistas principales lograron sobrevivir y evitaron ser víctimas de las cámaras de gas, aunque su directora principal no tuvo la misma suerte.

La orquesta de mujeres, separada del resto de las prisioneras en un bloque especial, era obligada por los supervisores nazis a tocar una marcha por la mañana y otra por la tarde para que las demás prisioneras mantuvieran el ritmo mientras las llevaban a trabajar fuera del campo. Tocaban en un monte cubierto de césped al lado de lo que conocían como la «puerta francesa» del campo de mujeres, y tenían más o menos una docena de marchas en su repertorio, que repetían una y otra vez. Ofrecían conciertos semanales con canciones aprobadas para el resto de las prisioneras, las personas enfermas, las custodias y las visitas ocasionales de dignatarios nazis. Sin embargo, esa tarde, cuatro mujeres —una alemana, una polaca, una belga y una francesa— estaban tocando la obra maestra de Beethoven de manera clandestina, ya que solo lo hacían por gusto; los músicos judíos no eran considerados dignos de tocar piezas alemanas tan maravillosas. El concierto privado se realizó con extrema precaución: se asignó a una vigilante para que les informara si se acercaba algún hombre de la ss.[1]

Anita Lasker, de 18 años en ese entonces, apasionada desde niña por el chelo, recordó el suceso como «uno donde pudimos alzarnos sobre el infierno de Auschwitz para que no nos alcanzara la degradación de la existencia en un campo de concentración».[2] En otra ocasión, lo describió como «un vínculo con el mundo exterior, la belleza y la cultura, un escape total a un mundo imaginario e inalcanzable».[3]

Auschwitz se ha convertido en sinónimo de la masacre y bestialidad del régimen nazi, un lugar donde más de un millón de hombres, mujeres y niños, en su mayoría judíos, fueron asesinados en cámaras de gas, mientras que otros murieron como resultado del maltrato, la tortura y la inanición. No era un lugar que naturalmente se asociara con la música, y mucho menos con Beethoven, el gran compositor alemán cuya música ofrece un profundo grito de libertad y unión. Como era de esperar, las prisioneras que sufrían trabajos forzados y malos tratos a diario no compartían la opinión de Anita sobre el gran poder de la buena música. Sin embargo, las melodías más hermosas suelen ser la manifestación de un profundo dolor, y lo que podría parecer una contradicción —música sublime expresando un gran desgaste emocional— a menudo es el núcleo del genio musical.

Charlotte Delbo era una mujer francesa que formó parte de la resistencia comunista que llegó a Auschwitz en enero de 1943. En 1995, recordó que era «insoportable» escuchar la orquesta de mujeres tocando un vals vienés mientras «hombres desnudos reducidos a esqueletos» salían de su encierro para ir a trabajar, «guiados por golpes que los hacían tambalearse».[4]

Pearl Pufeles, deportada a Auschwitz en marzo de 1944 con el resto de su familia, lloró más de cuatro décadas después al recordar lo que ella creía que era el cruel engaño de la orquesta para recibir al más reciente cargamento de judíos mientras bajaban del tren desde Checoslovaquia con música de Dvořák y Smetana de fondo.

—Le dije a mi hermana Helen: «Bueno, no puede ser tan malo si tienen música». Toda nuestra familia era muy musical. Helen y yo tocábamos el violín, y mi otra hermana tenía una voz hermosa.

Sin embargo, como Helen y ella eran gemelas, ofrecerse como voluntarias para la orquesta no era una opción. De hecho, fueron seleccionadas para grotescos «experimentos» médicos, supervisados por el famoso asesino en masa de la SS, el doctor Josef Mengele.[5]

Irene Zisblatt, que solo tenía 13 años cuando llegó a Auschwitz en la primavera de 1944, recordó haber sido obligada a escuchar la orquesta en otoño.

> Acabábamos de entrar… después de pasar horas bajo la lluvia, y nos llevaron cerca del crematorio para que las cenizas cayeran donde estábamos; nos ordenaron sentarnos en el suelo; la ceniza caliente caía como una leve llovizna sobre nosotras. Nos dijeron que era un concierto para celebrar las fiestas. Así fue como 32 000 [*sic*] mujeres estaban medio sentadas en las cenizas

calientes, el crematorio seguía encendido, el olor de los cuerpos… era un día gris, tan oscuro como si fuera de noche.

Frente a nosotras, en una plataforma, había unas mujeres hermosas, con uniformes limpios, maquillaje y labial, y cabello largo y rubio, y unos hombres de la SS jóvenes, fuertes y bien alimentados… riéndose… pasándola muy bien.

Después la banda subió a la plataforma.

Estuvimos sentadas por horas, fue una tortura, solo queríamos morir. Nunca podríamos disfrutar a aquella banda ni tendríamos ese cabello o labial. Era otra manera de matarnos.

Como Pearl, Irene quedó hecha un mar de lágrimas cuando se acordó de la orquesta durante una entrevista en Florida en 1995 para la Fundación Shoah.

—No era música para nuestras almas —declaró tajantemente—. Estaba pensando en mis padres, mis hermanos y las personas que estaban quemando.[6]

Algunos exprisioneros recordaban su estancia en Auschwitz-Birkenau, la sección más grande del campo de concentración, donde la mayoría de los prisioneros permanecían recluidos hasta morir o eran llevados a las cámaras de gas. A pesar de que revivían la música como algo tranquilizante, o al menos como una oportunidad para darle un descanso a su mente de la terrible realidad a la que se enfrentaban, estos testimonios contradictorios muestran por qué la historia de la orquesta de mujeres de Auschwitz no le pertenece a un solo individuo, ni siquiera a sus integrantes. La audiencia compuesta por sus compañeras importa, al igual que la respuesta de varias orquestas de hombres que ocasionalmente las veían con envidia al tener que trabajar, además de tocar sus instrumentos. Szymon Laks, director de varias orquestas de hombres en Auschwitz-Birkenau, negaba rotundamente la idea de que la música ayudara a alguien en los campos de concentración.

—Nunca conocí a un prisionero que encontrara fuerza en nuestra música, cuya vida hubiera sido salvada por ella —comenta.[7]

Laks tenía muy claro que la suya y otras orquestas eran un instrumento de propaganda para los nazis, y era plenamente consciente de la injusticia de los «privilegios» que se les daban a los pocos prisioneros calificados, uno de los muchos conflictos morales en el corazón de esta historia.

En 1976, la cantante francesa que transcribió la sonata *Patética* para el cuarteto improvisado publicó el primer libro sobre la orquesta. Fania Fénelon les llevaba al menos diez años a las otras chicas en el llamado bloque musical y, según dicen, tenía una memoria mucho mejor para la música que para la vida diaria. Llegó en enero de 1944, y fue muy bien recibida como «una de las intérpretes más talentosas del grupo»,[8] puesto que la transcripción y la composición constituían habilidades esenciales para que la orquesta oficial funcionara de manera satisfactoria.

Sin embargo, su libro *Sursis pour l'Orchestre*, que se tradujo al español como *Tregua para la orquesta*, era un increíble relato novelizado que horrorizó a la mayoría de las integrantes del grupo. Más tarde se convirtió en una película que animó a muchas de las mujeres a escribir sus memorias de la orquesta. Entre ellas estaba Anita, quien logró convertirse en la reconocida artista Anita Lasker-Wallfisch; vive en Londres, tiene 99 años al momento de escribir este libro.

Anita y otras sobrevivientes de la orquesta sentían que Fénelon, fallecida en 1983, había traicionado el recuerdo de Alma Rosé, la violinista profesional judía con raíces austriacas que había mantenido unido al grupo en su papel de directora antes de su repentina muerte, en abril de 1944, a los 37 años, probablemente por una intoxicación. Desde su perspectiva, el retrato tan negativo que Fénelon pintó de Alma ignoraba cómo la ocasionalmente feroz disciplina de esta les había permitido sobrevivir a las intérpretes bajo su cargo;

como Alma solía recordarles, era probable que «se fueran al gas» si abandonaban la orquesta.

La advertencia de Alma es el hilo conductor de este libro, el primer intento que utiliza nueva información para recopilar las memorias orales y escritas, tanto de la orquesta como de otros prisioneros, en una única narración. Hay una gran variedad de títulos sobre diferentes aspectos de Auschwitz, y muchos relatos personales y biografías de quienes formaban parte de la «banda de niñas», como se le conocía en ese momento. Pero, al escribir sobre la orquesta, he intentado reflexionar no solo sobre la perspectiva de los prisioneros que eran obligados a escuchar la música mientras se les negaban privilegios otorgados a las intérpretes —el más importante era que se mantenían alejadas de las cámaras de gas—, sino también aclarar la perspectiva de las integrantes de la orquesta, algunas de las cuales habían sido obligadas a tocar. Durante su encierro, sufrieron hambre, frío y miedo, como el resto de los prisioneros, pero tiempo después de su liberación, vivieron la pesadilla de una depresión alimentada por su enojo y sufrimiento al pensar en su impotencia. ¿Qué más podían haber hecho? ¿Qué opciones tenían?

La esencia de su conflicto podría plantearse así: «¿Deberíamos proteger nuestras vidas y tocar, o negarnos y condenarnos a una experiencia aún más cruel o incluso a la muerte?», como lo expresó una de las intérpretes polacas que no era judía.[9] Los otros prisioneros las percibían como las *prominenten* o «peces gordos»[10] que disfrutaban el favoritismo y vivían en «circunstancias aterciopeladas». La verdad es que, en términos prácticos, no tenían mucho más que una cama y una manta, ambas muy importantes, que las diferenciaban del resto. Sin embargo, mientras tocaran bien y de esa manera fueran útiles para los nazis, tenían una identidad más allá de un número y una oportunidad de sobrevivir. Tan solo eso era suficiente para asegurarles el odio de los demás.

El uso que los nazis le daban a la música en los campos de concentración tiene muchas explicaciones. Los alemanes se veían a sí mismos como personas cultas, pero durante la guerra utilizaron la música como una herramienta más de tortura. De acuerdo con la nomenclatura nazi, las mujeres de la orquesta eran un *kommando* de trabajo, un equipo, cuya misión era hacer que los otros prisioneros avanzaran más rápido de camino al trabajo y de regreso en filas de cinco, lo que facilitaba el conteo. Si las mujeres que tocaban o practicaban cerca de la plataforma lograban tranquilizar a los prisioneros que llegaban al campo y creaban un falso sentimiento de seguridad mientras ellos bajaban del tren, era un beneficio extra. Si su música lograba sembrar una semilla de discordia entre los prisioneros que veían a estas mujeres relativamente bien vestidas como colaboradoras del partido, los miembros del partido nazi no tenían objeciones.

Era claro que los nazis querían humillar a las mujeres de la orquesta al usar su música como otra herramienta de violencia. Las intérpretes, al no tener que trabajar en los *kommandos* y siempre estar practicando en su bloque o tocando cerca de la entrada, fueron testigos de la llegada de miles de personas desesperadas, del llanto de infantes mezclado con los gritos de las custodias, de los ladridos de los perros y de fragmentos de canciones melancólicas. Así es como fueron obligadas a crear la música de fondo de una matanza. Lily Mathé, una de las mejores violinistas de la orquesta, recordaba de manera vívida cómo la obligaron a tocar melodías alegres en el cuartel de los oficiales de la ss cada tarde mientras cenaban. Adolf Eichmann, uno de los principales autores del Holocausto, era un asistente habitual del cuartel durante sus visitas a Auschwitz en 1944 para supervisar el progreso de la exterminación masiva de los prisioneros.

—Eichmann bebía mucho y se deleitaba agitando huesos de pollo ante nuestros ojos hambrientos y lanzándonos uno para que nos humilláramos —recordaba Lily.[11]

Los testimonios posteriores a la guerra dejan claro que Lily y el resto de la orquesta odiaban a sus captores. El hecho de que también hubiera peleas internas frecuentes entre las intérpretes y las facciones dentro de la orquesta no debería oscurecer ese punto tan importante. De hecho, que ambos aspectos de la orquesta quedaran a la vista esa tarde a inicios de 1944, unos meses antes de que Lily llegara a Auschwitz, cuando el cuarteto comenzó a tocar las primeras notas de la sonata *Patética*, parece una introducción apropiada para esta complicada y a menudo discordante historia. El simple acto de tocar esa sublime tonada por placer era un acto de rebeldía contra los soldados de la SS.

Sin embargo, el cuarteto no logró terminar la pieza. Se detuvieron cuando la violinista aria[I] de Polonia, Helena Dunicz, que tocaba con tres judías, se negó a continuar. Al intentar evocar ese momento en su libro de 2014, cuando tenía casi 99 años, ya no lograba describir las circunstancias exactas. Solo recalcó que no estaba contenta con que la interpretación privada hubiera terminado de manera tan repentina, porque le había recordado su vida en Lvov antes de la guerra, cuando tocaba música de cámara con su hermano y su madre.

En 1996, Helena le escribió a Anita para hablar con sinceridad sobre su profundo arrepentimiento por el hecho de que las otras mujeres polacas de la orquesta no quisieran que se relacionara con las intérpretes judías. Helena tuvo que elegir entre el fuerte apoyo que le daba formar parte del grupo de cristianas polacas dentro de la orquesta, con sus pequeños privilegios como no judías, o mezclarse con las judías por el bien del cuarteto. Se lamentó ante Anita de no haberse sentido con fuerzas para discutir con sus compatriotas. «Tuve que parar por solidaridad con otras personas… Me sentí muy mal por comportarme de esa manera. Soy tímida de nacimiento y estaba horrorizada con el campo, y no me sentí lo suficientemente fuerte como para ser una intermediaria *[sic]*».[12] Anita, al recordar el problema, todavía sacude la cabeza, afligida.

[I] Los nazis promovían la idea de que la población alemana era parte de la «raza aria» y los judíos eran no arios.

Sin embargo, cuando las polacas y las judías tocaban juntas, lograban hacer a un lado sus diferencias para presentar a la orquesta como un frente unido ante sus captores, dando lo mejor de sí para salvar la vida de sus compañeras.

Hacía tiempo que conocía la existencia de la orquesta de mujeres a través de mis investigaciones sobre otras historias del Holocausto.[II] Pero nunca había relacionado la orquesta con la historia bélica de mi padre. Sin embargo, cuanto más leía sobre las vivencias de estas mujeres y descubría cómo algunas de ellas habían sido transferidas a otro campo de concentración en Bergen-Belsen, al norte de Alemania, en 1944, decidí que era momento de investigar el papel de mi padre, quien fue parte de las fuerzas británicas que liberaron Belsen unos meses después.

Mientras los Aliados avanzaban por Europa, los alemanes destruyeron lo que pudieron en Auschwitz y en otros campos de concentración, y luego quemaron documentos con la esperanza de borrar cualquier rastro de sus atrocidades. Con la inminente llegada del ejército ruso, los nazis sacaron a la fuerza a los sobrevivientes de los campos, lo cual se conoce como las «marchas de la muerte». Les disparaban a los rezagados o simplemente dejaban morir a quienes colapsaban a lo largo del camino.

El 1.° de noviembre de 1994, las mujeres de la orquesta de Auschwitz dejaron de tocar repentinamente por órdenes de los nazis. Las integrantes judías fueron transportadas en tren a Bergen-Belsen, mientras que el resto de las intérpretes no judías fue enviado, dos meses y medio después, a un campo exclusivamente femenino en Ravensbrück, 90 km al norte de Berlín; caminaron sin comida y en condiciones invernales.

Mi padre, a sus 32 años, era el comandante de un tanque que llegó a Francia poco después del Día D, participó en la salvaje batalla

[II] En especial cuando visité Ravensbrück para escribir *Les Parisiennes.*

por Caen y se trasladó al norte de Francia. En abril de 1945, él y su regimiento llegaron a Belsen tras su liberación. Aunque llevaba siete años portando el uniforme, pues se había unido a los Territorials en 1938, nada pudo haberlo preparado para esa pesadilla. Miles de criaturas esqueléticas yacían en literas, sin poder moverse, mientras que muchos cadáveres estaban apilados alrededor del campo, acompañados de un horrible olor a putrefacción.

Acababa de ascender a comandante con el rol de furriel general, así que estaba a cargo de los suministros y la organización. Era responsable del diario oficial del regimiento, en el cual se registraba la posición de las «personas desplazadas», como se les comenzó a llamar específicamente a los sobrevivientes de los campos de concentración que no tenían un hogar al que regresar y que no podían, o querían, ir a Palestina, que en ese entonces estaba bajo control británico.

Cuando viví en Inglaterra durante las décadas de 1950 y 1960, nunca pude hablar con mi padre sobre lo que había visto, ya que siempre evitaba el tema de Belsen; él sentía que era una conversación demasiado perturbadora para una familia tan joven. Lo único que recuerdo está conformado por susurros entre mis padres que involucraban la extraña palabra «Belsen».

Sin embargo, en enero de 2022, mucho tiempo después de la muerte de mi padre, en 1997, encontré un delgado fólder en los Britain's National Archives [Archivos Nacionales del Reino Unido], el diario de guerra de su regimiento, con su inconfundible firma, Maj. Eric Rubinstein, 31st Armoured Brigade [Brigada Armada 31]. En la entrada del 24 de mayo de 1945, había escrito lo siguiente: «7 Tanques R con lanzallamas quemando campo BELSEN».[13]

¿Qué significaba eso? Una vez que sacaron a los prisioneros de sus barracas y estaban en otros lugares del complejo, los edificios repletos de enfermedades eran destruidos por completo usando los lanzallamas de los tanques Churchill Crocodile para prevenir que se esparcieran infecciones. Los tanques podían lanzar llamas a una distancia de hasta 100 m, mucho más lejos que cualquier lanzallamas usado por los soldados, suministrados por un camión armado que cargaba más de 1 500 l de combustible.

No es sorprendente que Anita Lasker-Wallfisch aún recuerde ese día de destrucción de manera vívida. Estuvo en el centro de ese infierno junto con otras sobrevivientes judías de la orquesta cuando mi papá presenció el trabajo de los lanzallamas. En su biografía de 1996, Anita recordó ver a los tanques con lanzallamas destruir las barracas y describió sus interacciones con los soldados británicos. Escribió sobre uno en particular que se había encargado, «al ser responsable de las tiendas», de que Ana y su hermana Renate estuvieran vestidas de manera apropiada para su trabajo como intérpretes. ¿Es posible que ese haya sido mi padre, cuyo trabajo en la brigada era asegurarse de adquirir provisiones?

Además de Anita, la lista de sobrevivientes de la orquesta que habían sido trasladadas de Auschwitz a Belsen incluía a la violinista húngara Lily Mathé, su compatriota y cantante Eva Steiner, la pianista holandesa Flora Jacobs, la copista de música Hilde Grünbaum, una amiga cercana de la directora Alma Rosé, y las dos hermanas griegas, Yvette y Lili Assael. El 24 de mayo de 1945, el mismo día que comenzaron a usar los lanzallamas, Eva y Lily tocaron en un concierto de la Cruz Roja en Belsen, se cree que fue una tarde después de la destrucción. Es posible, incluso probable, que mi padre haya asistido. Es tentador pensarlo, aunque nunca tendré la respuesta, pero desde que me enteré de lo cerca que mi padre estuvo de estos eventos, he sentido la necesidad no solo de entender a la orquesta de mujeres de Auschwitz, cómo sobrevivió y a qué costo, sino también qué significaba para los otros prisioneros escuchar música en ese infierno y cómo deberíamos interpretar hoy en día este intento adicional de degradar lo que significa ser humano.

1

Ya no sentíamos dolor

El 1.° de septiembre de 1939, las tropas alemanas llegaron a Polonia. Dos días después, Gran Bretaña y Francia le declararon la guerra a Alemania, ya que la invasión los obligó a cumplir con las promesas que le habían hecho a Polonia, que también estaba siendo atacada por la Unión Soviética en el este, la cual a su vez había firmado un pacto con los nazis en agosto. Polonia, que había sido un estado independiente desde 1918, quedó dividida, con un tercio de los más de tres millones de judíos del país bajo dominio soviético. Miles de judíos polacos huyeron hacia el este para escapar de los nazis; sin embargo, la mayoría fue enviada a campos de trabajo en Siberia. Aunque las condiciones eran brutales y el antisemitismo era la norma, los rusos veían a estas personas como una fuerza de trabajo útil en los bosques, las minas y las granjas, y no siguieron la política nazi de genocidio deliberado. Muchos de estos judíos polacos, relativamente afortunados, lograron sobrevivir. Durante los últimos años de la guerra, algunos de ellos consiguieron unirse a unidades especiales como la Brigada Polaca Independiente de los Cárpatos, que luchó contra los nazis en el norte de África. Otros polacos exiliados contribuyeron de manera considerable al esfuerzo militar de los Aliados a lo largo de la guerra, luchando en tierra, mar y cielo en una gran variedad de escenarios, incluyendo la ampliamente documentada ocasión en que 145 pilotos polacos volaron bajo el mando británico en 1940, durante la Batalla de Inglaterra.

Mientras tanto, el resto de los judíos que quedaban en Polonia bajo el mandato nazi estaba en peligro mortal. Su exterminio, aunque no era un objetivo oficial de la guerra nazi, comenzó en cuanto las tropas de Hitler cruzaron la frontera polaca. Las unidades operativas de la SS recorrían los pueblos recién capturados, alineando a los judíos para ejecutarlos, asesinándolos al azar e incendiando sus negocios.

Estas matanzas aleatorias se convirtieron rápidamente en asesinatos masivos sistemáticos. A finales de 1941, después de la invasión de la Unión Soviética, los escuadrones de la muerte nazis habían logrado exterminar a miles de judíos en el este de Polonia y en los Estados bálticos de Letonia y Lituania, a menudo con la ayuda de comunidades locales con antiguos odios antisemitas. Al mismo tiempo, los nazis exportaron el sistema de campos de concentración que existía en Alemania a los territorios que habían conquistado en el este para recluir a los judíos destinados a las cámaras de gas, así como a una amplia variedad de personas que el Tercer Reich percibía como enemigas en Europa, desde gitanos y comunistas hasta nacionalistas y homosexuales.

Auschwitz, el nombre alemán para la ciudad medieval de Oświęcim en Polonia, el hogar de muchas familias judías, era el centro de la amplia red de campos de concentración. El 27 de abril de 1940, el comandante en jefe de la SS, Heinrich Himmler, dio la orden de fundar un complejo de campos en donde solían estar las barracas del ejército austrohúngaro, cerca del centro de la ciudad y de una fábrica de tabaco abandonada. Enviaron prisioneros con el propósito de que ellos se encargaran de la limpieza y la construcción. Este campo, originalmente llamado Auschwitz I, o *stammlager*, se mantuvo como núcleo y centro administrativo de un vasto complejo de campos de concentración, con una famosa reja que proclamaba *Arbeit macht frei* [El trabajo libera], y se convirtió en un símbolo del Holocausto.

De manera gradual, Auschwitz se convirtió en una red de campos de concentración y exterminio, así como de fábricas, conforme el Holocausto judío ganaba impulso. La red de campos se encontraba en Alta Silesia, una región en el sur de Polonia que se acababa de incorporar a Alemania, en la confluencia de los ríos Vístula y Soła.

En términos de logística, la ubicación de Auschwitz era ideal para el propósito de los nazis, ya que se encontraba en el centro de importantes redes ferroviarias y de carreteras, lo cual les facilitaba transportar grandes cantidades de personas desde diferentes puntos de salida en Europa. Sin embargo, también estaba aislada del resto del mundo, a pesar de estar bien comunicada con el Gobierno general de Polonia, bajo control alemán, y su cercanía a lo que en ese momento eran Austria y Checoslovaquia.

El primer comandante de Auschwitz I, Rudolf Höss, era un oficial de 38 años con mucha experiencia que había trabajado en el primer campo de concentración nazi en Dachau, cerca de Múnich, y después en Sachsenhausen, que dirigió desde 1938 hasta que fue transferido a Auschwitz en 1940. El 4 de mayo fue nombrado comandante de manera oficial.

En Auschwitz, Höss, su esposa, Hedwig, y sus cuatro hijos vivían en una cómoda casa de dos pisos con prisioneros como sirvientes domésticos y un lindo jardín con vista al primer crematorio.

Los primeros dos años, Auschwitz no era un campo de concentración específicamente para judíos. Los presos originales eran una mezcla de prisioneros políticos y criminales profesionales de todas partes del Reich alemán, incluyendo Austria, Checoslovaquia y las regiones anexadas del oeste de Polonia. El primer transporte en masa de prisioneros, con 728 hombres polacos de la prisión de Tarnów, llegó a Auschwitz el 14 de junio, inmediatamente después de la caída de Francia. El cargamento incluía judíos y católicos, muchos de los cuales habían sido arrestados cuando intentaban cruzar la

Tres oficiales de la SS en Auschwitz (de izquierda a derecha): Richard Baer (comandante de Auschwitz), Josef Mengele y Rudolf Höss (el antiguo comandante).

frontera sur de Polonia para alcanzar al nuevo ejército de exiliados polacos que se había formado en Francia. Gracias a que en los primeros meses aumentó la llegada de prisioneros, Höss ordenó que se estableciera Auschwitz II, o Auschwitz-Birkenau, a 3 km del campo original. Con el objetivo de hacer espacio para Birkenau, el pueblo de Brzezinka y otras aldeas cercanas fueron destruidos, desalojando a los judíos y polacos que vivían en la zona.

Birkenau, que tomó el nombre de los bosques de abedules de la zona, ya estaba operando en marzo de 1942, aunque la construcción del campo aún no había terminado. Ahí se establecería el crematorio principal y las llamadas «cámaras» de gas, cuartos disfrazados como baños que la SS llamaba «morgues» en sus planes de construcción. Para ese momento, los nazis ya no dependían de lentas y molestas unidades móviles de gas para matar a sus víctimas, ya que habían perfeccionado la manera de asesinar a gran cantidad de personas, predominantemente judías, con contenedores de gas Zyklon B, un pesticida hecho a base de cianuro.

Hasta 1942, los primeros campos de Auschwitz eran solo para hombres. Las primeras mujeres llegaron a finales de marzo de ese año, y los grupos no tardaron en incluir a madres con hijos que fueron enviadas a las cámaras de gas de inmediato. Las mujeres que sobrevivían eran tratadas como esclavas y enviadas a trabajar; la mayoría en equipos de demolición a fin de despejar espacio para la expansión del campo, sin ningún tipo de cuarentena ni sometimiento a la «selección», un eufemismo para el sistema que los nazis utilizaban para decidir quién podía trabajar y quién iba directamente a las cámaras de gas desde el momento de su llegada al complejo.

Se desarrolló una rápida proliferación de subcampos, algunos a poca distancia de la estación principal de Auschwitz. Muchos prisioneros eran «vendidos» a la industria alemana como mano de obra esclava, para apoyar en la guerra. La más grande de estas fábricas de esclavos en Auschwitz, que llegaron a ser cuarenta, era la planta Buna de caucho sintético en Monowitz, establecida en octubre de 1942 y conocida como Auschwitz III. Estaba bajo el mando del conglomerado químico IG Farben y, aunque las condiciones de trabajo en Buna y otras fábricas de Auschwitz eran brutales, los prisioneros que lograban tolerar el régimen estaban a salvo de la exterminación.

A finales de 1942, Auschwitz se había convertido en uno de los centros nazis de exterminio más grandes, cuyos campos ocupaban un área de casi 40 km^2, que los alemanes calificaron como «zona de interés». En el verano de 1941, Himmler le informó a Höss que Auschwitz había sido elegido como un sitio clave para la exterminación masiva de judíos, y para enero del siguiente año, el plan, que los nazis de manera eufemística llamaban «la solución final», había sido formalizado por un pequeño grupo de oficiales nazis de alto rango, incluyendo al teniente coronel Adolf Eichmann, que se especializaba en «asuntos judíos».

Se reunieron en una impresionante villa al lado de un río en las afueras de Berlín y acordaron que los judíos que quedaban en

Europa ya no tenían permiso de emigrar; debían ser exterminados. La Conferencia de Wannsee fue dirigida por Reinhard Heydrich, de 37 años, quien utilizó el evento para afirmar su autoridad en el proceso de la aniquilación judía, que remplazaría las matanzas aleatorias. Esto había sido una parte fundamental de la cosmovisión y el manifiesto de Hitler. En menos de un día se decidió que toda la población de Europa, cuyo contingente judío alcanzaba los 11 millones, según Heydrich, y países que Alemania aún no había ocupado, como Suiza, Irlanda, Suecia, España, Portugal y la parte europea de Turquía, quedarían libres de judíos: *judenfrei* o *judenrein*. Heinrich Himmler era el oficial nazi de alto rango que quedó a cargo de implementar la solución final, por lo que debía supervisar los campos de concentración.

A partir de este momento, la orquesta de mujeres de Auschwitz y sus contrapartes masculinas se suman a esta terrible historia. Incluso mientras los nazis buscaban erradicar cualquier rastro de los judíos, una parte fundamental de la cultura judía sobrevivía en Auschwitz. La música era una parte integral de la vida en casi todos los campos nazis, aunque había sido subvertida en esta situación, ya que su finalidad no era brindar placer, sino que se empleaba como un método adicional de tortura.

Aunque las orquestas de Auschwitz incluían a personas no judías, al menos la mitad de los músicos sí lo eran, lo cual creaba un delicado balance que los nazis supervisaban de cerca. Era posible que el balance quedara a favor de los judíos, una consecuencia natural al ser el grupo de prisioneros mayoritario. Pero también decía mucho sobre la centralización de la música para los judíos de todas las clases sociales, sin importar dónde vivieran, desde artistas callejeros, con un poco o nada de preparación, hasta educados intérpretes profesionales. Las oraciones en las sinagogas han sido acompañadas por música y cantos desde tiempos inmemoriales, mientras que el *klezmer*, a veces descrito como yidis sin palabras, es un estilo de música folk que se originó durante la Edad Media en la comunidad judía del este de Europa, Grecia y la región balcánica. Solía tocarse en celebraciones como bodas o bar mitzvá, y tenía una rica tradición que incorporaba elementos prestados de la música litúrgica judía, entonaciones jasídicas y teatro yidis. La música que había sido una reafirmación de la humanidad se estaba utilizando como una herramienta adicional en la lucha por destruirla.

Las orquestas de Auschwitz expusieron la grotesca contradicción en el centro de la solución final: la incapacidad de los nazis para decidir si querían eliminar a los judíos porque eran lo peor de lo peor o porque dominaban el mundo, según las malvadas teorías conspirativas. Una orquesta liderada por judíos era un recordatorio visible de esta confusión.

En febrero de 1942, unas semanas después de la Conferencia de Wannsee, los primeros cargamentos de judíos destinados a morir llegaron a Auschwitz I. A estas personas las gasearon con Zyklon B y luego incineraron sus cuerpos en el crematorio del campo principal, un monte lleno de pasto sobre un búnker no muy lejos de la enorme casa familiar con jardín del comandante. En marzo, la masacre se transfirió a Birkenau, donde se estaba organizando de manera apresurada una operación de asesinato masivo.

Al principio, dos graneros, uno rojo y uno blanco, escondidos detrás de ramas y hojas, fueron usados como cámaras de gas encubiertas. Una vez usadas, sacaban los cuerpos y los enterraban en fosas comunes. Después, los prisioneros involucrados en los entierros, que solían ser jóvenes judíos en forma, eran llevados a la enfermería y asesinados con una inyección de fenol.[1] Unos meses después, en Birkenau, comenzaron a construir cuatro estructuras enormes, que se usarían para el exterminio con gas y sus respectivos crematorios. Estos edificios les permitieron a los nazis matar a escala industrial, dejando tras de sí solo cenizas.

El inicio del transporte masivo de hombres y mujeres judías a Auschwitz en 1942 creó la necesidad de un campo para mujeres. El

26 de marzo, el primer transporte de 999 mujeres que llegó de Ravensbrück se encargó de preparar las nuevas instalaciones en Birkenau. El grupo no judío de Ravensbrück incluía a mujeres alemanas clasificadas como asociales o criminales, e incluso algunas presas políticas. Se les asignó hacerse cargo de las mujeres judías que ahora inundaban Auschwitz, aunque Birkenau todavía no estaba listo para recibirlas.

Ese mismo día, 26 de marzo de 1942, el primer cargamento con 997[III] jóvenes judías de Eslovaquia llegó a Auschwitz, la mayoría había sido capturada porque los gobernantes de sus respectivas aldeas, marionetas de los nazis, las habían amenazado. No imaginaban lo que se avecinaba. Solo sabían que las enviaban a hacer algún tipo de trabajo público, y que sus padres, que por el momento se habían quedado en sus hogares, sufrirían las consecuencias si se negaban.

Este grupo inicial pasó varios días en un corral dentro de un campo transitorio, en el pueblo eslovaco de Poprad, mientras su número seguía aumentando; luego, las metieron en vagones para ganado sin ventilación, en un viaje en tren de 24 h hacia Auschwitz. Había más o menos ochenta mujeres desorientadas en cada vagón sin baño, simplemente un cubo. Dos días después, llegó otro cargamento con poco menos de 1 000 mujeres desde Bratislava, la capital de Eslovaquia. Desde ese momento, la cantidad de cargamentos con prisioneras continuó en ascenso.

Al principio, solo enviaban a mujeres jóvenes y saludables, de no más de 45 años, a Auschwitz en las caravanas iniciales, ya que su propósito era trabajar. Por ello, no se realizaba una selección previa para exterminar a las prisioneras débiles o de edad avanzada. Una de las mujeres judías en el segundo cargamento eslovaco era Helen «Zippi» Spitzer, de casi 24 años, una joven y astuta sobreviviente que logró crear varios roles para sí misma dentro del campo, lo cual

[III] Al inicio se creía que eran 999, pero había dos nombres duplicados.

aseguró que interactuara con personas de alto rango y que más adelante conociera a la orquesta de mujeres de Birkenau. Zippi, como le gustaba que la llamaran,[IV] recordó con frialdad, 58 años después, en el 2000, su humillante y brutal experiencia en aquel frío día de finales de marzo de 1942, cuando entró en Auschwitz. El viaje en sí había sido «no muy amable», dijo, pero «el desembarco fue muy rudo… inexplicablemente rudo».[2]

Su grupo llegó a un campo abierto en las afueras del pueblo de Oświęcim, donde las custodias de la SS formaron a las mujeres, exhaustas y hambrientas, y las obligaron a marchar en filas de cinco hasta la entrada del campo principal. Pasaron debajo del arco donde se leía «*Arbeit macht frei*», pero Zippi reconoció algunos letreros que decían «*Halt*» y algunas otras señales de alerta, al igual que un pequeño símbolo blanco acompañado de la palabra *Konzentrationslager* en negro, así que «en el momento en que crucé la reja, supe dónde estaba».[3]

Fueron obligadas a quitarse la ropa, bañarse con agua helada y rasurarse el cuerpo completo, incluida la zona púbica, en parte por razones higiénicas para evitar el contagio de piojos, pero el proceso, que solía quedar en manos de enfermeros, también era denigrante. Eran desinfectadas y registradas antes de ser tatuadas de manera brutal con un número. Auschwitz era el único campo nazi donde marcaban los antebrazos de los prisioneros de manera permanente, un paso más en el proceso de deshumanización que reducía a las personas a un simple número.

Durante su primera entrevista después de la guerra, en 1946, Zippi describió en términos emocionales que se sintió como si ella y las otras mujeres estuvieran «siendo inspeccionadas como ganado. Era como una feria de ganado. Nos daban vueltas y así / derecha e

[IV] El nombre, derivado del hebreo *Zipporah*, era un disfraz inteligente, porque no estaba registrada de esa manera en ninguna zona del campamento. Según ella, esto la ayudaría si sus mensajes eran interceptados por la SS.

izquierda / … [estábamos] desnudas… había un doctor de la SS, el doctor Franz Bodmann, esa vez del doctor Lager… quien nos revisó».[4]

Cuando le preguntaron si el tatuaje le había dolido, ella respondió:

—Ya no sentíamos dolor, porque… quitar el pelo de la cabeza de una mujer… toda la transformación que sufrimos en ese momento había dolido mucho más, así que ya no sentíamos nada. Era como… ¿como ser transformadas en piedra?[5]

Zippi era la prisionera número 2286, un número bajo que la distinguía como parte de la élite en el campo, o *prominenten*, cuanto más tiempo sobrevivía. En las diversas entrevistas que concedió a lo largo de los años, nunca mencionó que, como les sucedía a otras jóvenes eslovacas, le hubieran metido una mano en la vagina para comprobar que no ocultara joyas. Quienes sufrieron esa violencia, muchas de ellas adolescentes vírgenes —en los primeros grupos de mujeres eslovacas todas eran solteras—, quedaron tan traumadas por la experiencia que nunca lograron describirla realmente. Muchas de ellas recordaban la nieve con manchas de sangre, un posible resultado de ese trato o una consecuencia de la falta de toallas sanitarias para contener su sangrado menstrual.[6] Zippi siempre se sintió más cómoda hablando del trabajo que había realizado en el campo de concentración que de sus sentimientos.

Finalmente, a las mujeres les daban los uniformes de prisioneros de guerra rusos recién ejecutados, sin importar qué tan mal les quedaran o qué tan llenos de sangre y piojos estuvieran. No les daban ropa interior, y muy pocas mujeres lograban encontrar zapatos que les quedaran. Los zapatos eran necesarios para sobrevivir, ya que las prisioneras tenían que caminar por calles llenas de lodo, hielo o piedras. Quienes no tenían zapatos se veían obligadas a caminar descalzas y sufrían sabañones, heridas o cortes que se infectaban, lo cual aumentaba la probabilidad de que las llevaran a las cámaras de gas. Como resultado, los zapatos se convirtieron en una moneda valiosa, incluso más que el pan, y siempre eran robados.

No se sabe muy bien cómo es que Zippi logró conservar las botas de montaña con broches metálicos con las que llegó, pero es un gran indicio de su determinación para sobrevivir. Cuando le preguntaron al respecto años después, explicó lo siguiente:

—Porque cada vez *[sic]* que estaban, alguien quería quitarme los zapatos, especialmente con las mujeres alemanas, me detenían y querían quitármelos, porque se veían muy bien y eran pesados. Pero siempre eran demasiado pequeños, yo tenía un pie pequeño... y ninguna de las mujeres alemanas tuvo suerte. Así que me quedé los zapatos.[7]

Zippi fue asignada al trabajo pesado, el *kommando* de demolición, un equipo creado para demoler edificios y hacer espacio para que el nuevo campo fuera más grande. Durante las primeras semanas, una chimenea colapsó sobre ella y sufrió una dolorosa lesión en la espalda. Desesperada por encontrar una tarea menos peligrosa, se atrevió a acercarse a la jefa de las prisioneras del campo, una comunista alemana llamada Eva Wiegel, y pidió que la transfirieran. Zippi tenía un buen nivel de alemán, así que le explicó a Wiegel que era una artista gráfica profesional, un logro poco común para una mujer. Días después, Zippi fue asignada a otro trabajo bajo techo.

El hecho de que Zippi lograra sobrevivir tres años en Auschwitz la hace una testigo invaluable de la vida en el campo de concentración, lo cual resalta muchas de las partes más absurdas del sistema. Cuando la entrevistaron años después, habló de la «suerte». Curiosamente, un aspecto de esa suerte implicaba haber llegado lo bastante pronto al establecimiento del campo de concentración como para ser testigo del caos y mostrarles a las custodias que ella podía ayudar a poner un poco de orden. Había crecido en una próspera familia judía de clase media en Bratislava, y hablaba alemán, eslovaco y húngaro de manera fluida, además entendía un poco de francés. Su fluidez lingüística la ayudó a aprender ciertas frases en otros idiomas, como polaco, yidis o ruso, además del lenguaje coloquial esencial del campo de concentración, *lagersprache,* un tipo de jerga alemana que no tardó en predominar.

La música también había sido parte de su educación básica. Tocaba el piano y la mandolina, habilidades que se convertirían en una ruta adicional de supervivencia una vez que la orquesta de mujeres se estableciera. Sin duda, su personalidad y su liderazgo natural fueron fundamentales, pero fue su carrera profesional como artista gráfica, que incluía un curso de cuatro años con entrenamiento en administración y contabilidad, lo que la ayudó a conseguir que la sacaran del *kommando* de trabajo al aire libre.

Los nazis no tardaron en quedarse sin uniformes de prisioneros de guerra rusos y, con la ayuda de Wiegel, Zippi se encargó de mezclar pintura a partir de materias primas y marcar la ropa de los prisioneros con dos líneas color bermellón.

—Me dieron pintura roja en polvo, un bote de barniz y una brocha. Me ordenaron que mezclara la pintura. Después me llevaron a las prisioneras y me dijeron que pintara una línea vertical… No querían a un pintor hombre en el campo de mujeres y yo era la única mujer que había trabajado con pintura.[8]

Lo que usaban a veces eran vestidos confiscados de los cargamentos más recientes en lugar de la ya conocida tela a rayas azules y grises, que estaba escaseando. Las gruesas e indelebles líneas rojas significaban que los prisioneros podían salir a trabajar y aun así sería fácil identificarlos sin importar que no llevaran un uniforme.[V]

[V] Zippi no tardó en comenzar a trabajar en otras áreas del registro de prisioneras, como marcar en negro el número que coincidía con el tatuaje individual de cada una en pequeños retazos de tela que las prisioneras debían coser por su cuenta. Zippi también repartía los diferentes triángulos de colores (*winkel*), lo cual indicaba que eran testigos de Jehová (morado), un «criminal» (verde), un prisionero político (rojo) o alguna otra categoría. Los judíos eran identificados con una estrella bicolor de seis puntas, un *winkel* amarillo sobre otro, ambos amarillos a menos que la prisionera perteneciera a otra categoría. Una prisionera política

La creciente participación de Zippi en el registro la puso en contacto con la jerarquía controlada por la SS, la administración nazi y las custodias, a quienes a veces se les llamaba «mujeres de la SS» (era incorrecto, porque la SS era una organización conformada en su totalidad por hombres). El sistema entero era supervisado por hombres, e incluso las mujeres nazis de alto rango dentro del campo de concentración dependían de los hombres para mantener su autoridad secundaria. Zippi pronto fue percibida como una pieza clave en los mecanismos nazis de control, basados en reducir a las prisioneras a meros números.

En agosto de 1942, cinco meses después de su llegada, las prisioneras fueron trasladadas al campo en Birkenau que seguía en construcción. Al principio, la situación fue aún más caótica que en la sección masculina de Birkenau, en parte porque, a diferencia de los hombres kapos —funcionarios penitenciarios que los nazis usaban en lugar de guardias para supervisar el trabajo forzado—, que solían tener un entrenamiento militar básico, ninguna de las mujeres kapos tenía experiencia para imponer orden.

—Eran niñas comunes y corrientes, no profesionales. Tenían que distribuir la comida y no sabían cómo hacer eso —recordaba Zippi en el año 2000, aunque la distribución de comida solía estar a cargo de las más humildes *blockälteste,* no por las kapos.[9]

Las primitivas e incompletas barracas de la sección BIa de Birkenau no eran suficientes para los constantes y aún más grandes cargamentos masivos de mujeres que comenzaban a llegar a Auschwitz. Los edificios cada vez más saturados no tenían agua ni un sistema de aguas residuales, y el suelo era una mezcla de arcilla y lodo. Incluso un intento rudimentario de higiene era imposible con agua sucia, letrinas de pozo y sin acceso a papel higiénico ni jabón.

---

judía, por ejemplo, se identificaría con un triángulo amarillo debajo de un triángulo rojo.

Casi de inmediato, se reportaron brotes de piojos y fiebre tifoidea. Muchas mujeres murieron a causa de la desnutrición, la inanición, el trabajo forzado que excedía sus capacidades y las deplorables condiciones sanitarias, que incluían ratones, ratas, gusanos y piojos. La situación se salió de control rápidamente, ya que los colchones para las mujeres transferidas a Birkenau ya estaban infestados y todas sufrían de baja inmunidad.[10]

La fiebre tifoidea fue propagada por los piojos que pululaban por los cuerpos, la ropa y el cabello de las prisioneras. Muchas han descrito de forma gráfica cómo intentaban quitarse los parásitos con las manos, solo para verlos regresar a otras partes de sus cuerpos. En agosto de 1942, en medio de un brote de fiebre tifoidea, hubo una selección masiva cuando los nazis acorralaron a cientos de prisioneras de las barracas para llevarlas a las cámaras de gas. Sin embargo, la enfermedad continuó propagándose y, para el otoño de ese año, más de doscientas mujeres morían diariamente, la mayoría a causa de la fiebre.

En el otoño de 1942, Zippi se enfermó gravemente.

—Hubo un momento en el que creí que no sobreviviría. Se llevaban a las personas; subían barracas enteras a camiones y se iban directo al crematorio. En una ocasión, estuve muy enferma y me llevaron al hospital, y al resto lo llevaron a las cámaras de gas. Me seleccionaron por mis actividades y la organización del campo, querían que viviera. —Eso creía Zippi—. Fui la única a la que salvaron de entre 10 000 gracias a mi habilidad... Sobreviví; esos momentos eran milagros.[11]

De acuerdo con Zippi, su «carrera» en el campo de concentración evolucionó porque sabía hablar alemán y lo usaba para crear contactos. Cuando se enfermó en otoño, el haberse hecho amiga de la secretaria del entonces supervisor, *rapportführerin* (guardia principal), Margot Dreschel (a la que otras prisioneras solían referirse como Drexler), fue suficiente para «que todos en el hospital quisieran sacarme de ahí. La ss quería que trabajara».[12]

Poco tiempo después de su recuperación, aumentaron sus responsabilidades administrativas en todo el campo de mujeres.

—De alguna manera, por pura suerte —insistió tiempo después.[13]

Una de sus amigas eslovacas era una contadora a la que le habían asignado la tarea de establecer un sistema de identificación, porque revisar los números era algo crucial para la administración del campo. Obligar a las prisioneras a estar de pie, horas antes de la madrugada, en el frío y la humedad afuera de las barracas era muy difícil porque no podían ni querían quedarse quietas. Algunas se desmayaban, otras se cambiaban de fila y, a veces, alguna simplemente caía muerta.

Zippi decía que ella había ayudado a diseñar el sistema, con formatos y un pase de lista previo, que hacía el proceso mucho más eficiente.

—Al reducir el tiempo del pase de lista de cuatro horas a cuarenta minutos, podías salvar vidas. Las personas podían regresar adentro en lugar de quedarse afuera en el frío o la lluvia.[14]

Zippi estaba orgullosa de ese logro, pero uno podría argumentar que exageraba su impacto positivo, ya que casi todas las prisioneras que sobrevivieron a Auschwitz y recordaban su sufrimiento hablaban de lo horrible que era soportar el pase de lista en temperaturas heladas.

A Zippi le dieron un puesto de secretaria en una oficina que trabajaba para la *haflingsschreibstube*, o administración de prisioneras, en Birkenau. Su alojamiento mejoró de manera considerable, porque dormía y comía en una pequeña habitación que estaba directamente sobre la oficina. También había logrado adquirir jabón, toallas, un cepillo y pasta de dientes, lujos desconocidos para prisioneras comunes y corrientes, ya que se esperaba que se viera limpia y bien arreglada en caso de que tuviera que interactuar con los oficiales alemanes.

Su trabajo, junto con el de otras treinta mujeres de diferentes nacionalidades, era actualizar los archivos con los datos de todas las recién llegadas al campo que no habían ido a las cámaras de gas. Les preguntaban a estas «afortunadas» sobre sus ocupaciones anteriores, información que le permitía a Zippi y a sus compañeras saber qué prisioneras tenían habilidades en ciertas áreas. Su sistema de clasificación era esencial cuando el *Arbeitsdienst* (el Registro de Trabajo) presentaba una solicitud para un trabajo en particular con el *Arbeitseinsatz* (el Departamento de Despliegue de Mano de Obra), tanto para trabajos dentro del complejo como para el envío de mano de obra esclava a empresas privadas alemanas.

—Si necesitaban sastres o costureras, sabíamos exactamente cómo darles cincuenta opciones de sastres o quinientas de obreras —explicó Zippi en una entrevista en el año 2000.[15]

Ocasionalmente, anotaban a quienes se dedicaban a la música, pero a finales de 1942 no había una ocupación útil para ellas. Si les avisaban con suficiente tiempo, algunas informaban cualquier habilidad que podía ser útil, por ejemplo, diseñadora.

Al principio, Zippi trabajaba en la organización administrativa del campo de mujeres con Katya Singer, una compañera eslovaca con quien había entablado una amistad de camino a Auschwitz; ella también había logrado que le asignaran actividades de oficina.

—Katya estaba en el mismo vagón, gritando y llorando, de camino a Auschwitz y le pedí que dejara de hacerlo. Aunque todas nos hubiéramos puesto a llorar, no habría servido de nada.[16]

Katya se identificaba como cristiana, aunque sus padres eran judíos asimilados. Como tal, no podía entender cómo había sido incluida en la redada, ya que había ignorado el llamado inicial para que todas las jóvenes judías en Bratislava se reportaran al campo de transición. En septiembre de 1942, a Katya le asignaron la posición de *rapportschreiberin*,[17] una funcionaria de alto rango en el campo que a veces cumplía con el rol de directora de operaciones, lo cual le daba el derecho a tener una mucama, un pequeño cuarto y un ropero. Se trataba de un alojamiento superior al de Zippi y exponía a

Katya a la acusación de colaboración, en ese momento y después, ya que estaba trabajando de manera muy directa para la jerarquía nazi.[18]

Fungir en esos puestos administrativos era un área gris, pero Zippi logró sortearla con éxito mientras trabajaba con Katya. Ambas mujeres eran conocidas por salvar vidas cuando podían, enviando mujeres a los *kommandos* de trabajo «más seguros» o cambiando algunos números. Pero el hecho de que Katya tuviera una pareja nazi en el campo, un suboficial casado llamado Gerhard Palitzsch, conocido por presumir que había asesinado a cientos de personas en el muro de la muerte de Auschwitz, finalmente la llevó a la ruina en 1944. Zippi siempre estuvo en contra de la relación. Cuando el amorío salió a la luz y denunciaron a Katya, Palitzsch fue castigado por «corrupción racial» (*rassenschande*) y enviado a luchar en el frente, donde murió a los 31 años.[VI] Katya fue enviada a exterminación en otro campo, Stutthof, en 1944, al cual sobrevivió, porque, al parecer, la maquinaria de gas estaba temporalmente fuera de servicio.

Durante una entrevista en 1991, Katya insistía en que, en 1942, «todo estaba empezando. Las prisioneras estaban creando el campo de concentración de mujeres y quien quisiera el trabajo podía ser *rapportschreiberin*».[19] Describía los complicados mecanismos y la falta de un sistema apropiado que les aguardaban a su llegada, y sostenía que, al explotar el caos, ella y Zippi habían sido capaces de crear la organización administrativa básica del campo de mujeres. De acuerdo con Katya, su trabajo había complacido a sus superiores nazis y «salvado la vida de muchas mujeres»:[20]

> Todos los días las administradoras de los prisioneros o *blokovas* [la palabra polaca para las mujeres prisioneras a cargo de los

---

[VI] Palitzsch fue sentenciado a varios años en prisión, pero fue indultado y dado de baja de la ss en junio de 1944. Luego lo enviaron a una unidad penal. Las circunstancias exactas de su muerte se desconocen; se dice que cayó en combate el 7 de diciembre de 1944.

bloques de distribución de comida, pase de lista y selecciones] le entregaban un reporte a la Oficina Administrativa. La oficina de la SS nos daba los reportes del recinto hospitalario y de todas las prisioneras separadas [las que trabajaban fuera del campo de concentración]. Después hacíamos listas de cuántas mujeres había en cada sitio.

Le daba a Zippi todos los registros: cuántas mujeres había en la *revier* (enfermería), en el *stabsgebäude* (Oficina Principal), cuántas habían ido a las cámaras de gas. Los números tenían que ser precisos, porque si había 6 000 mujeres en el campo, los números de la *vorappell* (el conteo previo al pase de lista) tenían que ser iguales. Después el *blockführer* de la SS solo revisaba los números de la *vorappell* y debían coincidir con los números de la *zählappell* matutina [el pase de lista].

Los números no se repetían en Auschwitz. Los números estaban registrados de manera consecutiva en el gran libro del campo. Cuando una prisionera moría, tachábamos el número y su nombre, y hacíamos columnas individuales para todo en un libro nuevo: columnas para las enfermas, las muertas, los bloques individuales, el número de personas en cada bloque que estaban bien, enfermas, en destacamento, *stabsgebäude*, agricultura, fábricas.

Con ese tipo de organización en el *lagerbuch*, logramos salvar las vidas de muchas mujeres. Zippi escribía números de personas muertas. Cuando había una selección y me daban la lista de números, yo insertaba «números muertos» en lugar de los vivos que quería salvar. Si se suponía que quinientas personas fueran a las cámaras de gas, en realidad solo iban cien. El resto eran números muertos… los nazis solo querían la lista de control, no contaban a las personas en los camiones. Nadie se enteró nunca de que hacíamos eso.[21]

Cada noche, alguna de las dos tenía que entregarle a una de las custodias de alto rango la información que habían recopilado sobre el campo de mujeres durante el día, y decían que nunca cuestionaban sus números. Katya y Zippi arriesgaron sus vidas al manipular los números y al asignarles un trabajo seguro bajo techo a ciertas prisioneras en lugar de que fueran enviadas a los *kommandos* externos, o unidades de trabajo.

—Zippi llevaba las cuentas de los números y de los tatuajes. —recordaba Katya—. Si alguno de los oficiales más importantes de la ss estaba de visita, les mostraba el modelo del complejo que había hecho y muchas páginas de estadísticas, y nunca entraban al campo.[22] —Katya no sabía explicar cómo lograron salirse con la suya—. Así eran los alemanes —aclaró—. Si tenían una orden, la seguían. Había una orden para contar por la mañana y por la tarde.

Zippi y ella se aprovecharon del sistema de la mejor manera que pudieron, pero como comenta Zippi:

—¿Cómo puedes encontrarle el sentido al sistema? No puedes.[23]

A finales de 1942, las dos mujeres eslovacas ya eran parte de la élite del campo de concentración y disfrutaban el privilegio excepcional de moverse de manera más libre por el campo. Sin embargo, a diferencia de Katya y su amante nazi, Zippi se dio cuenta de inmediato de que la regla básica de supervivencia era pasar desapercibida. Era sorprendente que incluso se le permitiera fumar y pudiera hacer pequeñas excursiones fuera del complejo, pero era en extremo cuidadosa para que no la vieran abusando de estos privilegios. Cuando le ofrecieron un reloj, un objeto de valor que simbolizaba una posición alta en la jerarquía del campo, casi como una «insignia de honor»,[24] ella se negó. Tampoco aceptó usar una banda en el brazo como la mayoría de los kapos y algunos líderes de los *kommandos* para señalar a los prisioneros que trabajan en la administración de los campos de concentración.

Su trabajo era muy valioso para las custodias, a quienes se les dificultaba mantener el orden y solo lo lograban por medio de la violencia, así que, hasta ese punto, Zippi estaba a salvo. Durante los meses siguientes, se le complicaría mantener ese equilibrio, ya que la jerarquía de los elementos de seguridad estaba cambiando de manera radical debido a la creciente inestabilidad del campo detonada por el incesante aumento de prisioneras.

Al recordar esta peligrosa etapa en su supervivencia, Zippi no tenía más que desprecio para su antigua amiga Katya, quien, al involucrarse en una relación, había ignorado sus limitaciones.

—Fue muy tonta. Él era un asesino en masa. Después de eso, nuestra relación se enfrió —recordaba Zippi en el año 2000.[25]

◆ ◆ ◆

En marzo de 1942, cuando Zippi llegó, la primera mujer guardia fue asignada a la sección femenina del campo de concentración de Auschwitz, o FKZ (el *Frauenkonzentrationslager)*, para supervisar la llegada de las prisioneras. Johanna Langefeld era una maestra y madre soltera de 42 años que había trabajado antes en los campos de concentración para mujeres de Lichtenburg y Ravensbrück. La habían transferido a Auschwitz específicamente para supervisar el movimiento previsto de nuevos cargamentos de Auschwitz I a Birkenau o Auschwitz II. Langefeld mantuvo una larga relación laboral con Heinrich Himmler, quien la percibía como confiable y ruda, pero Auschwitz-Birkenau, aunque fue un ascenso bien recibido, sobrepasaba sus habilidades.

Rudolf Höss, comandante general del campo de concentración, trataba a las custodias con desprecio, lo cual reflejaba la ideología patriarcal de los nazis. En su biografía de 1947, comenta:

> Frau Langefeld no era capaz de controlar la situación, pero se niega a aceptar cualquier orden dada por el comandante de custodia preventiva. No pasa un día sin que haya discrepancias

> en el total de prisioneras. En medio de la confusión, los supervisores salieron corriendo como gallinas asustadas.[26]

Después de cuatro meses a cargo del campo de mujeres en Auschwitz, Höss tenía claro que a Langefeld se le dificultaba mantener las cosas bajo control. Höss creía que había sido «consentida» por las condiciones en Ravensbrück. Actuando por iniciativa propia, ese verano intentó poner a todo el campo bajo el control del comandante de custodia preventiva.

Cuando Heinrich Himmler llegó a inspeccionar Auschwitz el 18 de julio de 1942, Langefeld intentó convencerlo de que anulara la directiva de Höss. Gracias a que Himmler creía que el campo femenino debería estar bajo el control de una mujer, y con la esperanza de que eso evitara la mezcla entre hombres y mujeres para mantener el orden, decidió que Langefeld podía quedarse a cargo por el momento, agregando que, en el futuro, ningún hombre de la SS debería entrar al campo de concentración de las mujeres.

Parecía que Höss había perdido la batalla de poder. Sin embargo, a finales de julio de 1942, Langefeld se lastimó el menisco, lo cual requirió una operación de cartílago en el Sanatorio Hohenlychen de la SS, cerca de Ravensbrück. Durante su ausencia, el 7 de octubre de 1942, asignaron como jefa de guardias de Auschwitz a una mujer más joven y ruda.

Maria Mandl, nacida en 1912, ya tenía una reputación por su brutalidad despiadada como custodia en Ravensbrück, donde las prisioneras la habían apodado «la Bestia». De acuerdo con el libro *Auschwitz Chronicle* [Crónicas de Auschwitz], de la autoritaria Danuta Czech, la destitución de Langefeld después de solo seis meses a cargo sucedió después de una masacre de noventa prisioneras francesas judías a manos de sus captores alemanes (en su mayoría criminales y prostitutas, aunque también hubo algunas custodias) el 5 de octubre de 1942 en el subcampo de Budy. Aunque Langefeld no estaba a cargo de manera directa, las salvajes masacres —donde los guardias usaban palos, hachas y las culatas de sus rifles, e incluso lanzaban a sus víctimas por la ventana del segundo piso del edificio— avivaron el profundo miedo que los nazis tenían de perder el control gracias a la sobrepoblación. El liderazgo de Langefeld, que podía parecer débil y vacilante, hacía que un colapso de autoridad de ese tipo se sintiera más probable, ya que Höss y otros oficiales de alto rango de la SS en Auschwitz creían que no era lo suficientemente brutal.[VII]

Entre las prisioneras, era bien sabido que Langefeld, aunque no amaba a los judíos, tenía una actitud más humana hacia las prisioneras que Mandl.

Maria Mandl creció en Münzkirchen, una aldea austriaca, y era la hija más joven de un zapatero y una ama de casa. Maria, como la mayoría de los niños de su aldea, se salió de la escuela a los 14, aunque su familia se las arregló para mandarla a estudiar a un internado por tres años más. Ahí ganó experiencia en costura, habilidades administrativas, educación física, teatro y música. «Es muy probable que haya aprendido a tocar el piano ahí»,[27] escribió la autora de su biografía, Susan Eischeid, convencida de que fue ahí donde nació su amor por la música.

Se fue de Münzkirchen en su adolescencia para mudarse a Suiza, donde vivía su hermana casada, y consiguió trabajo como cocinera y ama de llaves. Regresó a su hogar dos años después para cuidar a su madre enferma. Hundida en la depresión, lo mejor que pudo encontrar en Münzkirchen fue un trabajo como mucama en una posada local.

En 1937, cuando tenía 25 años, la contrataron en la oficina postal como jefa de correos e inició un romance serio con un joven de

[VII] Esta opinión fue confirmada por Margarete Buber Neumann, prisionera asistente de Langefeld en Ravensbrück, que creía que la habían expulsado de Auschwitz por ser demasiado empática con las prisioneras polacas.

Münzkirchen. Se sabe muy poco sobre lo que sucedió, pero la relación terminó más o menos al mismo tiempo que el ejército alemán invadió Austria en marzo de 1938. Mandl fue despedida, lo cual es probable porque el correo tenía un papel esencial para la comunicación y ser miembro del partido nazi era un requerimiento, y en ese momento ella aún no lo era. Comenzó a buscar su primer trabajo como guardia en los campos de concentración del régimen nazi que seguían emergiendo. Le ofrecían una mejor paga y le permitirían salir de casa de sus padres y vivir sola de nuevo.

En 1938, la contrataron en el campo de concentración de Lichtenburg, en la provincia Saxony, al este de Alemania, que recientemente se había vuelto una prisión exclusiva para mujeres. El reclutamiento de Mandl fue voluntario, y es posible que incluso haya creído lo que decían en la propaganda nazi: que los campos de concentración eran lugares para reeducar a miembros peligrosos de la sociedad. En su juicio de 1947, años después de la guerra, Mandl solo dijo que había ido a Lichtenburg porque el salario era bueno y podía ganar más que si hubiera sido una enfermera, su segunda opción.

El campo de Lichtenburg estaba en un castillo, y fue ahí donde Mandl manifestó por primera vez la brutalidad extrema que la distinguió de las otras custodias. Una antigua prisionera de Lichtenburg, Lina Haag, escribió sobre cómo Mandl «nos golpeaba con un látigo para perros hasta que se cansaba».[28]

En 1939, cuando Lichtenburg cerró, Mandl fue transferida a Ravensbrück, en ese entonces se trataba de un nuevo campo de concentración exclusivo para mujeres a 80 km al norte de Berlín. Una vez más, reafirmó su reputación entre las prisioneras por sus actos de violencia aleatorios. El cabello rizado era una «ofensa» que siempre lograba detonar su furia durante el pase de lista. En Ravensbrück, caminaba lentamente entre las filas de prisioneras, buscando los rizos. Si veía a alguna con un solo cabello rizado fuera de lugar, señalaba a la culpable, quien era golpeada y azotada; ordenar que les raparan la cabeza antes era una regla para todas las prisioneras. Cuanto más fuerte las azotaba, más se alzaba en la jerarquía del campo. Mandl se convirtió en un miembro oficial del partido nazi en Ravensbrück y en abril de 1940 la nombraron *oberaufseherin,* o supervisora general, la mano derecha de Langefeld.

En la declaración antes de su juicio, Mandl dijo que ella no había pedido que la transfirieran a Auschwitz-Birkenau, ya que había escuchado los rumores sobre las terribles condiciones en las que vivían ahí. Insistió en que ella se había negado a ir a Auschwitz. Sin embargo, refirió que un oficial de la SS de alto rango, Oswald Pohl, le aconsejó que aceptara, si no quería ser castigada.

Como ella misma lo cuenta, Mandl quedó sorprendida cuando llegó a Birkenau por primera vez en octubre de 1942. Había mujeres enfermas por todos lados; algunas rogaban que las dejaran morir. Cuerpos de asesinatos recientes en Budy yacían sobre la rampa, con los restos de piel pudriéndose lentamente. Un abrumador olor a muerte mezclado con el hedor de cuerpos sucios, excremento y orina se apoderaba de todo.

Antonina Kozubek, una prisionera polaca que había sido transferida de Ravensbrück junto con Mandl, recordó en 1946 lo siguiente:

> Las condiciones eran insoportables; negaba con la cabeza, especialmente porque estaba acostumbrada a un campo limpio en Ravensbrück. No podía creer lo que veía. ¡Condiciones terribles! Había más de 7000 mujeres adentro, en tal estado de agotamiento y apatía que ya no parecía importarles la vida, y se notaba, por lo que todo el campamento parecía una enorme fosa de excremento.
>
> El terreno no tenía drenaje y caminabas con lodo hasta las rodillas: la tierra era barro y apenas te podías liberar cuando te hundías. No había suelo en las barracas; estaban mojadas, lodosas y se notaba la catastrófica falta de agua. Había cadáveres dentro y fuera de los bloques.[29]

La doctora y prisionera austriaca no judía, Ella Lingens-Reiner, arrestada en octubre de 1942 por haberles ofrecido refugio a judíos después del Anschluss, escribió de manera vívida sobre los «esqueletos andantes» que vio en Birkenau cuando llegó, cuatro meses después: «envueltos en el uniforme sucio y roto de las prisioneras». Reiner, a quien le permitían trabajar como doctora en el campo de concentración, describió las zanjas cerca de la calle, llenas de tierra, platos y restos de comida, que también se usaban como letrinas. Recordaba las peleas desesperadas por un poco de agua para beber o lavar.[30]

> Las mujeres llegaban con baldes, tazas y botellas, gritando y empujándose para conseguir agua. El resultado era que ni una gota llegaba a las zanjas de las letrinas y se tapaba el sistema de drenaje. De vez en cuando, uno de los prefectos se acercaba y golpeaba a las mujeres con un palo para alejarlas. Todo el asunto era increíblemente brutal, pero era imposible condenar a las mujeres que se golpeaban entre ellas o a las «guardianas» de la letrina. Era terrible no tener acceso al agua, pero también era imposible dejar que las personas se llevaran el agua cuando había excremento apilándose en la zanja.[31]

Cuando trasladaron a Mandl a Birkenau, no había nada preparado para las custodias. Muchas de ellas tenían que vivir en el segundo piso del *Stabsgebäude,* un edificio principal de servicio en Auschwitz I, mientras terminaban de construir los dormitorios justo afuera del perímetro del nuevo campo para mujeres, aproximadamente a unos 3 km de distancia. Era la primera vez que algunas de las custodias más jóvenes estaban lejos de casa y el apoyo de las mayores creaba un lazo familiar entre ellas. Mandl y algunos otros elementos de seguridad de alto rango tenían habitaciones propias y más espacio en un sector separado. Pero unos meses después de su llegada a Auschwitz, Mandl consiguió una pequeña casa privada cerca del campo, donde disfrutaba de una relativa comodidad y podía recibir visitas de sus amigos y familia. Durante su juicio, algunos testigos hablaron sobre orgías en la extravagante casa de Mandl, «orgías que se volvían particularmente salvajes después de una "buena" ejecución, cuando Mandl golpeaba y azotaba a las mujeres».[32] En este caso, una buena ejecución significaba una que había sido más espantosa o sangrienta que otras, ya que la violencia, la tortura y la promiscuidad sexual parecían alimentarse entre sí.

A Mandl y al resto del cuerpo de guardias les habían inculcado que la única manera de conseguir obediencia en el campo de mujeres de Birkenau era por medio del miedo y la violencia. Al mismo tiempo, como en todos los campos de concentración de los nazis, las custodias reconocían que para mantener el orden era necesario crear lealtad entre las kapos, funcionarias que eran una herramienta esencial para controlar el creciente número de prisioneras. La relación entre las kapos y las *aufseherin* (el término oficial para las guardias femeninas en Auschwitz) era uno de los aspectos más turbios de la vida en el campo. Solía depender de un intercambio de regalos, que normalmente eran robados a las prisioneras cuando llegaban, o de un trueque de privilegios, por ejemplo, que no les asignaran trabajo en el exterior, todo lo cual contribuía a mantener el orden. En ciertas ocasiones, a las kapos les ordenaban robar las cosas para que las custodias normales no fueran castigadas si las descubrían.[33]

El sobreviviente de Auschwitz, Primo Levi, sostuvo, en su libro *Los hundidos y los salvados,* una serie de reflexiones sobre los campos de exterminio, por ejemplo, que la insistencia alemana de que los mismos prisioneros custodiaran a los suyos fue uno de los peores crímenes de los nazis. Los kapos y otros funcionarios no tenían poder, pero también es cierto que el sistema hubiera colapsado sin prisioneros, lo cual habría obligado a sus compañeros a obedecer a cambio de favores y privilegios.

Después de la guerra, algunas prisioneras que habían sido kapos en Auschwitz intentaron describir a las custodias de manera individual, diciendo que había unas menos crueles que otras. Por ejemplo, Katya Singer sostenía que Margot Dreschel, con quien había forjado una buena amistad, era honesta y había intentado salvar a las judías eslovacas, mientras que otras prisioneras consideraban a la delgada y dientuda Dreschel una persona repugnante y sádica, quien recorría el campo con su sabueso y seleccionaba a quienes irían a las cámaras de gas. Por otro lado, Katya recordaba a Mandl como «hermosa pero malvada... solo le interesaba que todo funcionara sin problemas en el campo, sin trabajar mucho», lo cual explica que dependiera de Zippi Spitzer.[34]

Cuando Mandl llegó a Birkenau en octubre de 1942, ya que Zippi se había recuperado de la fiebre tifoidea, se encontró con dos mujeres eslovacas que eran, de acuerdo con Zippi, «las líderes de la organización administrativa del campo de concentración para mujeres».[35] Además, según Zippi, Mandl aceptó la situación en lugar de resentirla.

—Mandl me respetó desde el principio —insistió Zippi—. Hizo que mi vida fuera tolerable. El porqué no lo sé. ¿Tal vez era porque su novio en ese entonces estaba a cargo del edificio de oficinas del campo y había equipado mi oficina de diseño con materiales maravillosos?[36]

En cierta ocasión, Mandl quería darle un regalo al oficial de la ss, Josef Kramer, un libro llamado *The River Pirates* [Los piratas del río], y, consciente de las habilidades artísticas de Zippi, le pidió que escribiera la dedicación con su hermosa caligrafía. Zippi creía que el hecho de que Mandl hubiera elegido un libro fue significativo. Quería impresionar con su elección.

—Le dije que era una coincidencia, pero ese día [10 de noviembre] también era mi cumpleaños. Ella me mandó al departamento de paquetería y me dijo que eligiera el paquete que quisiera, el más grande —refirió—. Con ella tenía buena suerte. Mira, es muy difícil entender lo que realmente les pasaba por la cabeza. Pero con ella tenía buena suerte.[37]

La relación entre Mandl y Spitzer no era única. En general, las custodias alemanas preferían elegir a sus ayudantes entre las judías eslovacas que entre las polacas, ya que las primeras hablaban mejor alemán, mientras que las segundas hablaban yidis. Dreschel tenía a sus favoritas entre las prisioneras judías. Aunque era una antisemita apasionada, solía usar mucho a las jóvenes judías en su equipo de «corredoras». Ella Lingens-Reiner narró la historia de una de estas jóvenes, recién recuperada de la fiebre tifoidea, quien fue transferida de manera repentina al cuartel ario por orden directa de Dreschel. Al día siguiente, hubo una selección en el cuartel del que había salido la mujer judía.

—En otras palabras, la carcelera había escondido a una niña, porque claramente no tenía el valor para protegerla en presencia de otros oficiales de la SS. Quería quedársela como corredora, porque era útil, pero el riesgo era nuestro —aclaró.[38]

Mientras Zippi trabajara hasta tarde para crear un orden aparente, Mandl solía dejarla en paz. Como ella lo recordaba, lo único que le importaba a Mandl era que pareciera que ella estaba al mando a fin de poder llevarse el crédito.

Uno de los mayores beneficios para las custodias era tener más libertad en su tiempo libre de la que jamás habrían imaginado en sus comunidades de origen, en una época en la que el conservadurismo social restringía la vida de las mujeres de diferentes maneras. La libertad era algo muy preciado por Mandl, que podía ser vista paseando en bicicleta por el campo y a quien, en alguna ocasión, amonestaron por manejar una motocicleta sin licencia. Además, tenía un hermoso caballo para fines recreativos y le gustaba cabalgar de un cuartel a otro; para ello, elegía momentos donde sería más visible en un despliegue de poder.

Sin embargo, lo que más llamaba la atención de las prisioneras eran las relaciones que Mandl mantenía con hombres de la SS. Su amante, durante la mayor parte de su estadía en Birkenau, era el estudioso oficial Josef Janisch, tres años mayor que ella, quien le daba más prestigio y aumentaba su posición social, además de otorgarle más autoridad.

Janisch era un ingeniero austriaco bien preparado que formaba parte del personal administrativo de la Oficina Central de Construcción de la SS en Auschwitz-Birkenau, la cual se encargaba de construir las cámaras de gas y los crematorios. Entre semana, Mandl y Janisch podían ser vistos en sus bicicletas, paseando juntos fuera del campo antes del pase de lista matutino, o galopando por los caminos que llevaban a las diferentes instalaciones diseñadas para matar y a las zonas de incineración.

En sus días de descanso, Mandl salía a pasear a caballo por el campo, sin uniforme y usando una camisa blanca adornada con una rosa roja de los jardines de la SS. Las prisioneras que recordaban haberla visto describieron a una jinete competente con un porte poderoso.

—¡Estaba erguida y se veía muy confiada! Siempre marchaba, no era un paseo por diversión. Muy confiada. ¡Muy orgullosa! ¡Siempre se veía muy bien arreglada! Siempre llevaba un látigo pequeño —comentó la opositora política de Polonia, Zofia Cykowiak, aunque también era conocida con el nombre Zosia.[39]

A pesar de su imponente presencia, en particular cuando iba a caballo, Mandl estuvo envuelta en muchas luchas por el poder desde el momento en que llegó a Auschwitz. Algunas de estas peleas involucraban a otras custodias, en especial a Margot Dreschel, y la mayoría se debía a la fe inquebrantable de Rudolf Höss en que las mujeres no eran capaces de mantener la disciplina en el campo. Después de su enfrentamiento con Langefeld, Höss estableció varios puestos de mando en el campo de mujeres y todos estaban ocupados por hombres. La siempre vigilante Mandl estaba convencida de que el nuevo director del campo, el oficial de reportes y el director de empleo estaban intentando atacarla desde diferentes direcciones.

En la primavera de 1943, Mandl no solo era la supervisora principal del campo, sino que también ocupaba el cargo de comandante no oficial. Tenía razón al ver a Franz Hössler como su rival principal para esa posición, un hombre pequeño con una mandíbula débil, casado y con tres hijos que había ejercido diversos roles desde su llegada a Auschwitz, en junio de 1940, y había escalado posiciones poco a poco. Al principio estaba a cargo de las cocinas del campo, pero fue ascendiendo en la jerarquía hasta convertirse en el encargado de reclutar a prisioneras no judías, prometiéndoles mejor comida y cuidado, para un recién inaugurado burdel en el campamento principal de Auschwitz I. Su dedicación por cumplir con este logro fue reconocida por Höss.

Sin embargo, conforme aumentaba la confianza que tenía en sí misma, Mandl comenzó a oponerse a que la dominara cualquier figura masculina cuya autoridad amenazara la suya. La persona detrás de su biografía menciona que el resentimiento de Mandl hacia los hombres posiblemente provenía de sentir que la habían decepcionado en el pasado, incluso dicho rencor podría estar relacionado con el chico de Münzkirchen, la persona con quien creyó que se iba a casar. Sea o no correcta esta teoría, el uso de brutalidad extrema por parte de Mandl para demostrar una autoridad independiente de los oficiales de la SS que la impusieron como supervisora en Birkenau solo sirvió para repetir el patrón de comportamiento que había establecido en Ravensbrück.

Ella Lingens-Reiner, la doctora prisionera no judía, creía que generalmente «las mujeres de la SS golpeaban no tanto por sadismo, sino porque tenían miedo de no estar en control de la situación. Parecía que nos agredían debido a la sensación de que, aunque estaban armadas, pertenecían a una minoría sin esperanza entre incontables prisioneras. Tal vez esa era la razón por la que las mujeres de la SS eran más adictas a golpearnos que sus contrapartes masculinas».[40]

Sin embargo, incluso estando rodeada de guardianas violentas, Mandl se destacaba. Siempre cargaba un látigo corto y plegable de cuero en las botas y lo usaba en las prisioneras de Birkenau hasta sacarles sangre. Al mismo tiempo, Mandl intentaba mejorar las condiciones que la habían recibido a su llegada, aunque solo fuera con el propósito de mantener su posición. Antonina Kozubek, una de las prisioneras polacas, confirmó que los primeros actos de Mandl fueron instalar electricidad en los cuarteles de las prisioneras, dejar algunas estufas para darles calor y tener una zona de baños hechos con tablas en el bloque de letrinas. Mandl sostuvo en su juicio, donde estaba peleando por su vida, que intentó «conseguir atuendos limpios y ropa interior para las mujeres, pero la lavandería del campo no pudo darnos nada, así que organicé una barraca vacía para que funcionara como cuarto de limpieza, con lavabos y jabón».[41]

En su declaración antes del juicio, Mandl describió los pasos que, según ella, siguió durante su primer mes en Auschwitz para mejorar las condiciones en las que vivían, como hacer que «lavaran las paredes por fuera y por dentro, y pintaran las de afuera... Para la parte de adentro, ordené gis/cal. Se limpiaron las camas y se quemaron seiscientos colchones de paja en terribles condiciones». Sin embargo, al parecer, pedir que tiraran paredes en el interior iba más allá de su alcance, y en respuesta recibió una carta de Pohl, quien «preguntaba por qué había actuado por iniciativa propia... y me amonestaron severamente».

Asimismo, Mandl dijo que les había solicitado tanto a Höss como al doctor Eduard Wirths, el médico en jefe de la SS, mejoras y una enfermera para el bloque médico. Le sugirieron que escribiera una carta a un doctor en Oranienburg describiendo las condiciones para solicitar el apoyo, el cual le fue negado en dos ocasiones debido a una falta de personal capacitado, por lo que le ordenaron cubrir los puestos de enfermeras con prisioneras del campo de concentración. Por otro lado, una pequeña victoria que significó mucho para Katya y Zippi consistió en obtener permiso para que las prisioneras que trabajaban en las oficinas pudieran llevar el pelo largo, todo con el fin de verse presentables cuando interactuaran con oficiales o hubiera invitados en el campo. Otra pequeña pero importante concesión para quienes trabajaban en las oficinas fue el poder utilizar un brasier, un lujo imposible para otras prisioneras que ni siquiera podían usar ropa interior.

Estas modestas mejoras instigadas por Mandl no aminoraron la violencia ejercida contra cualquier prisionera que la hiciera enojar. Sus «reformas» no tuvieron ningún efecto visible en la creciente tasa de muertes e inanición en el campo de concentración de mujeres en Birkenau, ya que el número de prisioneras disminuyó de aproximadamente 12 000 a 5 000, de septiembre a diciembre de 1942.

Magda Blau, una maestra de preescolar eslovaca que había llegado en el segundo cargamento con Zippi, lo explicó:

> Si Auschwitz era el infierno, Birkenau representaba... lo más grande que Satanás [cree] que existe... Había piojos en todo tu cuerpo y debajo de tu piel. El único vestido que tenías era un simple trapo y sin ropa interior. Era difícil usar los zapatos de madera, y si perdías uno en el lodo, ahí se quedaba... Ir al baño implicaba a todas en una viga jalándose unas a otras, y las personas se caían en las zanjas. Si sonaba la sirena mientras estabas en la viga, todas tenían que correr. Pero si caías en la zanja, te llevaban al crematorio.[42]

Eso sucedía porque se ahogaban en excremento y orina. Desde el punto de vista de Magda, el sadismo y la brutalidad de la vida en Birkenau era tan atroz que entendía a la perfección por qué algunas de ellas «corrían a la cerca, mmm... Teníamos, había una cerca eléctrica que funcionaba con, eh, electricidad. Así que, si la tocabas, morías. Pero algunas niñas decían "Prefiero eso. Ya no aguanto. No veo el final de esto"».[43]

Sobrevivir en Auschwitz-Birkenau se había vuelto desesperadamente complicado, y los pases de lista maratónicos, supervisados por Mandl y las custodias, solían convertirse en una selección salvaje. El sábado 6 de febrero de 1943, un día de frío intenso, Mandl convocó a las prisioneras a un pase de lista que comenzó a las tres de la mañana y terminó hasta las cinco de la tarde. Las mujeres, vestidas con harapos, se mantuvieron atentas y erguidas lo mejor que pudieron todo el día. Sin embargo, esto resultó en la muerte de más de 2 000 prisioneras. Quienes lograron sobrevivir nunca olvidaron cómo las más débiles del grupo estaban tan tiesas y congeladas al final que no podían ni moverse. Simplemente las separaron y las llevaron a las cámaras de gas.

Al necesitar trabajadores, en la primavera de 1943 la ss había dejado de lado la selección de hombres y mujeres no judíos después de su llegada, aunque la selección se seguía aplicando a judíos débiles, enfermos u otros durante las operaciones del campo. Lo que no cambió fue el impredecible y cruel mandato de Mandl. Lo único constante era su necesidad de demostrarles su poder a las prisioneras, y su autoridad a los oficiales con quienes debía trabajar «lado a lado».

De acuerdo con Zippi, a principios de 1943, Mandl descubrió una manera de ganar más influencia en el campo y satisfacer su amor por la música. Decidió que había llegado el momento de que las mujeres, al igual que los hombres, tuvieran su orquesta.

2

Buena música para la ss

Para Mandl, la orquesta era un proyecto de prestigio personal que, creía, podía otorgarle *gravitas* cultural, así como una mayor autoridad frente a los líderes nazis masculinos. Con ese fin, usó todos los medios a su disposición para que la orquesta funcionara bien, incluso si eso significaba trabajar en conjunto con una prisionera judía. Zippi creía que la razón por la que la jerarquía masculina aceptaba la dependencia de Mandl en ella era muy simple:

—Porque si las mujeres podían cumplir con un trabajo en el campo, eso permitía que los hombres fueran a la guerra —comentó durante una entrevista en 1983.[1]

Como el resto de los nazis, Mandl estaba empapada de una ideología que usaba la música como una poderosa herramienta para controlar a las masas, desde grandes manifestaciones hasta marchas y desfiles más pequeños. Desde que los primeros campos de concentración fueron establecidos en 1933, los guardias solían ordenarles a los detenidos que cantaran mientras marchaban o durante ejercicios de castigo. Obligar a los prisioneros a cantar cosas que no conocían o tonadas populares de la ss era una manera de humillarlos todavía más. Si cantaban en un volumen muy alto o bajo, podían golpearlos. En algunos campos, la música de la radio o de un tocadiscos se reproducía por bocinas instaladas especialmente para este propósito, mientras que en otros tocaban música de marchas a un volumen muy alto durante las ejecuciones para ahogar los gritos de los prisioneros condenados. En Buchenwald, que abrió en 1937, las bocinas reproducían conciertos de la radio alemana todas las noches para mantener despiertos a los prisioneros.

La evolución de los conjuntos musicales en los campos de concentración era, al final, decisión del comandante. Él decidía si las orquestas o las bandas incluían solo músicos profesionales prisioneros o si aceptaban a principiantes, y si solo les permitían participar a los no judíos.

La primera orquesta oficial se formó en los campos de concentración de Duerrgoy, Oranienburg y Sonnenburg en cuanto Hitler llegó al poder en 1933. Cuando una nueva generación de campos más amplios se estableció en 1936, todos tenían su orquesta, al igual que los subcampos más grandes y los campos con cámaras de gas. Auschwitz I tenía diversos conjuntos, incluida una *brass band* (una banda que, en su mayoría, toca instrumentos de latón) con alrededor de 120 miembros y una orquesta sinfónica con casi ochenta músicos, de los cuales al menos la mitad eran profesionales. A finales de 1942, el ya alto estándar de esta enorme orquesta conformada por no judíos, que tocaba cuatro veces al día, aumentó cuando lograron encerrar a una orquesta profesional entera y la enviaron a Auschwitz.

La orquesta estaba dividida por peleas y fricciones. Era liderada por el director polaco Franciszek Nierychło, conocido por el equivalente alemán Franz, un prisionero político que vivió en Cracovia en la década de 1930, donde trabajaba en la oficina de correos y dirigía la orquesta de la oficina. Lo arrestaron en 1940 y fue liberado en mayo de 1944. De acuerdo con el historiador y doctor Jacek Lachendro en su estudio sobre todas las orquestas en los campos de Auschwitz, Nierychło no era muy popular:

—Muchos de los antiguos prisioneros, especialmente quienes habían trabajado en la cocina, tenían una opinión negativa de él. Hacían énfasis en la violencia que ejercía sobre sus compañeros (los

La orquesta masculina tocando en Auschwitz I en 1941, cerca de la reja Arbeit Macht Frei, *mientras los prisioneros marchan al trabajo.*

golpeaba e insultaba), al igual que en su sumisión frente a los hombres de la SS.

Sin embargo, algunos miembros de la orquesta reconocían que solo sus presentaciones musicales bajo la dirección de Nierychło los habían mantenido con vida. Evitaban criticar a Nierychło y justificaban su brutalidad como el resultado de su «incapacidad de hacer cualquier otra cosa en presencia de los hombres de la SS».[2]

Estos músicos no estaban exentos de sus responsabilidades en el campo, si bien les exigían tocar marchas mientras los otros prisioneros iban y venían del trabajo lado a lado en filas de cinco, con guardias nazis abucheándolos y gritando amenazas como *Zu Funfe* [En cinco]. La orquesta también tenía que proveer entretenimiento para los hombres de la SS en ciertas ocasiones, o cada vez que lo solicitaran. Estas peticiones solían ocurrir en los conciertos dominicales, cuando los prisioneros tenían que pararse lejos para escuchar mientras los oficiales de la SS se relajaban en sus sillas y aplaudían si les gustaba una pieza. Las presentaciones de los domingos incluían música de salón, himnos de campamentos, canciones populares de películas y mezclas de operetas.

Un prisionero polaco, Wojciech Kawecki, recordaba en su biografía haber escuchado «los sonidos de una ópera de Verdi, una marcha de Wagner, una melodía de Offenbach y una serenata de Schubert. La orquesta las tocaba de una manera hermosa».[3] A veces creaban composiciones nuevas o arreglos originales, como la *Arbeitslagermarsch* (la Marcha del campo de concentración), de Mieczysław Krzyński y Henryk Król.

Ese tipo de alegres ritmos durante las marchas resaltaban de forma más puntual el abuso de los nazis al usar la música como tortura, ya que obligaban a algunos prisioneros a tocar y a otros a escuchar, en un contexto de muerte y sufrimiento. Los trabajadores eran golpeados por los Esmen (término coloquial del campamento para referirse a los hombres de la ss) si no lograban mantener el paso durante la marcha, lo cual era mucho más difícil durante el regreso al campamento después de un día de trabajo agotador y sin comida. Quienes marchaban de regreso a menudo tenían la tarea de cargar los cuerpos de hombres que habían muerto o habían sido asesinados durante el día y era imposible seguir el paso mientras intentaban llevar ese terrible peso.

—Odiábamos a esos músicos —recordaba un antiguo prisionero—. Los zapatos se nos salían. Estábamos a –20 °C… la muerte era amplificada por la orquesta.[4]

—De repente, la música llegaba a mis oídos, estaban tocando *Violette* —evocó Janina Janiszewska, una prisionera polaca que recordaba haber visto a los hombres regresar desde el campo de mujeres, y luego continuó:

> Cuando me acerqué a la ventana, vi una escena que hizo que me doliera el corazón. Por las calles del campo caminaba, o más bien se tambaleaba, una procesión de cadáveres andantes. Otros prisioneros se movían alrededor de la columna con varillas

> pesadas, golpeando a los otros por marchar demasiado lento. Algunos grupos de hombres cargaban a sus camaradas muertos en literas [camillas] provisionales hechas con tubos. Era lamentable. Los rostros contorsionados y los ojos abiertos de los cadáveres expresaban la agonía que había precedido su muerte... Durante toda la procesión, la música sonó.[5]

A pesar del desprecio de los otros prisioneros, siempre había más músicos, o aspirantes a músicos, que lugares para ellos en las orquestas de los campos. En agosto de 1942, unos meses después de que Birkenau comenzara a operar, se estableció otra orquesta de hombres, impulsada por el éxito de la primera. Esta orquesta, originalmente compuesta por 16 músicos polacos que habían sido transferidos de la orquesta de Auschwitz I, se conformó gracias a los deseos de Johann Schwarzhuber, quien solía trabajar en una imprenta y ahora era un experimentado oficial a quien le habían dado el cargo de *obersturmführer* en la SS, lo cual equivale más o menos a teniente coronel, cuyo trabajo principal era supervisar la selección de miles de personas para las cámaras de gas. Al igual que la orquesta principal de Auschwitz I, el nuevo conjunto estaba pensado para tocar mientras los hombres entraban y salían de Birkenau al ir y venir del trabajo, y también como entretenimiento ocasional para la SS.

Los primeros directores de la orquesta de Birkenau fueron Jan Zaborski y Franz Kopka, ambos eran prisioneros polacos no judíos. Sin embargo, después de la muerte de Zaborski en noviembre de 1942, y tras algo de competencia, el puesto de líder quedó en manos del violinista y compositor polaco judío Szymon Laks, egresado del Conservatorio de Varsovia, a quien arrestaron en 1941 mientras estudiaba en Francia. Antes de quedar a cargo, Laks había sido parte de la orquesta como copista, escribía ocasionalmente las melodías de memoria. Como director, tenía muy claro que cualquier orquesta en Auschwitz infligía dolor a quienes tenían que escucharla y generaba problemas para los intérpretes que intentaban crear música de verdad. Laks escribió que cuando se convirtió en líder de manera oficial a finales de 1942, aunque Kopka seguía siendo descrito como *kappellmeister*, estaba «horrorizado por las aterradoras y agrias notas de algunos de los instrumentos de viento... y lo único bueno es que quedan ahogadas por los poderosos golpes del enorme tambor y el sonido simultáneo de los címbalos de metal».[6]

Laks creía que «la música simplemente era parte de la vida en el campo y aturdía a los recién llegados de la misma manera que todo lo que se encontró durante sus primeros días en el complejo y a lo que se acostumbró con el tiempo, hasta el punto de aclimatación e insensibilidad total... La música animaba el "espíritu" (o el cuerpo, más bien) solo de... los músicos, que no tenían que salir a hacer el trabajo pesado y podían comer un poco mejor».[7]

Encontrar el tiempo suficiente para practicar era difícil cuando la orquesta se estableció en agosto de 1942, porque en ese tiempo los prisioneros no estaban exentos del trabajo forzado. Se esperaba que tocaran, fueran a trabajar, regresaran un poco antes que el resto de sus compañeros, y tocaran de nuevo. Laks logró ganar privilegios poco a poco, incluyendo más tiempo para practicar, por lo que se redujeron las horas de trabajo de los músicos. Mientras tanto, la constante llegada de judíos europeos a Auschwitz mejoró de manera drástica los estándares de vida de la orquesta de hombres de Birkenau. Laks eligió a algunos músicos judíos de alto calibre para su creciente conjunto, incluyendo a algunos que se especializaban en jazz, un género de música prohibido pero muy admirado por algunos nazis.

El establecimiento de la orquesta también fue impulsado por la confiscación forzada de instrumentos musicales, que solían poseer una calidad increíble, cuando judíos desprevenidos que pensaban que estaban siendo «reubicados» fueron despojados de sus posesiones más preciadas al llegar a Auschwitz. Laks escribió sobre una «visión deslumbrante» y cómo la orquesta ahora tenía a su disposición

> todo tipo de instrumentos de latón y de madera pulidos hasta que brillaran. Logré distinguir el helicón de una tuba, un trombón, algunas trompetas, una trompa tenor y otra contralto, saxofones, clarinetes, dos flautas y un flautín. Recargado contra la pared de una esquina, había un impresionante contrabajo con un moño entre las cuerdas; en otra, un bombo con címbalos y un redoblante con todos los instrumentos de percusión. En un ancho estante sólido que había sido diseñado con este propósito específico, había algunos acordeones y violines en sus estuches. Uno de ellos, más grande que los otros, probablemente tenía una viola. No logré ver un violonchelo.[8]

Aunque Laks recordaba haber visto un segundo estante más pequeño lleno de piezas musicales y un montón de hojas en blanco, las partituras aptas para las marchas y el papel para copiar con pentagramas seguían siendo escasos, y a las orquestas les daban lo suficiente para crear un repertorio musical limitado.

El éxito de las orquestas de hombres, más pequeñas que la orquesta sinfónica de Auschwitz I y conocidas como las *Lagerkapelle* (o conjunto del campo) bajo la dirección de Laks, pudo haber sido una gran fuente de inspiración para que Maria Mandl tuviera la idea de crear una orquesta de mujeres. La orquesta de Laks tocaba en el sector masculino de Birkenau, conocido como BIb, y Mandl propuso que la orquesta de mujeres se alojara en una sección separada pero cercana, conocida como BIa, que también tocaría marchas similares cuando las prisioneras salieran a trabajar.

—Tuve que organizar la orquesta bajo órdenes de Mandl —comentó Zippi Spitzer durante una entrevista en el 2000. Y luego agregó—: Ella se dio cuenta de que yo era una artista y me dedicaba a la música.[9]

Los comentarios de Zippi son un indicador interesante del grado al que se había integrado con Mandl. Tenía un instinto infalible para sobrevivir en el sistema de exterminación nazi, usando cada aspecto de su variado trasfondo y su amplio espectro de habilidades para volverse alguien indispensable para Mandl, quien tenía el poder de decidir la vida o la muerte de todas las prisioneras.

—Ni siquiera ella entendía el sistema —dijo Zippi sobre Mandl—. Solo quería resultados. Si pedía 18 o 20 diagramas para Berlín, no le importaba cuándo ni cómo los hiciera, mientras quedaran hechos.

Una vez, cuando Zippi tenía cólicos estomacales, se vio obligada a quedarse en su litera hasta que el dolor pasara, lo cual constituía una terrible violación de las reglas del campo de concentración. Mandl fue a buscarla; pero, en lugar de castigar a Zippi, la guardiana, usualmente brutal, solo puso una mano sobre su frente de manera gentil —incluso maternal— y le permitió quedarse ahí.

—Ella sabía que hacía mi trabajo, le entregaba lo que pedía y a veces trabajaba por la noche. Así que me dio el día libre —explicó Zippi en la misma entrevista—. Algunos *kommandos* estaban protegidos… No recuerdo cómo lo sabía. Solo lo sabía.[10]

En cuanto Mandl trajo a la mesa el proyecto de la orquesta, Zippi se dio cuenta de que su pretensión de ser «instrumentista», aunque solo supiera tocar la mandolina en un nivel básico, generaría más dependencia, y de esa manera el nudo de manipulación mutua se tensó aún más.

Sin embargo, conformar una orquesta de puras mujeres tendría complicaciones, especialmente porque la decisión no estaba solo en manos de Mandl. Primero, tenía que conseguir la aprobación del oficial en jefe de la SS en el campo de concentración. A principios de 1943, se acercó a Paul Müller, director del campo y mano derecha del comandante, quien, para suerte de Mandl, sabía que la orquesta implicaba ciertas ventajas, como simplificar el conteo de las prisioneras durante las marchas al trabajo y facilitar la imposición de la falsa disciplina militar. Aceptó ayudarla con el papeleo necesario para presentarle el proyecto a Höss.[VIII]

El rol de Zippi al ayudar a Mandl a crear la orquesta de mujeres era mucho más ambiguo de lo que ella decía. Aunque ella misma explicaba que había sido «muy creativa» en la oficina de diseño del campo y había aprovechado «la oportunidad de hablar sobre música y cosas artísticas», también dijo que Mandl había pedido la ayuda de Katya para este proyecto al inicio, y que esta última se acercó a ella.

—La jerarquía del campo quería que Katya, porque era la prisionera principal con un trabajo administrativo en ese momento, los acompañara a Auschwitz I y se pusiera en contacto con los hombres de allí, por una parte, para conseguir instrumentos y, por otra, para discutir los procedimientos… Pero Katya no sabía nada sobre música y sugirió que yo fuera en su lugar. Ese fue el inicio— aclaró.[11]

Katya no habló sobre los orígenes de la orquesta en la única entrevista que se conoce de ella, pero habló maravillas de Zippi en su papel de asistente.

—Zippi nunca hacía nada que pudiera lastimar a alguien. Siempre fue directa conmigo —agregó Katya.

En una entrevista anterior, en 1983, Zippi describió los orígenes de la orquesta de manera diferente, omitiendo el papel inicial de Katya:

—[Mandl] iba a nuestra oficina en el campo y discutía cómo hacerlo… prometimos conseguir instrumentistas profesionales del fichero o investigaríamos en el campo. —Era claro que a Zippi le emocionaba estar involucrada—. Quería estar en contacto con los hombres —agregó.

[VIII] Müller estuvo en el campo hasta agosto de 1943 cuando Franz Hössler fue nombrado nuevo comandante del campo de mujeres (véase el capítulo 3).

Después aclaró que creyó que podrían ser una fuente de información útil sobre cualquier actividad de resistencia. Por eso pidió permiso para ser incluida en el grupo que visitó el campo de Auschwitz I, «para ver cómo lo hacían».[12]

En 1982, Zippi dio una versión un poco diferente sobre cómo inició la orquesta de mujeres.

—Queríamos ver cómo funcionaban los hombres —declaró—. Tenía dos responsabilidades, trabajar en las negociaciones con la orquesta de hombres y reportarle a Katya Singer. Aceptaron darnos violines y todos los instrumentos que necesitáramos. Tenían los suyos y había miles de instrumentos de todas partes de Europa que habían llegado con los deportados... incluso las partituras que habían llevado eran usadas por las orquestas en los campos... después de cuatro semanas, la orquesta tenía su barraca. Era el Bloque 12.[13]

A principios de 1943, mientras las discusiones preliminares continuaban, una junta especial de los líderes de los bloques en Birkenau anunció el plan de establecer otra orquesta, pero esta vez exclusivamente con instrumentistas mujeres. Hanna Szyller (después Palarczyk), la encargada del Bloque 12, asistió a la reunión y no dudó ni por un instante que la idea de una orquesta de mujeres había sido de Mandl. Las líderes de los bloques de mujeres, personas con pequeños privilegios cuyo trabajo era mantener el orden y distribuir la comida, ahora eran responsables de buscar a prisioneras que pudieran tocar algún instrumento.

Entre las primeras mujeres que inmediatamente dieron un paso al frente después de escuchar sobre la creación de la nueva orquesta estaba Zofia Czajkowska, una maestra polaca de música, de 36 años, que había llegado el 27 de abril de 1942 desde su hogar en Tarnów, con el primer cargamento de Polonia. Zofia había sido torturada en prisión antes de ser deportada, y después pasó un año en el campo asignado al trabajo forzado más agotador. A principios de 1943, estaba en un estado físico y mental muy débil, por lo que vio la orquesta como la única manera posible de escapar de su difícil situación.

Aunque no contaba con formación académica como directora orquestal, y no tenía un repertorio a la mano, Czajkowska fue asignada al puesto después de ser recomendada por una antigua alumna que estaba en el campo, Stanisława Starostka, conocida como Stenia.[14] Ella había sido líder del coro en la prestigiosa National School of Commerce [Escuela Nacional de Comercio] de Tarnów y, como resultado de esto, había memorizado muchas canciones tradicionales polacas de las que ahora dependía. A través de ese precario sendero, Zofia logró convertirse en la líder y organizadora original de la orquesta de mujeres de Birkenau. La llamaban oficialmente kapo, además de directora y, a veces también, Pani Zofia. «Pani» es una palabra polaca que expresa respeto a una mujer mayor o casada, ya que era considerablemente mayor que las otras integrantes de la orquesta. Zofia permitió que circulara un rumor sobre su supuesta relación familiar con el gran compositor Tchaikovsky, posiblemente para impulsar su posición. No queda claro si Mandl realmente creía el rumor o si le convenía creer que era cierto. Czajkowska también insistió en que la acompañara su amiga Stefania Baruch, una polaca conocida como Pani Founia que había llegado con ella en el mismo transporte de 1942 y tocaba la guitarra y la mandolina; se unió a ella durante los primeros momentos de la empresa. El tener una amiga mucho más grande (Founia nació en 1891) para compartir el peso de establecer este nuevo *kommando* era crucial para reclutar miembros, preparar el repertorio, organizar los ensayos y dirigir las marchas.

De acuerdo con algunos testimonios posteriores a la guerra por parte de la prisionera política «Zosia» Cykowiak,[15] la primera vez que hicieron el llamado en busca de candidatas calificadas, las autoridades del campo estipularon que querían «mujeres arias de preferencia». No existe un documento correspondiente que sustente esa afirmación. Aunque Zosia, quien tocaba el violín a nivel de preparatoria, se convirtió en una de las primeras integrantes de la orquesta, al principio se mostraba renuente a unirse a la banda de niñas, como le decían, con solo cinco años de experiencia tocando el violín en la escuela. Su estado emocional era frágil y al inicio se negó a audicionar. Cuando la oficina de reclutamiento del campo le ordenó asistir, tocó mal a propósito, esperando fallar. Como respuesta, Czajkowska le dio una cachetada a Zosia «por no presentarse como voluntaria para algo cuando cualquier otra persona daría su ojo derecho por estar ahí», y le dijo que sería parte de la orquesta a pesar de sus deseos.[16]

Zosia tenía una buena razón para su estado tan frágil. Su historia representa a muchas mujeres polacas cristianas en Auschwitz que habían sido encerradas y a menudo torturadas antes de llegar al campo de concentración debido a sus actividades antinazis. Sin embargo, eso no hacía que sus interacciones con las judías fueran más sencillas. Antes de la guerra, Zosia había sido una *girl scout* y se unió al movimiento de resistencia clandestino cuando los alemanes invadieron Polonia en septiembre de 1939. Fue arrestada en Poznań durante una redada, después de que un miembro de su grupo cediera en el transcurso de los habituales interrogatorios. Algunos fueron asesinados después de un intenso interrogatorio, mientras que Zosia fue brutalmente torturada, por lo que quedó con problemas auditivos y perdió la vista en un ojo. Estuvo encerrada en Bydgoszcz, un pueblo al oeste de Polonia, y después fue transportada a Auschwitz, en abril de 1943.

Zosia siguió deprimida durante toda su participación en la orquesta. A veces podía esconder su condición, pero había días en los que cedía ante el adormecimiento y la apatía total, lo cual le impedía comer y ocasionaba que estuviera cada vez más débil. Otras veces le parecía imposible tocar para los nazis mientras sus compañeras marchaban exhaustas y enfermas a su lado. Al final, ser testigo de la brutalidad nazi era una experiencia demasiado abrumadora como para procesarla, y con frecuencia tenía que ser rescatada por sus compañeras polacas, en particular por Jadwiga Zatorska, conocida como Wisia.

La historia de Wisia era parecida a la de Zosia. Nació en 1916, por lo que era siete años mayor. Su tío le había enseñado a tocar el violín y era una maestra de preescolar en Cracovia antes de la guerra. En septiembre de 1939, se convirtió en mensajera del Ejército Nacional y, en mayo de 1942, fue arrestada por cruzar ilegalmente la frontera entre el Tercer Reich y el oeste de Polonia controlado por los nazis. Wisia fue torturada durante los interrogatorios antes de ser trasladada a Auschwitz en febrero de 1943, el mismo lugar al que habían mandado a sus tres hermanos. La asignaron a uno de los peores *kommandos* en Birkenau, donde era obligada a cavar zanjas de drenaje, drenar estanques y demoler casas.

La demolición era el trabajo más peligroso de todos, pero Wisia creía que drenar estanques era peor. Tenía que pararse al lado de todas las otras mujeres con agua fría hasta la cintura, cortando juncos y sacando el mantillo, y luego congelarse durante el camino de regreso al campo de concentración con ropa mojada y sucia. Wisia creía que había tenido suerte al enfermarse de fiebre tifoidea en 1943 y haber sido enviada a la *revier*, como le decían a la enfermería, porque ahí conoció a otra prisionera polaca, Maria Swiderska, quien trabajaba como secretaria en la oficina de admisiones. El trabajo de Swiderska consistía en realizar una lista de todas las mujeres que llegaban al campo en el registro de prisioneras. Ella mandó a Wisia a la nueva banda de mujeres de inmediato.[17]

En la orquesta, Zosia y Wisia se hicieron amigas cercanas y defensoras de una tercera mujer polaca, Helena Dunicz, una talentosa violinista que era parte del desafortunado cuarteto de Beethoven; se unió a la orquesta en octubre de 1943. Helena, nacida en 1915, pudo reconocer las cualidades que hacían especial a Wisia:

—Siempre estaba lista para ayudar, se le hacía fácil tomar decisiones y se preocupaba por todas las personas a las que habían derrotado las condiciones de opresión en los campos de concentración.[18]

Danka, o Danuta, Kollak, nacida en 1918, era otra mujer polaca parte del primer grupo de instrumentistas judías. Danka provenía de Varsovia, donde había trabajado con la resistencia. «Alguien en Varsovia la traicionó por celos, una mujer se enamoró de su esposo», era el rumor que corría por el campo. «Él la traicionó».[19] El papel de Danka en la orquesta era esencial. Antes de la guerra, estaba estudiando para ser pianista profesional; pero, debido a que la orquesta no tenía piano, aceptó tocar los tambores y címbalos que marcaban el paso para la banda. Danka era fuerte y fornida, pero transportar los pesados címbalos de latón por el campo de concentración causó estragos en su ya agotada energía.

Había otras dos mujeres polacas entre las primeras integrantes. Marysia Mos, nacida en 1916, provenía de Będzin, una ciudad en el sur de Polonia. Podía tocar la guitarra, pero Czajkowska le dio el puesto de copista. Czajkowska descubrió a Marysia por accidente después de ver su largo cabello rubio, algo fuera de lo común en Auschwitz. Le preguntó cuánto tiempo llevaba en el campo.

—Le dije que llevaba nueve o diez meses ahí —recordó Marysia en su testimonio después de la guerra—. Me preguntó si sabía algo de escritura musical. Le dije que sí porque en la escuela todos habíamos aprendido a leer música. Czajkowska me invitó al bloque que habían apartado para la futura orquesta, me dio una hoja y papel, y me pidió que escribiera notas para instrumentos específicos, el violín y la mandolina. La primera pieza fue la marcha de Schubert, *Rosamunde*. Después tuve que copiar cancioncitas que Czajkowska había escrito de memoria.[20]

Irena Lagowska, una violinista que compartía un atril con Wisia, estaba al margen del primer grupo polaco. Nació en 1908 y siempre se referían a ella como Pani Irena porque era veinte años mayor que la mayoría de las mujeres. Era muy solitaria, siempre apartada de las mujeres polacas más jóvenes que habían formado una gran red de apoyo.

Mientras Czajkowska fue la directora, solo se hablaba polaco y, aunque el estándar musical era débil, la solidaridad se mantuvo fuerte. Zippi creía que Czajkowska era una gran negociadora, algo necesario al inicio, que trabajaba arduamente para sostener al grupo. Consiguió acceso a los instrumentos y a la poca música disponible, trabajando con prisioneros representantes de la orquesta de hombres y con oficiales del campo de concentración.

Fue ahí donde el acceso de Zippi al papel fue particularmente importante porque la nueva orquesta no tenía música propia. Tenían que hacer copias de todo lo que tomaran prestado de los hombres, un trabajo laborioso que involucraba trazar líneas en hojas en blanco para crear los pentagramas antes de escribir las notas. Como lo explicaba Laks, un problema clave en su orquesta consistía en que la única música que tenían eran las marchas que repetían:

> Nuestro comandante, *Hauptsturmführer* Johann Schwarzhuber, quien resultó ser un gran amante de la música, insistía en expandir el repertorio tanto de las marchas como de la música ligera. Una y otra vez, otro Esman —emisario del comandante— nos llevaba la pura melodía de otra marcha o alguna pieza popular con la que no solo teníamos que armonizar, sino que tenía que ser orquestada para un grupo más grande y transcrita para cada integrante. Era un trabajo tedioso y exigente que debía hacerse bajo la presión usual del campo, y solo se intensificaba.[21]

De vez en cuando, llegaban prisioneros al campo de concentración con sus piezas de música favoritas en las manos que después terminaban en el suelo. Sin embargo, todas eran piezas clásicas, no marchas.

La violinista no judía Zosia Cykowiak tenía claro, en retrospectiva, que las «autoridades del campo de concentración» habían decidido que las judías debían ser excluidas al formar la orquesta de mujeres. Es probable que esa haya sido la intención original de Mandl, una experiencia con la que Szymon Laks se había familiarizado dentro de su orquesta. Sin embargo, después de unas semanas, en mayo de 1943, las instrumentistas judías fueron incluidas sin ningún inconveniente, probablemente debido al número tan bajo de mujeres no judías que sabía tocar en el campo. Al mismo tiempo, día tras día, los trenes entregaban en las rampas a miles de judías de todas partes de Europa, muchas de las cuales tenían un don para la música.

La primera versión de la orquesta incluía aproximadamente 15 mujeres, que aumentó a veinte para finales de junio de 1943. La banda tenía un rango reducido de integrantes, pero siempre había más que suficientes mandolinas, al ser este un instrumento tan popular en Europa durante la década de 1930 y considerado aceptable para las mujeres, junto con el piano, el violín y el canto. Creada en Italia a mitad del siglo XVIII, la mandolina clásica se ve como una guitarra, pero tiene la misma afinación que un violín, con ocho cuerdas en lugar de cuatro. Es más fácil de tocar porque solo necesitas los dedos, en lugar de un arco. La técnica del trémolo en una mandolina puede producir sonidos muy suaves o poderosos si se toca con una plumilla. Sin embargo, la nota tiende a apagarse con rapidez, lo cual no era de mucha ayuda para una banda que tocaba en exteriores.

En cambio, había muy pocas chelistas, competentes o no, y durante toda la vida de la orquesta, nunca hubo nadie que tocara el bajo. Mandl no estaba contenta con el dominio de las cuerdas en «su» orquesta, con pequeñas secciones de viento y percusión.

—Nos tomó mucho tiempo explicarle… a Mandl que… las orquestas de mujeres no solían tener instrumentos de latón… y que esta era una orquesta de cámara o de salón. En cualquier caso, era una que contaba con violines, chelos y algunos otros instrumentos, pero no trompetas. Al menos había címbalos… para marcar el paso —explicaba Hanna Palarczyk, la asistente del bloque.[22]

Czajkowska intentó hacer lo mejor que pudo con las instrumentistas que tenía a su disposición, con la orquesta fortaleciéndose poco a poco una vez que admitieron a las primeras judías en mayo de 1943. Hilde o Hildegard Grünbaum, quien falleció el 28 de febrero de 2024, tenía la dudosa distinción de ser la primera integrante judía; llegó a Auschwitz el 20 de abril de 1943. Nacida en Berlín en 1923 como hija única, Hilde provenía de una familia de clase media y fue a una escuela cristiana en Berlín, seguida de una preparatoria judía una vez que las restricciones nazis a la educación de los niños judíos entraron en acción. Sus padres habían insistido en que su hija tuviera una amplia educación musical, y Hilde aprendió a tocar el violín y tomó clases de teoría musical con un profesor particular, además de participar en varias orquestas escolares y juveniles, y asistir a clases de canto en su sinagoga.

Todos los amigos y los padres de los amigos de Hilde eran judíos y, aunque no eran ortodoxos, formaban parte de una congregación más progresista, o Masortí, cuyos miembros también habían sido de los primeros en adoptar el sionismo, la idea que el país de origen del judaísmo debía establecerse en Palestina, que estaba bajo control británico. Una de las tías de Hilde había emigrado a Palestina en 1925, pero el padre de Hilde era dueño de una tienda textil en Berlín y, como muchos judíos alemanes en ese entonces, creía que el terror nazi no podía durar en un país tan educado como el suyo. Cuando se demostró lo contrario, los padres de Hilde consideraron enviarla a estudiar la universidad en Italia. También la animaron a estudiar inglés para que la familia estuviera mejor preparada en caso de que lograran emigrar a Estados Unidos o Gran Bretaña.

Hilde recordaba muchas conversaciones que giraban en torno a cómo emigrar. Sin embargo, sus padres no actuaron. Su padre había nacido en Będzin, una ciudad al sur de Polonia donde un asentamiento judío se había establecido desde el siglo XIII. En octubre de 1938, antes de que pusiera en venta su tienda, lo mandaron de vuelta a Polonia desde Alemania junto con todos los judíos de nacionalidad polaca. Fue una época aterradora para Hilde y su madre, que se habían quedado solas en Berlín. A veces Hilde acudía sola a la sinagoga los sábados, simplemente para mantenerse en contacto con otros amigos judíos y escuchar las últimas noticias.

Lo peor estaba por llegar. El 9 de noviembre de 1938, *Kristallnacht,* el pogromo conocido como la «Noche de los cristales rotos», desató la violencia nazi sobre las propiedades y negocios judíos. Las sinagogas de toda Alemania ardieron durante la noche más aterradora en la vida de Hilde y su madre. El terror de noviembre, o pogromo, fue aprobado por Hitler y coordinado por Goebbels, de modo que la violencia quedó en manos de los soldados con botas negras de la SS y de los «camisas pardas» de la SA (Sturmabteilung, o «sección de asalto» en español). Sin embargo, para los infantes y adolescentes judíos como Hilde, lo más impresionante fue ver a las supuestamente idealistas Juventudes Hitlerianas —chicos que ellos conocían— alzando la voz con cantos sobre sangre judía explotando en sus navajas mientras ostentaban sus suásticas y parches del Partido Nazi.

Hilde y su madre ya habían sido obligadas por los nazis a mudarse de su hogar a un departamento más pequeño en un área predominantemente judía de Berlín. Eso significó que el 9 de noviembre pudieron atestiguar de primera mano la destrucción de la tienda de su padre. Impactada, la madre de Hilde vendió lo que quedaba dentro y le hizo una visita a un hombre que, según había escuchado, podía ayudar a judíos a cruzar de contrabando hacia Bélgica. Pero la traicionaron y nunca regresó. Mostrando un coraje impresionante para una joven de 15 años, Hilde fue a la misma dirección y descubrió que alguien le había dado información a la Gestapo sobre el traficante y habían arrestado a su madre y a otra mujer que estaba ahí. Después, la Gestapo hizo un cateo en el departamento donde Hilde estaba viviendo sola. La policía no encontró el poco dinero que su madre había escondido y que era todo lo que Hilde tenía para vivir, además de una pequeña reserva del dinero familiar en el banco. No pasó mucho tiempo antes de que ambas reservas se agotaran.

La joven intentó desesperadamente registrarse para la Aliyah, el proceso mediante el cual ayudaban a los judíos a escapar y empezar una nueva vida en Palestina. Muchas organizaciones sionistas con las que tenía contacto le ofrecieron tramitar un permiso con el que podría llegar a Inglaterra y, con suerte, viajar a Palestina. Sin embargo, lo dudó cuando descubrió en qué prisión estaba su madre. Ignorando sus súplicas, Hilde sentía que no podía irse de Alemania, así que usó el poco dinero que le quedaba para mejorar su inglés. Justo antes de que iniciara la guerra en septiembre de 1939, recibió un permiso por medio del movimiento juvenil Macabi que le permitiría emigrar a Palestina, pero decidió quedarse en Alemania después de la detención de su madre. En vez de ocupar un lugar en el Kindertransport, un esfuerzo británico de rescate para evacuar a más de 10 000 niños, principalmente judíos, de la Alemania nazi y otros países anexados al Reich alemán hacia Gran Bretaña, visitaba a su madre cada semana en una prisión en Berlín, donde cumplía una sentencia de dos años, mientras intentaba contratar a un abogado en un inútil intento de lograr que la liberaran.

Esos meses fueron agonizantes para Hilde. Para septiembre de 1940, ya no le quedaba dinero y se vio obligada a mudarse a la aldea de Neuendorf en el campo, a hora y media del sur de Berlín, donde vivía con una asociación juvenil sionista llamada Hakhshara, que preparaba a los jóvenes para trabajar la tierra antes de su viaje a Palestina. Durante un año, regresó a Berlín una vez a la semana para visitar a su madre.

Sin embargo, para septiembre de 1941, todas las operaciones de la asociación Hakhshara habían terminado, ya que el Gobierno alemán exigía que los niños judíos mayores de 12 años participaran en algún tipo de trabajo forzado, que solía ser muy desagradable, como limpiar baños o deshierbar cementerios, antes de su deportación a los campos de concentración. Hilde trabajó en el cementerio de día, pero de noche, con un toque de queda obligatorio, ella y sus amigos de Hakhshara podían leer, estudiar y escuchar música.

La vida se había vuelto muy precaria, con la Gestapo siempre cerca, esperando cualquier excusa para atacar. A principios de 1942, le pidieron al director judío de su grupo que eligiera a cincuenta personas para que fueran enviadas en transporte al este. Cuando se negó, la Gestapo realizó la operación de todas formas y eligió a quienes no tenían nacionalidad alemana. Hilde estaba entre esas personas, como hija de un judío polaco, y la enviaron a Frankfurt an der Oder.[23]

Ella y los miembros de lo que solía ser el grupo Hakhshara conocían el significado de las deportaciones porque muchos habían recibido mensajes encriptados de advertencia de amigos que tenían experiencia directa sobre lo que les sucedía a los judíos deportados. Hilde logró quedarse en Alemania por muchos meses más gracias a la escasez de mano de obra, por lo que era necesario que siguiera trabajando la tierra. Mientras tanto, su madre salió de prisión a principios de 1942, en una condición muy débil. Hilde encontró un escondite temporal para su madre, pero no duró mucho. A finales de aquel año, Susanna Grünbaum fue deportada a Ravensbrück y Hilde nunca volvió a verla.

Después, Hilde finalmente fue llevada a Berlín. En abril de 1943, a los 19 años, fue deportada a Auschwitz en un vagón para ganado, atestado y con un olor terrible. Era el cargamento número 37 que llevaba 1 000 judíos, hombres y mujeres. Más de la mitad (543) fue enviada a las cámaras de gas en cuanto llegó. Hilde, joven y fuerte, estaba con algunos amigos que había hecho en Neuendorf. Siempre recordaba los feroces ladridos de los pastores alemanes al llegar, y mientras conducían a los prisioneros a ser rapados y tatuados.

Después de un breve periodo de cuarentena, Hilde se unió al primer *kommando,* asignado a mover rocas, uno de los trabajos más pesados. Hilde y sus amigos de Hakhshara eran fuertes físicamente gracias a todo el trabajo que habían hecho en exteriores, pero se dio cuenta de que también necesitaría ser emocionalmente fuerte. Su optimismo y la profunda fe que tenía en el sionismo se vieron reforzados al descubrir a nuevas amigas en el campo que la ayudaron a sobrevivir. El liderazgo natural de Hilde también salió a la luz; es posible que haya sido el resultado de ser hija única y de haberse visto obligada a valerse por sí misma cuando arrestaron a su madre. Muchas de las chicas más jóvenes, que extrañaban a sus madres, recordaban que ella las había cuidado.

Poco después de unirse al *kommando* encargado de mover rocas, Hilde escuchó sobre la búsqueda de instrumentistas y alzó la mano de inmediato. Hizo una audición y Czajkowska le dijo que le gustaría aceptarla en la orquesta para que tocara el violín, la flauta dulce y las percusiones; así, se convirtió en la primera integrante judía del grupo. Justo antes de aceptar, Hilde lo consultó con Esther Loewy y Sylvia Wagenberg, dos niñas más jóvenes que habían viajado a Auschwitz en el mismo cargamento que ella; en ese momento, estaban en el mismo *kommando* y no quería abandonarlas.

Esther nació en 1924, en Saarlouis, un pueblo al suroeste de Alemania bajo control francés debido a los términos punitivos impuestos en la República de Weimar por el Tratado de Versalles. Era una de cuatro hijos en la familia de Rudolf Loewy, un maestro y cantante en la sinagoga local que había conocido a su esposa Margarethe, en Berlín, cuando ambos eran jóvenes y él le daba clases de piano. Después de su boda, Margarethe continuó tocando y cantando en varios conciertos.

En 1936, Alemania conquistó Sarre y sometió a la población judía a las reglas raciales de los nazis. La vida de los Loewy se restringió a un nivel preocupante. El hermano y la hermana mayores de Esther lograron emigrar, mientras que su hermana Ruth escapó a Suiza, o eso creían los Loewy. Sin embargo, Esther y sus papás estaban atrapados. El 9 de noviembre de 1938, el *Kristallnacht* fue una llamada de atención para la familia Loewy que, como muchas familias alemanas judías, se había mantenido apartada de la política. Los padres de Esther intentaron organizar la emigración de su hija más joven a Palestina, enviándola al mismo campamento de entrenamiento sionista en Neuendorf, dirigido por Hakhshara, adonde había huido Hilde, aunque el sionismo no había sido una meta particular de su familia antes de ese momento.

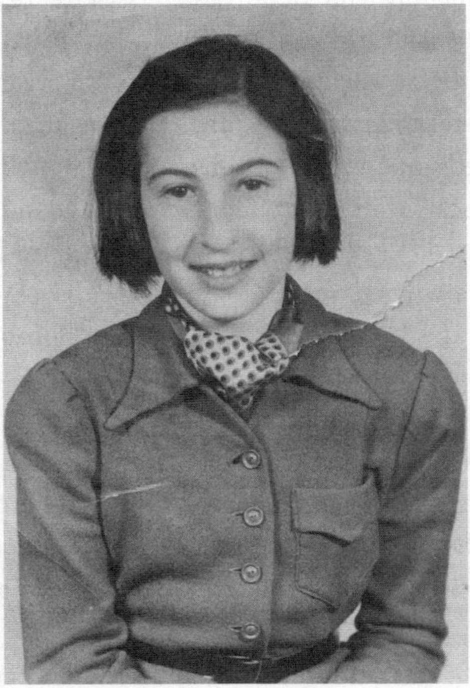

Esther Loewy, una joven instrumentista que sobrevivió a Auschwitz aprendiendo a tocar el acordeón.

En diciembre de 1942, Esther estaba haciendo trabajo forzado en los campos de Neuendorf cuando se enteró del trágico final de su hermana Ruth. Como muchos otros judíos que intentaban huir, Ruth había logrado llegar a Suiza, un país oficialmente neutral con políticas de migración estrictas, por lo que fue deportada a Alemania y asesinada en un campo de concentración.[IX, 24] Sus padres también habían sido deportados y asesinados en Kaunas, Lituania, una tragedia

---

[IX] La controvertida política de inmigración suiza significaba que se denegó la entrada a entre 10 000 y 24 000 refugiados civiles judíos, que fueron deportados

que descubrió hasta después de la guerra. Al igual que Hilde, logró quedarse unos meses hasta que la enviaron a Berlín a principios de abril de 1943. El 19 del mismo mes, también la metieron en un vagón sin ventilación y fue deportada a Auschwitz.

Esther lo recordó todo: cómo llegó a la rampa, la separaron de los hombres y de las ancianas, y la llevaron a lavarse a un lugar al que siempre se referían como «sauna». Le gritaron, la raparon hasta que no le quedó ni un cabello, la bañaron, la tatuaron, y luego tuvo que esperar a secarse sin una toalla. En 1995, cuando al fin se sintió capaz de hablar de esta terrible experiencia para los archivos del Museo de Auschwitz, su recuerdo de todo el proceso, incluyendo la parte en la que debía desvestirse frente a los hombres de la ss, era claro e impasible.

—Me convertí en el número 41 948 —dijo.

Hilde sabía, por haber trabajado en el mismo *kommando* que Esther, de 18 años, y Sylvia, de solo 15 años, pero con una complexión que la hacía ver más joven, que ambas chicas tenían talentos musicales básicos. Les pidió que hicieran una audición para la orquesta.

Esther había recibido una educación musical completa, con el piano como su instrumento principal, conocimiento de la flauta dulce y una buena voz. Por casualidad, el tío de Esther había sido el maestro de música de Hilde y había dirigido muchos coros en las escuelas de Berlín antes de la guerra. Muchos niños judíos recordaban a Herr Loewy como el hombre que les enseñó a amar la música.

—Escuchábamos sobre Mozart, Beethoven, Schubert, Schumann, Brahms y muchos otros compositores. Cantábamos para los coros… incluido el último coro de la *Novena sinfonía*, de Beethoven —recordó Inge Franken, una de sus pupilas, en 2003.[25]

---

a campos de concentración y asesinados, una política que ha sido criticada por los historiadores del Holocausto.

Sylvia podía tocar la flauta dulce y la transversal; también había aprendido en Berlín con el tío de Esther.

—El único maestro que para mí es inolvidable es Herr Loewy, le decíamos Stifte (que significa lápiz) porque era un hombre muy pequeño —recordó Sylvia en una entrevista de 2003 poco antes de su muerte—.[26] Nos enseñó estudios bíblicos, pero su especialidad era la música. Era un maestro de música fantástico. Con él aprendí las notas y cómo tocar la flauta. Eso salvó mi vida en Auschwitz, pero desafortunadamente no logró salvar la suya.[27]

De acuerdo con Hilde, las dos adolescentes, presionadas por ella, aceptaron darle una oportunidad a la banda. Después de una breve audición, Czajkowska las aceptó a las tres en la orquesta.

Sylvia amplió el relato de Hilde sobre el desarrollo de los acontecimientos. Dijo que Hilde se había ofrecido a audicionar para la orquesta en representación de las dos jóvenes y averiguar de qué se trataba.

—Si era algo bueno, la seguiríamos, y si no, al menos solo una de nosotras sufriría. Y así fue. Se unió a la orquesta y, después de poco tiempo, nos buscaron a mí y a mi hermana.[28]

Esther, por su parte, tenía un recuerdo diferente de cómo se había unido a la orquesta. En su versión, luego del baño con agua fría en el «sauna», la llevaron a las barracas con la expectativa de que compartiría una litera sin sábanas con otras ocho o diez mujeres. Después le siguieron cuatro semanas de mover rocas hasta que un día, cuando Esther sabía que su cuerpo ya no podría soportar ese trabajo tan pesado, Czajkowska entró a las barracas preguntando quién era la que tenía talento musical. Les explicó que había escuchado que una de ellas cantaba para ganarse raciones extra de pan como recompensa de la jefa del bloque, la mujer que dividía las porciones y mantenía el orden. Quería que esa persona se uniera a la orquesta que estaba formando.

—Me preguntó sobre el instrumento tocaba y respondí que el piano, pero no tenían uno de esos y me dijo que me aceptaría si podía tocar el acordeón —recordó Esther durante una entrevista en 1995 para el Museo de Auschwitz. Ella respondió que «sí», aunque nunca había sostenido siquiera un acordeón—. Pensé «¿Qué tan difícil puede ser? Puede aceptarme o rechazarme».[29] Después me preguntó si podía tocar una canción muy conocida en esa época: «Du hast Gluck bei den Frauen, Bel Ami» [Tienes suerte con las mujeres, amigo mío].

La canción se hizo popular en la película alemana de 1939 *Bel Ami,* que se basaba en una novela del escritor francés Guy de Maupassant, publicada en el siglo XIX sobre un trepador social sin escrúpulos cuyo éxito se debía a sus conquistas románticas.

—Me la sabía de memoria porque era muy popular, así que no tuve problema con la mano derecha; la técnica para tocar era similar a la utilizada en las teclas de un piano —recordó Esther—. Pero en el lado izquierdo, las teclas eran más complicadas. Solo lo logré gracias a mi oído musical.

La canción era de las favoritas de la SS en todos los campos, y los Esmen solían pedir que la tocaran para burlarse del deplorable estado físico de la mayoría de los prisioneros judíos. Esta y algunas tonadas similares a veces eran usadas de manera grotesca como música de fondo para acompañar los castigos y las ejecuciones, como se registró en varios campos de concentración. El 30 de julio de 1942, después de su escape fallido de Mauthausen, el prisionero Hans Bonarewitz fue acompañado a su ejecución por la canción «Komm Zurück», una adaptación de «J'attendrai», de Dino Olivieri, interpretada por los músicos del campo, mientras que en Neuengamme un pequeño conjunto de instrumentos de viento, obligado a tocar cerca de la horca donde colgaba un prisionero, fue dibujado de manera vívida por el prisionero Hans Peter Sorensen.[30]

Sin embargo, aunque casi todas las mujeres que fueron obligadas a tocar en Birkenau se referían a la experiencia como una forma de violencia, ninguna recordaba de manera específica que les hubieran ordenado tocar durante las ejecuciones. Szymon Laks escribió que «después de la guerra, se decía que en los campos de concentración alemanes colgaban a los prisioneros fugitivos con el sonido de la música. Pero en lo que concierne a Birkenau, debo negar esto rotundamente».[31]

Aunque Hilde, Esther y Sylvia fueron aceptadas por Czajkowska, Sylvia estaba preocupada por su hermana mayor, Carla, que había sido trasladada a Auschwitz junto con ella, pero que al inicio se había negado a unirse a la orquesta. Hasta ese momento, Sylvia y Carla Wagenberg no habían sido muy cercanas. Sus padres se divorciaron en la década de 1930 cuando su padre logró emigrar a Palestina y su madre se quedó en Alemania, luchando por cuidar a sus hijos por su cuenta, lo cual se complicó una vez que se enfermó. En 1939, Sylvia, de tan solo 11 años, fue enviada por su madre a una casa hogar para niños judíos en Berlín, con la esperanza de que ahí estuviera segura. Carla, que en ese entonces tenía 15 años, fue al asentamiento sionista en Neuendorf con la intención de recibir entrenamiento en agricultura y prepararse para emigrar a Palestina. En 2003, Sylvia recordaba lo sola que se había sentido en la casa hogar. Una vez que llegó a Auschwitz, la música se convirtió en un salvavidas para Sylvia, que estaba desesperada por compartirlo con Carla.

La renuencia inicial de Carla a hacer una audición con la flauta dulce pudo deberse a un resentimiento entre hermanas o a la preocupación de que su talento básico no fuera suficiente. Afortunadamente, una amiga eslovaca llamada Piri logró persuadir a Carla de que al menos lo intentara, y la aceptaron como flautista, la cuarta integrante judía de la orquesta, después de Sylvia, Esther y Hilde. Este pequeño grupo de judías alemanas en la orquesta se hizo muy cercano gracias a las experiencias de vida compartidas, aunque al principio no vivieron juntas en un bloque separado.

◆ ◆ ◆

Uno o dos días después de que las cuatro jóvenes alemanas —Hilde, Esther y las hermanas Wagenberg— llegaran, una familia judía griega bajó de un vagón en la estación de Auschwitz después de un terrible y largo viaje. En febrero de 1943, Lili Assael, de 33 años, recién casada con Samuel Hasid en cuya banda tocaba el piano, y su hermana Yvette, de 16 años, fueron arrestadas por los alemanes en Salónica, su tierra natal, al norte de Grecia. Lili, Yvette (cuyo nombre de nacimiento era Bonita) y su tía estaban en el grupo de 2 800 judíos que habían viajado en el cargamento 13, que salió de Salónica en las primeras horas del 22 de abril y finalmente llegó a Auschwitz el 28 del mismo mes. Tan solo el viaje pudo haberlas matado.

La familia Assael era parte de una inusual comunidad judía en Salónica con raíces en la España anterior a la Inquisición; había mantenido tradiciones sefardíes, como la lengua medieval judeoespañola conocida como ladino. La familia vivía cómodamente y sus hijos habían crecido en una atractiva casa en el número 62 de la calle King George, con vista al mar. David Assael, su padre, era dueño de una exitosa tienda de tabaco y tenía un pequeño negocio de comercio de divisas, un negocio lucrativo en la ciudad cosmopolita donde los judíos habían vivido tranquilamente por siglos con los griegos, los turcos y una gran variedad de religiones y nacionalidades.

Sin embargo, en 1938, el negocio de David dio un giro, lo cual complicó un poco la vida de la familia. Los padres insistieron en que Lili, Yvette y su hermano mayor Michael, conocido como Michel, quien los había seguido a Auschwitz, aprendieran a tocar el piano de niños. Michel, ocho años mayor que Yvette, tenía 20 cuando su padre enfrentó problemas con su negocio. Se fue a trabajar a un club nocturno como pianista para ayudar económicamente a su familia. Lili se convirtió en una respetada maestra de piano en Salónica, además de tocar de forma profesional en la banda de Sam Hasid.

—Mi padre era muy religioso —recordó Yvette en 1995—. Iba a la sinagoga todos los días y yo lo acompañaba los sábados. Pero la familia no se definía por ser judía. Hablábamos español en casa, aunque aprendimos un poco de griego; me mandaron a una escuela francesa, la Alianza Israelita Universal (AIL), y después a una escuela estadounidense hasta que los nazis cerraron todas las escuelas para judíos.

No obstante, fue la habilidad musical de Yvette la que realmente importaba para su supervivencia una vez que llegó a Auschwitz con Lili. En los primeros días de la guerra, a pesar de no tener mucho dinero, Doudoun, la madre de Yvette, compró un piano para la familia, aunque ella no sabía tocarlo. Yvette lo tocó por primera vez bajo el tutelaje de Lili.

—Ella solía darme unos golpes en los nudillos cuando me equivocaba —recordaba Yvette—. Después mi hermano lo intentaba. Y yo lloraba.[32]

Al final, Lili y Michel dejaron de intentar enseñarle a Yvette a tocar el piano, alegando que no era lo suficientemente buena. Al ser la hija más joven, Yvette era mucho más cercana a su devota madre Doudoun, que había pasado dos años enseñándole a tocar el acordeón e intentando persuadirla para que aprendiera a tocar el contrabajo. Doudoun incluso compró el instrumento, pero Yvette era demasiado pequeña para manejarlo, y se quedó sin usar.

—Le dije que aprendería si dominaba el tambor primero, y lo hice por seis meses —dijo Yvette durante la misma entrevista en 1995. Su padre la obligaba a practicar durante dos horas todos los días—.[33] Él dijo «me lo agradecerás algún día», aunque seguramente nunca se imaginó cómo.

El 8 de abril de 1941, el ejército alemán invadió Salónica. La familia Assael no tardó en perder su hogar y su piano, el cual fue confiscado. La población judía de casi 50 000 personas quedó sometida a las «reglas judías» que restringían sus movimientos y ocupaciones, mientras que el histórico cementerio judío de Salónica, construido en el siglo XV, fue profanado y destruido. En febrero de 1943, los judíos fueron obligados a mudarse a guetos, lo que facilitaba los planes alemanes de exterminación.

—De repente, teníamos que usar estrellas amarillas y compartir una casa en el gueto a orillas del pueblo, de donde salían los trenes —recordó Yvette.[34]

Había dos guetos, o campos de transición, rodeados de alambre de púas. De febrero en adelante, el capital judío fue confiscado; los archivos municipales, destruidos por el fuego, y los judíos de Salónica, arreados como ganado en vagones para los largos viajes hacia el este. La familia Assael había sido trasladada a un gueto más grande, nombrado en honor al filántropo judío barón Maurice de Hirsch, que había creado un barrio judío en el oeste de Salónica para ayudar a los judíos que se habían quedado sin hogar en el terrible incendio de 1917. Convenientemente para los nazis, el gueto estaba justo frente a la estación de trenes principal. Las deportaciones a Auschwitz empezaron en marzo de 1943; Lili e Yvette fueron trasladadas en abril. Las metieron a los trenes de ganado con ochenta personas por vagón —hombres, mujeres, ancianos, enfermos y niños— listas para un viaje de cuatro semanas hacia Polonia. Los prisioneros tenían que sobrevivir solo con la comida que hubieran logrado llevar, principalmente higos secos y pasas. El único baño en cada vagón era una cubeta, que se llenaba de orina y excremento con rapidez. Había otra cubeta con agua, que no duraba mucho, y la única ventilación era una delgada abertura cubierta con una red de metal.

Era casi medianoche cuando al fin llegaron a su destino desconocido el 28 de abril. Fueron rodeados de inmediato por el ladrido de los perros, linternas apuntándoles, una ventisca de aire helado y los gritos iracundos de *Raus, raus* («Afuera, afuera») mientras los sacaban a la fuerza y les quitaban su equipaje.

Yvette se sentía aún más desesperada porque había elegido viajar con su hermana mayor y su tía, y no con sus padres. Engañada por los alemanes, creyó que le estaban ofreciendo la oportunidad de viajar y conocer el mundo, algo que siempre había querido.

—No quería dejar a mi madre —recordó—. La amaba. Pero le dije que nos volveríamos a ver aquí. Estaba llorando… creímos que íbamos a trabajar en Alemania. Yo era tan joven…

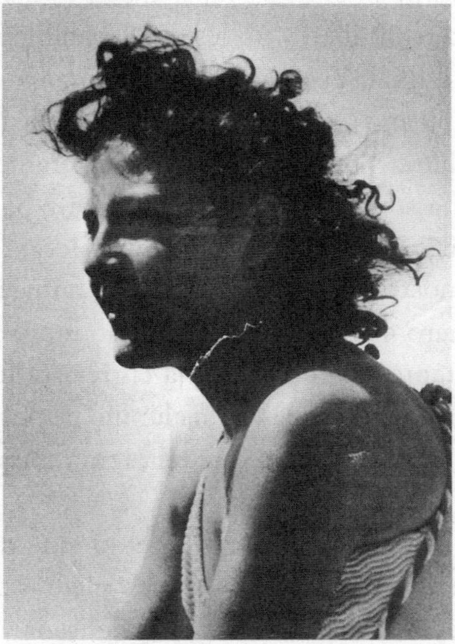

Yvette Assael, aquí después de la guerra, formaba parte de una familia musical de judíos griegos de Salónica, y era una de las más jóvenes de la orquesta.

La familia fue separada en cuanto llegaron a Auschwitz; Yvette y su hermana mayor en un grupo; su tía mayor, en otro.

—Corrí para regresar con mi tía —recordaba Yvette—. Era la hermana de mi madre. Pero mi hermana vio esto y se dio cuenta de lo que estaba pasando y me detuvo. Volví a correr hacia mi tía. Claro, Lili entendió la realidad y fue muy estricta. Me amaba y me salvó la vida. Era mi madre y mi maestra, pero a veces la odiaba.[35]

Dos meses después de la llegada de Michel y su familia a Auschwitz, él fue testigo de cómo sus padres fueron llevados directamente a las cámaras de gas. Gracias a sus contactos musicales, él no tardó en unirse a la orquesta de hombres.

Las mujeres tuvieron la inducción usual en Auschwitz para las prisioneras que no habían sido seleccionadas para la exterminación. Las llevaban al campo donde las rapaban, les tatuaban el brazo y les daban harapos que picaban y no les quedaban bien. Al enfrentarse a esta indignidad final, Yvette comenzó a llorar.

Yvette, con 69 años, recordó su historia desde la sala de su casa en Plainview, Nueva York, en el año 1995, durante una de las muchas entrevistas a sobrevivientes de Auschwitz para la Fundación Shoah. Su *casi* alegre pragmatismo mientras levantaba la manga de su suéter para mostrarle al entrevistador el tatuaje que tiene en el brazo —el número 43 293 con el triángulo judío[X] abajo— fue un poco desconcertante. Sin embargo, la entrevista fue interrumpida en ese momento por la llegada de un alumno de piano, un joven que debía de tener la misma edad que ella tenía durante los eventos que recordaba.[36]

Lo siguiente era pasar tiempo en el bloque de cuarentena, y después un día entero cargando ladrillos y piedras de ida y vuelta al campo cuatro veces. Yvette era una niña delicada y sabía que pasar más tiempo en ese *kommando* la mataría. Al llegar, les había dicho a las personas de la oficina de registros que tocaba el piano y el acordeón. En ese momento creyó que era una locura, porque cómo era posible que esas cosas importaran en un lugar así. Sin embargo, una funcionaria del campo apareció unos días después y dijo dos números: el suyo y el de Lili. Yvette revisó el número que tenía tatuado en el brazo izquierdo y se dio cuenta de que ambas habían sido llamadas para audicionar frente a Czajkowska, la líder de la orquesta.

—Me dio un acordeón y me dijo que tocara algo, y logré hacerlo de memoria. Después se lo dio a mi hermana, que era muy inteligente,

---

[X] Los triángulos no eran obligatorios como parte del tatuaje. La mayoría de los prisioneros solo tenía números.

pero no sabía tocar el acordeón, solo el piano. Así que lo tocó con una mano y convenció a Czajkowska de que así se tocaba ese instrumento. Ella también se unió a la orquesta —recordó.[37]

A pesar de estar en la orquesta, a las hermanas griegas les costó mucho enfrentarse al horror y la desolación de Auschwitz. Acostumbradas al clima cálido de Salónica, sufrían mucho por el frío extremo y se sentían aisladas porque no entendían el idioma del campo. Además, el esposo de Lili, Sam Hasid, había sido asesinado al llegar a Auschwitz en abril junto con los padres de la familia Assael. Así fue como Lili, una joven viuda, se vio obligada a ser una figura materna para Yvette. Ambas resentían la relación que la vida les había impuesto. Yvette a veces se sentía y comportaba como la niña que era. Al principio, se negaba a comer la sopa del campo con una actitud muy petulante, quejándose con Lili de que sabía a pegamento. Finalmente, aprendió que era eso o nada más que dos rebanadas de pan por la tarde y un pedazo minúsculo de salchicha de hígado.

Los papeles se invirtieron de cierta manera una vez que se unieron a la orquesta, al menos al principio, porque Yvette tuvo que enseñarle a Lili cómo tocar las teclas del acordeón con la mano izquierda. Lili era talentosa y lo entendió con rapidez.

—Pero tocar música clásica con el acordeón no era tan fácil y mi hermana nunca había tocado canciones de memoria, así que, aunque las dos tocábamos el acordeón en la orquesta, era a mí a quien ponían al frente durante las marchas —recordaba Yvette.

Aunque Lili era una instrumentista talentosa y con formación clásica, ella «a veces solo caminaba en la parte de atrás». Pero eso no duró por mucho tiempo y Lili no tardó en estar al frente.[38] Czajkowska había hecho caso omiso, porque gracias a la audición sabía que Lili era una instrumentista «de verdad» que podía ser útil de otras maneras.

◆ ◆ ◆

Durante los primeros días de la orquesta, las integrantes solo practicaban sin presentarse en ningún lado. Los ensayos se extendían desde el pase de lista matutino hasta el vespertino, con un pequeño descanso para almorzar. De acuerdo con la violinista Zofia (Zosia) Cykowiak, hasta junio de 1943, alcanzaron el nivel suficiente para tocar en el bloque del hospital e interpretar marchas para los *kommandos* de mujeres que se iban y regresaban de trabajar. En su testimonio de 1982, explicó:

—El área en la que tocábamos estaba en la entrada al campo de concentración de Birkenau y cerca del Bloque 25, el bloque de la muerte, frente al hospital que estaba al otro lado de la calle del campo BIa...

Todos conocían el Bloque 25 porque era una zona de espera, donde no daban comida ni agua, y una vez que sobrepasaba su capacidad máxima y los prisioneros estaban al borde de la locura y pidiendo ayuda, los mataban a todos.

Sin embargo, debido a que los números del campo aumentaban de manera constante, encontrar un lugar para que la orquesta de mujeres viviera se volvió un problema y los nazis las movían de un lado a otro.

—No tardaron en moverlas a la barraca número 12 (en otoño de 1944, cambiaron los números y se convirtió en la 7) y fue ahí, en un cuarto adicional para el servicio de paquetería, donde se estableció el cuarto de ensayos y se acondicionó un segundo cuarto para que vivieran.[39]

La banda estaba creciendo lo suficiente como para darle espacio a dos acordeones, pero tres podrían desbalancear el conjunto. Una acordeonista, Esther Loewy, se enfermó de fiebre tifoidea en junio, no mucho después de unirse a la orquesta. Se recuperó después de tres semanas y, cuando regresó del hospital, descubrió que su lugar había sido ocupado por Lili. Entonces, Czajkowska le dio un lugar como flautista, pero volvió a enfermarse pocas semanas después, esta vez de tosferina, y no pudo tocar. Ese debió haber sido el final de la carrera de Esther en la orquesta, pero incluso en ese momento Czajkowska le dio clases de guitarra y logró sobrevivir.

—Siento que Czajkowska era una muy buena mujer [y] ayudaba cuando podía, como se pudo ver en mi caso —recordó Esther en 1995—. Pudo haber dicho mil veces «Estás fuera de la orquesta». Pero no lo hizo. Quería encontrar la manera de salvarme la vida.[40] No siento nada más que respeto por Czajkowska. No deseaba nada más que hacer buena música para la SS y la admiraba por eso.[41]

Poco tiempo después, en septiembre, Esther fue trasladada de Auschwitz a Ravensbrück de manera voluntaria, tras haber escuchado que a quienes tuvieran al menos un abuelo no judío, como ella, los cuidaría la Cruz Roja. Cualquier cosa parecía mejor que Auschwitz.

Mientras tanto, Hilde desarrolló un doloroso absceso en el cuello que viajó a sus oídos tan solo unos meses después de unirse a la orquesta. Era imposible conseguir tratamiento para el absceso en el campo de concentración y era tan severo que Hilde no podía ni sostener el violín. Sin embargo, Czajkowska tampoco la expulsó; en lugar de eso, la reasignó para que ayudara copiando las piezas. Al igual que Esther, fue salvada por Czajkowska.

Czajkowska, que había estado en Auschwitz más de un año, también era recordada por su mal humor y arranques de histeria. Era «muy nerviosa y gritaba mucho», según refirió Zosia. Pero también podía ser muy maternal con las instrumentistas más jóvenes de la orquesta, «aceptando y entrenando a niñas que apenas sabían sostener sus instrumentos».[42] Sobre todo, Czajkowska claramente tuvo el impulso y la disciplina para establecer la orquesta como una banda aceptable en su primer año. Quienes la conocieron en esa época consideraban que era justa y, a diferencia de las líderes de otros bloques, no se quedaba con una parte de cada ración que pasaba por sus manos, sino que las compartía equitativamente. De acuerdo con el hijo de una de las integrantes de la orquesta, que investigaba la historia de su madre en 1998, descubrió que:

—También se aseguraba de que las *stubendienst* [las personas que llevaban las raciones a los bloques] revolvieran la sopa, ¡algo muy importante!, para que a todas las mujeres les tocara un poco de los pedazos de carne y papas que de otra manera se hubieran quedado en el fondo de la cubeta.[43]

Además, les enseñaba a las chicas más jóvenes como Yvette, a quien llamaba Yvetka, lecciones de vida:

—Cuando Yvette, en los descansos de sus ensayos, se sentaba afuera, en lo que podría confundirse con césped, comenzó a frecuentarla otra mujer que se interesaba mucho en ella, lo cual Yvette interpretaba como amable hasta que un día recibió una molesta carta que no comprendió. Fue con Czajkowska, quien leyó la carta y comenzó a reírse, recomendándole a una sorprendida Yvetka que no saliera a sentarse al césped por un buen tiempo.[44]

La mujer estaba intentando proteger a la joven de las abusivas exigencias de una prisionera desesperada.

Al recordar su tiempo en la orquesta, Yvette y su hermana Lili percibieron a Czajkowska de manera positiva, como una maestra que hacía lo mejor que podía sin tener experiencia como directora. Yvette recalcó que Czajkowska «podía ser muy amable, pero también era extraña… a veces salía de repente, en medio de un ensayo, para comer algo».[45] Otras veces, le daba comida extra a Yvette, una manzana o un pedazo de pan.

Lili, una música profesional de 30 años, tenaz y directa, tenía una perspectiva más informada que Czajkowska. La respetaba por esforzarse en ser una directora competente, pero también podía ver lo mucho que Czajkowska dependía de ella. Como el resto de las instrumentistas, Lili sabía que a Czajkowska le habían asignado un papel que iba mucho más allá de sus habilidades musicales.

3

Algo hermoso que escuchar

A PRINCIPIOS DEL VERANO DE 1943, Czajkowska tenía a casi veinte mujeres tocando en su tropa, además de dos copistas. Sin embargo, les faltaba cohesión, tenían un repertorio limitado y había un desequilibrio de instrumentos: cuatro mandolinas, cinco violines, tres flautas, dos guitarras, dos acordeones y algunos címbalos. Casi todas eran instrumentistas sin experiencia; las profesionales compensaban el esfuerzo de las demás.

Una audición extraordinaria en esa época fue la de Helga Schiessel, nacida en 1907, una percusionista con un dominio impresionante del kit profesional de tambores que había llegado a Auschwitz en abril de 1942, en el primer cargamento de mujeres polacas con el que llegó Zofia Czajkowska; la primera era judía y la segunda no. Helga había sido una conocida percusionista profesional y cantante de jazz en un club nocturno de Múnich que fue denunciada en 1942 por hacerse pasar por aria en un matrimonio interracial y enviada a Dachau, donde fue torturada. Al ser tímida y reservada, Helga no se incorporó a la orquesta hasta agosto de 1943. Czajkowska estaba extasiada por haber encontrado a una nueva integrante tan talentosa e importante.

Tres jóvenes judías de Bélgica también se unieron a la orquesta en el verano de 1943. Elsa Miller, de 20 años, era «gentil, buena y serena, incluso en Birkenau».[1] Era pelirroja, con piel blanca como la leche y, cuando llegó en abril de 1943, tenía una complexión más robusta. Elsa había mostrado mucho potencial como estudiante de violín y, poco tiempo después de su llegada, mientras esperaba en el bloque de cuarentena, escuchó sobre la búsqueda de instrumentistas y pidió hacer una audición. La aceptaron, pero tuvo que esperar un mes antes de incorporarse.

Unas semanas después, Elsa se percató de otra joven belga en el último cargamento de mujeres que esperaban a ser humilladas con el proceso del corte de cabello y los tatuajes. Hélène Wiernik, conocida como Itta, de solo 16 años, gritaba y lloraba mientras los funcionarios del campo cortaban su cabello largo y rizado.

—Estaba petrificada —recordó Hélène en 1997.[2]

Hélène tocaba el violín desde los 8 años, cuando su padre, un ebanista, le había hecho un instrumento diminuto. Ella vivía por su violín.

Hélène, o Itta, Wiernik, la talentosa violinista belga que lloró cuando le cortaron el cabello.

En el momento de su arresto, en junio de 1943, ella era una estudiante extraordinaria en la academia de música Saint Gilles, en Bruselas, aunque estuvo en peligro desde la invasión alemana de 1940, al ser polaca de nacimiento.

—Cuando mi profesor vio que llevaba la estrella amarilla [obligatoria para los judíos en el territorio ocupado de Bélgica después de octubre de 1942], se molestó y quiso salvarme —recordó Hélène—. Quería que fuera a un convento.

Los padres de Hélène, sintiéndose particularmente vulnerables al hablar yidis y no francés, se escondieron a principios de 1943, poco después de que iniciaran las deportaciones; dejaron a la joven Hélène, de 15 años, a cargo de su hermano de 11 años, Léon, lo cual significaba que el convento no era una opción para ella. Por suerte, encontró otra solución. Un joven no judío aceptó casarse con ella ese año, lo cual se conoce en francés como *marriage blanc*.

—Tenía casi 20 años... era un gesto... lo hizo para ayudar —explicó Hélène—. Era un camarada, no un amante.[3]

Después de esto, Hélène dejó de usar la estrella y se convirtió en la madre de Léon, quien vivía con ella y casi no salía. Fueron denunciados y arrestados por ciudadanos belgas proalemanes, a pesar de que el joven esposo de Hélène intentó alejarlos mientras gritaba:

—¡Es mi esposa!

Hélène y Léon fueron llevados a un campo de transición en Mechelen, una ciudad al norte de Bélgica conocida como Malinas en español, donde a Léon le salieron llagas supurantes debido a los piojos y tuvo que ser hospitalizado. La última vez que Hélène vio a su hermano fue en un tren hospital que lo llevaba a Auschwitz, donde fue enviado a las cámaras de gas en cuanto llegó. Mantuvo esa terrible imagen en su mente durante todo su encierro, preguntándose cómo podría explicárselo a sus padres si lograban sobrevivir.

Hélène tenía muchas razones para llorar ese día en Birkenau, porque además de que la dejaron sin cabello, extrañaba su violín.

—Era lo único que sabía hacer —recordó.[4]

Intentando consolarla tras su llegada, Elsa Miller le llevó agua a Hélène y le dijo que si en el registro le preguntaban «¿Qué sabes hacer?», debía responder que era una *couturière* (modista). Se había esparcido el rumor de que tener un trabajo útil era el camino para sobrevivir y que había demanda de personas que supieran coser para satisfacer las necesidades de las custodias. Sin embargo, Hélène se salvó de tener que inventar un talento que no tenía porque otras prisioneras habían pasado la información de que era una violinista. Czajkowska no perdió el tiempo y la buscó.

Al principio, Hélène se negó a ir con Czajkowska.

—No voy a tocar para los alemanes —decía. En ese momento, Elsa le dijo que se callara porque, como Hélène descubriría más adelante, «un ángel había llegado a llevarme de la mano—.[5] Czajkowska me llevó a las barracas de las instrumentistas… yo estaba desesperada. Todos estaban muriendo. No tenía zapatos ni cabello. Me dio un violín. Toqué la *Chacona* de Bach.

Hélène después confesó que técnicamente no era capaz de tocar esa pieza monumental, no solo considerada una de las obras maestras más desafiantes del repertorio barroco, sino que se dice que también expresa todas las emociones humanas más intensas. Mientras tocaba, «mis lágrimas inundaban el instrumento». Era claro que la adolescente entendía muy bien los temas de lucha, tristeza y dolor integrados en la música, y su respuesta a ellos era la prueba que demostraba que estaba más que calificada para unirse a la orquesta.

—Lloré sobre ese violín —relató Hélène recordando su audición—. Frau Croner y su hermana también lloraron, y los demás lloraron conmigo. No me di cuenta de que mi vida dependía de la audición ese día.[6]

—Elsa Miller salvó mi vida —comentó en 1997.[7]

Antes de unirse a la orquesta, Hélène tuvo que quedarse en el bloque de cuarentena por un tiempo y caminar todos los días hacia el bloque de ensayos. Cuando se dio cuenta de su suerte, Hélène animó a otra joven belga, Fanny Kornblum, a audicionar. Hélène había conocido a Fanny, nacida en 1926, en el campo de transición de Mechelen, desde donde también sería trasladada a Auschwitz con su madre y su abuela. Fanny podía cantar y tocar la mandolina, y aunque no estaba ni cerca de tener la experiencia musical de Hélène, su madre Frieda podía ver que la orquesta era un posible salvavidas con solo observar a Hélène ir al otro bloque todos los días. Le rogó a Hélène que preguntara si sería posible encontrar un lugar en la orquesta para Fanny. Entonces, le preguntó a Czajkowska, quien aceptó dejar que Fanny audicionara, y logró que la aceptaran como mandolinista, y después como violinista.

—Éramos tres niñas belgas y nos mantuvimos juntas durante todo nuestro encierro[8] —dijo Hélène, quien se convertiría en la violinista principal de la orquesta.

Fanny Kornblum, Elsa Miller y Hélène Wiernik formaron una de las amistades más fuertes dentro de la orquesta.

—Eso fue algo muy importante para mí —recordaba Hélène—. No lo habríamos logrado sin la ayuda y el apoyo de cada una de nosotras.[9]

Tocar en la orquesta nunca era una opción sencilla, pero era preferible a ser enviada a hacer trabajo de demolición mientras el campo seguía en construcción, ya que las mujeres de la orquesta quedaron exentas de otros *kommandos* casi desde el inicio. Su día solía iniciar a las cuatro de la mañana con un pase de lista seguido de cargar los pesados bancos, instrumentos y atriles hacia la cerca de entrada; tocar las marchas, y practicar por horas hasta que tenían que regresar a tocarlas para las trabajadoras que regresaban. Yvette Assael recordaba haber visto a las mujeres de los otros *kommandos* cargar hasta tres cadáveres al regresar al campo de concentración. No quería ser una de ellas y, aunque era parte de la orquesta, ver ese sufrimiento diario a unos metros de distancia le parecía casi insoportable.

En la cerca de entrada, sucedían casi todas las interacciones entre las instrumentistas y las trabajadoras. La prisionera austriaca Mali Fritz, quien llegó en 1943, comentó:

—La marcha de regreso al campo de la muerte era dura, apenas podíamos levantar las piernas y el cansancio nos impedía hablar. Siempre existía la sensación de que en los hombros llevaba capas de suciedad y polvo, y, sobre todo, cenizas de quienes ya no estaban marchando... mientras marchábamos al campamento, esta música de manicomio intentaba sonar al ritmo, pero ¿por qué? Nuestra fantasmagórica columna debió parecer recién salida del centro de la tierra. Izquierda, izquierda, izquierda, y dos y tres... maldito ritmo de terror.[10]

Pasaron meses antes de que las prisioneras en el *kommando* musical tuvieran un bloque especial para sus ensayos. Al principio se quedaban en sus barracas para dormir y se reunían para ensayar, mientras que las prisioneras normales salían a cumplir con trabajos brutales fuera del campo. Las prisioneras de Birkenau en ese entonces vivían mayormente en establos de madera, que ahora debían servir como hogar para más de 1 000 prisioneras. Cada barraca estaba equipada con 28 literas de tres pisos. Las tablas casi nunca cabían y eran muy inestables. Una persona por cama ya era demasiado; sin embargo, para 1943, después de la primera ola de mujeres que llegaban a Auschwitz, en cada litera podían llegar a dormir hasta 15 prisioneras.

Dormían en colchones de paja delgados y rotos, y solían compartir una manta rota y llena de piojos hasta entre tres personas. De acuerdo con la doctora y prisionera judía Lucie Adelsberger, quien llegó a Auschwitz en mayo de 1943, la distribución era mucho mejor en las literas de hasta arriba, porque solo las prisioneras más ágiles podían subir. Por otro lado, a causa del techo inadecuado, cada vez que llovía, las goteras mojaban sus mantas.

—En las literas de abajo, donde estaban las personas realmente enfermas que ya no tenían fuerzas para sentarse ni levantarse de la cama para ir al baño, había pilas de excremento y mantas empapadas de orina —recordó Lucie en 1956.[11]

No es claro en qué momento Mandl empezó a considerar que la orquesta tenía suficientes integrantes como para necesitar su espacio para dormir y practicar, además de quedar exentas de cualquier otro trabajo. Al principio, algunas kapos intentaban mandar a algunas instrumentistas a trabajar entre ensayos, lo cual resultó en ausencias mientras practicaban. No obstante, resultó evidente que la orquesta no podría convertirse en una unidad sólida lo suficientemente buena para presentarse hasta que vivieran y ensayaran juntas en un solo lugar. Las instrumentistas fueron trasladadas al Bloque 12, cerca de donde construirían la nueva línea de ferrocarril que llegaría al crematorio, pero ninguna de ellas pudo recordar la fecha exacta años después.

De acuerdo con Cykowiak, al principio la orquesta ensayaba en un pequeño cuarto del Bloque 4, donde algunas de sus integrantes dormirían tiempo después. Sin embargo, la experta en Auschwitz, Jacek Lachendro, afirma que esta información es falsa, porque el Bloque 4 se incendió a finales de marzo o inicios de abril de 1943, antes de que las prisioneras fueran enviadas ahí. Esther Loewy, quien en diferentes momentos llegó a tocar el acordeón, la flauta y la guitarra, recordaba que los primeros ensayos sucedieron en una barraca diferente de donde dormían y que los instrumentos se guardaban allí, aunque no especificó el número de la barraca. La intérprete polaca de banyo, Bozena Kaczynska, quien solo estuvo en la orquesta de junio a julio en 1943, declaró que los ensayos se llevaban a cabo en una barraca a la que se refirió como la «remiza», que era el lugar de reunión de la compañía de bomberos voluntarios y a veces funcionaba como un almacén. Bozena, que odiaba ese cuarto sin ventilación, añadió que no era la misma barraca en la que durmió. También Maria Mos, la copista y mandolinista polaca conocida como Marysia en el bloque que al inicio se designó como 6 111, habló de su entrevista con Czajkowska en el «bloque que habían apartado para la futura orquesta, [ella] me dio lápiz y papel, y tenía notas para instrumentos específicos».[12] Sin embargo, en la memoria de Maria, esta barraca aun no era la misma donde después dormiría la orquesta.

Lo más interesante de estas diferentes versiones es que nos muestran el desafío que presenta recordar detalles de manera exacta cuando la preocupación principal de todas estas mujeres era lograr llegar vivas al día siguiente. Nadie llevaba un diario; los nazis siempre cambiaban los números de barraca o bloque; grupos enteros de prisioneras eran trasladadas dependiendo de los nuevos cargamentos y la disponibilidad del campo para enviar bloques completos a las cámaras de gas. El registro del tiempo solía tratarse de una cuestión de reconocimiento de las estaciones del año o de recibir información de celebraciones religiosas por parte de los nuevos prisioneros.

El director de la orquesta de hombres, Szymon Laks, contó una reveladora historia sobre lo imposible que era recordar algo en Auschwitz con exactitud. Estaba convencido de que su amigo Zuk había muerto mientras los dos eran prisioneros, pero se rencontraron después de la guerra.

—En este punto, nuestros recuerdos son diferentes. Después de tantos años, ¿por qué eso es raro? Hasta donde yo recuerdo, poco después de su regreso a Birkenau, Zuk se enfermó de fiebre tifoidea y se lo llevaron a la enfermería. Después de varias semanas, me llegó la noticia de su muerte. En las primeras cartas que recibí cuando restablecimos el contacto, dijo que había regresado a la orquesta y tocado hasta marzo de 1943, cuando lo transfirieron al campo de concentración Gross-Rosen. Así que me escribió: «Me fui de la orquesta y recuerdo salir de Birkenau marchando, y me viste con tristeza desde el podio de la *lager kapelle;* esa imagen ha estado en mis recuerdos siempre». Así que era yo el que estaba equivocado.[13]

De acuerdo con la musicóloga Gabriele Knapp, quien escribió uno de los primeros relatos de la *Frauenorchester* en 1996, después de entrevistar a siete de las veinte integrantes de la orquesta que sobrevivieron, «la primera presentación de las prisioneras fue en la entrada del campo en junio de 1943». Cykowiak se refirió a esa área como una que «estaba en la entrada al campo de concentración de Birkenau y cerca del Bloque 25… el bloque de la muerte». Agregó que «la banda comenzó a tocar a finales de junio de 1943 en los bloques del hospital». Otras prisioneras también recordaban a la orquesta presentándose para los pacientes en el patio del hospital del campo en esa época porque el clima era cálido.

Cuando tocaban marchas, las instrumentistas tenían que llegar a sus posiciones en la entrada del campo desde temprano para estar listas antes de que los *kommandos* salieran a trabajar. Al final del día, también debían quedarse más tarde, hasta que el último *kommando* cruzara las rejas. No eran libres de su deber musical cuando había lluvia. En ese momento, solo podían tocar algunas piezas como la *Marcha Radetzky*, de Johann Strauss (padre), y la *Marcha militar*, de Schubert. Bajo la dirección de Czajkowska, las instrumentistas repetían su limitado repertorio una y otra vez, en ocasiones durante horas mientras las filas de prisioneras intentaban mantener el paso y avanzaban marchando a su lado.

La preparación para tocar frente a una audiencia fue demandante para este joven conjunto sin experiencia; algunas integrantes tuvieron problemas para acoplarse durante los ensayos bajo techo. Esther comentó que eran un grupo de jóvenes exhaustas y famélicas que nunca habían tocado juntas, pero necesitaban hacerlo bajo el escrutinio de sus potenciales asesinos nazis, quienes buscaban el más mínimo error.

—Éramos principiantes —recordaba Esther—. Primero teníamos que escribir las partes de cada una, todo para toda la orquesta, y era necesario saber qué parte le correspondía a los violines y ese tipo de cosas. Eso tomaba mucho tiempo.[14]

Bozena Kaczynska, la intérprete de banyo, recordaba que, además de la fatiga y el hambre, lo que más le molestaba durante los ensayos era la falta de aire fresco. Después de varios días de prácticas, se ofreció como voluntaria para unirse a un grupo de mano de obra para trabajar afuera, creyendo que sería una mejor opción. Sin embargo, la encargada del bloque la reconoció y le dio una buena paliza por desobedecer órdenes. Regresó por un breve tiempo a la orquesta, solo para contraer la fiebre tifoidea y ser enviada al hospital del campo de concentración. Una vez recuperada, no volvió a la orquesta. Como no era judía y, por lo tanto, no era tan común que pudiera ser seleccionada para las cámaras de gas, Bozena sobrevivió la guerra.[XI]

La orquesta fue creciendo poco a poco, ya que las dificultades de los ensayos y las presentaciones bajo una enorme presión eran percibidas por la constante fila de prisioneras que audicionaban con Czajkowska, como una opción preferible a la esclavitud de los *kommandos* de trabajo exterior. De acuerdo con Knapp, a finales de julio de 1943, la orquesta tenía 12 instrumentistas judías y 15 no judías. El total era fluctuante, sobre todo debido a que enfermedades como la fiebre tifoidea reducían el número de integrantes de manera constante. Esa era una de las razones por las que la orquesta tuvo dificultades para alcanzar un nivel aceptable. La banda «se estaba hundiendo», recordaba Zippi, agregando que al principio sonaban como *katzenmusik* (música para gatos).[15]

—Lo intentamos, pero éramos como monos con un organillero —explicó Zippi, incluyéndose a sí misma en el grupo.

Después, en agosto de 1943, comenzaron a circular rumores sobre una talentosa violinista en el campo de concentración.

◆ ◆ ◆

[XI] Muchas personas no judías, en particular miles de prisioneros de guerra soviéticos y romaníes, al igual que algunos polacos y enfermos en el hospital, eran seleccionadas para las cámaras de gas. Prisioneros de otras nacionalidades también murieron durante el periodo de mediados de 1941 a la primavera de 1943, cuando la selección se hacía dentro del campo de concentración, usualmente en los bloques de los enfermos.

Alma Rosé, nacida en 1906, era una de las intérpretes más talentosas y reconocidas de Europa, descendiente de la realeza musical alemana y sobrina de Gustav Mahler. La madre de Alma, Justine, era la hermana de Gustav y había bautizado a su hija con el nombre de la esposa de su hermano: Alma Schindler. Su padre era Arnold Rosé, concertino de las orquestas de la Filarmónica y de la Ópera Estatal de Viena, y fundador del cuarteto de cuerdas Rosé, que había estrenado una considerable cantidad de obras de cámara escritas por Brahms. Además, Eduard Rosé, el tío de Alma y chelista del cuarteto original, estaba casado con otra de las hermanas Mahler.

La familia de Alma estaba profundamente asimilada, ya que cambiaron su apellido de Rosenblum a Rosé y se convirtieron del judaísmo al cristianismo. Era probable que Alma nunca hubiera entrado siquiera a una sinagoga, porque su padre y su madre eran intensamente seculares. Sin embargo, bajo la definición de los nazis, era indudablemente judía.

Alma hizo su debut como violinista el 16 de diciembre de 1926 en el *Musikverein* de Viena, tocando el concierto para dos violines de Bach en re menor con su padre. En 1930, se casó con el famoso violinista checo Váša Přihoda y se mudó a Praga con él. Eran una pareja glamurosa y tuvieron un *tour* juntos a inicios de la década de 1930, lo cual constantemente atraía la atención de revistas para mujeres muy populares, con sesiones de fotos que los mostraban a ambos usando atuendos elegantes y manejando autos muy ostentosos. Sin embargo, el matrimonio se deterioró, principalmente debido a que ambos tenían grandes ambiciones como solistas de concierto.

La carrera de Alma fue indudablemente afectada por la arraigada misoginia y el antisemitismo de la época. De acuerdo con el musicólogo Michael Haas, ella «reconoció que nunca podría competir de manera directa con su esposo y decidió hacerlo por cuenta propia. La decisión fue atrevida, ya que representaba un alejamiento de la música seria».[16]

Alma Rosé al volante de su convertible blanco, un regalo de su esposo a principios de la década de 1930.

En 1932, Alma fundó una orquesta exclusivamente femenina, Die Wiener Walzermädeln [Las valsistas de Viena], que logró hacer un *tour* por Europa en una época en la que las mujeres en orquestas eran poco frecuentes, y una directora lo era mucho menos. La orquesta no era un lugar en el que Alma pudiera brillar como solista, porque generalmente interpretaban valses de Strauss. Mientras tanto, Alma y Váša concretaron su divorcio en 1936.

En 1938, la familia Rosé se enfrentaba a una gran cantidad de problemas. Después del Anschluss con Alemania en marzo de 1938, Arnold Rosé fue obligado a retirarse de sus cargos orquestales, a sus más de 70 años, debido a las nuevas leyes de los nazis. Se enfrentaba a una vejez con una pensión reducida, muy pocos ahorros y sin la madre de Alma, Justine, quien, tras un grave deterioro de su salud, falleció en agosto de 1938. Alma se quedó sola a cargo del cuidado de Arnold; su hermano Alfred y su esposa habían huido a Viena y

Alma y su orquesta, Las Valsistas de Viena, tocando en Berlín en 1933.

emigraron a Estados Unidos en septiembre, un mes después de la muerte de su madre. Los meses siguientes, Alma estaba vuelta loca haciendo planes para viajar a Londres con su padre y su pareja de ese entonces, un joven austriaco llamado Heini Salzer, quien no era ni músico ni judío y tenía ocho años menos que ella. Heini era el adinerado hijo de un exitoso hombre de negocios vienés con el que Alma esperaba casarse en Inglaterra «porque no había ninguna ley inglesa que le prohibiera casarse con un caballero católico romano como Heini».[XII, 17]

Los últimos días antes de su partida en marzo de 1939 fueron un tormento. Pasó horas haciendo fila para conseguir documentos de viaje válidos e hizo planes secretos para tomar un avión de Hamburgo a Londres con Heini, con la esperanza de que su padre los siguiera

[XII] De acuerdo con una amiga suya, Alma se había unido a la Iglesia católica romana.

pronto. Transcurrieron seis largas semanas antes de que lograra alcanzarlos. Cuando logró terminar de pagar un año de impuestos y otras exigencias financieras que se les impusieron a los judíos que intentaban emigrar para alejarse de los nazis, ya no tenía dinero. Heini y Alma encontraron un pequeño departamento en Maida Vale, en el noroeste de Londres, y rentaron un cuarto cercano para su padre.

Al ser austriaco, Heini no pudo encontrar trabajo en Londres, por lo que, bajo la presión de sus amigos y familia, regresó a Viena en junio y no demoró en casarse con otra mujer. Alma se sintió abandonada, sola y completamente consciente de que era responsable del bienestar de su padre. A finales de 1939, una vez que estalló la guerra, regresó a la Europa continental, creyendo que podría conseguir presentaciones en Holanda, al ser neutral, y ganar más dinero que en Londres para mandárselo a su pobre padre de 76 años, que ahora dependía de ella.

En retrospectiva, es fácil criticar la ingenuidad de Alma al no salir antes de Europa o por ser tan desorganizada. En mayo de 1940, no aprobaron la extensión de su visa británica y le prohibieron la entrada una semana antes de que las tropas de los nazis ocuparan Países Bajos. Tal vez haya creído que su fama, su pasaporte checo o los amigos de su tío famoso la salvarían. En lugar de eso, se vio obligada a esconderse en Países Bajos, mudándose de un escondite a otro durante los siguientes dos años. En marzo de 1942, al darse cuenta de que necesitaba protección, Alma se casó por conveniencia con un estudiante de medicina católico de Utrecht, Konstant August van Leeuwen Boomkamp, hermano de un conocido chelista holandés, para conseguir papeles falsos con un hombre holandés. Los jóvenes nunca vivieron juntos y los nazis, que buscaban a judíos con ese tipo de arreglos, llevaban a cabo sus rondas y hacían frecuentes detenciones arbitrarias. Asustada, Alma decidió intentar escapar a través de Bélgica, que había sido ocupada, hacia Suiza. Llegó hasta Dijon, en el este de Francia, donde fue traicionada.

Primero enviaron a Alma a Drancy, en los suburbios al noreste de París, donde un campo de transición, controlado por los franceses y situado en un bloque de viviendas sin terminar, era usado como una enorme área de espera para los judíos arrestados que serían enviados a Auschwitz. Una persona cercana a ella le escribió a su hermano después de la guerra para explicarle que «[Alma] tenía un miedo terrible a que la mandaran bajo tierra y sentía que no poseía el temperamento necesario para vivir con extraños con los que no sería compatible, o peor, que la dejaran sola en un cuarto».[18]

Después de seis meses en Drancy, el 18 de julio de 1943, Alma Rosé, junto con otros miles de personas, viajó en un apestoso y apretado vagón de ganado durante tres días hacia Auschwitz-Birkenau. Era parte del Convoy 57, que salió de la estación Bobigny en París a las nueve de la mañana. El transporte estaba lleno de niños a quienes les decían que iban camino a *Pitchipoi* —un nombre inventado con la intención de alegrarlos—, mientras que los adultos, que en su mayoría habían pasado la noche durmiendo en el suelo esperando la salida del vagón, intentaban creer que iban a trabajar para los *boches*.[19]

Uno de los pasajeros que viajaba con Alma, Henry Bulawko, dejó un vívido relato del terrible viaje que soportaban los prisioneros:[20]

> Solo una vez, creo que en Colonia, nos permitieron bajar del vagón por unos minutos. Algunos prisioneros lo arriesgaron todo para intentar escapar en una de las paradas… incendiaron su vagón, apostando a que alguien abriría la puerta para apagar el fuego. Pero pagaron el precio. Cuando el fuego llamó su atención, un policía alemán se asomó por la pequeña abertura cubierta con alambre de púas y le ordenó al líder del vagón lleno de deportados: «Apaga el fuego o todos ahí adentro se van a quemar». Desapareció. No estaba feliz. Mis compañeros no tardaron en apagar el fuego.

Alma sobrevivió a la primera selección en Auschwitz cuando la bajaron del tren y la pusieron en la rampa. Se registró bajo el nombre Van Leeuwen Boomkamp, dijo que su ocupación era *geigenspieler* (violinista), y pasó por los humillantes procesos usuales de corte de pelo y baño. Después de ser tatuada con el número 50381, y de que le dieran un incómodo uniforme rayado de prisionera, fue enviada directamente a la unidad de experimentación médica en el Bloque 10 de Auschwitz I con un grupo de mujeres en edad fértil.

Este edificio de dos pisos con las ventanas cerradas era el único bloque de mujeres en el campamento principal, o *stammlager*, y tenía vista hacia el Bloque 11, donde estaba el patio de ejecución con su pared negra manchada de sangre. El bloque estaba bajo el mando del ginecólogo Carl Clauberg, quien llevaba a cabo experimentos pseudocientíficos con la esterilización femenina. Oficiales nazis, incluyendo a Heinrich Himmler, creían que la única manera de exterminar por completo a la raza judía era asegurándose de que las mujeres judías fueran esterilizadas. Con este fin, Clauberg y sus asistentes sometían a las jóvenes judías a radiación extrema, extirpación quirúrgica de sus ovarios y otros dolorosos procedimientos, como inyectarles soluciones de formaldehído en el útero sin anestesia. Clauberg le había prometido a Himmler que un solo doctor con diez asistentes debería poder esterilizar a miles de judías en un solo día. Las operaciones se hacían con una ineptitud tan insensible que las mujeres que sobrevivían solían estar tan débiles y heridas que morían en Birkenau cuando salían del hospital.[XIII]

Al principio, nadie en la unidad de experimentación reconoció a Alma, sin cabello y con un nombre extraño. Por casualidad, una

[XIII] Clauberg fue arrestado por autoridades soviéticas en 1945 y fue juzgado y condenado a 25 años en la cárcel como castigo por sus crímenes relacionados con la esterilización. Fue liberado en 1955 como parte del acuerdo de repatriación entre Alemania y la Unión Soviética, pero la policía alemana lo arrestó de nuevo. Murió antes de su juicio en 1957.

de las enfermeras prisioneras del bloque era una joven holandesa de 22 años llamada Ima van Esso, una flautista de una familia musical, que descubrió la verdadera identidad de Alma una vez que comenzaron a hablar. Ima recordaba su infancia y la vez que Alma había ido a jugar a casa de sus padres.

—Estaba tan sorprendida de encontrarme a Alma en el Bloque 10. Estaba tan cambiada desde la última vez en Holanda, pero aún con un aire fresco y encantador, que tuve que decirles a todos, incluso a la *blockälteste* [encargada de la barraca] Magda Hellinger —recordó Ima en 1983—. Era una noticia tan inusual para Magda que me escuchó... aunque al inicio no sabía de quién le estaba hablando. El nombre Rosé no obtuvo una reacción inmediata, pero cuando mencioné a Váša Přihoda, me prestó atención. En ese momento, Přihoda era tan importante en el centro de Europa como Yehudi Menuhin lo es hoy.[21]

Magda Hellinger fue una de las primeras prisioneras judías eslovacas. Solía ser una maestra de preescolar y se quedó a cargo del bloque de experimentación. No sabía mucho sobre música, pero tuvo suficiente claridad mental para lograr que llevaran un rápido mensaje verbal a la oficina administrativa, donde la información llegó a Katya Singer. «Tenemos a Alma Rosé aquí, la esposa de Váša Přihoda».

En el bloque de experimentación, Alma, que creía que iba a morir, hizo una última petición: pidió un violín. Magda se aseguró de que la solicitud llegara directamente a Zippi y ella se encargó de que le dieran uno bueno a Alma.

Magda nunca dijo haber salvado a Alma. Sin embargo, es evidente que, sin sus acciones, Alma habría muerto en la cámara de tortura pseudomédica del doctor Clauberg. Magda siempre insistió en que su papel dentro del campamento era intentar ayudar a la mayor cantidad posible de mujeres a escapar de las cámaras de gas.

—Intentaba ayudarlas; bueno, porque haces lo mejor que puedes o no te importa. Pero a mí me importaba—.[22] Habló más sobre el tema años después—. Pocos pueden entender lo que era ser una prisionera en Auschwitz-Birkenau: en realidad solo quienes estuvieron ahí. Incluso menos pueden entender lo que era ser obligada a convertirte en una «funcionaria» dentro del campo de concentración —explicó Magda en 2003 a sus 83 años—. Estar en una posición en la que, si eres valiente e inteligente, podrías salvar vidas... mientras eres impotente ante la matanza de casi todas las personas a tu alrededor. Vivir siendo consciente de que, en cualquier momento, podrías perder tu vida a manos de un guardia aburrido o molesto que sintió que eras demasiado amable con otro prisionero, cuando solo estabas intentando ser humano.[23]

Así fue como Magda le describió el suceso a Richard Newman en 1983:[24]

—Con violín en mano, Alma esperaba ansiosa a que dieran las seis de la tarde cuando dos custodias de la ss salieron de la barraca y cerraron las puertas desde afuera. Designaban prisioneras como vigilantes de la puerta para que alertaran en caso de que alguien se acercara al edificio. Cuando todo quedó en silencio, Alma comenzó a tocar.

—La belleza había sido un sueño olvidado en el Bloque 10 hasta esa noche —recordaba Ima van Esso, quien también fue testigo de esta escena—. Nadie ahí pudo haber imaginado algo tan bello como lo que ella estaba tocando en ese momento.[25]

De acuerdo con Magda, Alma tocó varias noches después de esa primera vez en el bloque de experimentación; los eventos se convirtieron en presentaciones improvisadas al estilo cabaret.

—Por la tarde, cuando todos los doctores y *blockführerinnen* de la ss se iban, nos organizábamos para que las mujeres bajaran de una en una como si fuera un desfile de modas en las batas que les habían dado. Imagina el espectáculo: una mujer pequeña en una bata grande, una mujer grande en una bata pequeña. Era una comedia, una tragicomedia. Risas en rostros tristes.[26]

Una prisionera polaca que era actriz, Mila Potasinski, se encargó del cabaret y se ofreció a cantar. Alma tocaba ritmos hispanoamericanos en su violín mientras Mila les enseñaba a las mujeres a bailar. Ima recordaba que «la oportunidad de tener cerca a alguien, de bailar y terminarlo con un beso, muchas veces significativo, ayudaba a las mujeres a darse cuenta de que estaban vivas en el dominio de la muerte de Auschwitz».[27]

Los rumores de sus presentaciones comenzaron a circular entre los oficiales nazis y algunos comenzaron a asistir, Maria Mandl entre ellos. En cuanto Mandl escuchó a Alma tocar, supo que debía transferirla a Birkenau, creyendo firmemente que solo Alma podría transformar su banda revuelta en una verdadera orquesta de mujeres, lista incluso para compararse con la orquesta de hombres de Laks. Estaba emocionada ante el prospecto, porque podía ver que «su» orquesta estaba teniendo problemas para alcanzar un nivel que pudiera compararse con el de la orquesta de hombres. Con Alma, podrían hacerlo mucho mejor que ellos, y esta oportunidad no pudo haberse presentado en un mejor momento. En agosto de 1943, el comandante Höss nombró director del campo de concentración de mujeres a Franz Hössler, a sabiendas de que esta decisión ocasionaría problemas, ya que esa posición había estado ocupada de manera no oficial por Mandl. Aunque Höss dio un comunicado afirmando que Mandl seguía siendo la supervisora principal y sugiriendo, de manera muy optimista, que «ella y Hössler trabajarían juntos y en armonía», la relación fue tensa gracias a que Mandl se negaba a someterse a la dirección de Hössler.

Yvette recordó el momento, de agosto de 1943, en que Alma fue transferida a Birkenau:

—Nunca olvidaré el día en que la ss llevó a Alma al bloque musical. La pusieron en la tercera mesa de los violines y parecía tener problemas para ver las notas. Ese día solo fue presentada por la ss como una nueva integrante de la orquesta. Al día siguiente, las oficiales les dijeron a las niñas del bloque musical quién era Alma y que iba a tocar algo para ellas. Creo que tocó *Zardas,* de Monti [su tonada distintiva]. Nos dimos cuenta de inmediato de que ella era diferente. Después anunciaron que era la nueva líder.[XIV, 28]

La joven Sylvia Wagenberg, la flautista alemana, se sorprendió con el repentino cambio de mando, de Zofia Czajkowska a Alma Rosé.

—Un día la ss llegó al bloque de música y nos dijeron que habían descubierto a una directora musical, Alma Rosé. Ella cambió a la orquesta por completo... tocábamos desde la mañana hasta la noche.[29]

Para Alma, el problema más urgente al tomar el mando fue cómo lidiar con Czajkowska. La maestra polaca tenía una posición lo suficientemente fuerte como para que eso evitara que se desarrollara una buena relación con Alma. Sin embargo, una vez que le quedó claro a Czajkowska que solo dejaría de ser la directora y seguiría siendo la «supervisora» de la orquesta con la responsabilidad de traducir las órdenes de Alma a polaco, supo que eso fortalecería a todas y la seguiría protegiendo de ser expulsada.

—En lugar de molestarse y hacer el trabajo de Alma más complicado, Czajkowska fue de gran ayuda —declaró Zippi.[30]

Sin embargo, Zippi reconoció que «era una crisis emocional para Zofia, quien estaba mostrando señales de tanto estrés que sus ataques violentos de ira se volvieron comunes... Pudo haber sido una tragedia. Pero ella y Alma eran buenas mujeres».[31] Zippi creía que Czajkowska también había aceptado el hecho de que tener a Alma a cargo les ofrecía a todas una mayor posibilidad de sobrevivir.

Para agosto de 1943, cuando se convirtió en la directora, Alma ya había experimentado ser fugitiva durante dos años. Había pasado seis meses al borde de la inanición en el terrible e insalubre campo de detención de Drancy, tres días en un vagón para ganado sin

---

[XIV] Una zarda es un baile tradicional húngaro que comienza lento y poco a poco aumenta la velocidad, y suele ejecutarse para mostrar la virtuosidad técnica del violinista. La pieza *Zardas,* de Vittorio Monti, fue escrita en 1904.

ventilación y atestado de personas y, finalmente, una horrible temporada en el bloque de experimentación, donde esperaba que su vida terminara en una mesa de operaciones improvisada mientras la usaban como conejillo de indias. Ahora era kapo del *kommando* musical, a cargo de una barraca y una orquesta.

Una kapo judía en Auschwitz era inusual y algunas polacas en el campo de concentración sentían que Alma había usurpado el puesto de Czajkowska de alguna manera, una peligrosa situación que fue suficiente para avivar las llamas del antisemitismo polaco latente, como lo descubrió Laks. Para reforzar la posición de Alma, Mandl hizo que cambiaran su clasificación de «judía holandesa» a *mischling* (o semijudía), y su registro cambió de forma automática, regresando a su nombre de soltera, Rosé.[32] Pero el resto quedó en manos de Alma, quien tuvo que buscar herramientas internas en lo más profundo de su ser.

A nivel práctico, Alma supo de inmediato que la orquesta no estaba ni cerca de estar en un nivel apto para presentarse. Aunque la edad promedio de las integrantes era de 19 años, con la más joven de 14 y Alma entre las más grandes, con 36, también estaban las hermanas Helena y Charlotte (Lola) Croner, de 58 y 56 años, respectivamente. Sin embargo, se llamaban a sí mismas «las niñas de la banda»,[33] una frase que suena impactante incluso a oídos modernos.

—Ningún director en el mundo se había enfrentado antes a una labor tan imponente —afirmó Zippi—. A Alma se le encomendó la tarea de crear algo con roca pura.

¿Cómo lo hizo?

Alma comenzó con exigencias musicales y técnicas para las chicas, lo cual representó un cambio drástico del régimen provisional establecido por Czajkowska. Al imponer su voluntad, Alma solo tenía una circunstancia a su favor: el hecho de que ella y las instrumentistas vivían en el mismo bloque, el Bloque 12, donde había al menos sesenta mujeres, número que se veía incrementado por quienes mantenían el orden en el bloque, pero que seguía siendo muy inferior al cupo típico de unas 1 000 prisioneras por cada uno. Cada miembro de la orquesta tenía su cama individual, una sábana y manta ásperas, una almohada y un colchón delgado. Podían usar los inodoros y cuartos de baño normalmente reservados a los prisioneros alemanes casi cuando lo necesitaban, por lo que no corrían el riesgo de ensuciar sus camas, y también podían bañarse de manera regular. Algunas integrantes de la orquesta recordaban los baños como algo diario; otras, como algo que ocurría dos veces por semana o menos. Incluso tenían calefacción para proteger los instrumentos, muchos de los cuales ya se guardaban en su bloque. Eran enormes privilegios, que quizá les salvaron la vida, comparados con las condiciones a las que se enfrentaban otras prisioneras. La mejora en las condiciones de higiene por sí misma les permitió a las mujeres sentir que se restauraba su humanidad, y eso derivó en un correspondiente sentido de solidaridad y hermandad.

De acuerdo con Hélène Wiernik, «fue Alma quien nos consiguió todos esos privilegios».[34]

Las barracas se dividían en un dormitorio, el cuarto de ensayos adyacente y dos diminutas habitaciones separadas para Alma y la recientemente destituida Czajkowska, con suficiente espacio para una cama, una silla y una mesa. El dormitorio también tenía estantes donde estaban las preciadas tazas, tazones y paquetes de comida para quienes eran elegibles para recibirlos, en su mayoría las polacas no judías. Tres funcionarias, que tenían el título de *stubendienst*, aunque no eran miembros de la orquesta, mantenían limpio el espacio, administraban las medidas disciplinarias, y llevaban y distribuían la comida desde la cocina del campo de concentración.

La mayoría del tiempo, las instrumentistas usaban el uniforme del campamento —con rayas, si había—, excepto si tocaban los domingos o en festividades, pues les daban blusas blancas y faldas plisadas color azul marino, con pañuelos azules en la cabeza. Ya les permitían llevar el pelo más largo, uno de los privilegios más humanizantes, entre todos los que recibía la orquesta, porque Mandl creía que era importante que se vieran atractivas, además de tocar bien. Para los conciertos de verano, las chicas usaban vestidos color azul marino con puntos blancos, un uniforme que las ponía a la vista de las otras prisioneras, algunas de las cuales creían que disfrutar todos esos privilegios significaba que, de alguna manera, debían de estar trabajando para los nazis.

—Era grotesco —comentó Kitty Hart, una adolescente polaca que fue enviada a Birkenau junto con su madre en abril de 1943, en textos que escribió en 1981—.[35] Alma Rosé se arreglaba con las autoridades para mantener sus privilegios, sobre todo para seguir viviendo a través de la música, sin importar que tan inadecuadamente tocaran con la extraña selección de instrumentos que componía la orquesta».

—De seguro había envidia —admitió Hélène—, pero no te lo puedes imaginar si no estás ahí. No fue culpa mía estar ahí.[36]

Quizá el factor que ocasionó el cambio más drástico en la autoestima de las instrumentistas fue que les permitieran usar ropa interior. Les dieron más de un par para que pudieran lavarlos a escondidas. Stanisława Gogołowska, una prisionera polaca que no formaba parte de la orquesta, describió lo que le pasó a su amiga «Halinka», presuntamente la violinista Helena Dunicz, ya que Halinka era el nombre que Alma usaba para dirigirse a ella y evitar confusiones. «Cambió tanto que ya no la reconocía», escribió Stanisława en su biografía en 1973.

> Está *[sic]* limpia y bien vestida como todas las prisioneras en la orquesta… está descansada y sonríe mucho. Dice que el bloque en el que vive es completamente diferente al nuestro, que ahí está limpio, que hay camas con pequeñas almohadas llenas de paja y mantas limpias, y todo está cubierto con sábanas blancas, y que nunca tienen que salir al pase de lista.[37]

De acuerdo con Hélène, Alma era «extraordinaria», ya que ella sola fue quien ganó estos privilegios y comodidades para la orquesta durante los primeros meses que estuvo a cargo. «Lo más increíble fue cómo creó algo hermoso que escuchar».[38]

La orquesta podía usar una parte de las barracas para ensayar, lo cual bajo el mando de Alma solía durar casi ocho horas, además de sus presentaciones diarias. Esa fue una medida drástica por parte de Alma, ya que una orquesta profesional con instrumentistas entrenadas en conservatorios usualmente ensayaría más o menos tres o cuatro horas al día. El régimen era particularmente duro para las instrumentistas más jóvenes y adolescentes, ya que algunas nunca habían tocado en ningún tipo de orquesta antes.

El día de las integrantes de la orquesta empezaba temprano, alrededor de las 3:30 a. m., para el primer pase de lista, que ahora tenía lugar dentro de su barraca. Las instrumentistas tomaban y afinaban sus instrumentos del cuarto de ensayos adyacente para tocar afuera a las 5:30 a. m., durante la marcha al trabajo de las otras prisioneras. Era duro bajo el liderazgo de Alma, pero ni de cerca tan duro como cargar piedras o arrastrar cadáveres de regreso al campamento al final del día.

Mientras mejoraba las condiciones de la orquesta, Alma también buscaba de manera ávida a instrumentistas que pudieran mejorar su calidad entre los miles de mujeres que llegaban a Auschwitz cada semana, durante el otoño y el invierno de 1943 y 1944. Alma no dejó ningún diario, cartas o algún otro tipo de registro que se haya encontrado sobre cómo negoció con la administración del campo para conseguir a las recién llegadas. Gracias a su corta estadía en el bloque de experimentación, sabía que la supervivencia de una mujer judía en Auschwitz era peligrosa, en el mejor de los casos. Ella ahora podía salvarse y salvar a otras dedicándose por completo a su amada música.

Las integrantes de la orquesta que observaron a su nueva directora en acción estaban de acuerdo en que Alma era exigente, pero nunca pedía a las instrumentistas algo que ella misma no estuviera dispuesta a dar.

—¡Alma era muy orgullosa! —dijo una de las violinistas—. Se plantaba de frente a la ss… Alma se comportaba con dignidad, su postura siempre recta, nunca les sonreía, siempre les hablaba con seriedad y no con sumisión.[39]

Primero que nada, necesitaban mejores instrumentos si iban a alcanzar el nivel que ella requería.

—Alma eligió los mejores instrumentos entre los que habían sido llevados al campo por las personas que llegaban en los cargamentos —recordaba Sylvia Wagenberg.[40]

Los violines, acordeones, mandolinas y algunos otros instrumentos estaban en una pila con todas las otras posesiones confiscadas en bodegas que colectivamente eran conocidas como «Kanada», un nombre derivado de la noción de un país lleno de riquezas. Alma tenía un violín de buena calidad y relativamente valioso para su uso exclusivo, aunque no era nada comparado con el preciado instrumento que había dejado en Holanda. Lo mantenía en un gabinete especial, diseñado para ese propósito, que los carpinteros del campo habían construido para ella en el cuarto de ensayos.

Según Yvette Assael, una vez que Alma consiguió mejores instrumentos, siempre había «alguien que iba a Berlín» para conseguir nuevas cuerdas o algunos otros accesorios cuando las instrumentistas los necesitaban. Y conforme el otoño dio lugar al invierno, Alma también le consiguió a sus chicas un descanso para que no tocaran bajo la nieve y la lluvia al demostrarles a las autoridades del Partido Nazi lo rápido que se deterioraban los instrumentos en esas condiciones. No obstante, las mujeres aún eran obligadas a tocar en el frío y con viento, algunas incluso elaboraron un tipo de guante especial para proteger sus dedos.[41]

Desde el inicio, Alma insistió en conseguir su música para la orquesta, en lugar de depender de las sobras de las orquestas de hombres. Todas sus piezas, partes de piano, partituras y otras cosas, como atriles, eran suministrados por las autoridades del campo. Sylvia decía que Alma «tomaba una pieza de piano básica y la orquestaba».

Alma no tardó en dejar ir de la orquesta a algunas de las mujeres no judías, sabiendo que no se enfrentaban al mismo peligro de la selección para las cámaras de gas que las jóvenes judías.

—Alma siempre se aseguraba de que las mujeres que sacaba de la orquesta fueran asignadas a un «buen *kommando*» —dijo la violinista polaca Helena Dunicz.[42]

Las consideraciones musicales determinaban cuáles de estas instrumentistas no judías eran despedidas. Su prioridad principal, sin embargo, era crear el mejor sonido orquestal, para lo cual necesitaba remplazar algunas de las mandolinas con violines, sin importar la clasificación étnica o religiosa de las mujeres. Irene Walaszczyk, una mandolinista polaca, se quedó como supervisora del cuarto, al igual que Founia Baruch, la maestra que había contribuido a iniciar la orquesta con Czajkowska y que, debido a un tipo de parálisis facial, ahora tenía la boca torcida. Henryka Brzozowska, una violinista y feroz patriota polaca, decidió por su cuenta que era momento de dejar la orquesta cuando llegó Alma.

Una vez que pudo valorar el calibre de las instrumentistas restantes, Alma hizo otras modificaciones. Cambió de lugar a algunas de las chicas judías menos capaces, como la violinista belga Elsa Miller, a quien movió a la tercera silla, mientras que a Hélène Wiernik, la estudiante estrella de violín del conservatorio de Bruselas, la movió a primer violín, convirtiéndola de manera oficial en su mano derecha. Estaba intentando salvar tantas vidas como podía. Su antecesora había hecho lo mismo, pero con consecuencias desastrosas. Alma invitó a su amiga Danka Kollakowa a tocar los címbalos en la orquesta, remplazando a la niña griega Lillian Menasche, quien salió de la banda, cayó enferma y fue asesinada en las cámaras de gas. Sin la protección de la orquesta, la joven Lillian de 16 años no tuvo posibilidad de sobrevivir. Como garabateó en una nota que logró enviarle a su padre, un miembro de la orquesta del campo de concentración con quien había sido deportada de Salónica: «Mi dulce papá, temo que no volveré a verte. Temo que no volveré a ver a mi padre. Mándame tus bendiciones».

Unos días después, su padre, el doctor Albert Menasche, estaba tocando con la orquesta de hombres como cualquier otro día cuando camiones llenos de niñas famélicas y desesperadas pasaron a su lado de camino a las cámaras de gas. Al día siguiente, descubrió que su hija había estado entre las 2 500 personas asesinadas ese día de octubre.[43]

Alma estaba involucrada en un delicado juego de equilibrio. La evidencia anecdótica sugiere que algunas de las jóvenes judías que entraron en ese tiempo eran sumamente conscientes de que sus talentos musicales eran casi inexistentes. Sin embargo, parece que mientras se esforzaba por elevar el nivel de la orquesta, Alma estaba decidida a salvar a tantas mujeres judías como fuera posible. Con este fin, necesitaba expandir el tamaño de la orquesta de veinte integrantes a más de cuarenta para cumplir con la exigencia nazi de que las judías no «ahogaran» a las cristianas en sus filas.

Rachela Zelmanowicz, nacida en 1921 en Będzin, Polonia, era una de las afortunadas. La bien educada hija de un contador tenía 21 años cuando ella y su padre fueron deportados a Auschwitz el 3 de agosto de 1943. Su madre ya había fallecido y su hermano, que había sido parte del ejército polaco y luego de la resistencia, había sido deportado a Auschwitz dos días antes. Rachela viajó a Auschwitz con la prometida de su hermano, Ruszka Rembiszewska, quien en ese entonces ya vivía con Rachela debido a que sus padres habían sido deportados y asesinados. En retrospectiva, Rachela afirma que le debía su vida a Ruszka.

La escuela primaria de Będzin contaba con un gran número de mandolinistas, incluidas Rachela Zelmanowicz (tercera fila, segunda de la izquierda) y Regina Kupferberg (última fila, extremo izquierdo).

—Era el tipo de persona que puede tomar una decisión —dijo Rachela en 1984—. Ese tipo de personas siempre saben cuál es la decisión correcta... cuando llegamos a Auschwitz, me dijo: «Ahora camina derecha... muéstrales que eres fuerte».

En ese momento, las mujeres vieron cómo el padre de Rachela, de 53 años, era llevado en otra dirección, hacia las cámaras de gas. Lo observaron sin poder hacer nada, sin saber exactamente qué estaba pasando, pero con un claro sentimiento de que había sido elegido para ser exterminado, pues habían escuchado los rumores sobre las cámaras de gas.

—Unos días después, estábamos en el Bloque 15 luego de los procedimientos de rasurado y tatuaje —continuó Rachela. Recién tatuada como la prisionera número 52 816—. No pasó mucho tiempo antes de que alguien entrara y preguntara «¿Quién sabe tocar algún instrumento?».

»Entonces ella [Ruszka] me dijo:

»—¡Tú puedes tocar!

»—¿Estás loca? ¡Estoy en Auschwitz! Tocaba la mandolina en la primaria, eso es lo que sé —le contesté.

»—No importa, ¡no tienes nada que perder! Tal vez encuentres a tu hermano; tal vez encuentres a tu padre. Primero sal de aquí. Tal vez puedas llevarme después. Tal vez puedas traer algo de comida... ¡Una de nosotras debería salir!

»De verdad era mi ángel.

En la audición, Rachela no podía leer la música frente a ella con solo verla, pero la ayudó una violinista griega, una amable y gentil niña llamada Julie Stroumsa. Alma Rosé le indicó a Julie que comenzara a tocar, para darle el tono a la niña nueva, y, en cuanto terminó de tocarlo, Rachela pudo copiarlo.

—Tengo un buen oído para la música. Logré agarrar el ritmo de inmediato y toqué después. Julie me ayudó a quedarme en la orquesta.[44]

Rachela recordaba que cuando se unió a la orquesta, en agosto de 1943, había aproximadamente cuarenta integrantes que hablaban muchos idiomas y vivían juntas en un solo bloque. Sabía que era afortunada al haber sido aceptada por Alma, y sentía que había tenido otro momento de buena suerte al descubrir una conexión con Hilde Grünbaum, una violinista de Berlín cuyo padre judío polaco, David Grünbaum, había sido deportado de vuelta a Będzin antes de la guerra. La familia de Rachela era amiga de David, quien por casualidad se había mudado a un departamento en el segundo piso que estaba directamente sobre el suyo en Będzin. Rachela había sido como una hija para David, que le leía todas las cartas donde Hilde le describía sus actividades en la asociación juvenil Hakhshara. Rachela también había participado activamente en un grupo de formación sionista similar.

Hilde estaba encantada de recibir noticias de su padre por medio de Rachela:

Rachela Zelmanowicz Olewski mostrando su tatuaje de Auschwitz en Israel después de la guerra.

> Cuando llegué a la orquesta y escuchó que traía saludos de su padre, inmediatamente me dio un vaso de leche. No sabía de dónde había sacado esa leche, pero me dio un vaso de leche. No puedo explicarte lo mucho que valía un vaso de leche en esa época. Hasta el día de hoy [Hilde] me dice: «¡Tú y esa historia del vaso de leche! Mientras esté viva, no voy a olvidarla».

Los pequeños grupos de amigas en el conjunto orquestal más grande eran críticos para sobrevivir. Una vez que conoció a Hilde, Rachela sintió que, a pesar de haber perdido todo de su vida anterior, al menos tenía un lugar en la orquesta que cada vez crecía más, tan seguro como podría estarlo cualquier judío en Auschwitz. Su amiga Ruszka no fue tan afortunada. Se unió al grupo de costureras, así que al menos se mantuvo alejada del trabajo más pesado, pero se enfermó de fiebre tifoidea y murió.

—Un día estaba parada a mi lado, hablando, pero al mismo tiempo tenía diarrea, así que la llevaron a la *revier* y no la volvía ver —dijo Rachela.[45]

Regina Kupferberg, también conocida como Rivka, nacida en noviembre de 1922, era otra joven de Będzin que había sido «procesada» en el estadio de futbol local con otros 30 000 judíos y llevada a la hermosa estación de trenes *art déco* para viajar a Auschwitz. Llegó en la mañana del 1.° de agosto con su hermana menor, el hermano mayor de Rachela y otros amigos y familiares. Al principio, Regina no audicionó para la orquesta porque no sabía si su habilidad para tocar la mandolina sería suficiente. Al final, accedió a intentarlo cuando sus amigas la presionaron y no se sorprendió cuando Alma la rechazó.

Sin embargo, unos días después escuchó, a través de Hilde, que Alma quería que regresara. De acuerdo con Regina, Alma dijo que «había algo en tus ojos. Mi corazón no me permite dejarte ir».[46] Sivanne, la nieta de Regina, escuchó la historia muchas veces mientras crecía. Aunque tal vez no tenía nada que ver con sus ojos y el papel de Hilde fue mucho más significativo de lo que admitió ante Regina al intentar incluir a una joven judía más en el grupo. Parece que Alma simplemente decidió salvar a Regina.

> Entonces Alma preguntó si sabía algo de notación musical y, cuando pasó la prueba, le dijo lo que planeaba hacer. «Oficialmente, vamos a decirle a la ss que tomas notas; pero, de forma no oficial, eres mi mucama». Regina siempre decía que Alma era modesta con sus peticiones, aunque también muy difícil porque todo tenía que ser perfecto. Cuando las niñas de la orquesta iban a tocar, Regina se quedaba con algunas de las polacas no judías a cortar leña para el fuego. Le decían Cenicienta.[47]

Como Cenicienta, se dio cuenta de que era una época difícil para una joven que estaba doblemente sola en un ambiente que de por sí ya era hostil.

No todas las candidatas que no pasaban la audición conseguían otros puestos, incluso si ya tenían amigas en la orquesta. Violette Silberstein, de 18 años, había sido arrestada junto con sus padres en Lille, el 31 de julio de 1943, mientras regresaban del cine. Aunque Violette era francesa, fue deportada desde Bélgica y llegó a Auschwitz a principios de agosto. Tuvo que ver cómo sus padres, Anton y Rosalia, eran metidos en un camión lleno de judíos que habían sido designados como no aptos para trabajar. Tenían 43 y 40 años, respectivamente. Nunca volvió a verlos. Cuando preguntó qué les había pasado durante el proceso de tatuaje, otra prisionera usó gestos para apuntar a la nube de humo que provenía de las cámaras de gas cerca del campo. Se arrepintió de inmediato de no haberse subido al camión con su madre y guardó un potente rencor hacia el amante italiano de su tía por el resto de su vida, convencida de que él había traicionado a su familia.

Violette decidió audicionar para la orquesta después de seis semanas en el bloque de cuarentena, compartiendo una litera con ocho o nueve mujeres, muchas de ellas moribundas o enfermas. Había comenzado a tocar a los 7 años porque su madre creyó que podría «ser útil» y su padre, un sastre y comerciante textil, pagó sus clases haciendo abrigos para su profesor de violín. Sin embargo, no había tocado para nada desde el inicio de la guerra, y ahora, mientras sufría por sus padres, tenía sus reservas sobre solicitar una audición con Alma. Como todas las demás, había escuchado a la orquesta tocar cuando salían por la mañana, y había visto a Hélène Wiernik y a Fanny Kornblum ir y venir todos los días para practicar y tocar mientras se veían cada vez más presentables; las había conocido en el campamento de transición belga de Mechelen unas semanas antes. Finalmente, Violette juntó su escaso valor y audicionó.

Fue valiente e intentó tocar la pieza instrumental «Meditación» de la ópera *Thaïs,* de Massenet, que había aprendido en algún momento. Sin haberla practicado, la pieza era demasiado complicada y Czajkowska, que en ese momento aún era la directora, la rechazó. Unas semanas después, Hélène le dijo a Violette que había una nueva directora y que debía audicionar una vez más. Haciendo acopio de su valentía de nuevo, tocó una pegajosa melodía de estilo gitano que pertenecía a una opereta del compositor húngaro Emmerich Kalman, llamada *La condesa Maritza,* que no era tan complicada en términos técnicos. Violette le pidió permiso a Alma para tocar escalas y calentar los dedos media hora antes con la esperanza de que este ritual convenciera a las demás de que era una artista seria. Al terminar, Alma hizo un comentario sobre la pieza:

—No es famosa.

Violette estaba devastada; asumía que la estaban rechazando de nuevo. En lugar de eso, Alma le dijo:

—No importa. Te acepto a modo de prueba. Puede que mejore. Tendrás que audicionar de nuevo dentro de ocho días.

De esta manera, Alma le ofreció a Violette, en quien había visto una chispa de deseo musical, aunque no de aptitud, una oportunidad de vivir. Su aprobación condicional en la orquesta le salvó la vida, porque logró que la aceptaran en la segunda audición. Después, Alma la salvaría de nuevo.

4

Serás salvada

UNA VEZ QUE ALMA LES MOSTRÓ a los nazis lo que era capaz de hacer con una orquesta bajo su liderazgo, los oficiales, incluyendo a Maria Mandl, comenzaron a referirse a ella como «Frau Alma». Era una manera respetuosa de dirigirse a una mujer judía en Auschwitz sin precedentes. Otras prisioneras del campo de concentración describían la casi reverencia con la que Mandl, que era seis años menor, se dirigía a Alma como «increíble, inimaginable». Un cierto respeto incluso alcanzó a las instrumentistas, que no tardaron en darse cuenta de que las custodias y los hombres de la SS ya no las golpeaban de manera arbitraria, como les sucedía a las prisioneras normales.

El privilegio más grande de todas no tardó en salir a la luz: las mujeres judías en la orquesta que estaban enfermas en la *revier* no eran seleccionadas para ir a las cámaras de gas. Muchas de las integrantes fueron víctimas de la fiebre tifoidea en algún momento y casi todas fueron atendidas hasta que recuperaron la salud. De acuerdo con Rachela Zelmanowicz, la primera vez que una de las mujeres se enfermó de fiebre tifoidea fue el verano siguiente a la llegada de Alma; poco después, fue enviada a las cámaras de gas, pero «¡Alma hizo un escándalo! Corría con todos para decirles: "¡Escucha, estás destruyendo la orquesta! Si hay fiebre en el campo y cada vez te vas a llevar a una de las niñas" [...]. Entonces, se dio la orden de que estaba prohibido tocar a las integrantes de la orquesta».[1]

Morir a causa de la fiebre tifoidea no siempre se podía prevenir. La supervivencia, incluso con los llamados privilegios, se trataba de suerte, destino y, sobre todo, cuidado mutuo.

Violette Silberstein ya estaba enferma cuando fue aceptada de manera condicional en la orquesta y aún no vivía en el bloque que les habían asignado. Eso significaba que debía ir y venir. Durante su primer día en septiembre de 1943, al darse cuenta de que le habían robado los zapatos, tuvo que caminar descalza en el lodo helado. Cuando logró llegar, Czajkowska, que ahora estaba a cargo de mantener el bloque limpio y ya no tocaba en la orquesta, de inmediato le ordenó lavarse los pies llenos de lodo en una cubeta con agua fría que las instrumentistas usaban específicamente para quitarles el lodo a sus zapatos. Violette lo hizo de manera voluntaria al principio, pero abrumada por el dolor ante todo lo que había perdido y los horrores de los que había sido testigo en el campo, no podía dejar de llorar. Alma, junto con la orquesta que había estado tocando en la cerca para la salida de las trabajadoras, regresó en ese momento y le preguntó cuál era el problema. Respondiendo de manera gentil, Alma llevó a Violette al almacén y la equipó con ropa cálida, zapatos, calcetas de lana y el uniforme de la orquesta. Era un buen inicio, pero Violette no podía dejar de lado la tristeza por la muerte de sus padres ni el dolor, que cada vez era peor, en el brazo por una infección en el dedo. Alguien en el campo le aconsejó que, al no tener medicinas, orinar en ella podría ayudar. Sin embargo, eso solo empeoró la infección y Violette se enfrentó a una terrible fiebre, una dolorosa inflamación en el brazo y los inicios de una profunda depresión al sentirse completamente aislada y cuestionar el propósito de seguir luchando por vivir. Luego, diez días después de ser aceptada en la orquesta, también contrajo fiebre tifoidea.

Violette pasó seis semanas en la *revier*, por momentos casi en un estado de coma durante el otoño. Drenaron el absceso en su brazo, pero no había vendas apropiadas para mantener limpia la herida; además, las abundantes ratas ocasionalmente mordían las heridas de las pacientes en recuperación. Violette ni siquiera podía comer por sí misma. En esta primera etapa de Alma como directora, las integrantes judías de la orquesta que se enfermaban todavía eran vulnerables al proceso de selección para las cámaras de gas. El 3 de septiembre, cien mujeres fueron seleccionadas en Birkenau y llevadas a las cámaras ese mismo día. Al día siguiente, un convoy con 1 000 hombres y mujeres llegó de Drancy, de los cuales 762 fueron llevados a las cámaras de gas al instante. De alguna manera, Violette pasó la primera selección cuando los nazis recorrieron la enfermería para ver quién estaba demasiado enferma y no valía el tiempo que tardaría en recuperarse, y después logró librar una segunda inspección donde logró ponerse de pie, mantener la cabeza erguida y apretar el abdomen para intentar verse más fuerte. Justo cuando pensaban que se estaba hundiendo a un punto en el que su depresión se apoderaría de ella, el deseo de vivir renació. Mientras la enfermedad pasaba, Violette reflexionó sobre todo lo que tendría que hacer en el futuro.

«Se dio cuenta de que tenía que luchar como nunca; no de cualquier manera y sin pasar por encima de otras personas para lograrlo», escribió el hijo de otra violinista que entrevistó a Violette en 1995. Ella le dijo que se había dado cuenta de que «debía bloquear su imaginación a cualquier costo para distanciarse lo más posible de la certeza virtual de su muerte».[2]

Débil y más delgada, regresó a la orquesta el 4 de noviembre de 1943, una fecha que nunca pudo olvidar porque era el aniversario de bodas de sus padres fallecidos, pero había decidido que sobreviviría. Alma le asignó otro papel por un tiempo: mover sillas y atriles al área donde tocaban, *nach vorne,* como le decían al estar cerca de la entrada del campo de concentración. Pero eran muy pesadas y Violette seguía sintiéndose débil, cojeaba, se quedaba sin aliento y no lograba seguirles el paso a las demás. Cuando Franz Hössler, comandante del campo, le preguntó a Alma quién era la niña que se veía como una *musselman* —término usado en el campo de concentración para referirse a alguien tan débil y enfermo que parecía a punto de morir—,[XV] Alma defendió a Violette y dijo que era «una de mis mejores violinistas», y así le salvó la vida por segunda vez.

—En ese caso, tienes que fortalecerla un poco, ponla en la dieta por tres meses —le respondió Hössler.[3]

«La dieta» era una frase que se usaba para hablar de raciones extra: un litro más de sopa, papilla de avena dulce y pan blanco. Violette estaba convencida de que la conversación entre Alma y Hössler no solo le dio la muy necesitada comida extra, sino que también consolidó su lugar en la orquesta, ya que desde ese momento las prisioneras que habían sido testigos de la conversación «le mostraron su preocupación»[4] y aceptaron a Violette en su grupo. El estar integrada en la orquesta por completo la salvó tanto como la comida, porque, después de su ataque de fiebre tifoidea, seguía debilitada y luchaba contra una seria infección renal. También estaba sedienta todo el tiempo, como la mayoría de quienes habían logrado recuperarse en la enfermería y tenían pocas posibilidades de conseguir agua que saciara su sed.

Una noche, desesperada, salió del bloque de música y orinó en la nieve. A la mañana siguiente, cuando Czajkowska, la supervisora del bloque, vio la marca en la nieve, supo que debía de ser de Violette, la que aún se estaba recuperando de la fiebre tifoidea, demasiado débil como para controlar su vejiga. Por esto, le dio una paliza. Después del incidente, Alma la aceptó de regreso en la orquesta y la puso en la tercera silla de violines, donde su papel consistía en unirse durante los pulsos débiles y asegurarse de mantener el ritmo. Sabía

[XV] El origen de esta descripción no se ha aclarado. De acuerdo con algunas explicaciones, surgió porque estas personas solían estar tiradas en el suelo como si rezaran.

que estar detrás de personas que tocaban mejor que ella no era una excusa para hacerlo mal, ya que Alma era igual de exigente y estricta con quienes estaban en la parte de atrás de la orquesta y no aceptaba escuchar las notas incorrectas.

Durante el invierno de 1943, Rachela, la mandolinista de 22 años nacida en Będzin, también estuvo en la enfermería a causa de la fiebre tifoidea y estaba segura de que iba a morir.

—Hacía mucho frío y estaba nevando. Pero me sentía bien con el viento frío… Tenía tanto calor por la fiebre.[5]

»Estábamos tumbadas sin mantas, sin ropa, desnudas, y recuerdo que estaba al lado de otra mujer y nos calentábamos entre nosotras… y cuando me despertaba por la mañana, estaba durmiendo al lado de un cadáver… y sabes que no me afectó. Estábamos tan… creo que sentíamos que no era tan importante: hoy será nuestro fin y, si no es hoy, será mañana. No había esperanza. Después [el doctor Josef] Mengele pasó a mi lado y preguntó "¿Qué le pasó a esta?", y le respondieron: "Es de la Kapelle [la orquesta]", y él siguió su camino. Me dejó en paz.[6]

Cuando el hospital decidió que Rachela se había recuperado lo suficiente para darla de alta, llamaron a Czajkowska, en su papel de supervisora del bloque, para que la llevara de vuelta a la orquesta. Rachela estaba tan débil que no podía caminar sin ayuda, y como el clima seguía frío y húmedo, el suelo estaba cubierto de hielo.

—Le pedí que me ayudara. No quería ayudarme… Me arrastré en manos y rodillas hasta el bloque… Cuando llegué al bloqué, ella me miró de manera irrespetuosa… así que Rivka [Regina Kupferberg, la niña de Będzin con ojos azules que trabajaba como la mucama de Alma] dijo «Rachela, tienes que empezar a comer». Poco a poco, al principio no mucho, cada cuarto de hora ponía comida en mi boca, y así fue como regresó mi energía. Éramos un grupo. Me refiero a que éramos un grupo basado en movimientos juveniles.[7]

No es del todo claro por qué las mujeres polacas más grandes trataban a las jóvenes con una agresividad que, al parecer, apenas podían controlar. Czajkowska, que había sido maestra, pasó meses siendo torturada en la prisión de Tarnów antes de ser enviada a Auschwitz; la vida en el campo de concentración, donde la violencia era la norma, sacaba lo peor de muchas personas en puestos de autoridad. Ese comportamiento alimentó las numerosas historias sobre fracasos de las polacas para comprender el miedo tan particular hacia los judíos e hizo que los pequeños grupos de amistad, basados sobre todo en el idioma, fueran aún más importantes para las instrumentistas judías.

La enfermedad afectaba a las niñas de la orquesta de manera constante a pesar de las pequeñas mejoras en su calidad de vida. Después de una o dos semanas de tener a Alma al mando, la mayor de las hermanas judías alemanas de Berlín, Helena Croner, una violinista esencial entrenada en un conservatorio, enfermó de fiebre tifoidea a los 58 años. No fue «seleccionada», pero murió en la enfermería en agosto de 1943, después de haber sido parte de la orquesta solo por unas semanas.[XVI]

Helena y su hermana menor Charlotte habían llegado al campo cuatro meses antes, el 29 de junio, debilitadas tras haberse escondido juntas en Berlín durante casi todo el año anterior, después de que deportaran a su madre a Theresienstadt, hasta que fueron denunciadas por informantes. Trágicamente, no se sabe mucho de este par, ya que no formaban parte de ninguno de los subgrupos dentro de la orquesta, lo cual podría deberse a su edad y talento superiores. No queda claro cómo lograron evitar las cámaras de gas en cuanto llegaron, dadas sus edades, pero es posible que fuera como resultado de su estado político como judías sacadas de su escondite, en lugar

[XVI] Hasta ahora, esta instrumentista era conocida como la chelista llamada Maria Kroner. Gracias a la investigación hecha por el historiador del Holocausto Bruce Colegrove, es claro que era Helena, una talentosa violinista, la mayor de las dos virtuosas hermanas Croner.

de ser parte de los judíos que se presentaron ante las autoridades nazis cuando recibieron su aviso de deportación y que no fueron clasificados como prisioneros políticos, una extraña anomalía en el procedimiento de los nazis que retrasaba el inevitable viaje a las cámaras de gas, en especial si involucraba papeleo. Lo más probable es que Czajkowska haya corrido la voz de que necesitaba buenas instrumentistas y ellas dos eran muy talentosas.

La pérdida de Helena fue un golpe tremendo para su hermana menor Charlotte, de 56 años y nacida en 1887, a quien otras instrumentistas solían referirse como Tante Croner, gracias a su edad y a su actitud amable y maternal con las niñas más jóvenes, a las que a veces incluso ayudaba a tender bien sus camas. A veces le decían Lola, probablemente un apodo afectuoso. Lola era una flautista experimentada, con formación clásica y experiencia en una orquesta sinfónica, que había trabajado como maestra privada de música en Berlín y solía ser víctima de bromas en la orquesta por quedarse dormida durante los ensayos, a pesar de lo estricta que era Alma, y solo despertaba cuando alguien le avisaba para que entrara a tiempo. Ahora era la integrante más grande de la orquesta y una de las más calladas; tocaba con valentía y no mencionaba la pérdida de la hermana con la que había compartido toda su vida, con quien, meses antes, había permanecido oculta bajo tierra, enfrentando toda clase de carencias. Sin embargo, Charlotte Croner, como las otras instrumentistas, se había tomado en serio el recordatorio constante de Alma, cuando tocaban mal, de que la orquesta era lo único que las mantenía con vida, y que sus privilegios dependían de que mejorara el nivel de sus interpretaciones.[8]

En cuanto estuvo al mando, Alma expandió la orquesta con violinistas, acordeonistas, guitarristas, e incluso vocalistas. Entre las últimas se encontraba Dorys Wilamowska, nacida en 1910, una judía alemana y soprano de coloratura con formación clásica y la peculiar habilidad de alcanzar notas y trinos muy agudos. Había estudiado música, canto y piano en el Conservatorio de Leipzig y se convirtió en una intérprete excepcional. Dora, como la conocían, se mudó a Berlín en la década de 1930; pero, una vez que Hitler llegó al poder en 1933, se dio cuenta de que las oportunidades para los intérpretes judíos eran cada vez más limitadas. En 1933, más de 8 000 músicos y actores judíos, solo en Berlín, decidieron irse de Alemania por decisión propia o fueron despedidos de sus puestos en orquestas alemanas.

Dora se unió a la Jüdische Kulturbund (la Federación Cultural Judía), una organización controvertida establecida por los judíos en 1933 como respuesta a las preocupaciones de un grupo de artistas judíos desempleados. La idea de una organización cultural específicamente para judíos le pareció muy buena a los nazis, quienes la usaron como vehículo para mostrarle al mundo que los judíos de Alemania no estaban siendo maltratados mientras los borraban de la cultura general alemana. La Jüdische Kulturbund debía ser conformada y fundada en su totalidad por judíos, solo se le permitía la entrada a prensa judía durante los eventos y los miembros judíos solo podían asistir a dos eventos al mes. De esta manera, los nazis podían llevar un registro de las actividades de los artistas judíos. Aunque la Jüdische Kulturbund les permitió a más de 70 000 artistas ganarse la vida durante un tiempo, los sionistas no apoyaban la organización, creyendo que la mayor cantidad de judíos posible debía irse de Alemania mientras tuvieran la oportunidad. Otros judíos alemanes creían que era una forma de «guetización» y de aislamiento de la cultura alemana.

Para Dora, la Jüdische Kulturbund era el único camino para seguir presentándose, aunque solo fuera frente a audiencias judías. Durante cinco años, entre 1936 y 1941, recorrió Alemania de manera regular, con presentaciones en una gran variedad de papeles operísticos que tuvieron una increíble recepción en Hamburgo, Leipzig, Berlín y otras ciudades. En 1937, cantó en el papel de Tatiana en la ópera *Eugenio Oneguin,* de Tchaikovsky, lo cual le consiguió muchas reseñas que aclamaban su «magnífica apariencia… y su preciosa voz se diferenciaba de otras enormemente y le ganaba a la fuerza de la orquesta sin esfuerzo».[9]

Durante esa época, Dora desarrolló una relación con un escritor en la *Kulturbund,* Curt Franz Loewy, con quien, de acuerdo con un sobrino, esperaba casarse. Sin embargo, en 1941 los nazis desmantelaron la organización, dando fin de forma abrupta a la carrera de canto de Dora, y la mandaron a trabajar a la fábrica Siemens en Berlín como mano de obra esclava. En septiembre de 1943, fue deportada a Auschwitz. Dora, debilitada después de dos años de largos turnos y trabajo forzado en Siemens, nunca recuperó la fuerza. Se enfermó de fiebre tifoidea y fue enviada a la *revier* en noviembre del mismo año durante el apogeo de la epidemia de fiebre en el campo de concentración, cuando los pacientes morían todos los días por falta de medicinas o eran seleccionados para ir a las cámaras de gas. Sin embargo, ese mes, cuando un oficial alemán estaba de visita en el campo, la sacaron arrastrando de su cama debido a su extraordinaria voz y la obligaron a cantar para él.

—No tenía suficiente fuerza para estar de pie y cantó la canción de [el compositor romántico español Pablo] Sarasate; era una canción desgarradora —recordaba Rachela, quien nunca olvidó la voz de Dora, pero no podía nombrar a los miembros VIP de la Gestapo.[10]

Dora murió a los 33 años, días después de este último acto de trabajo forzado.

Su extraordinario talento no podía ser replicado, pero Lotte Lebedova, una cantante judía checa que nació en Viena en 1908 y se unió a la orquesta en agosto de 1943, y Ewa Stojowska, una hermosa actriz y cantante polaca que nació en Galicia en 1908 y se unió en noviembre, dieron su mejor esfuerzo. Ewa también trabajaba como copista, junto con la polaca Kazimiera Malys, y después también asumió el rol de bibliotecaria de la orquesta, responsable de archivar copias de los arreglos de las piezas que tocaban. Sin embargo, es posible que la contribución más valiosa de Ewa a la orquesta haya sido su profunda compasión que le permitió reducir la brecha entre las integrantes polacas no judías y las otras instrumentistas judías. Ewa había trabajado en Polonia de manera clandestina de 1941 en adelante, transportando armas y documentos y dándoles asilo en su departamento de Varsovia a varios judíos que habían logrado escapar del gueto. Después de ser traicionada por su informante, fue arrestada el 17 de mayo de 1943, torturada de manera brutal en la prisión Pawiak de Varsovia y deportada a Auschwitz. A diferencia de otras mujeres polacas, le resultó muy sencillo hacerse amiga de las instrumentistas judías. Como cantante, Ewa se asombraba tanto de cómo Alma manejaba las melodías operísticas como de su habilidad para instruir a las cantantes en rangos que tradicionalmente se asignaban a voces masculinas, aunque implicaba mucho más trabajo para quienes, como Ewa, tenían el trabajo de copiar y transcribir.

Dos violinistas judías francesas, Hélène Rounder, nacida en 1922, y Fanny Rubak, nacida en 1907, abordaron el mismo transporte de Drancy a Auschwitz en julio de 1943. Hélène y Fanny no tardaron en ser invitadas a unirse a la orquesta y les asignaron el epíteto «pequeña» antes de su nombre para distinguirlas de otras integrantes con el mismo nombre. Alma ya podía establecer una sección de cuartos violines.

Hélène Rounder, la tercera Hélène (habría cuatro si Helena Croner hubiera sobrevivido), era una estudiante de arte en una universidad de París y líder de los grupos de jóvenes comunistas, y había participado constantemente en un grupo de resistencia cuando la arrestaron, a los 18 años, en noviembre de 1940 por distribuir literatura antialemana. Enfrentó una corta temporada en la prisión La Roquette de París y, en cuanto la liberaron, comenzó a distribuir información anticolaboracionista de nuevo. En junio de 1942, fue arrestada por segunda vez y la enviaron a Fresnes, seguido del Fuerte de Romainville, el famoso campo de detención y transición en los suburbios al noreste de París. De ahí la trasladaron a Drancy y Auschwitz. Solo tenía 21 años.

La «pequeña» Fanny Rubak, llamada así para evitar que la confundieran con Fanny Kornblum, la mandolinista belga que fue obligada por su madre a audicionar, trabajaba como violinista en un cine de París y fue arrestada después de que un vecino la denunciara por no usar la estrella amarilla obligatoria.

En septiembre, poco después de quedar a cargo, Alma decidió que quería otra acordeonista además de Lili Assael, de Salónica, con quien tenía una relación tensa. Asimismo, Esther Loewy, la pianista de Saarlouis que había aprendido a tocar el acordeón por su cuenta, se vio obligada a dar un paso atrás cuando se enfermó, primero de fiebre tifoidea y luego de tosferina durante el verano y el otoño de 1943. En el campo de concentración, los lugares en la orquesta eran algo que ya se consideraba tan preciado, un *kommando* donde tenías la oportunidad de sobrevivir, que las audiciones estaban sobresaturadas. Cuando la noticia de que Alma estaba buscando una nueva acordeonista se esparció por el campo, alrededor de 150 mujeres en Birkenau afirmaron tocar el instrumento, una «larga lista» que Alma logró reducir a solo tres personas.

Entre ellas, y con mucha dificultad, eligió a una linda mujer holandesa de piel clara y con una gran sonrisa, Flora Jacobs. Con 19 años cumplidos en junio, Flora había llegado al campo el 9 de septiembre de 1943.

Flora tenía formación musical; su padre, dueño de una tienda textil en Ámsterdam, había sido miembro de la Filarmónica de Ámsterdam, donde tocaba la trompeta y el contrabajo, y había tocado con Alma como solista. Después de pagar clases de piano para su hija por años, en 1939 insistió en que tomara de acordeón; así, ella aprendió canciones populares en ese entonces. Sin embargo, Flora solo estudió el instrumento por seis meses antes de que los nazis invadieran Holanda en mayo de 1940 y comenzaran a juntar a los judíos para deportarlos. Flora y su familia, que ahora tenían sus tarjetas de identidad estampadas con una «J», no podían ir más allá del barrio judío. En el invierno de 1942, Flora compró una tarjeta falsa que le permitió huir y quedarse en diferentes lugares con una historia inventada. Usando esta tarjeta, encontró refugio con una mujer holandesa que tenía a dos soldados alemanes alojándose con ella que querían invitar a Flora a cenar. Pensando rápidamente, Flora fingió que su prometido era un soldado de la SS luchando en el frente. «Pero las cosas se me salieron un poco de las manos».[11] Regresó a casa con sus padres, aunque en febrero de 1943 todos fueron arrestados y llevados a Westerbork, el campo de detención holandés por donde pasaron aproximadamente 100 000 judíos, romaníes y prisioneros políticos holandeses, la mayoría de camino a ser asesinados en Auschwitz y otros campos de exterminación.

Flora Jacobs, la acordeonista holandesa.

Mientras Flora estaba en Westerbork, aceptó sin mucho entusiasmo —«nuestras personalidades no coincidían»—[12] casarse con un judío alemán, Emmanuel van Praag, porque, según ella, él estaba desesperado por creer que, si se casaban, tendría una mejor oportunidad de permanecer en Holanda y no ser deportado. Casarse con una mujer holandesa no lo ayudó y todos fueron llevados a Auschwitz. Su nuevo esposo y su madre fueron enviados a las cámaras de gas en cuanto llegaron, mientras que a su padre lo mataron seis meses después. En ese momento, Flora desconocía lo que había sido de su única hermana, Beppie, quien se había escondido, pero fue llevada posteriormente a Sobibor, donde murió.

Flora se quedó en el bloque de cuarentena casi dos meses después de su llegada a Auschwitz.

—Tenía todas las enfermedades posibles, fiebre tifoidea y todo eso —recordó durante una entrevista en 1983—.[13] Pude haber vivido solo cuatro o cinco días más… otras prisioneras me dijeron que iba a morir o que me iban a seleccionar si no hacía algo.

Para ese momento, Franz Hössler, que ya era un ferviente defensor de la orquesta al ver el éxito que había logrado Alma, entró al bloque para preguntar si alguien tocaba algún instrumento.

—Dije que tocaba el piano. Él dijo que no, piano no. —Después, Flora dijo—: Incluso aunque fuera doctora, habría dicho que era instrumentista.[14]

Sin embargo, otra mujer se acercó a Hössler, habiendo descubierto que Flora podía tocar el acordeón. A pesar de sentirse débil, hambrienta y para nada calificada, Flora estaba desesperada por sobrevivir y aceptó asistir a una audición en su incómodo vestido con rayas. Aunque sabía que no era talentosa, esperaba que su habilidad musical la ayudara.

Años después de descubrir que había conseguido un lugar en el legendario Bloque 12, Flora dijo que había entendido que esta era su «puerta a la vida». Pero, al mismo tiempo, le pesaba que Alma tuviera que tomar una decisión tan difícil, sobre todo porque ella misma había estado «fabulosamente desafinada» y las personas a quienes Alma había rechazado probablemente habían sido condenadas a morir.

Cuando aceptó a Flora, Alma aceptó darle apoyo adicional y entrenarla en el acordeón, explicándole que tenía un cariño y respeto particular por las personas de Holanda, que la habían cuidado tan bien durante su último intento de huida.[15]

De vez en cuando, Maria Mandl se acercaba a Alma para discutir cómo iba el proceso de reclutamiento. Mientras buscaba instrumentistas competentes para llenar los vacíos en sus filas, Alma se preocupaba cada vez más porque sus jefes nazis no permitían que en la orquesta hubiera más judías. Así que estaba agradecida por haber encontrado a una violinista no judía del calibre de Helena Dunicz a principios de octubre de 1943. Helena, nacida en 1915, era una instrumentista experta que amaba enseñar y tocar por gusto. Había pertenecido a la Lwów Youth Symphony [Sinfónica Juvenil de Lvov] (ciudad que hoy en día se conoce como Leópolis) en 1934, había aprobado sus exámenes de violín y teoría musical en el Polish Musical Society Conservatory [Conservatorio de la Sociedad Musical Polaca] en 1939, tenía una licenciatura en Pedagogía por la Universidad Jan Kazimierz y estaba construyéndose una reputación como maestra privada de violín en Lvov cuando fue arrestada junto con su madre en enero de 1943. Era una mujer católica muy seria que había crecido en un hogar de clase media, donde sus dos hermanos y su madre tocaban cuartetos familiares. Cuando la guerra estalló, uno de sus hermanos se salió de Polonia de inmediato para estudiar Química en Inglaterra, un peligroso viaje que involucraba cruzar ríos helados con el agua hasta el cuello, y el otro se unió a la resistencia polaca mientras su padre estaba en el hospital sucumbiendo ante el cáncer en junio de 1940. Esto dejó solas a Helena y a su madre en el departamento de la familia, con varios inquilinos hospedándose con ellas.

En junio de 1941, la situación en Lvov, una ciudad con aproximadamente 200 000 habitantes judíos en ese momento, cambió de manera drástica cuando los invasores nazis remplazaron a los soviéticos, y se convirtió en Lemberg. Todos estaban en grave peligro y Helena recordaba cómo uno de los pequeños niños judíos a quien le había dado clases de violín durante la época soviética había llegado a su puerta pidiéndole que escondiera su valioso violín. Nunca supo qué le pasó al violín ni al niño y su familia.

Madre e hija fueron arrestadas en una helada madrugada de enero de 1943 por oficiales alemanes de la Gestapo que irrumpieron en su departamento después de recibir una denuncia. Al parecer, Helena y Maria habían sido implicadas en las actividades de uno de sus inquilinos en el mundo clandestino de Lvov. Se las llevaron para que la SS las interrogara y les prohibieron hablar en el camino. Antes de que iniciara el interrogatorio, les ordenaron quitarse toda la ropa. En su biografía de 2014, Helena recordó:

—Nos paralizó a Mamá y a mí por completo el estar paradas desnudas en presencia de hombres. Esta situación inimaginablemente vergonzosa nos dejó sintiéndonos humilladas, indefensas y aturdidas.[16]

Para Helena, ese fue el más profundo y abrumador sentimiento de degradación y vergüenza que había experimentado. El amor por su madre y la impotencia de no poder protegerla se convirtieron en un tema recurrente a lo largo de su vida. Después de nueve meses en Lacki, la prisión local polaca, mezclándose con judíos, ucranianos y otros polacos, atormentadas por piojos, hambruna y aburrimiento, al fin fueron trasladadas hacia lo desconocido en un vagón para ganado el 30 de septiembre de 1943. Helena y su madre, con la salud muy deteriorada después de un viaje infernal de 72 h, intentaron mantenerse juntas cuando al fin llegaron a Auschwitz.

Las obligaron a marchar hacia las barracas y las encerraron otra noche sin comida ni agua; en el interior de las barracas, intentaron encontrar una manta sucia y espacio en alguna tabla, o lo que pasaba por una litera. Al amanecer, otro día de abuso y humillación inició cuando les rasuraron todo el cabello de la cabeza y el resto del cuerpo, un baño con agua que alternaba entre estar hirviendo o helada, más desnudez mientras los hombres prisioneros revisaban sus partes privadas, seguido de una larga espera para que les dieran los harapos que llamaban «ropa» en el campo de concentración. Después siguieron los tatuajes y se dieron cuenta, como muchas otras prisioneras, que con ese sencillo acto les habían quitado su humanidad. En ese preciso momento, una mujer que la estaba registrando en el campo le habló a Helena de una orquesta compuesta en su totalidad por mujeres, información que le pareció «electrificante».[17] Desde lo más profundo de su desesperación, se preguntó si «tendría una oportunidad» de sobrevivir. Recordaba haber aprendido en la escuela que a los músicos desterrados siempre les iba un poco mejor en Siberia.

Pero ¿qué pasaría con su madre?

—Ya se nos ocurrirá algo —respondió la prisionera que la estaba registrando, una polaca llamada Maria Swiderska, que era amiga de otra polaca, Wisia (Jadwiga) Zatorska, una exmaestra de preescolar que había conocido al pasar tiempo juntas en la organización de entrenamiento militar para mujeres antes de la guerra.

En su biografía, Helena escribió a detalle sobre las condiciones del Bloque 25, el bloque de la muerte adonde ella y su madre fueron enviadas para su cuarentena obligatoria y en donde pocos lograban sobrevivir más de 24 h. Por algunos meses, la más atroz de las barracas fue usada como un corral de espera para las recién llegadas y las enfermas. El *unterscharführer* de la SS, Adolf Taube, estaba a cargo y, si en ciertas ocasiones alguien trataba de escapar, él se aseguraba de que los mataran a golpes. Las dos mujeres Dunicz solo podían bañarse y usar la letrina en público y cuando les daban permiso. Al igual que todas las prisioneras, no tenían acceso a papel ni toallas, y dormir era casi imposible en una abarrotada y rota tabla en las literas de madera sobre cemento frío sin colchones y solo una manta gris llena de piojos. Se sentían sucias y asquerosas, y estaban seguras de que no lograrían sobrevivir ese infierno. No muchas personas lo hacían.

Sin embargo, solo tres días después, cuando leyeron su número en voz alta y la llamaron para hacer una audición —Swiderska la había recomendado—, el instinto de supervivencia de Helena tomó el control, aunque estaba mental y físicamente exhausta, se sentía degradada, y estaba desesperadamente preocupada por su madre. Después se dio cuenta de lo extraño que era que ese pensamiento fuera el dominante, ya que estar en ese lugar infernal le impedía pensar claramente.

—Sin embargo, en ese momento no era consciente de los motivos infernales que se cumplían al hacer música en un campo de concentración alemán. No sabía que nos obligarían a tocar mientras en el fondo se alzaban llamas y humo negro desde las chimeneas de los crematorios.[18]

La llevaron al Bloque 12 para que hiciera una audición, donde «para mi gran asombro, me llevaron frente a Alma Rosé. La reconocí al instante. Antes de la guerra había asistido a un concierto en Lvov donde ella y su esposo Váša habían dado una presentación magistral del *Concierto para dos violines,* de Bach. Su forma de tocar dejó una gran impresión en mí, al igual que su carrera y belleza excepcional. Ahora, su cabello, que solía ser negro, estaba creciendo de nuevo salpicado de gris».

Alma le dio un violín a Helena, puso una partitura en el atril, «y comencé a tocar, un examen por mi vida». A pesar de sentirse intimidada y débil, y siendo consciente de que llevaba meses sin practicar, Helena logró con facilidad una interpretación lo suficientemente buena para que Alma la aceptara en la orquesta de inmediato. De ahí en adelante, sería conocida como Halina, para diferenciarla de las otras dos Hélènes en la orquesta.

Al estar separada de su amada madre, el éxito de Helena fue agridulce. Cuando le permitieron mudarse al Bloque 12 de manera permanente, casi una semana después, no pudo despedirse de su madre. Ambas estaban demacradas y sensibles. Helena había llegado durante un ensayo y Alma no perdió el tiempo al asignarle un lugar en la primera silla al lado del primer violín belga, Hélène Wiernik, 11 años más joven que ella. Así fue como Helena remplazó a Wisia, que hasta ese momento había sido el segundo violín.

Wisia no armó un alboroto por su cambio de posición. Al contrario, Wisia «se hizo cargo de mí», la recordaba Helena, como una compañera polaca no judía con antigüedad por el tiempo que llevaba en Auschwitz. Junto con Zosia Cykowiak, quien había sido miembro de la resistencia polaca, Helena y Wisia, formaron un grupo de amigas polacas muy cercanas y se apoyaron las unas a las otras. Como una católica devota, Helena Dunicz se ganó la reputación de mediadora y consoladora reflexiva que ocasionalmente intentaba cerrar la brecha entre las polacas y las judías. Años después se arrepintió de no haber podido hacer más.

Margot Anzenbacherová, una nueva integrante, se unió a la orquesta en el verano de 1943. Nacida en 1915, Margot era una comunista activa, poeta y lingüista que había sido arrestada junto con su esposo Karel en Pilsen, Chequia, en 1942, por distribuir panfletos antinazis. La torturaron en varias prisiones antes de llegar a Auschwitz en junio de 1943, donde la registraron como la judía política número 46 155. Su triángulo numerado significaba que no iría directamente a las cámaras de gas, a pesar de ser judía, pero no había garantías si su salud se deterioraba.

Además de ser una hablante nativa de checo, Margot era una lingüista talentosa, con fluidez en inglés y alemán, y conocimientos básicos de otros idiomas. Había trabajado como profesora de idiomas en Pilsen y su fluidez lingüística le ayudó a sobrevivir en el campo y a comunicarse con varios grupos dentro de la orquesta. De niña, había tomado clases de violín y tocaba la guitarra. Sin embargo, nunca imaginó que sus modestos talentos musicales serían suficientes para salvar su vida; entonces, cuando le dieron lo que pasaba por ropa, zuecos de madera y pantalones que se sostenían con una cuerda, pidió que la asignaran a un *kommando* que trabajara en el exterior.

Margot describió el trabajo en un escrito de 1979:

> Estabas parada todo el día en el agua. Cuando me lastimé el pie, me ordenaron… llenar cubetas, vaciar el contenido de las letrinas en carretillas y acarrearlas. Era un infierno.[19] Un alivio era que me dejaran repartir la comida. Como daba porciones grandes, la comida no alcanzaba. La supervisora me golpeó en la cabeza por eso. Después me dio ictericia. Dejé de comer lo poco que me daban. Después me mandaron al *strafkommando* [el destacamento punitivo].

Para muchas, esto significaba el final y Margot temió no salir con vida del campamento.

Habló sobre cómo cambió su suerte. Un día vio a un perro de la SS comiéndose un pedazo de pan e intentó hablarle con un tono gentil:

> Le dije: «¿Sabes que no estoy enojada contigo? Estas cumpliendo con tu entrenamiento… dame un pedazo de pan». No me lo dio, pero observó cada uno de mis movimientos mientras me sentaba frente a él. Estiré la mano hacia él en silencio y con lentitud. Al fin, le acaricié la cabeza. El soldado de la SS me estaba observando. Uno de ellos sacó su revólver. Creí que era mi fin. Le ordenaron al perro que se alejara. El soldado de la SS le disparó al perro. A mí me ignoró.

Sin comprender del todo lo que acababa de ver, el episodio hizo que Margot, cuya salud seguía empeorando, se sintiera tan miserable que sus amigas le dijeron que al menos debía intentar hacer una audición para entrar a la orquesta. Alma aceptó que audicionara como violinista y, aunque Margot no lo hizo bien, Alma le dijo que podía quedarse y estar a prueba ocho días en el bloque de música. Para ese momento, las manos de Margot estaban tan lastimadas por el trabajo duro que apenas podía sostener el violín que le habían dado. Estaba segura de que fracasaría en su periodo de prueba, pero un día que estaba descansando sentada, vio una guitarra. Después de afinarla, Margot comenzó a tocar sin decir una palabra.

«Alma salió y dijo "eso suena bien. Sabes de notas y algo de música y sabes idiomas…". Me aceptó en la orquesta».[20] Así fue como, dos meses después de su llegada a Auschwitz, a Margot le asignaron un lugar como guitarrista en la orquesta, además de trabajar en la mesa de copia y componiendo poesía para que la cantaran. «Cuando tocábamos Dvořák, parecía que Alma me veía en otro mundo. Probablemente creía que la música tenía un significado especial para mí, para ella y para su difunto esposo Váša, como cuando él practicaba y ella lo acompañaba en el piano o tocando con su padre».[21]

Margot se convirtió en una de las pocas instrumentistas que era relativamente cercana a Alma; quizá se debiera a su trasfondo checo o a que era una intérprete útil. En la orquesta, su agradable personalidad y sus habilidades lingüísticas convirtieron a Margot en una integrante muy popular. Les enseñaba inglés a algunas de las intérpretes, Helena entre ellas, aunque tenían que hacerlo en los pocos minutos que tenían antes de los ensayos vespertinos. Helena recordaba haber tomado notas en los pedazos de papel que podía encontrar, solía usar los envoltorios de paquetes o las esquinas de cartas. Mientras tanto, Margot se enfrentaba a una terrible cupa sobre su trabajo en la orquesta, y apenas lograba mantener a raya un colapso emocional.

—La reacción de la mayoría de las prisioneras, obligadas a escuchar música, era negativa —según declaró Margot en 1999—.[22] Creían que era algo cínico en una situación tan trágica, igual que yo antes de unirme a la orquesta. Era molesto que te obligaran a marchar con música. Un día tuvimos que tocar frente a un bloque y ejecutamos piezas húngaras, y una mujer gritó que deberíamos avergonzarnos de tocar música húngara. SU música, la que había escuchado cuando era libre, pero ahora era una prisionera.[23]

Margot terminó su relato diciendo que lo que la mantuvo en pie fue que estaba decidida a sobrevivir «para ser testigo», pero admitió que todavía, cincuenta años después, tenía pesadillas sobre regresar a Auschwitz y tocar en la orquesta.[24]

A finales de 1943, Alma se enteró de la llegada de una adolescente alemana judía que tocaba el chelo, un golpe de buena suerte para la orquesta, que no tenía instrumentos de bajo. Anita Lasker fue enviada a Auschwitz bajo circunstancias inusuales que de forma extraña la salvaron de ser enviada a las cámaras de gas de forma automática. Llegó como una criminal, no como judía, una parte de la burocracia nazi que nunca olvidó. En julio de 1941, Anita había celebrado su cumpleaños 16 en su hogar, en Breslau, que en ese entonces pertenecía a Alemania, ahora Breslavia en Polonia. A pesar de la guerra, Anita recordaba haber recibido regalos, entre los cuales había un libro de historia del arte, jabón y un par de calcetas. «Por las tardes, tocábamos cuartetos».[25]

Anita nació en 1925, la menor de tres hijas, en una familia asimilada judía de clase media. Su padre Alfons era abogado, y su madre Edith, una gran violinista principiante; sus tres niñas tocaban instrumentos.

—La «cultura» era una parte muy importante de nuestras vidas —refirió Anita en 2015—. Leíamos los clásicos todos los sábados por la tarde, en nuestra casa tocaban mucha música de cámara y nos criaron hablando francés. De hecho, había una regla en la casa: los domingos solo podíamos hablar francés. Mi padre creía que las personas tienen tantas almas como los idiomas que hablan. La vida parecía normal y era inconcebible que en algún momento no fuera así.[26]

Desde muy joven, fue claro que Anita era una chelista talentosa. Sin embargo, sus clases de chelo terminaron cuando tenía 12 años, porque ya no había chelistas judíos en Breslau y se había vuelto muy peligroso que un chelista «ario» le diera clases a una niña judía. Con ciertas dificultades, sus padres consiguieron permiso para que Anita dejara la escuela y se fuera a Berlín, donde tenía breves periodos de tutorías en las materias escolares y clases de música con uno de los pocos maestros judíos de chelo en la capital alemana. Leo Rostal, vetado en ese entonces, agradecía el ingreso, pero no era Pablo Casals, el maestro con el que Anita soñaba formarse.

Es posible que esta decisión increíblemente valiente de enviar a una niña a vivir sola, en 1938, en una ciudad desconocida, haya ayudado a salvar la vida de Anita al final, lo que la convirtió en alguien más sabia y resiliente de lo que sería normal a su edad.

—Disfrutaba mucho mis clases de chelo y mi maestro era un buen amigo. De él aprendí mucho, incluso a fumar —recordaba Anita.[27]

No obstante, mientras estaba en Berlín, la situación alrededor del mundo se deterioraba de manera dramática para los judíos. Rostal no sufrió de manera personal la aterradora destrucción conocida como *Kristallnacht* en noviembre de 1938. Sin embargo, decidió que tenía que irse de Alemania y logró emigrar a Estados Unidos.

Anita regresó a su hogar, donde encontró a sus desesperados padres que no podían emigrar, pues dejaron todo para el último momento. Tenían todas sus esperanzas puestas en Marianne, su hija mayor que había logrado salir a tiempo, en junio de 1939, semanas antes de que se declarara la guerra. Marianne había aprendido el oficio de la carpintería, que se consideraba una habilidad útil en Palestina, donde esperaba construir un hogar, pero en lugar de eso, quedó varada en Londres durante la guerra. Su madre le escribió rogándole «haz todo lo que esté en tu poder para ayudarnos».[28]

Pronto perdieron la fe en su emigración, pero concentraron sus esfuerzos en intentar ayudar a sus hijas más jóvenes, que tenían 15 y 13 años, y le escribieron muchas cartas desesperadas a Marianne.

«Si tan solo hubiera un poco de esperanza para Anita y Renate... sería maravilloso si Anita pudiera conseguir su anhelada tutoría con Casals», escribió Edith un mes después.[29]

Al leer estas cartas en la actualidad, guardadas en el Museo Imperial de la Guerra, de Londres, se obtiene un agudo recordatorio de la desesperación a la que se enfrentaban muchas familias judías en 1939. Renate estaba a punto de irse de Breslau para vivir con la familia de un pastor británico, los Fisher, que conocieron gracias a las conexiones de Marianne, y se estaban haciendo planes para que Anita fuera a París, aunque no se concretó nada. El padre de Anita le escribió al reverendo Fisher el 12 de agosto de 1939, explicándole que su hija no podría llevar dinero y que su esposa confeccionaría el uniforme escolar en Alemania. Por desgracia, fue muy tarde; la guerra estalló en Alemania el 1.° de septiembre de 1939.

La vida se volvió infinitamente más precaria cuando introdujeron las tarjetas de raciones —estampadas con una «J» para los judíos— al declararse la guerra; además, los judíos solo podían comprar en horarios restringidos. Incluso en ese momento, el padre de Anita no dejó a un lado la esperanza de emigrar: «nos mantuvimos a flote con estas falsas esperanzas por un tiempo considerable... hasta abril o mayo de 1940», escribió Anita.[30] Pero una vez que la comunicación con Inglaterra se detuvo, fue claramente imposible esperar que Marianne pudiera sacar a alguna de sus hermanas de Alemania.

Mientras tanto, Anita continuó con sus clases de armónica y en ciertas ocasiones tocaba en cuartetos con su madre y otros músicos judíos, incluso después de que los Lasker se vieran obligados a salir de su casa y buscar un alojamiento incómodo con sus familiares. Durante algunos meses de 1940, logró retomar un poco de su educación, intentando ponerse al corriente al haber perdido dos años escolares. En abril de 1941, le escribió a Marianne para contarle que había dado cuatro conciertos, «dos veces incluso me pidieron que siguiera tocando». Pero no habría más, ya que su escuela había cerrado.

En 1941, una vez que se introdujo el trabajo de guerra obligatorio para los niños judíos, a Renate le asignaron trabajo en un vertedero, donde separaba ratas muertas de latas vacías. Después la transfirieron a una fábrica de papel, lo que se consideraba un oficio útil para niños sin experiencia, y pocos meses después Anita se le unió, ahora con 16 años.

Le escribió a Marianne: «Estoy pegando etiquetas en 5 000 rollos todos los días, trabajando dos turnos, 6-2 y 2-10, y mi camino a casa es de aproximadamente una hora. Renate trabaja en otro departamento: servilletas». Las largas horas que debían trabajar y la distancia que debían recorrer significaba que era casi imposible que Renate y Anita consiguieran comida en las horas asignadas a los judíos.

El 9 de abril de 1942, mientras ambas estaban trabajando en la fábrica, sus padres fueron deportados. Cuando llegó la carta que ordenaba que Alfons y Edith se presentaran en el punto de reunión, antes de la deportación, Anita y Renate también querían ir, aunque sus nombres no estaban en la lista.

—Adonde vamos ustedes también llegarán pronto —dijo el padre de Anita resignado. Y le dijo que contaba con ella.

«Todo se acabó», le escribió Anita muy seria a su hermana mayor en Inglaterra.[31] Soy consciente de que en la noche del 8 al 9 de abril acepté una responsabilidad no solo por la renta y el gas, sino por algo más grande. Especialmente porque Renate estaba dormida en ese momento y yo estaba sola. ¿Entiendes? Esa noche fue decisiva para mí, aunque solo me di cuenta mucho tiempo después».[32]

Las dos hermanas menores se habían quedado completamente solas. Como todavía eran menores de edad y sin alguien que cuidara ellas, lo que quedaba de la comunidad judía en Breslau decidió que debían trasladarse a un orfanato y seguir con su trabajo obligatorio en la fábrica de papel desde ahí. El cuerpo de trabajo de la fábrica ahora incluía una gran cantidad de prisioneros de guerra franceses y, en su desesperación, las niñas Lasker no podían evitar notar las actividades clandestinas —entre las que estaba falsificar papeles— que llevaban a cabo. Con una sabiduría mayor a su edad, las niñas decidieron falsificar sus papeles de viaje.

—Tomamos la decisión de intentar huir por nuestra cuenta y llegar a la parte de Francia que no estaba ocupada —recordaba Anita—. Era un paso desesperado y, aunque no es necesario decirlo, no funcionó.[33]

Cuando estaban a punto de abordar el tren en la estación principal de Breslau, que las llevaría fuera de Alemania y a una zona que aún no estaba ocupada en Francia, o eso esperaban, fueron arrestadas por la Gestapo y llevadas a la prisión local.

Era tarde cuando llegaron a la prisión.

—Para nuestra suerte, la Gestapo volvió a mostrar su incompetencia porque no les ordenaron a los empleados de la prisión ponernos en celdas separadas. Eso significa que tuvimos toda la noche para planear cómo íbamos a manejar la interrogación de la Gestapo que nos esperaba a la mañana siguiente.[34]

Las niñas se dieron cuenta, después de pasar varios días en una celda diminuta con otras dos prisioneras y una sola cubeta compartida, de lo miserables, tristes y asustadas que estaban. Los días se convirtieron en semanas con nada más que media hora al día para ejercitarse. Sin embargo, poco a poco se fueron acostumbrando a la situación y la incertidumbre de no saber qué les esperaba.

En 1996, Anita escribió: «nunca deja de asombrarme que la raza humana es capaz de adaptarse a casi cualquier cosa. Incluso si estás encerrado en una pequeña y apestosa celda sufriendo de hambre y con una incomodidad terrible, emerge una cierta rutina con la que puedes vivir. Tu horizonte simplemente se contrae. Aunque al principio pensé que no podría sobrevivir la vida en la prisión; de hecho, logré hacerlo extremadamente bien. Lo más importante fue que, después, cuando era habitante del campo de concentración, recordaba mi tiempo en prisión como ahora pensaría en unas agradables vacaciones».[35] Mientras esperaban su juicio, a las niñas les dieron trabajo pintando soldados de juguete. Anita y Renate disfrutaban las visitas de la señorita Neubert, la mujer que les daba los materiales para trabajar, un gran apoyo moral y la sensación de una vida normal. En el fondo de la canasta de la señorita Neubert, Anita a veces encontraba pan e incluso una vez un pastel.

En junio de 1943, después de casi un año en prisión, las hermanas al fin fueron llevadas a juicio y condenadas por tres delitos: falsificación de documentos, ayudar al enemigo e intento de fuga. Estaban tranquilas, sabiendo que no era posible que quedaran absueltas, como Renate, de 19 años, le comentó a Anita en ese momento. Lo mejor que podían esperar era más tiempo antes de que las enviaran a un campo de concentración. No se hacían ilusiones sobre lo que les esperaba a los judíos en los transportes porque los prisioneros que enviaban desde Auschwitz a la prisión de Breslau para que los siguieran interrogando habían confirmado los rumores de las cámaras de gas.

Al recordarlo, Anita ahora cree que uno de los antiguos colegas de su padre debió de haber intervenido para asegurarse de que se quedaran en prisión mientras esperaban su juicio.

«Cada día que NO pasábamos en un campo de concentración era un día ganado. La prisión no es el mejor lugar en el que se puede estar, pero nadie te mata ahí», escribió Anita lacónicamente en su biografía.[36]

El juicio fue una farsa y ambas niñas fueron sentenciadas a un periodo más largo de custodia preventiva, excepto que ahora estaban separadas. Renate fue enviada a la penitenciaría de Jauer, en Baja Silesia, mientras que Anita pasó casi cinco meses sola en la prisión de Breslau hasta que la llamaron a firmar un documento declarando que iría a Auschwitz «de manera voluntaria». Le dieron ropa de civil y esperó paciente su transporte.

La llegada de Anita al campo fue diferente a la de otras prisioneras deportadas, ya que iba en un tren acondicionado con una celda policial bajo llave. Llegó de noche y recordaba, como todos, las figuras negras con capas, los perros ladrando y muchos gritos. La diferencia crítica de los transportes judíos es que no había una selección al llegar a la estación. Estaba con un puñado de prisioneras que habían ido a juicio y tenían que cumplir con sus sentencias.

> Eso nos clasificaba como… prisioneras con un expediente. Esta condición significaba que no podíamos ser enviadas directamente a las cámaras de gas, supuestamente porque debíamos estar disponibles en caso de que nos llamaran para regresar al tribunal. Claramente era mejor llegar a Auschwitz como una criminal convicta que como una ciudadana inocente.

Al amanecer del día siguiente, una fría mañana de diciembre, vivió las mismas humillaciones traumáticas. Le quitaron la ropa, la raparon y la tatuaron con el número 69 388. Se dio cuenta de que no solo le habían quitado la ropa, «sino cualquier vestigio de dignidad humana y me habían hecho indistinguible de todas las personas a mi alrededor».[37]

Mientras la registraban en el bloque con el sauna de desinfección, la prisionera que la estaba procesando la bombardeó con preguntas. Primero le pidió sus zapatos, diciéndole que de todas formas se los quitarían. Al ver que no tenía otra opción, y sin darse cuenta del regalo que sería después, Anita se los cedió. Al hacerlo, le dijo a la joven que tocaba el chelo, «una pieza de información innecesaria bajo esas circunstancias».[38]

La respuesta de la niña fue inmediata e inesperada:

—Eso es fantástico —le dijo—, serás salvada.

Le dijo a Anita que se quedara donde estaba. Aún desnuda, pero aferrándose a un cepillo de dientes, Anita se preocupó al pensar que estaba parada en una cámara de gas a punto de ser asesinada. En lugar de eso, la saludó una mujer guapa y bien vestida con un abrigo de piel de camello y una pañoleta en la cabeza.

No tenía idea de quién podría ser. ¿Era una custodia o una prisionera? Estaba tan bien vestida que me quedé atónita. Se presentó como Alma Rosé y dijo que estaba encantada de que fuera una chelista, y me preguntó de dónde venía y con quién había estudiado y cosas así. Todo se sintió como un sueño.

Ella también dijo: «Serás salvada». Pero aclaró que no podía ir con ella de inmediato. Tendría que hacer una audición y, hasta entonces, debía regresar al bloque de cuarentena.

Anita recordaba que «con mucha suerte» su espera fue muy corta.

A principios de diciembre de 1943, el enérgico Franz Hössler apareció en persona buscando a «la chelista» para que asistiera a su audición.

Ser conocida como «la chelista» y no como un simple número fue esencial en la restauración del sentido de humanidad de Anita y la sensación de que valía la pena vivir. «No me había desvanecido en la gran masa gris de personas indistinguibles y sin nombre».[39] Para su audición, interpretó el movimiento lento del *Concerto* de Boccherini y, después, con la orquesta, *La marcha militar*, de Schubert, una pieza que conocía bien y que no tardó en detestar. No había tocado nada durante casi dos años, pero entendía que la posibilidad de que no le fuera bien en la audición no existía porque Alma y las otras instrumentistas estaban desesperadas por un instrumento de registro grave. Al día siguiente, se mudó al bloque de música y comenzó a hacer amigas, intentando responder todas sus preguntas sobre el mundo exterior lo mejor que podía.

Otro factor fue importante para que Anita se concentrara en mantenerse viva con un poco de dignidad: su hermana Renate. Había perdido la esperanza de volver a verla una vez que se la llevaron de la prisión de Breslau. Sin embargo, una semana después de la llegada de Anita a Auschwitz, las hermanas se rencontraron de la manera más extraña posible.

Al llegar al campo con un grupo de prisioneras de la penitenciaría, Renate vio a una joven en posesión de unos zapatos de piel de cerdo negros con cintas rojas muy particulares. Ya que no los tenía puestos, seguramente esperaba intercambiarlos. Renate, convencida de que los reconocía, preguntó dónde los había conseguido. La joven le dijo que habían pertenecido a una instrumentista que acababa de llegar al campo de concentración. Renate de inmediato supo que debía de tratarse de Anita, que al ver lo mucho que la niña que la procesaba quería los zapatos, y asumiendo que se los quitarían, los había entregado de manera voluntaria. Tomando en cuenta el enorme tamaño de Birkenau y los números de personas que llegaban todo el tiempo, esta coincidencia fue «un verdadero milagro», como Anita escribió después. «La misma niña llegó corriendo al bloque y me pidió que fuera con ella al Bloque de Recepción de inmediato. Me dijo: "Creo que tu hermana está aquí". Corrí y ahí estaba. Era increíble».[40] Renate estaba mal de salud, que se deterioró aún más al llegar al bloque de cuarentena. Aunque estar juntas de nuevo les dio a las niñas otro incentivo para vivir la una por la otra, Anita podía ver que su hermana no sobreviviría si se quedaba ahí mucho tiempo.

> Renate se convirtió en un desastre total en muy poco tiempo. Era horrible. Su apariencia y estado general eran tan malos que no tenía permitido entrar a nuestro bloque. Así que se acercaba y se paraba afuera, esperando que yo le llevara sopa o cualquier otra cosa que pudiera darle. Aparecieron unas enormes llagas supurantes en sus piernas que no sanaban debido a su falta de vitaminas. Y después se contagió de fiebre tifoidea.
>
> Había momentos en los que esperaba que tuviera una muerte silenciosa para que su miseria terminara. Era horrible verla hundirse.[41]

Renate fue trasladada a la *revier* donde, de alguna manera, sobrevivió a la fiebre tifoidea, pero su apariencia empeoró. Entonces,

Anita tuvo una idea extremadamente arriesgada. Habló con Maria Mandl y le preguntó si su hermana podía convertirse en *läuferin*, una mensajera. Apostó todo al hecho de que, como era la chelista esencial en la amada orquesta de Mandl y resultaba irremplazable, no la castigarían por su petición.

Anita Lasker, de aproximadamente 13 años, en Berlín, donde estudiaba chelo con Leo Rostal.

Tenía razón. Mandl la escuchó educadamente, le preguntó en qué bloque estaba y, poco tiempo después, Renate fue asignada como mensajera oficial, lo cual significaba mejores raciones y alojamiento.

De acuerdo con Richard Newman, Anita hizo algo más para asegurar la supervivencia de su hermana: «organizó» una colecta de medicinas para Renate con la ayuda de un hombre llamado Henry Meyer que, como las hermanas Lasker, había llegado de Breslau a

Auschwitz. Meyer, junto con Michel Assael —el músico y hermano de Yvette y Lili—, era parte del *kommando* de trabajo encargado de empujar una carreta por el campo, haciendo entregas y recolecciones. También tocaban en la orquesta de hombres, y lograron asegurarse de que le entregaran medicinas a Renate a través de Anita y el bloque de música, aunque los hombres no tenían permitido entrar al campo de concentración de mujeres. Renate logró recuperarse lentamente y sobrevivió.

5

La orquesta significa vida

Bajo la dirección de Alma, la orquesta rápidamente se volvió más internacional con integrantes polacas, alemanas, austriacas, ucranianas, rusas, francesas, belgas, griegas, checas y holandesas. A pesar de sus esfuerzos por reclutar integrantes con un nivel más avanzado, nunca hubo más de cinco o seis instrumentistas «de verdad». Desde el punto de vista de Anita Lasker, el único requisito para ser parte de esta extraordinaria tropa era que «necesitabas tener más o menos una remota idea de cómo sostener o tocar un instrumento. Cualquier excusa era buena para intentar rescatar a la mayor cantidad de personas posible y traerlas a este pseudorrefugio. Algunas personas que no podían tocar para nada fueron aceptadas».[1] Este amplio rango de habilidades significaba que Alma tenía que entrenar a algunas de las integrantes novatas todos los días, casi nota por nota, y hacer arreglos donde dominaran las más experimentadas; su determinación por crear una orquesta de calidad nunca flaqueó. Era un trabajo exigente, en particular para Alma, quien se dedicó por completo a su objetivo, trabajando toda la noche, un inusual «privilegio» para el que también necesitaba un permiso especial porque implicaba mantener la luz encendida.

Esta amplia brecha musical entre las integrantes no era el único desafío. Dentro de la unidad, había muchos grupos pequeños de amigas, usualmente formados en torno a un lenguaje en común.

Alma daba sus instrucciones musicales en alemán, que la mayoría de las integrantes lograba interpretar de alguna manera. Sin embargo, la brecha más dolorosa y la más complicada de cerrar siempre existió entre las judías de diversas nacionalidades y las polacas no judías. El simple hecho de que hubiera judías y no judías viviendo bajo el mismo techo en un solo bloque —el único en su tipo dentro de Auschwitz— ocasionaba que la viabilidad de la orquesta fuera impresionante.

El antisemitismo en Polonia antes de la guerra estaba profundamente arraigado en la cultura general y combinaba sus orígenes religiosos y políticos. Entre los católicos aún había quienes veían a los judíos como asesinos de Cristo y, al mismo tiempo, un creciente número de nacionalistas polacos consideraba a la enorme y vibrante comunidad judía —que había crecido a 3.4 millones antes de la guerra— como una amenaza existencial. Polonia, como el país con la concentración más grande de judíos en Europa, se convirtió en tierra fértil para grupos nacionalistas polacos de derecha como el movimiento Endecja, que era tanto antisemita como antinazi. Esta aparentemente confusa actitud se reflejaba en algunas de las integrantes cristianas de la orquesta de mujeres que habían sido arrestadas por ayudar a los judíos; sin embargo, al verse obligadas a convivir con ellos, creían que los malentendidos por la comida o los chistes se debían a «la actitud de las judías».[2] Este prejuicio ancestral contra los judíos fue reforzado por la brutal actitud de los nazis contra ellos; por ejemplo, cuando había una selección dentro del campo y los condenados eran enviados al Bloque 25 —conocido como el bloque de la muerte— para privarlos de alimentos hasta que fuera el momento de llevarlos a las cámaras de gas, los guardias nazis explicaban que «estaban matando judíos porque decían que los judíos eran responsables, que ellos habían ocasionado la guerra».[3] El doctor Lingens-Reiner testificó después que en la enfermería los no judíos criticaban a los doctores por darles valiosos medicamentos a los pacientes judíos que «iban a morir de todas maneras».[4]

Hilde Grünbaum, la violinista alemana que trabajaba como copista, describía algunos problemas adicionales, incluso entre las instrumentistas judías, debido a diferencias religiosas, culturales o lingüísticas. El ejemplo más extremo era la manera en que las judías griegas, que no hablaban ni alemán ni yidis, sino el antiguo ladino, similar pero en absoluto igual al español, se sentían excluidas de las judías askenazí.

—Había ateas, comunistas, personas devotas y sionistas entre nosotras. Las rusas querían regresar a Rusia, las polacas deseaban una Polonia independiente. Todas tenían su visión del mundo y estaban convencidas de que era la correcta.[5]

La profesora polaca no judía, Eugenia Marchiewicz, que no estaba en la orquesta, recordaba que «las judías del gueto de Varsovia odiaban a Alma porque era una judía asimilada y porque era como una alemana judía, quien, según ellas, era más alemana que judía».[6] Su puesto como kapo la hacía parecer inevitablemente parte de la infraestructura alemana, a pesar de ser austriaca. La habilidad de Alma para mantener esta y otras tensiones latentes bajo control para las presentaciones convierte su logro en algo más impresionante. Cuando era una situación relacionada con la orquesta y la música que tocaban, podía imponer una disciplina tan severa que prohibía cualquier tipo de respuesta sentimental ante la muerte y el sufrimiento del que eran testigos. Sin embargo, varios instrumentistas también mencionaron que detestaba las discusiones y prefería retirarse a su habitación antes que confrontar directamente las diversas situaciones.

—Tenía muchas migrañas —recordaba Hélène Wiernik—. Me preguntaba si tendría un tumor. Disponía de su habitación, bueno un *chambrette,* y solía recostarse si se sentía mal. Nos atemorizaba pensar cómo funcionaría la orquesta sin ella.[7]

Muchos de los malentendidos en el Bloque 12 se debían a las porciones de comida, que las mujeres polacas compartían entre sí. Tenían una esquina en el dormitorio con su mesa, que también utilizaban las rusas y las ucranianas. Las judías no tenían permitido recibir raciones de comida, aunque tuvieran a alguien en casa que les enviara provisiones, así que era particularmente difícil ver y oler esa comida extra que sus compañeras compartían.

—Ver y oler esa comida inalcanzable no mejoraba las relaciones amistosas. Recuerdo que solo dos polacas nos dirigían la palabra —dijo Anita.[8]

Una de ellas era la cantante Ewa Stojowska y la otra era la percusionista Danka Kollakowa.

Esta actitud se dio a partir de la creencia entre las polacas de que las judías tenían contacto con otras prisioneras que trabajaban en las bodegas de Auschwitz, conocidas como Kanada, en donde podían conseguir más comida. Para diciembre de 1943, Kanada era un área del campo de concentración cerca del crematorio que estaba conformada por treinta edificios usados para separar las posesiones robadas y abandonadas de quienes llegaban al campo. La mayoría de los objetos útiles o de valor eran enviados de regreso a Alemania, pero aún quedaban muchas cosas en las bodegas. Trabajar en Kanada era una asignación valorada por las casi 1 000 prisioneras que, en teoría, podían robar objetos para intercambiar, especialmente por comida. Era una iniciativa arriesgada; sin embargo, no constituía una fuente de sustento extra regular.

Helena Dunicz enfatizaba, incluso en 2014, mientras escribía su biografía, que la barrera entre las judías y las polacas en la orquesta era el resultado de la actitud de las judías.

> Se relacionaban de manera directa con las prisioneras que trabajaban en Kanada, la mayoría de las cuales era judía. Con ellas podían conseguir mejores uniformes, ropa interior e incluso cosméticos, gracias a los cuales podían «organizar» comida extra para ellas por medio del sistema de trueque, con pan, papas, zanahorias, cebollas y más. Al no tener contactos en Kanada, yo tenía que hacer cosas como mis broches para el cabello con

> pedazos de metal E una vez que empezó a crecer y estorbarme en los ojos… no podíamos no ver los artículos de lujo de Kanada que las mujeres judías tenían y, además, la actitud de algunas de ellas me pareció algo inquietante y distante.[9]

Los sentimientos de Helena hacia el comportamiento de las judías estaban profundamente arraigados en prejuicios. Sin importar qué tanto haya querido cerrar la brecha, no lo logró. Estaba muy al tanto de la tensión entre las polacas cristianas y las judías, pero insistía en que la causa no era el antisemitismo, «más bien se debía a la fuerza brutal del hambre que en el campo alemán derrotaba al ideal universal de solidaridad, humanidad y empatía».[10]

Anita comentó que «había una suposición por parte de las judías en cuanto a que todas ellas [las polacas] eran antisemitas. Después me enteré de las terribles historias de su sufrimiento». En 2023, durante una entrevista en su casa conmigo, agregó: «¿Por qué deberías compartir con personas con las que apenas hablas? Lo entiendo. Era supervivencia».[11] Casi cincuenta años después de la guerra, Anita y Helena comenzaron a intercambiar cartas. Solo en ese momento pudieron reconocer que tenían mucho más en común que lo que las dividía. Ambas provenían de familias de clase media-alta, donde la música era valorada. Pero vivir en ese infierno antinatural pervertía las respuestas normales y daba lugar a que floreciera el prejuicio. Helena se arrepentía de no haber hecho más en el campamento para quitar las barreras, pero insistía en que era tímida de nacimiento y estaba «horrorizada por el campamento».[12]

Helena se veía a sí misma como una intelectual callada que no había logrado cumplir con sus propias expectativas; pero, como la mayoría de los sobrevivientes de Auschwitz, también afirmó que era imposible que alguien que no hubiera estado ahí entendiera lo que ocurría en el campo de concentración: «Está conectado con grandes tensiones y el sentimiento de que los interlocutores no entienden y no ahondan lo suficiente en nuestras declaraciones. Mi alemán y mi inglés no son lo suficientemente ricos para expresar todos mis pensamientos y sentimientos, y, después de todo, no quiero exhibir mis experiencias más profundas».[13]

La violinista polaca «Zosia» Cykowiak también le escribió a Anita a principios de la década de 1990 con el objetivo de decirle que esperaba «una ocasión donde pudieran encontrarse para hablar francamente y explicar los malentendidos que en ese momento pudieron [suceder] gracias a las barreras de lenguaje. Creo que ahora podríamos permitirnos, con la perspectiva de [décadas], encontrar muchas cosas en común sobre cómo vivir la dolorosa experiencia que Auschwitz fue para ambas».[14]

Inevitablemente, con una mezcla tan diversa de mujeres, había fuertes discusiones sobre lo que estaba pasando en otros lugares del campamento y cuáles, si las había, eran sus responsabilidades en esas circunstancias. Como todos los prisioneros judíos en Auschwitz, las integrantes judías de la orquesta se preocupaban por sus familiares que probablemente habían sido enviados a las cámaras de gas al llegar.

En ciertas ocasiones, las mujeres hablaban sobre el futuro y lo que harían si sobrevivían. El grupo sionista se enfocaba en lo que estaba pasando en el resto de Europa y dónde les gustaría vivir si sobrevivían. Hilde Grünbaum, la violinista alemana que se había quedado en Alemania para ayudar a su madre en prisión, rechazando la oportunidad de ir a Palestina antes de la guerra, era la líder de este grupo. Al principio hizo su mejor esfuerzo por organizar una celebración semanal del Sabbath para las niñas de Hakhshara, el programa de entrenamiento agrícola sionista, en Auschwitz. Pero el grupo también incluía a Rachela, la mandolinista, y a Regina, la trabajadora de Alma, ambas de Będzin, además de las hermanas Carla y Sylvia Wagenberg, las flautistas de Alemania.

Durante estas reuniones, Hilde leía extractos de libros que había logrado obtener en el campo, ya fuera literatura alemana como *Fausto,* poemas de Rilke o citas de *Ethics of the Fathers* [Ética de los padres], un libro judío que contiene sabias frases y consejos sobre el comportamiento y las relaciones. Hilde también escribió rezos en un pequeño calendario que le había regalado su amiga Anneliese Borinski. Cuatro años mayor que Hilde, Anneliese era una joven alemana de Berlín que había sido consejera en la granja Hakhshara de Ahrensdorf. Las niñas habían sido deportadas a Auschwitz juntas y Anneliese había conseguido un trabajo en la lavandería del campo y luego en el taller de costura, donde sobrevivía, en parte, cosiendo muñecas para las mujeres de la SS. Hilde, que gracias a su trabajo como copista tenía acceso a papel, le dio a Anneliese un pequeño cuaderno en el que, en secreto, escribía sobre la vida en el campo mientras usaba un poco de ese papel para hacer velas falsas y alumbrar durante el Sabbath. Estos momentos reforzaron la moral del grupo. Mantenía vivas sus esperanzas de sobrevivir para cumplir su sueño sionista al final de la guerra y por fin mudarse al estado judío de Palestina, que ellas llamaban Eretz Israel, la tierra de Israel, donde no serían perseguidas.

Rachela nunca olvidó la fuerza que le daban estas reuniones. «Hilde tenía energía», recordó en 1984:

> Nos mantenía unidas, al grupo. Quien quisiera unirse, se unía... todas tenían que vestirse para festejar, lo cual significaba que no lo que usábamos a diario. Si teníamos otra camisa, entonces nos la poníamos limpia, y una falda... y Carla sabía hebreo... había una Biblia... había un verso y cantábamos un poco y nos sentábamos juntas... así es como el grupo logró sobrevivir... y estamos juntas hasta el día de hoy.[15]

Anita era una amiga cercana de Hilde, pero era tan sionista como Alma, con quien Hilde discutía por este tema. Hilde creía que mientras «otras luchaban por sobrevivir, Alma estaba construyendo algo. Discutía conmigo, una sionista dedicada, durante horas para que olvidara ir a Israel después de la liberación porque dijo que estaba construyendo una orquesta que llevaría a recorrer el mundo después de la guerra».[16] Hilde sabía que Alma quería que ella fuera parte de esta iniciativa, pero siempre se resistió.

Fanny Kornblum («la grande Fanny»), la mandolinista belga y cantante principiante, recordó esto en 1996:

—Claro que todas queríamos aferrarnos a la vida, así que imitábamos la realidad de afuera al tener discusiones amistosas.

Una espectadora de estos debates era Julie Stroumsa, la violinista griega que había ayudado a la violinista francesa Violette Silberstein durante su audición.

—La recuerdo como una niña reservada y gentil que nunca participaba en las agitadas discusiones que teníamos —le dijo Fanny a Jacques, el hermano de Julie que había sido parte de la orquesta de hombres, después de la guerra—. Julie siempre fue neutral. Le faltaba el carácter necesario para sobrevivir en ese lugar de muerte.[17]

Julie logró evitar la selección para las cámaras de gas, pero murió debido a la fiebre tifoidea en Belsen, en 1945.

Después de tres meses con Alma a cargo, la orquesta lograba esconder sus conflictos internos detrás de bambalinas y mostraba cohesión durante sus presentaciones diarias. Esta época en el otoño de 1943 también recibió una capa adicional de brutalidad en el campo, ya que el constante transporte masivo de judíos, muchos de los cuales eran enviados a las cámaras de gas al llegar, convirtió a Birkenau en una maquina asesina aún más despiadada y eficiente. Ya estaba en construcción la tercera rampa, o plataforma de descarga, que al ser terminada a inicios de 1944 llevaba a los prisioneros directamente al campo de concentración, a una corta distancia de los edificios de los crematorios.

Incluso antes de que terminaran la nueva rampa, los cuatro crematorios que funcionaban en Birkenau (numerados del II al V, porque el Crematorio I ya no estaba en funcionamiento) quemaban

4 500 cadáveres al día, a veces aún más.[XVII] Las víctimas eran mayormente judías, pero los nazis también estaban asesinando a miles de romaníes y otras minorías, junto con los prisioneros de guerra soviéticos y los prisioneros políticos polacos seleccionados por los doctores en el hospital del campo. A veces quemaban pilas de cuerpos de personas que habían sido asesinadas en fosas cerca del Crematorio V. El olor a muerte permeaba todo, y el hedor de piel quemada constantemente invadía las fosas nasales de todos en el campo de concentración; además, las cenizas de los restos humanos se asentaban dentro de algunos de los instrumentos que tocaban en la orquesta, una fina capa de polvo negro que se descubrió después de la guerra.

Se esperaba que la orquesta tocara a pesar de la masacre a su alrededor. La violinista belga Hélène Wiernik habló de cómo en una ocasión la orquesta estaba tocando mientras un grupo de mujeres belgas pasaba marchando a su lado.

> Una mujer me reconoció y gritó: «¿Eres tú, Hélène?». Me derrumbé entre lágrimas. Alma estaba furiosa. Cuando regresamos al bloque de música, yo seguía llorando. Me dio una cachetada para que me calmara y me dijo que nunca perdiera el control de mis nervios. El espectáculo debe continuar. Nunca volví a perder el control. Nunca le guardé rencor a Alma porque entendí la lección.[18]

Hélène logró controlarse al intentar no pensar en lo que estaba pasando en el resto del campo, aunque «el crematorio estaba a unos 100 m. Afuera de nuestro bloque, la valla de alambre de púas soltaba chispas durante la noche. Quienes habían sido seleccionados

---

[XVII] De acuerdo con los cálculos hechos por la *Zentralbauleitung* nazi el 28 de junio de 1943, el crematorio podía quemar 4 416 cadáveres por día: 1 440 en los crematorios II y III, y 768 en los crematorios IV y V.

caminaban a su muerte con una canción cada noche. Era atroz», dijo en 1997. «Si solo pensábamos en el trabajo y la música, casi llegábamos a un momento donde olvidábamos donde estábamos, si de verdad nos concentrábamos… y después teníamos que regresar a la realidad».[19]

Pero no había uniformidad en las respuestas a esa masacre constante y a veces las mujeres no podían evitar la cruda realidad de la vida diaria en Auschwitz. Por ejemplo, el 23 de octubre de 1943, llegó al campo de concentración un transporte con 1 800 judíos desde Bergen-Belsen, en el norte de Alemania. Estas familias habían pagado enormes cantidades de dinero por visas para varios países latinoamericanos, pero al llegar a Belsen, les habían dicho que iban de camino a Dresden y que sus maletas llegarían después. Solo se dieron cuenta de que los habían engañado cuando llegaron a la rampa de Birkenau.

Las mujeres fueron llevadas al Crematorio II y los hombres al III. Mientras a las mujeres les ordenaban que se desvistieran y los oficiales de la ss les quitaban sus anillos y relojes, una mujer lanzó su ropa a la cabeza del sargento Schillinger de la ss, tomó su revólver y le disparó tres veces. También logró dispararle al sargento Emmerich. En la lucha que se desató, otras mujeres furiosas atacaron a los nazis con sus manos: un oficial de la ss fue mordido en la nariz y otros recibieron arañazos en el rostro. Los refuerzos de la ss no tardaron en llegar y todas las recién llegadas fueron asesinadas a disparos, con granadas o en las cámaras de gas. Schillinger murió, mientras que Emmerich sobrevivió, pero su pierna quedó dañada de por vida.

Al día siguiente, las guardias de la ss cobraron venganza al disparar hacia las prisioneras desde la torre de vigilancia de manera arbitraria. Lograron asesinar a 13 prisioneras, herir gravemente a cuatro y lastimar a otras 42. El bloque de música estaba directamente debajo de una de las torres, lo cual significaba que las integrantes escucharon la letal lluvia de balas mientras estaban ensayando.[20]

Con este trasfondo, las ocasionales «discusiones agitadas» del Bloque 12 no iban más allá de temas que afectaban su existencia diaria. Helena recordó en su vejez que uno de los temas de discusión más populares en su grupo, después de compartir un cigarro, era que «todo estaba conectado con comer, en otras palabras, nuestros platillos favoritos y cómo los preparamos».[21] Pero también dijo que «había discusiones constantes sobre el dilema moral y los conflictos espirituales alrededor de si debían o no seguir tocando», un recuerdo que parece contradecir los de la mayoría de la orquesta. Anita sostuvo, durante una entrevista en 2022, que ella hacia un esfuerzo consciente por no pensar en esos dilemas morales, porque sus pensamientos estaban enfocados en sobrevivir.

—La vida de todas era una cuestión de sobrevivir hasta el día siguiente —observó—. Hay muchas cosas que no recuerdo del campo de concentración. Me encerré en una burbuja y tocaba música para mí misma dentro de mi cerebro.[22]

No es que las instrumentistas no supieran lo que pasaba, porque el asesinato más allá del bloque musical era anunciado por medio del humo, el olor y un fuerte sistema de comunicación informal en el campo de concentración. Las noticias les llegaban a las integrantes de la orquesta por medio de mensajeras como Renate Lasker, la hermana de Anita que tenía conexiones en la orquesta. Además, como lo explicó la violinista polaca Zosia Cykowiak, «desde nuestro bloque, a pesar del supuesto *Lagersperre* [cuarentena del bloque] que se ordenó durante los transportes masivos de judíos… entre los huecos de las tablas flojas, uno podía ver la llegada y salida de los transportes de personas y las selecciones, sin mencionar las llamas y el humo del crematorio que estaba relativamente cerca y la peste de los cadáveres quemados que se extendía por toda el área».[23] Había días en los que el humo eran tan denso que tapaba el poco sol que había y después, cuando oscurecía, veían un feroz brillo rojo, como una casa en llamas, que escondía las estrellas incluso en las noches despejadas.

—A veces llorábamos, pero no siempre —explicó Hélène Wiernik—. ¿Qué podíamos hacer por otras en el campo? Sí, seguramente nos envidiaban. Pero no puedes imaginarte cómo era si no estabas ahí.

Después dijo que al tocar música «tal vez por un momento las otras prisioneras pensaban en algo más allá de sus circunstancias. No hablábamos con las otras prisioneras. No era mi culpa estar ahí. No hablábamos sobre las otras prisioneras. Hablábamos de otras cosas».[24]

Alma no se hacía ilusiones sobre el destino que le esperaba a sus instrumentistas en la orquesta si no cumplían con lo que se esperaba de ellas. Todas irían a las cámaras de gas. Como le dijo a Hilde en varias ocasiones, la orquesta «sobrevive junta o muere junta. No hay punto medio».[25]

Un tema que ninguna de las instrumentistas podía evitar era el de la música que las obligaban a tocar, aunque reconocían que esa decisión correspondía a Alma. Mientras no se acercaran al repertorio prohibido, Mandl no interfería en eso. Todos los días había marchas que tocar mientras los *kommandos* de trabajo entraban y salían del campo de concentración. Esta era la *raison d'être* de la orquesta, sin importar lo muy impopulares que se hicieran entre las mujeres exhaustas que pasaban por las rejas, mientras las custodias de la SS miraban desde un costado y castigaban a quienes no podían mantener el paso marcado por el ritmo de la música.

Wanda Koprowska, una prisionera polaca que llegó a Auschwitz en febrero de 1943, relató las aterradoras marchas matutinas que se hacían con el propósito de apresurar la salida de las prisioneras para trabajar en los subcampos. Muchas de ellas no tenían experiencia marchando, así que «cuando daban la señal para marchar, la orquesta comenzaba a tocar y las mujeres *muselmann* [delgadas como esqueletos y muy débiles] movían las piernas al ritmo del tambor... No estaba permitido que se te enredaran los pies y quienes estaban enfermas tenían que sonreír y soportarlo».

En la entrada, había un grupo de oficiales nazis de alto rango, usualmente acompañados por el *unterscharführer* de la SS, Adolf Taube, el joven líder del escuadrón conocido por matar prisioneros a golpes de manera arbitraria, y tres de las custodias más brutales del campo de concentración: Maria Mandl, Elisabeth Has y la conocida Margot Dreschel.

> Un día, mientras marchábamos, una de las mujeres de nuestro *kommando* pisó con el pie derecho en lugar del izquierdo. Taube se dio cuenta. Corrió entre las filas y comenzó a patear a su víctima en el trasero, gritando *links, links und links* (izquierda, izquierda e izquierda). Seguíamos marchando y nos esforzábamos por no confundirnos de pierna. La pobre mujer no era una niña. Taube pudo haber sido su hijo.[26]

La música de las marchas, con un resonante tambor que predominaba sobre una orquesta compuesta mayormente por flautas, mandolinas y violines, ocasionaba que casi todas las prisioneras del campo que tenían que estar atentas y apegarse a su ritmo asociaran pensamientos negativos con las mujeres de la orquesta. Maria Zarębińska, una actriz polaca nacida en 1904 que fue arrestada y enviada a Auschwitz por ayudar a judíos a salir del gueto de Varsovia, se dio cuenta de que, aunque las mandolinas suavizaban el tono, «por otro lado, el tambor sonaba amenazador, punzante… desde lejos se escuchaba a la orquesta tocar en las rejas. Las mandolinas y violines eran alegres, riendo, tintineando como insectos en un campo y el tambor otra vez era amenazante e intimidante: ten cuidado, ten cuidado, ten cuidado, *links, links, links und links*».[27]

Zarębińska, describiendo a las mujeres exhaustas que cruzaban las puertas en su camino de regreso e intentaban mantener las cabezas erguidas, se dio cuenta de cómo el cuerpo entero se tensa mientras las apresuradas filas de cinco pasan por las rejas… ¿entrarán a tiempo o no? Una delicada niñita no lo logró. Había recogido un puñado de margaritas rosas en el campo, las metió a su blusa y olvidó tirarlas antes de entrar. La sacaron de las filas, le quitaron las flores y las pisaron, y golpearon a la niña. El resto marchamos sin inmutarnos, y la orquesta siguió tocando.[28]

Prisioneras recién rapadas en Auschwitz-Birkenau, listas para comenzar a trabajar.

Para Helena, que era muy seria, tener que tocar música popular a veces era algo insoportable. Entre la música ligera que presentaban en los dos conciertos de cada domingo había éxitos como «Jalousie», «Komm Zurück» y valses de Kalman, Lehár y Strauss, el último era el favorito de Alma.

Eso nos hacía dudar y nos dejaba sintiéndonos seriamente frustradas. ¿Cómo podíamos tocar música ligera aquí, con llamas y

> humo negro que se alza día y noche desde las chimeneas del crematorio? ¿Cómo podíamos tocar aquí, en el espacio abierto entre los bloques de la *revier*, en un domingo soleado, cuando del otro lado del alambre de púas en la carretera masas de judíos exhaustos del viaje caminaban a tropezones hacia las cámaras de gas y el crematorio? Pero Alma nos inculcaba de forma consistente y firme, a veces incluso usando palabras muy fuertes, que «la orquesta significa vida».[29]

Violette Silberstein creía que Alma las había transformado a todas para crear «un sonido único… un sonido como ningún otro. Un sonido especial».[30] Szymon Laks, admitiendo que su punto de vista estaba parcialmente basado en una rivalidad musical, describió el sonido de la orquesta de mujeres como «afeminado» con una «leve cualidad sentimental».

Aun así, la belga Hélène insistía en que Alma «era una gran artista» que las convirtió en «una orquesta casi normal».[31] Sin embargo, como violinista principal al frente de la orquesta, no solo veía a las marchantes sufriendo de frente, sino que tenía que asimilar el incómodo hecho de que ella «era vista». No podía escapar por completo de los pensamientos sobre si al menos los conciertos de domingo, si no las marchas, ayudaban a las prisioneras o solo intensificaban su sufrimiento.

—Tal vez ayudaba ocasionalmente —le dijo a un entrevistador en 1997—. Pero tenías que construir un caparazón para sobrevivir… es lo que haces como antídoto. Pero un caparazón solo es superficial. Yo solía pensar en mis padres.[32]

Por suerte, en ese momento ella no conocía la opinión de Charlotte Delbo, una opositora comunista de Francia que había llegado a Auschwitz en enero de 1943, especialmente los mordaces comentarios que hacía sobre Alma.

> Era una parodia de quien solía ser cuando dirigía una orquesta de mujeres en un famoso café de Viena. Los valses le recordaban un pasado en ruinas. Escucharlos aquí era intolerable... No veas a la violinista, toca un instrumento que podría ser Yehudi, si el [pueblo judío] no estuviera a kilómetros de distancia, del otro lado del mar. ¿A qué Yehudi pertenecía este violín? No veas, no escuches. No pienses en todos los Yehudis que empacaron sus violines cuando fueron deportados.[33]

Marie-Claude Vaillant-Couturier, otra opositora comunista francesa que había llegado a Auschwitz con Delbo en el mismo cargamento en enero de 1943, fue igual de despectiva ante el tema de la orquesta cuando se testificó ante el tribunal de Núremberg para criminales de guerra en enero de 1946. Las instrumentistas, «todas jóvenes y lindas, vestidas con sus blusas blancas y faldas color azul marino, tocaban durante la selección, mientras llegaban los trenes, tonadas alegres como *La viuda alegre,* la *Barcarolle* de la opereta *Los cuentos de Hoffmann,* y cosas así», dijo. «Les informaban [a las prisioneras recién llegadas] que este era un campo de trabajo y, como a las recién llegadas no las llevaban al campo, ellas solo veían la pequeña plataforma rodeada de plantas con flores. Naturalmente, no se daban cuenta de lo que les esperaba».

Los hechos que Marie-Claude describió durante la selección fueron interpretados por las instrumentistas de manera diferente. No hay un punto de vista unánime en las biografías o en los relatos de las exprisioneras y de las intérpretes sobre cómo la orquesta era usada mientras se llevaba a cabo la selección para las cámaras de gas. Algunas recordaban que «se podía escuchar la música»; otras, que durante el pase de lista «había una selección para las cámaras de gas acompañada por la orquesta».[34]

Sylvia sostenía que tocaban «durante la selección, pero no para la selección. Es fácil que se malinterprete». Es una delicada distinción, pero Sylvia enfatizó durante una entrevista frente a cámaras en Israel que había una diferencia. Tocar *durante* la selección era una coincidencia —la orquesta podría haber estado practicando cerca de la rampa—, mientras que tocar *para* la selección era deliberado, un momento en el que eran utilizadas por los supervisores nazis como una distracción. Explicó que hubo una ocasión donde tuvieron que tocar afuera durante toda la noche.

—Esa noche en particular, cuando vimos que llegaban los cargamentos, fue diferente. Estábamos en un área iluminada, pero todo lo demás estaba oscuro. No podíamos ver las reacciones de las personas. Estaba oscuro y estábamos demasiado lejos.

»Esa noche fue completamente diferente. Estuvimos afuera toda la noche. Cuando no teníamos nada más que tocar, volvíamos a empezar. Los oficiales de la ss solo nos dijeron que siguiéramos.

»Teníamos que tocar. Era nuestro trabajo.[35]

A pesar de su tono al contarlo —como lo explicó—, era claro lo sensible que era el tema. Hilde Grünbaum, que también se había mudado a Israel y estaba siendo entrevistada junto con Sylvia, no recordaba ese momento. Hubo una discusión, una diferencia de opiniones frente a las cámaras. Finalmente, Sylvia y Hilde concordaron que ella, Hilde, se había quedado en el bloque ese día, durmiendo, y no se había enterado de lo sucedido. Parece que tocar en esa situación había sido un requerimiento de una vez para algunas de ellas.

Otras instrumentistas se esforzaban por recalcar, como Hélène, lo siguiente:

—Nunca tocamos para quienes iban a las cámaras de gas. Practicábamos en nuestro bloque y es posible que nos hayan escuchado. Pero quiero explicar esto —le dijo tajantemente al entrevistador en 1997—, porque ya es demasiado triste.[36]

Puesto que la orquesta ensayaba en diferentes momentos del día dentro de su bloque, muchas prisioneras recordaban escuchar música mientras las bajaban a empujones del tren, haciéndolas pensar que, en un lugar donde sonaba música tan hermosa, todo debía estar bien. Es fácil percibir cómo se arraigó la creencia de que tocar, o practicar, mientras se llevaba a cabo la selección, en un lugar donde las recién llegadas podían escucharlas, era lo mismo que tocar deliberadamente para la selección con la intención de que pareciera un concierto en un centro cultural en lugar de un campo plagado de muerte.

La acordeonista alemana Esther Loewy sabía que quienes llegaban al campo solían escuchar a las niñas tocar o practicar, incluso antes de que finalizara la construcción de las vías que los llevaban directamente al crematorio.

—Eso era lo peor, porque pensaban «ah, no puede ser tan malo si hay música» —recordó Esther en 1995—. Pero sabíamos exactamente adónde iban los trenes y no podíamos hacer nada. No podíamos advertirles. La SS estaba detrás de nosotras.[37]

Esther agregó que, aunque las instrumentistas no creyeran que fuera «tan malo» tocar mientras las prisioneras salían a trabajar, sí era terrible verlas regresar exhaustas o cargando los cuerpos de sus compañeras.

—En ese momento, a todas se nos llenaban los ojos de lágrimas.

Rachela estaba de acuerdo con que esa táctica significaba que la orquesta estaba involucrada en el engaño de los nazis.

—Sí. A veces tocábamos cuando llegaban los cargamentos. Nos sentaban en el *Vorne* [literalmente, al frente o cerca de la reja de entrada] para engañar a quienes llegaban. Veían la orquesta y entonces seguían caminando.[38] Recuerdo cómo Yvette… siempre estaba de pie llorando. Una vez un hombre de la Gestapo se acercó y dijo: «No queremos niñas lloronas en el *Vorne*, así que sáquenla de aquí, todas deben sonreír. Está prohibido llorar aquí». Al ver lo que teníamos enfrente, ¿teníamos alguna razón para reír o sonreír?».[39]

En el campo, Alma era objeto de rumores, acusada por algunas prisioneras de «vivir como una reina»[40] y, por otras, de usar su autoridad como una «kapo judía» de manera cruel. Dentro de la orquesta, muchas de las integrantes, en particular las más jóvenes, adoraban a Alma y estaban asombradas por su talento musical. Hélène Wiernik, quien había intentado tener una carrera como violinista, elogiaba a Alma «por enseñarme que un vals no es rígido, sino más bien una bola que rebota».

—Amaba los valses y, por ejemplo, si tocaba *Aires gitanos,* de Sarasate, era un placer escucharla.

Hélène también reconoció, como todas, que su supervivencia dependía de que Alma mantuviera el rumbo.

Sin embargo, Alma siempre mantuvo cierta distancia de su tropa. Cuando entraba al área de ensayos en el bloque desde su pequeña habitación, lista para comenzar a practicar, esperaba que las instrumentistas se pusieran de pie, un gesto teatral en Auschwitz, pero era el comportamiento normal dentro de cualquier orquesta profesional. Aun así, Helena de Polonia, quien compartía la primera silla con Hélène de Bélgica, reflexionó años después y se dio cuenta de que solo había hablado con Alma en dos ocasiones, quien no sabía polaco; la primera cuando fue aceptada en la orquesta, y la segunda cuando se estaba recuperando de la fiebre tifoidea, consumida por el dolor de haber perdido a su madre, en esa ocasión le preguntó si podría asignarle tareas más ligeras.

—Fue comprensiva —recordaba Helena—, aunque nuestra conversación fue fría y carente de amabilidad.[41]

Helena recibió permiso para ausentarse de los ensayos durante varios días y recuperar fuerzas.

—En realidad, no había mucho tiempo para conversar en nuestro *kommando* —agregó Helena en otra ocasión—. Alma estaba muy sola y aislada en su habitación.

Zosia Cykowiak estaba de acuerdo con eso y creía que Alma no buscaba algún tipo de contacto cercano con las integrantes de la orquesta.

—Era muy reservada. La música lo era todo. Era su escape, pero también su mayor problema. Era fascinante no solo por su talento, sino por su personalidad.[42]

Era claro que existían diferentes versiones de Alma y que su complejidad formaba parte de lo que hacía tan cautivadora su trágica historia. Estaba sola, pero muchas personas en el campo aseguraban tener una relación cercana con ella. Inspiraba lealtad, pero también provocaba celos. Incluso las instrumentistas que la acusaban de ser demasiado cercana a los alemanes reconocían que ella era crucial para su supervivencia.

Así como nadie experimentó Auschwitz de la misma manera, nadie veía a Alma exactamente como la misma persona. Regina Kupferberg, la niña de Będzin, el pueblo al sur de Polonia, a quien Alma había aceptado como su asistente personal, supuestamente por sus hermosos ojos, podía ver lo abrumada que estaba a diario debido a la enorme responsabilidad.

—No dormía por las noches porque escribía música de memoria —testificó Regina en 1984—.[43] Me agradaba, pero todo era siempre muy tenso, lo cual destruía cualquier posibilidad de una amistad verdadera.

Regina creía entender, gracias a lo cerca que había estado de su jefa, lo que significaba ser una artista como Alma.

—En la mañana, me levantaba para preparar su comida, aunque no había muchos ingredientes. Después encendía el fuego en la chimenea y preparaba su té, pero se molestaba si el agua no hervía suficiente tiempo. Se volvía loca y después se disculpaba. Era un ejemplo perfecto de cómo era una artista de verdad, también muy modesta, pero todo tenía que ser COMO ELLA quería y su oído era absolutamente perfecto, así que, a veces, si la tetera no bullía lo suficiente para preparar el té, se enojaba. No me molestaba, pero era difícil vivir con una artista así. Mis amigas me decían «Ah, tuviste mucha suerte», pero yo no me sentía así.[44]

A veces Regina se sentía excluida de la tropa de instrumentistas y más porque fungía como una trabajadora que se encargaba de las tareas domésticas, por ejemplo, limpiar los zapatos cubiertos de lodo.

Alguien que logró tener una relación de trabajo con Alma mucho más cercana que el resto de las integrantes fue la guitarrista Margot Anzenbacherová, la antigua comunista y activista checa de la resistencia que también escribía poesía. Alma y Margot trabajaban juntas para escribir una letra alternativa para el hermosísimo *Estudio Op. 10 n.º 3,* de Chopin, en mi mayor, *Tristeza*, que se había vuelto una canción popular en la década de 1930, *Mir klingt ein Leid.* La música de Chopin, un compositor polaco, estaba técnicamente prohibida en el campo y, cuando las mujeres la interpretaron de manera sutil con una letra diferente, en alemán y con el mismo título, para compartir el mensaje de un profundo anhelo por el silencio y la libertad, la SS prohibió que se tocara en público, quejándose de que era demasiado triste, y le pidieron a Alma que reescribiera la letra. Ella se negó y solo la interpretaban ocasionalmente en la privacidad de sus barracas. Ruth Bassin, una judía alemana aceptada por Czajkowska que tocaba el flautín, la flauta y el clarinete, comentó que ella (Ruth) cantó esa canción casi todos los días por el resto de su vida, pues le traía poderosos recuerdos de Alma.[45]

Quizá la mujer que logró construir la relación más íntima con Alma dentro del campo de concentración no fue un miembro de la orquesta. Margita Svalbova, o la doctora Mancy, como la conocían dentro del campo, era una joven estudiante judía de Medicina que había sido deportada de Bratislava en 1942, parte de las primeras deportaciones eslovacas, al igual que Zippi. Su número de prisionera tan bajo, 2675, la hacía parte de la élite del campo. Era menor que Alma por 11 años, pero se convirtió en su amiga, confidente y, de acuerdo con algunas personas, su doctora personal y alguien que la ayudaba a organizar las pocas medicinas y paliativos que tenían.[46] No se sabe con exactitud cuándo se conocieron; pero, incluso como una doctora judía, la doctora Mancy disfrutaba de una relativa libertad dentro del campo y estuvo presente en varios de los conciertos dominicales de Alma. En 1947, la doctora Mancy escribió una biografía en la que dedicaba un capítulo entero a Alma, explorando su amistad y, en entrevistas que tuvieron lugar más de cuarenta años después, dijo que la soledad de Alma era profunda. Estaba decepcionada con el amor y deseaba más que nada poder volver a tocar en un cuarteto de música de cámara con su padre.[47]

La severidad de Alma con las instrumentistas se extendía a las copistas de la orquesta, que se sentaban en una mesa al costado del cuarto de música. Algunas se quejaban de que era mucho más dura con ellas que con las intérpretes, porque el papel, con los pentagramas preparados por las niñas en la oficina de diseño donde trabajaba Zippi, era tan valioso que un error era imperdonable. Hilde experimentó de forma directa los rígidos estándares de Alma cuando dejó de lado su papel como violinista en la orquesta para ser copista y armonizadora de tiempo completo. Para Hilde, un episodio en particular reflejó el perfeccionismo de Alma.

A finales de diciembre de 1943, Alma adquirió un gran piano para la orquesta. Szymon Laks, el conductor de la orquesta de hombres en Birkenau, estaba sorprendido de que Alma tuviera suficiente prestigio en el campo de concentración como para haberse ganado el uso de un piano, «cuya ausencia yo había sentido de manera dolorosa al inicio de mi carrera como arreglista al tener que armonizar y orquestar de memoria las melodías que me proporcionaban».[48] Una de las orquestas de hombres en Auschwitz usó por un corto tiempo un piano de mala calidad que había sido sacado del río en el que lo habían lanzado, el cual fue reconstruido por los prisioneros con teclas de colores al no tener el material blanco apropiado. Otro piano inferior había estado disponible por un tiempo para ofrecerles entretenimiento adicional a los oficiales de la SS en el bloque que Hössler había convertido en un burdel, lo cual le ganó la aprobación de las autoridades. En cambio, el gran piano de Alma era un Bechstein, que tal vez había sido confiscado a una familia local por los nazis, lo cual explicaría por qué era necesario devolverlo.[49]

Alma había convencido a las autoridades del campo de concentración de que un piano era esencial para crear las diferentes partes en una orquesta tan inusual donde los violines se usaban en lugar de los instrumentos de viento. Solo le daban partituras de piano para trabajar y le pedía a Hilde que creara las armonizaciones, con Alma de pie al lado del piano dándole instrucciones sobre qué escribir.

—Le alegraba que entendiera todo lo que ella quería —recordó Hilde en 1998.[50]

Alma debió haber sido particularmente persuasiva cuando le dijo a Hössler que necesitaba un piano para enseñarles a las niñas que no eran profesionales y lograr alcanzar un nivel satisfactorio para los nazis. Puede que su éxito al obtenerlo estuviera conectado con otro evento que tuvo lugar durante los primeros meses de su gestión.

En marzo de 1943, dos prisioneras de guerra soviéticas llegaron a Auschwitz: Szura Makarova, nacida en 1925 en Vólogda, a casi 400 km al norte de Moscú, y Alla Gres, nacida en 1921 y de ascendencia ucraniana. Es posible que ambas mujeres hayan sido capturadas por los alemanes a finales de febrero, después de la campaña Donetsk-Járkov del ejército soviético. Cuando llegaron a Birkenau, les tatuaron números consecutivos —38 115 y 38 116—, lo cual indicaba que, para ese punto, ya eran amigas, si no es que lo eran desde antes. Zofia Czajkowska, directora de la orquesta en ese momento, estaba teniendo problemas para que fuera exitosa y se sentía frustrada por su incapacidad de reclutar a suficientes instrumentistas polacas no judías. Decidió visitar el bloque donde estaban las recién llegadas soviéticas, le hizo una audición a Szura con la guitarra y la aceptó de inmediato. Pero Alla, una pianista que también había estudiado orquestación en Ucrania, no tuvo oportunidad de audicionar porque no había un piano para ella. O, tal vez, como profesional, no le interesaba unirse a una banda de principiantes.

Después de nueve meses, el 19 de diciembre de 1943, cuando Alma ya estaba a cargo, un transporte con 234 personas de la prisión de Radom, en Polonia, llegó a Birkenau con más prisioneras de guerra rusas, entre las cuales estaban Sonya (Soja) Winogradowa y su amiga Maria Galewa. Winogradowa es mencionada en algunos archivos como Soja o Zofia; es posible que Sonya haya sido un nombre que le asignaron en el campo de concentración debido a una mala comunicación. Nació en Leningrado en 1921, comenzó a tocar el piano a los 6 años y apenas estaba iniciando su carrera como pianista profesional cuando fue convocada en 1941. Fungió como teniente médica durante el asedio de Leningrado, donde resultó herida y premiada con la Estrella Roja por su valentía bajo ataque enemigo. Sin embargo, los alemanes la capturaron en el otoño de 1943 y, después de un mes en la prisión de Radom, llegó a Auschwitz en diciembre, aunque, como prisionera de guerra, no debió haber estado en un campo de concentración.[XVIII]

Soja y Maria fueron transferidas al bloque de las prisioneras soviéticas, donde conocieron a Alla Gres. Es muy probable que Soja y Alla se mantuvieran en comunicación con Szura, la guitarrista que había sido parte de la orquesta desde marzo, y quien les habló de la nueva directora, Alma Rosé, y los grandes cambios que estaba haciendo en el Bloque 12, en particular el hecho de que tenía un gran piano. Cuando Alma descubrió que tanto Alla Gres como Soja Winogradowa eran pianistas talentosas y que Alla había estudiado orquestación, inmediatamente les propuso que se unieran al grupo, con lo cual aumentó a cinco el número de instrumentistas soviéticas en la orquesta. Bronia Labuza, una guitarrista, se había unido en mayo, y Olga Loseva, una mandolinista, en agosto.[51]

—La más extrovertida de las tres era Alla —según dijo Helena Dunicz—, pero no al punto de que nos compartiera sus circunstancias o las razones que la habían llevado a Auschwitz… Nos intrigaba

---

[XVIII] De acuerdo con los Convenios de Ginebra, que Alemania había firmado, el personal militar aliado que fuera capturado debía recibir un trato humano, acuerdo que los nazis rara vez respetaban. Trataban a los prisioneros de guerra soviéticos con crueldad al creer que el comunismo se oponía de manera directa al nazismo.

el hecho de que la troika de Alla, Sonya y Maria hubiera sido asignada a un campo de concentración en lugar de un Oflag, ya que todas habían sido funcionarias en el Ejército Rojo.

El piano le permitió a Alma reclutar a un pequeño número de cantantes con las que trabajó para arreglar duetos y extractos de operetas para los conciertos semanales de domingo. Necesitaba a un grupo de copistas y arreglistas para trabajar en las piezas.

—Un día, el *lagerführer* Hössler entró alegremente y dijo que había «organizado» un piano... ese piano fue llevado a nuestra barraca. Yo tuve que sentarme en él —compartió Flora Jacobs, que hasta ese momento había sido aceptada para tocar el acordeón.[52]

Hössler estaba muy orgulloso de la orquesta de mujeres en general, pues la veía como «suya», y estaba particularmente orgulloso de las interpretaciones de violín de Alma como solista, las cuales, según creía, se reflejaban bien en él. Zosia Cykowiak se dio cuenta de que «los oficiales alemanes de alto rango, incluso del campo de hombres, iban a escucharla tocar. En más de una ocasión nos asombró ver al comandante Hössler y a la *oberaufseherin* Mandl "pavonearse" en presencia de los invitados que estaban maravillados y encantados con la interpretación de Alma».[53]

A pesar del estatus como la instrumentista más talentosa de Auschwitz, Alma sabía que tenía que mantener la compostura en presencia de sus supervisores. La doctora Mancy recordaba una confrontación con un oficial de la ss (sin nombre) que había acusado a Alma de favoritismo por las jóvenes judías al construir su orquesta. De acuerdo con la doctora Mancy, él le gritó a Alma: «"¿Por qué rechazaste a una violinista polaca?". "Porque no sabe de música y no toca bien el violín", le respondió Alma. "Mientes", dijo el oficial. "Es porque no es judía. Acéptala ahora". "Como ordene", respondió Alma... la respuesta correcta, como siempre».

Mancy dijo que Alma había llorado mientras le compartía la historia.

—Ahora sabía qué elementos del campamento querían desafiarla cuando se trataba de su música, el único y preciado refugio que le quedaba.[54]

Alma siempre entendió que su posición era precaria, y que alguien podría denunciarla si su trabajo no era excelente. Violette recordaba haber escuchado a Mandl decirle a Alma: «"Si necesitas pan, pídemelo. Yo me encargo de que lo distribuyan". Pero no llegó nada. Le preguntamos a Alma por qué no, y ella respondió: "Tocaron como cerdos en el último concierto. Como castigo, no voy a pedir pan"».[55] La cuidadosa manera en la que Alma interactuaba con Mandl y los otros oficiales la dejaba expuesta a acusaciones por parte de las prisioneras de que, al no confrontar a los nazis, estaba siguiendo sus órdenes. Cuando la veían sentada frente a ellos, conversando en un tono amigable con Mandl, era obvio que alimentaba los rumores y críticas entre las prisioneras del campo. Una de las mensajeras del campo, una joven judía belga llamada Mala Zimetbaum, a quien le dieron una considerable libertad en el campo, porque la consideraban útil, reportó lo que había visto. «Alma estaba hablando con Mandl y tenía permitido sentarse. No había un ejemplo de eso en la historia del campo. ¡ES INCREÍBLE! INCONCEBIBLE».[56]

Flora Jacobs, la acordeonista holandesa, recordaba cómo Alma había encontrado la manera de descargar su ira cuando algo realmente la hacía enojar. En el silencio del amanecer, cuando creía que los nazis no podrían escucharla, tocaba el solo del *Concierto para violín en mi menor* del compositor judío prohibido Felix Mendelssohn. Ocasionalmente también interpretaba esa pieza para las mujeres de su bloque como recompensa si una presentación había salido bien. La música, en lugar de la comida, era el campo de batalla que había elegido cuando se trataba de resistencia.

Lili Assael, la maestra profesional de piano de Salónica, y quien en ese entonces ya tenía 33 años, era una de las pocas instrumentistas que a veces cuestionaba las exigencias musicales y la estricta disciplina que Alma imponía sobre la orquesta. A veces le respondía a

Alma, lo cual la frustraba aún más. Lili entendía la precaria posición de la orquesta, pero creía que Alma dependía de ellas tanto como ellas de Alma. De cierta manera, era mucho más difícil para Lili, una mujer madura y testaruda que había trabajado con profesionales y que no respondía bien cuando le daban órdenes. Con Czajkowska en el podio, el papel de Lili como acordeonista y ayudante general había sido importante. Cuando las integrantes más jóvenes de la orquesta, en especial las que hablaban francés y alemán, comenzaron a ver en Alma a una salvadora merecedora de su adoración, Lili dejó de ser necesaria y de recibir el mismo respeto.

Algunas creían que Alma la despreciaba. Cuando entrevistaron a Anita en 2023, fue directa al decir que tal vez a Alma no le agradaba el olor de Lili, ya que era la instrumentista que estaba al frente. El comentario de Anita nos lleva al núcleo del campo de concentración. El olor era un aspecto clave de los horrores de Auschwitz, ya fuera el olor a excremento u orina, a vegetales rancios o a piel humana quemada. Un instinto tan básico como la repulsión al olor de otra persona cuya vida estaba en riesgo podría parecer sorprendente cuando abundaban otro tipo de elementos horribles. Pero muestra no solo la imperfecta humanidad de Alma, sino también su reverencia por la vida. Alma se aseguraba de que todas se bañaran regularmente para intentar mantenerse saludables, y castigaba a quienes no lo hacían. Ganar el acceso a esos privilegios fue una de las concesiones más significativas que había conseguido para sus instrumentistas. Lili, acostumbrada al calor del sol griego, no disfrutaba salir al frío del invierno polaco y evitaba los baños cuando podía.[57]

Zippi Spitzer creía que Lili cometía «errores torpes» cuando trabajaba como copista.

—Alma le gritaba a Lili Assael en francés porque era torpe y le decía que lo hiciera de nuevo. Lo sé porque yo tenía que darle el papel para que lo volviera a hacer… Pero Alma no la sacó.[58]

Por alguna razón, todas tenían claro que Lili era quien solía sufrir las consecuencias de la desesperación y el dolor de Alma. De acuerdo con una versión, ella «sufría los castigos, la angustia y la vergüenza... Alma acostumbraba recordarle a Lili que, si no estuviera en la orquesta, habría sufrido el mismo destino que otros judíos griegos. Alma golpeó a Lili muchas veces, pero siempre se disculpaba. Incluso le lanzó su batuta y la golpeó en el ojo. Le recordaba a Lili que, si encontraba a una acordeonista más experimentada, la mandaría al crematorio».[59] El significado era claro. Si la orquesta no cumplía con su propósito, todas irían a las cámaras de gas.

«¡Ay! Alma Rosé siempre le estaba gritando», comentó Rachela Zelmanowicz, la mandolinista de Będzin.[60] Helena también recordaba cómo Lili solía ser «la que sentía la ira de Alma por tocar una nota equivocada... las palabras *du blode kuh* (vaca tonta) sonaban muy duras viniendo de Frau Alma», dijo.[61] Alma insultaba de otras formas a las mujeres si sentía que no estaban tocando bien. Si no entraban a tiempo o tocaban una nota incorrecta, les daba un golpe en los nudillos, les gritaba *Blode gans!* (gansas tontas) o *Scheiss kopf* (cabeza de mierda).

A pesar de tener solo 15 años cuando se unió a la orquesta como flautista, Sylvia Wagenberg respondía de manera madura ante las explosiones de Alma.

—Recuerdo que Alma enfureció por una nota discordante. Solo sonreí para mí misma. Me parecía absurdo. Después de todo, solo estaba tocando una pequeña flauta dulce. Solo una persona condenada a la muerte, como nosotras, puede darse cuenta de que la fuerza vital, las ganas de vivir, nos permitían soportarlo.[62]

Violette Silberstein creía que los arranques de Alma eran momentos que «anulaban su humanidad». Violette recordaba que una vez, antes de un concierto, derramó café con agua en su blusa blanca e intentó esconder la mancha con las manos, sabiendo que Alma se enfurecería. Sin embargo, Alma notó el gesto prohibido y le gritó «¡¿Ahora eres la directora de escena?!».[63]

Lili Assael tenía otra razón para resistir imperturbablemente el abuso al que Alma la sometía: estaba intentando salvar la vida de su hermana menor, Yvette, al impedir que Alma sacara a Yvette de la orquesta. A sus 15 años, Yvette ya no tocaba el acordeón y Lili temía que, después de su episodio en la enfermería con fiebre tifoidea, estuviera en riesgo de perder su lugar en la orquesta. ¿Qué instrumento podrían asignarle, especialmente con la renovada presión para que Alma tuviera menos instrumentistas judías? Lili sabía que los lugares de todas eran inciertos; pero, al haber escuchado la conversación entre Alma y el oficial de la ss, en 1944 le preocupaba que los nazis quisieran que la orquesta fuera completamente «aria».[64]

Valientemente, Lili le propuso a Alma que Yvette aprendiera a tocar el contrabajo, para ayudar tanto a su hermana como a la orquesta. Debido a que Alma solo tenía una chelista, Anita Lasker, y estaba desesperada por fortalecer la sección de bajos, accedió. Yvette había tomado clases de contrabajo durante unos meses en 1939, pero se había rendido porque el instrumento era gigante y sus dedos no eran lo suficientemente fuertes para producir sonidos. Después de cuatro años en Birkenau, Yvette seguía sin ser una adulta completamente desarrollada; pero, al menos, era alta para su edad.

Ya había varios oficiales nazis que querían que la orquesta tuviera éxito y estaban dispuestos a ayudar a Alma de mil maneras. Era fácil para Josef Kramer darle a Hilde un estilógrafo para que pudiera escribir las partituras sin batallar con lápices sin punta.[XIX] Conseguir un contrabajo para Yvette tampoco fue un problema y el oficial superior, Franz Hössler, encontró un instrumento excelente. El siguiente problema era encontrar alguien que pudiera enseñarle a Yvette. Decidieron que podrían confiar en Heinz Lewin, el polifacético y popular restaurador de relojes en Auschwitz I, que tenía su taller, aunque en ese momento no tenía mucho trabajo, para que visitara el campo de concentración de mujeres en Birkenau y le diera clases a Yvette dos veces por semana.

[XIX] El estilógrafo se encuentra en Yad Vashem.

—Lewin trabajaba en una larga banca detrás de las barracas —recordaba el prisionero Louis Bannet, un virtuoso trompetista holandés que lo conocía bien—. Era una pequeña y frágil figura con una lupa de relojero en el ojo, y siempre parecía estar encorvado sobre su mesa hablando solo.

Lewin también era un músico que reparaba instrumentos; el más notable fue un acordeón que le pertenecía a un joven guardia de la SS y amante de la música llamado Pery Broad. Bannet disfrutaba contar la historia sobre cómo, unas semanas después de su llegada a Auschwitz, Broad entró a sus barracas y se dirigió directamente a la mesa de trabajo de Lewin.

—¿Está listo? —preguntó.

Se refería a un hermoso acordeón de nácar color rojo intenso en un enorme estuche de piel. Broad pasó los dedos por las teclas tocando arpegios en diferentes claves mientras los otros prisioneros lo observaban maravillados.

—Parecía que Broad no solo era un asesino experto, sino también un músico experimentado.[65]

Le pagó a Lewin con cigarros y le preguntó si alguien más en la barraca sabía tocar «Tiger Rag». Por un momento, tuvieron una de las sesiones musicales más inusuales que se hayan conocido en el campo, ya que los nazis solían despreciar este tipo de jazz y lo clasificaban como «degenerado». Era otro ejemplo de cómo, cuando se trataba de música, los nazis eran expertos en transgredir sus reglas. Pero Broad dejó de tocar súbitamente cuando se dio cuenta de que la sesión estaba atrayendo demasiada atención y dejó que Lewin regresara el recién restaurado acordeón de vuelta a su estuche. Lewin era un hombre en el que la SS confiaba y los prisioneros lo apreciaban. Así que le permitían visitar el campo de mujeres dos veces por semana, lo cual involucraba cruzar la reja del campamento de hombres, seguir el camino hacia las cámaras de gas y pasar por el Campo B sobre Lagerstrasse hacia el Bloque 12. Ocasionalmente llevaba al hermano de Yvette y Lili, Michel Assael. Esto era muy arriesgado y Michel sabía lo peligroso que sería el camino, pero no se pudo resistir.

> Recibí noticias del maestro [Laks] sobre que alguien le estaba enseñando a mi hermana menor a tocar el contrabajo y me ofreció verla. Fui sin zapatos, pero con un acordeón [una coartada]. Llegué y vi a mis hermanas por primera vez. Vi que les iba mucho mejor que a nosotros. Estaban en una mejor situación con camas y comida, y estábamos hablando y, de repente, se acercó una custodia y me vio y hui de inmediato. Comencé a correr, ella me persiguió y me alcanzó. Me detuvo y me preguntó «qué estaba haciendo ahí» y le hablé de mis dos hermanas y ella preguntó cómo había aprendido de música. Le dije que mi madre amaba la música. Y platicamos...

Michel, que sabía muy poco alemán, tuvo algo parecido a una conversación normal con Maria Mandl. Para su sorpresa, fue salvado de un castigo porque Mandl le tenía un cierto cariño a su hermana menor, Yvette, y estaba fascinada con la idea de una familia entera de músicos talentosos. Al igual que Hössler, Mandl deseaba la gloria derivada de lo que consideraba «su» prestigioso proyecto.[66]

Tuvo suerte de no recibir un castigo. Un músico griego, Jacques Stroumsa, un violinista en la orquesta de hombres que también era ingeniero, tenía una hermana en la orquesta de mujeres conocida como «la pequeña Julie» y había sido sorprendido intentando enviarle una nota. Como sanción, ambos fueron castigados. Julie recibió 25 latigazos y Jacques «casi muere a golpes» a manos de los guardias.[67] Estar en la orquesta no era una garantía para nunca recibir castigos, como testificó Anita Lasker. Cuando, en un juicio después de la guerra, le preguntaron por qué había sido golpeada, dijo:

—En Auschwitz, no había ninguna razón.[68]

Después de dos meses, el oficial de la ss, Josef Kramer, el comandante nazi que había asumido un papel activo en las selecciones, cuestionó el hecho de que Lewin continuara con las clases de contrabajo y exigió escuchar si la niña griega había mejorado. Yvette fue obligada a tocar para él, y ejecutó, nerviosa, una pieza corta. Alma interfirió de inmediato para recordarle a Kramer que la niña solo había tomado clases dos meses e insistió en que su instrumento era esencial para el sonido de la orquesta. Para su asombro, Yvette pasó la prueba y Kramer le dijo «cuando salgas de aquí, tendrás una carrera»[69] en un tono alentador. Anita solía ayudar a Yvette a afinar su instrumento. Después comentó que Yvette no tardó en convertirse en un miembro indispensable de la orquesta.

◆ ◆ ◆

Otra epidemia de fiebre tifoidea arrasó con el campamento en noviembre y diciembre de 1943. A principios de diciembre, murió la madre de la violinista polaca Helena Dunicz. A Helena le habían permitido visitarla diario en la enfermería, así que no fue sorprendente que ella también se contagiara. En cuanto se desmayó durante el pase de lista matutino, sus amigas la llevaron al bloque de fiebre tifoidea en una camilla de madera. Helena después reconoció que la trataron mucho mejor que a otras prisioneras, «porque era un miembro de la orquesta y aria».

—Para las autoridades del campamento, era importante mantener el número de mujeres arias en la orquesta lo más alto posible... Me asignaron una litera que solo compartía con otra paciente. En otras literas había tres o cuatro mujeres acostadas, o más bien, agonizando.[70]

A Helena le permitieron usar ropa de noche y una manta razonablemente limpia. Una enfermera la visitaba para darle un baño una vez al día con agua en una cubeta específicamente para ese propósito. Mientras tanto, sus amigas de la orquesta, niñas que había conocido hace más o menos un mes, le llevaban agua, lo cual significaba un peligroso camino para ellas, que cruzaban los límites permitidos. La medicina era escasa para todas, usaban papel para cubrir heridas y se arriesgaban a contagiarse de otras enfermedades. Helena se recuperó de la fiebre lentamente, pero al estar tan débil, fue víctima de escabiosis y escorbuto. Por suerte, conocía a una mujer polaca en la enfermería que logró conseguir la medicina que finalmente la ayudó a recuperarse. Estuvo en la enfermería casi tres semanas y se quedó ahí durante la Navidad de 1943, la primera que pasaba en el campamento. Las cartas y los buenos deseos de sus amigas en la orquesta la ayudaron de manera considerable, en particular la nota de la «pequeña» Hélène Rounder, la violinista judía francesa. Sin embargo, Helena nunca logró superar la culpa por la muerte de su madre. De vuelta en la orquesta, le preocupaba pensar que debió haberla salvado, como Anita había logrado salvar a su hermana menor, Renate, cuando esta enfermó de fiebre tifoidea.

Durante la epidemia, no se detuvieron las llegadas de transportes a Auschwitz en diciembre de 1943,[71] incluyendo a los prisioneros que eran transferidos de otros campos, muchos de los cuales eran llevados a las cámaras de gas cuando llegaban. Un transporte que llegó el 5 de diciembre, cuyos ocupantes estaban destinados a las cámaras de gas, fue enviado al campo de cuarentena BIIa en Birkenau. Una vez ahí, los ochenta prisioneros más débiles fueron abandonados en el hielo y la nieve del aserradero por órdenes del comandante del campo. Después, les echaron agua helada encima. Por la noche, los prisioneros encargados lograron llevar a 47 de ellos a las barracas, donde 32 murieron al instante. Otro prisionero que había quedado enterrado debajo de otros cuerpos murió la mañana siguiente mientras se lo llevaban.

En medio de estos horrores, Alma trabajaba más duro que nunca para producir un concierto navideño en el sauna para el único día en el que las mujeres no tenían que estar de pie afuera para los pases de lista. Además de la orquesta, se presentaron algunos niños judíos en el campo familiar y cantaron mezclas de himnos tradicionales alemanes. Este llamado campo familiar estaba compuesto por 17000 personas que habían sido traídas de Theresienstadt, el campo de la antigua Checoslovaquia, y que ahora vivían en el campo BIIb de Birkenau. Les dieron ciertos privilegios durante los seis meses que estuvieron en Auschwitz, pero todos fueron enviados a las cámaras de gas. Lo más probable es que hayan sido llevados ahí con la intención de engañar al mundo en caso de que una delegación del Comité Internacional de la Cruz Roja quisiera hacer una inspección, con el propósito de probar que todo el lugar era un campo de trabajo benigno.

Sylvia Wagenberg recordaba que la SS había organizado una fiesta de Navidad en el sauna y que le habían pedido que tocara un villancico en la flauta.

> Me pusieron un vestido rosa y un moño rosa en el pelo, y toqué el villancico, y esa noche los [miembros del] Teatro de Berlín llegaron al campamento y fueron enviados directamente a la cámara de gas. Nosotras solo estábamos ahí paradas.[72]
>
> Después tuvimos una discusión sobre cuál era la respuesta correcta. ¿Debimos dejar que fueran ignorantes o decirles algo? No podíamos evitar que murieran. Lo descubrirían pronto al oler el gas. No cambiábamos nada con avisarles, así que ¿cuál era el punto?[73]

El concierto fue interrumpido por otra razón, por una mujer que era odiada y temida en el campo, una antigua prostituta de Baviera que era la encargada de un bloque en el sauna y tenía una reputación como cantante de tirolesa. «Puff Mutti» Musskeller, como era conocida, le había pedido a Alma que la aceptara en la orquesta muchas veces. Siempre había sido ignorada, a pesar de que Puff Mutti tenía una relación amigable con Mandl.

En ese momento, armó un escándalo. Seweryna Szmaglewska, una escritora y maestra polaca de 27 años que había sido arrestada en 1942 por sus actividades en la resistencia, describió lo que pasó en su biografía publicada en 1946, *Smoke Over Birkenau* [Humo sobre Birkenau]. Escribió cómo, al ser Navidad, la multitud de mujeres estaba «emocionada por la ausencia de hombres de la ss, por la música y por su afán de olvidar».[74] Después, la orquesta empezó su presentación.

> El grupo de artistas recolectadas de todas partes de Europa comenzó a tocar una melodía triste, una melodía tan melancólica que, con las primeras notas, cayó un hechizo sobre la multitud tan densa que sus hombros se rozaban. Musskeller, en su vestido gris con una mancha roja, se separó del público y se colocó cerca de la líder. Con los meses ha engordado y su piel se ha ennegrecido, y ya no se ve tan segura de sí misma. Alzó los ojos enrojecidos hacia el rostro de la líder, jadeando y balanceándose al ritmo de la música. La líder asintió y Musskeller dejó caer la cabeza hacia atrás y, con una sonrisa de éxtasis, estiró los brazos y comenzó a cantar.

La escena fue inolvidable para Seweryna Szmaglewska, quien estaba sorprendida al ver a Musskeller tan extasiada que cantaba más alto que la orquesta.

> Su canción era la esencia del anhelo. Parecía que el poder de la soledad con el que cada cantante inyectaba las sencillas palabras podría hacer explotar las paredes:
>
> *Wien, Wien nur du allein?* [Viena, Viena, solo tú, ciudad de mis sueños].
>
> El movimiento de los brazos extendidos de la mujer y el apasionado grito animal le dieron un toque desesperado a la canción... no es un canto, es el grito de una persona defendiéndose para evitar que su alma se deforme.
>
> La orquesta sintió la pasión de la canción. Su melodía se convirtió en un grito de desesperación, sacado del fondo de

sus instrumentos y, desde lo más profundo de sus corazones, la jungla del anhelo, por regla general tan cuidadosamente eludida por cada prisionera, se abrió de repente y comenzó a cantar con muchas voces.

Sin embargo, el canto de Musskeller con el tiempo se volvió tan histérico que Alma tuvo que detener a la orquesta. Rachela describió la reacción de Alma mientras Puff Mutti la miraba con odio. Alma supo en ese momento que se había ganado una implacable y poderosa enemiga. «Ella [Alma] se sentía tan mal que después lloró diciendo: "¿Qué hizo [Puff Mutti]? Arruinó la orquesta" [...] Alma quería que tocáramos a la perfección», recordaba Rachela con tristeza.[75]

6

Nos dio esperanza y valor

En enero de 1944, la orquesta se reforzó con la llegada de un talento inusual, una pianista de más de 30 años con formación clásica, que además había sido cantante en un club nocturno. Llegó

Fania Fénelon, la cantante parisina de un club nocturno.

a ser conocida como Fania Fénelon. Nacida con el apellido Goldstein, era una verdadera parisina que medía menos de metro y medio, pero estaba llena de sofisticación e historia de la resistencia francesa. A muchas de las niñas más jóvenes les parecía una bocanada de aire fresco que venía del mundo exterior, una inspiración.

«Era inteligente y refinada, tenía mayor experiencia y podía recitarnos libros enteros», así, Hélène Wiernik, una adolescente en ese momento, recordaba a la pequeña cantante francesa que las entretenía con cuentos de hadas o recitando poesía en francés, lo que, por un tiempo, logró distraerlas de la oscuridad presente a su alrededor.[1]

—Estaba llena de admiración, no solo porque hacía todos los arreglos para la orquesta, sino porque nos dio esperanza y valor —recordaba Hélène—. Era *rigolo* [divertida], extraordinaria; nos hacía felices. Leía el tarot o las cartas para nosotras durante los descansos y nos preguntaba qué soñábamos. Yo no soñaba mucho. Tenía pesadillas.[2]

Ni siquiera Fania, con su sarcástica percepción de la vida, logró que hubiera alegría en las barracas. Hilde Grünbaum insistió en que nunca hubo risas. Violette, la cantante y violinista francesa, lo intentó por medio de algunos chistes en francés sobre las gasas y los gases, que no eran muy buenos, mientras que Fania, con quien tenía una buena relación, lograba aligerar la atmósfera ocasionalmente al leerle las palmas de las manos a las niñas.[3]

Anita también estaba al tanto de los talentos especiales de Fania. «Fania era un miembro valioso de nuestra comunidad», escribió en su biografía publicada en 1996. Nadie puede recordar nada que se le pudiera reprochar… era una de las intérpretes más talentosas ahí y nunca olvidaré la tarde que tocamos música de cámara en Auschwitz. Fania tenía una impresionante memoria musical y transcribió la sonata *Patética* de Beethoven [para piano] para un cuarteto de cuerdas. Nunca olvidaré esa tarde».[4]

Fania, que había nacido en 1908, probablemente tenía 36 años —o más de los que estaba dispuesta a admitir— cuando fue deportada a Auschwitz con su nombre de casada, Fanja Perla.[XX] Era la hija musical de una madre mitad judía y de un ingeniero judío, que habían logrado huir de Rusia hacia Francia; comenzó a practicar el piano a los 6 años. Aunque Fania tenía talento, sus manos eran demasiado pequeñas como para convertirse en una pianista profesional, así que se dedicó al canto. Estudió con la reconocida cantante de ópera francesa, Germaine Martinelli, en el Conservatorio de París, pero se fue antes de graduarse. Al momento de su arresto, en enero de 1943, era una conocida cantante de cabaret con reputación de comunista. Aunque no la aceptaron de manera oficial en la resistencia (pocas mujeres lo eran), fue arrestada y torturada por los oficiales de la Gestapo que creían que el cabaret en el que trabajaba era un frente para actividades de espionaje. Fania decía que cuando los oficiales alemanes estaban tan borrachos en el club nocturno que no sabían lo que estaba haciendo, ella les tomaba fotografías a los contenidos de sus maletines y se las compartía a la resistencia. Su último lugar de residencia, según los registros de Drancy, fue la calle Fénelon, en el décimo distrito de París, probable origen de su nombre artístico.

Fania pasó un año encerrada en Francia, terminó en Drancy y de ahí fue deportada a Auschwitz, adonde llegó en la madrugada del 22 de enero de 1944. Después de tres días en el campo de concentración, fue reconocida mientras estaba en el bloque de cuarentena por Hélène Rounder, la pequeña Hélène, la violinista parisina que había llegado seis meses antes. Llamaron a una mensajera, o corredora, y Fania se esforzó por hacer una audición increíble con una aria que conocía bien —«Un bel dì vedremo» de la ópera *Madama Butterfly*, de Puccini—, acompañada por el gran piano Bechstein.

[XX] Su matrimonio con un atleta, anterior a la guerra, ya había terminado, pero su divorcio no finalizó hasta 1945-1946.

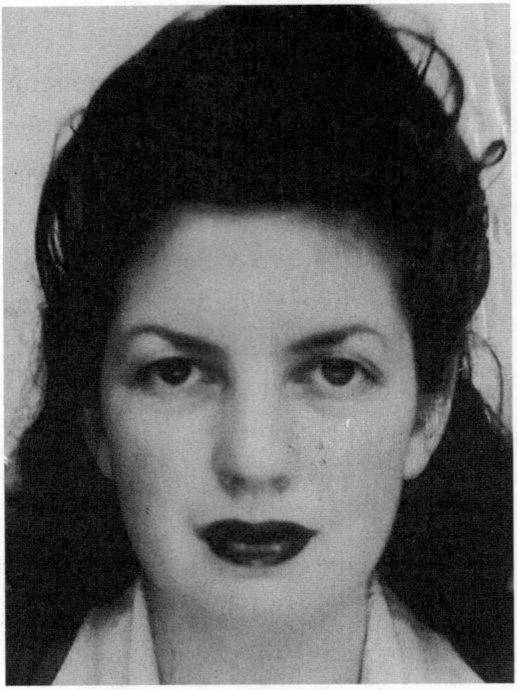

Claire Monis en la fotografía de su expediente oficial de la resistencia.

Otra cantante francesa, Claire Monis, viajaba en el mismo cargamento que Fania. Nacida en 1922, Claire estaba a punto de cumplir 22 años, de acuerdo con documentos franceses oficiales, y era un miembro oficial activo (a diferencia de Fania) de la resistencia, registrada como una teniente de las Fuerzas Francesas Libres, o FFL. Claire fue arrestada antes que Fania y había pasado un año aislada en las terribles condiciones de la prisión de Fresnes, al sur de París, antes de ser enviada a Drancy. Aunque no tenía formación clásica, también provenía de una familia musical con raíces rusas y tenía una voz particularmente dulce. Su padre tocaba el clarinete y el acordeón en un grupo de *klezmer;* de joven, ella había participado en competencias musicales organizadas por la French Federation of Communist Youth [Federación Francesa de la Juventud Comunista]. No tenía mucho que había comenzado a disfrutar de una carrera exitosa en la radio, presentándose en diferentes lugares y clubes de París, cuando fue elegida para apoyar a la resistencia en junio de 1942. En la fotografía oficial de su expediente, tiene cabello oscuro a la altura del hombro, peinado hacia atrás y alzándose sobre su frente, además de unos labios rellenos y maquillados. Se veía glamurosa y delgada.

A pesar de su diferencia de edad, las dos mujeres francesas tenían muchas cosas en común y «parecían ser muy buenas amigas», de acuerdo con la alemana Ruth Bassin, la instrumentista de viento que solía ser una maestra de preescolar. Ambas eran muy solicitadas por los oficiales de la SS y las supervisoras que, ahora que el nivel de la orquesta se había elevado, habían empezado a visitar el bloque de música para exigir interpretaciones individuales.

Claire era más joven, bonita y encantadora. Aunque Fania logró mantener una cierta distancia de los alemanes, Claire no tuvo tanta suerte y, poco después de su llegada en el invierno de 1944, algunos oficiales alemanes exigieron que les mostrara sus habilidades no solo como cantante, sino como objeto sexual, obligándola a cantar desnuda para ellos cuando salía de la regadera. Ruth Bassin fue testigo de esto y nunca logró olvidarlo, como se lo dijo al escritor canadiense Richard Newman cuando estaba haciendo su investigación para la biografía de Alma.

—La obligaron a cantar desnuda. Lo recuerdo. Yo lo vi. Lo recuerdo claramente… estaba un poco gorda y estaba devastada.[5]

Sin embargo, Newman no mencionó este episodio en la biografía de Alma por razones que no son del todo claras. Es posible que creyera que la historia se reflejaba mal en Alma, quien no había podido proteger a las niñas de su orquesta de la explotación sexual. ¿O acaso ese tipo de crueldad ya era la norma en Auschwitz y no merecía ser mencionada?

Por supuesto que existía la creencia entre algunas personas en el campamento sobre el precio de la supervivencia de estas mujeres, que debía involucrar algún tipo de favor sexual. La joven checa,

Zusana Ruzickova, que estaba en Auschwitz con su madre, era una talentosa pianista de 14 años que había tocado en el campo de transición de Theresienstadt, en lo que solía ser Checoslovaquia. Sin embargo, a pesar de estar aburrida y desesperadamente hambrienta, no se presentó como voluntaria para la orquesta porque su madre, con miedo de lo que podría pasar si llamaba la atención de los nazis, no se lo permitió.

—Pasaba mis días medio escondida en la parte de atrás de nuestra litera por instrucciones de mi madre, sin que nadie me viera para no llamar la atención de Arno Böhm [un asesino convicto enviado a Auschwitz por los nazis en 1940 como funcionario, y conocido como un «sádico primitivo»][6] o alguno de los guardias. Habíamos escuchado historias terribles de las niñas que eran llevadas a ese bloque cada noche y obligadas a mantener relaciones sexuales con los oficiales de la ss y dignatarios que estaban de visita.[7]

El miedo a la desnudez forzada y la exigencia de gratificación sexual eran algo común entre las prisioneras y ocasionaban una ansiedad particular en las jóvenes inmaduras que probablemente nunca habían estado desnudas frente a nadie y se preguntaban si ese era el precio que pagar para ser salvadas de las cámaras de gas. Kitty Felix (ahora Hart-Moxon) fue arrestada a los 16 años y enviada a Auschwitz-Birkenau con su madre desde su hogar en un pueblo al sur de Polonia, lo que ahora es Bielsko-Biała. Ambas sobrevivieron dos años en el campo de concentración, durante los cuales Kitty recordaba, entre muchos momentos horribles, un periodo de tres días durante los cuales ella y otras prisioneras fueron obligadas a estar desnudas.

—Por alguna razón no había ropa para nosotras —contó Kitty en 1981—. Deambulábamos por ahí, nos temblaban los dientes, nos aferrábamos las unas a las otras para compartir el poco calor que podíamos generar… comenzaron a sonar unos pitidos conocidos… no podíamos creer que esperaran que nos formáramos desnudas en ese terrible frío para el pase de lista de siempre… sin nada encima. Pero nos obligaron a formar filas de cinco.[8]

Kitty sobrevivió esos tres días y después fue asignada al trabajo de cargar pesados bultos de cemento para construir una rampa para la nueva línea del ferrocarril.[XXI] Después consiguió trabajo en varios *kommandos* de trabajo en el interior del campo. Desafortunadamente, varias prisioneras que sufrieron la misma agonía no lograron sobrevivir o terminaron en el hospital.

Alma respondió de la única manera que conocía ante la presión que todas las prisioneras sentían debido a los crecientes números de transportes que llegaban al campo de concentración, de las cuales la mayoría era enviada a las cámaras de gas: expandió la orquesta y rescató tantas vidas como le fue posible. De 1943 en adelante, los judíos fueron el grupo más numeroso en el campo de concentración, con aproximadamente 200 000 personas. Alma intentó que su orquesta fuera más grande, mejor e indispensable. Aún no tenía a nadie que tocara instrumentos de latón, pero había logrado que sus violinistas y mandolinistas sonaran como si estuvieran tocando trompetas y trombones. También tenía pianistas y acordeonistas, una bajista, una chelista, dos intérpretes de flauta dulce, dos de transversal, una percusionista y una cimbalista, además de seis vocalistas y entre cuatro y seis copistas. En total, eran más de cuarenta integrantes.

Alma adoptó al nuevo talento que estaba adquiriendo con vigor e ingenio. Empleaba el amplio rango de cantantes en su orquesta

---

[XXI] Hasta ese momento, los trenes, que se utilizaban en la línea civil principal y pasaban por la estación de Oświęcim, llegaban a lo que se conocía como la *Alte Judenrampe*, una plataforma de concreto de 500 m de largo con poderosas luces para alumbrar las llegadas nocturnas y las selecciones de trenes que pasaban hacia el lado oeste del campo principal de Auschwitz, haciendo paradas entre su destino final y el campo de Birkenau, desde donde caminaban los exhaustos prisioneros. La tercera rampa se terminó de construir hasta 1944.[9]

para interpretar interludios de operetas. Fania era inmensamente útil al ayudarla a transcribir y arreglar piezas para las que no tenían nada escrito, más allá de lo que Alma había hecho, y a veces, al igual que Alma, se mantenía despierta toda la noche escribiendo las diferentes partes, en ocasiones de memoria. Su papel, junto con el de las copistas, era cada vez más importante gracias a la extraña composición de la orquesta y su curiosa colección de instrumentos. Cuando era posible, Alma prefería a Fania para las presentaciones en vez de a alguna de las cantantes clásicas con más experiencia, como Ewa Stojowska, la profesional polaca, precisamente porque sabía que el estilo de Fania, tan popular en los cabarets, complacería a la audiencia de nazis. Helena la describía como una «cantante de *chanson* con una voz desgastada»[10] más que como una cantante de ópera profesional. Otras integrantes eran más amables y creían que «Fania traía una chispa de color que solían tener las cantantes de variedades».[11]

Además de proporcionar música para las marchas, las instrumentistas eran cada vez más solicitadas por los nazis, para quienes aparentemente la música era relajante, un recuerdo de días más felices, o una manera de convencerse a sí mismos de que los campos eran lugares civilizados, o tal vez simplemente era una demostración de su poder, porque casi siempre llegaban al bloque musical para escuchar los ensayos o pedir que tocaran sus canciones favoritas. Muchos de los oficiales de la ss presentes en la audiencia de los conciertos dominicales, como Franz Hössler, quien estaba a cargo del campo de concentración de mujeres; el *hauptsturmführer* Josef Kramer, supervisor en jefe y después comandante del campo; al igual que el doctor de la ss Josef Mengele, y Maria Mandl, jefa de custodias, estaban entre quienes parecían obtener un placer especial al escuchar los duetos operáticos o las presentaciones de solistas.

—A veces algún alemán llegaba con el uniforme manchado de sangre. No podré olvidar nunca los rostros de los soldados alemanes, me atormentan —declaró la violinista polaca Helena Dunicz.

Era incluso peor cuando por las tardes le ordenaban a ella y a un pequeño conjunto dar una presentación privada en el cuartel del supervisor de las barracas de la ss. Ahí «los conocedores en las filas de la ss, que llegaban después de la selección, escuchaban piezas de Grieg, Schumann y Mozart para relajarse».[12]

—Tenían rostros muy crueles, en especial Mandl. Sin embargo, mientras escuchaba música, su rostro cambiaba por completo. Se volvía hermosa —continuó Helena—. Solía observarla a ella y a Hössler. Después de 5 o 10 minutos, golpeaban o pateaban a alguien.[13]

Ewa, que también trabajaba como copista y «bibliotecaria de música», estaba asombrada con el creativo trato que Alma daba a las melodías operáticas y con su habilidad para entrenar a las cantantes en rangos que tradicionalmente solo eran alcanzados por hombres. Ewa tenía una voz fuerte y profunda, pero le asignaban las partes de tenor en los cuartetos operáticos arreglados por Alma. Uno de ellos era el cuarteto de *Rigoletto,* una pieza originalmente compuesta por Verdi para dos hombres y dos mujeres; en la versión a dueto de Alma, Ewa cantaba la parte del duque de Mantua, y Fania, la de Gilda. Este arreglo era particularmente exitoso con la ss y les pidieron que lo cantaran en varias ocasiones durante los conciertos dominicales, que a veces duraban hasta tres horas y podían incluir arias o mezclas de *Carmen, Cavalleria rusticana, Madama Butterfly, La viuda alegre* y la «Canción de campana» de *Lakmé.* Ewa dijo que la diligencia de Alma para crear música, o reproducir piezas de memoria, dio como resultado una colección de casi doscientos fragmentos que la orquesta podía interpretar. Aunque el trabajo de los compositores judíos estaba oficialmente prohibido, ocasionalmente lograba incluir un conocido tango foxtrot llamado «Josef, Josef!» entre los valses de Strauss y las marchas de Von Suppé, porque el tango era uno de los géneros musicales favoritos de los nazis. Sin embargo, esta pieza en particular había sido escrita en 1938 no por uno, sino por cuatro compositores estadounidenses judíos: Sammy Cahn, Nellie Casman, Saul Chaplin y Samuel Steinberg. Es desgarrador imaginar a un grupo compuesto en su mayoría por niñas tocando alegre música de acordeón para bailar, con distintivos ecos de *klezmer* o música folclórica judía tradicional, en un lugar tan grotesco donde, lejos de tocar a modo de celebración, sus vidas dependían de una buena presentación.

En invierno, o si el clima era malo, los conciertos tenían lugar bajo techo, en el cuarto conocido como el sauna (los cuartos de baño), una habitación húmeda, con pisos de cemento y un techo bajo que las prisioneras reconocían como el lugar adonde las llevaron al llegar a Auschwitz y les ordenaron deshacerse de todas sus posesiones. Cabía una audiencia de cien personas, incluidos los guardias que podían estar sentados y las prisioneras que debían estar de pie. Pero en verano se presentaban en el conocido montículo cubierto de césped cerca de la reja al final de la calle principal, entre los sectores BIb o BIa, donde tocaban las marchas matutinas y vespertinas, y, desde junio de 1943 en adelante, hacían presentaciones para las pacientes en el patio del hospital que estaba incómodamente cerca del camino al crematorio.

Cuando el clima mejoraba, las mujeres se presentaban cada vez más seguido en un espacio cuadrado afuera del hospital y una testigo de este tipo de presentaciones recordaba que las pacientes habían sido obligadas a salir y escuchar. Al describir ese momento después, la prisionera política Maria Holiczer admitió que no recordaba mucho porque su atención «y la de muchas otras mujeres estaba puesta en la pila de cadáveres… que no habían movido esa mañana y que estaban justo afuera de las barracas del hospital».[14] No está claro si estos conciertos para las prisioneras enfermas en el recinto del hospital eran algo recurrente, y las pocas versiones que existen sobre las reacciones son variadas. Una de ellas explicó que, al final del vals, «se desataba un cálido aplauso y los ojos de las pacientes brillaban con gratitud». Pero otra espectadora recordaba un concierto durante el cual «las prisioneras enfermas que estaban escuchando a la orquesta fueron repentinamente rodeadas por los hombres de la ss antes de que las metieran en camiones y las llevaran a las cámaras de gas».[15]

Gloria Lyon, una joven checa que vio a la orquesta durante su camino al trabajo, recordaba, años después, haber escuchado un concierto en verano.

—Nunca olvidaré a la chelista con la cabeza rasurada y muy delgada. Se cayó de la silla cuando el sol se estaba poniendo y a nadie le importó… en otra ocasión vi un instrumento en el suelo, el resultado de un desmayo. Las trataban igual que a nosotras, pero ellas tenían uniformes.[16]

Alma tenía fama en todo el campo de ser agresiva cuando se trataba de sus estándares musicales, con advertencias constantes de lo que pasaría si la orquesta no era lo suficientemente buena. Apuntaba al humo que salía del crematorio para decir que «no habría razón para que no las enviaran a todas ahí».[17] Pero no necesitaban los recordatorios de Alma sobre la importancia de trabajar duro cuando habían experimentado de primera mano el grado de control al que estaban sometidas debido a la atención de los oficiales de la ss que llegaban sin invitación y, además de ir a los conciertos, entraban a los ensayos y a veces «ordenaban» una ópera en particular o alguna otra de sus piezas musicales favoritas «en demanda».

Alma y su grupo automáticamente adoptaban una postura firme cuando algún oficial de la ss aparecía en la puerta del bloque de música, lo cual a veces sucedía después de que hicieran una larga selección para las cámaras de gas. Los nazis entraban sin avisar, les decían a las niñas que ya habían practicado lo suficiente y les pedían una pieza en particular.[18] Alma aceptaba todas las solicitudes nazis y sus cuidadosas instrumentistas la obedecían. Margot, la poeta checa, creía que el Bloque 12 se había convertido en algo parecido a un refugio para algunos oficiales, un lugar donde podían relajarse y entretenerse, incluso para el comandante Höss, quien no era precisamente un gran aficionado a la ópera.

—De pronto, una mujer de la ss podía pedir algo de Chopin, escucharlo y patear a una anciana al salir —recordaba Margot en 1979—. El comandante Höss podía pedir un aria de *Butterfly* y luego salir a hacer una selección.

Sylvia, la pequeña flautista alemana, también recordaba a un oficial de la ss que «volvió loca a Flora [Jacobs] con un tango, haciendo que lo cantara una y otra vez».[19] Hilde creía que los hombres de la ss a veces tenían que acompañar a los transportes o ser testigos de algo traumático y «querían recargarse emocionalmente escuchando música».[20] Zosia Cykowiak y su amiga, Helena Dunicz, estaban de acuerdo con esta interpretación y decían que los oficiales de la ss a veces iban a escuchar a la orquesta fuera del horario normal, cuando las niñas eran «despertadas de su sueño con órdenes de tocar para los hombres de la ss que regresaban de su trabajo en los transportes masivos de judíos a las cámaras de gas».[21]

Helena describió una ocasión en la que un hombre de la ss entró al bloque, durante la noche, después de haber llevado a cabo la selección de un cargamento de judíos deportados: «cuando creíamos estar listas para dormir en nuestras literas, entraban y decían "Orquesta, toquen". Y teníamos que vestirnos, tomar nuestros lugares y tocar algo».[22] En otro momento, y es posible que solo haya sido para mantenerlas alerta, Mandl entró al bloque diciendo que acababa de escuchar una interpretación de *Aires gitanos,* de Sarasate, en la radio y quería compararla con su versión. La amiga belga de Elsa Miller, Fanny Kornblum, recordaba el terror que sintió en ese momento; aunque, por suerte, «tocamos como ángeles. Mandl le respondió a una ansiosa Rosé que la orquesta había sonado mucho mejor que la que había escuchado en la radio. Soltamos un respiro de alivio».[23]

Una vez Mandl llegó con un niño, «un lindo niño, confiaba mucho en ella, muy abierto», para escucharlas ensayar. Zosia Cykowiak recordaba cómo Mandl le pidió a la orquesta que tocaran una composición corta y el niño, bajo la influencia de la música, comenzó a bailar, «a moverse como lo hacen los niños. Y lo más interesante… el niño seguía sosteniendo su mano. Lo recuerdo porque después de un rato, no recuerdo cuánto, la vi en el camino al lado de las vías del tren llevándolo al crematorio, y eso me paralizó».[24]

A principios de 1944, circulaban rumores constantes por el campo sobre el progreso de la guerra y cuánto tardarían en derrotar a Alemania. No era claro cuánto sabían las mujeres de la orquesta sobre el avance ruso en el este o cuándo empezaría la invasión de los Aliados en Europa continental. Pero podían ver a más prisioneros llegar a Auschwitz, prueba de la creencia de Hitler de que, si podía usar más trabajo de esclavos para producir más armas, Alemania aún podría ganar la guerra.

Este era el primer invierno de Alma en el campo de concentración y era uno muy extremo con fuertes vientos bálticos y ventiscas de nieve helada que golpeaban la piel expuesta cada vez que las mujeres salían. Las temperaturas rara vez superaban los 3 o 4 °C, pero Flora Jacobs recordaba «marchar con dos bancos y un atril alrededor del cuello a las cuatro de la mañana, incluso cuando la temperatura era de −15 °C… esperábamos horas al lado de la reja de entrada, *Am Tor,* hasta que ya no había neblina». El frío extremo simplemente contribuía al desolador panorama en el campo, siempre cubierto del gris cielo invernal de Auschwitz, donde el sol aparecía de manera breve, si es que aparecía, por las tardes. Alma había pedido y conseguido piso de madera en las barracas, consciente de que un piso de cemento habría sido abrasivo para los instrumentos, aunque también era un pequeño consuelo para las instrumentistas. Algunos prisioneros del *kommando* de carpintería instalaron el piso e incluyeron un pequeño podio construido para Alma en un lado. Al subir a su podio, con las niñas acomodadas en un círculo a su alrededor, podía ver y escuchar los errores con mayor facilidad. Esto afinó su ya agudo sentido del oído para que, si escuchaba una nota incorrecta o, como solía pasar, la exhausta flautista Frau Croner se quedaba dormida a mitad del ensayo, toda la orquesta sufriera y comenzara desde el principio la pieza que estuvieran practicando.[25]

El pequeño horno en el centro de la habitación fue instalado debido a la preocupación por los instrumentos, pero también era un alivio y fuente de calor para las instrumentistas. Flora Jacobs, la acordeonista holandesa, una vez se acercó demasiado y se quemó la muñeca tan severamente que no pudo volver a tocar hasta que se recuperó. El *obersturmführer* Franz Hössler se dio cuenta de que no estaba tocando y le preguntó por qué, entonces ella le mostró su muñeca.

—Tienes suerte de que solo haya dos acordeones, o te mandaría a las cámaras de gas —le dijo.[26]

Aunque las prisioneras del Bloque 12, al igual que quienes trabajaban en la cocina y la enfermería, estaban exentas del pase de lista en exteriores durante el invierno —una *aufseherin* entraba a contarlas, un enorme privilegio comparado con las otras prisioneras que se despertaban a las 5:30 a. m. para el pase de lista o a las 4:30 a. m. durante el verano—, aun así, tenían que tocar afuera, a veces sin poder sentir los dedos, durante horas. Aunque el castigo a manos de Alma —ser insultadas o tener que fregar el piso— era menos doloroso que el golpe de una macana nazi si no podían cargar una piedra o un bulto de cemento, todas sabían que, en esta frágil atmósfera de preocupación alemana sobre perder la guerra, sus vidas estaban aún en más riesgo. Todas estaban exhaustas ante las exigencias de tocar diez horas al día y durante las marchas, los ensayos, los conciertos y las interpretaciones privadas para la SS con tan poca comida, lo cual tuvo como resultado desmayos constantes. Hilde tuvo muchas conversaciones intensas con Alma en esa época y creía entender cómo Alma usaba el «solo [ver] la música» como su método de supervivencia.

Pero Alma no era ciega ante la intensa presión a la que se enfrentaban sus niñas y, finalmente, en 1944, negoció un descanso de una hora a mitad del día, algo sin precedentes.

Las peticiones de presentaciones no oficiales presentaban severos dilemas morales para las instrumentistas, pero era particularmente difícil para las más jóvenes, que intentaban reconciliar sus actos con sus conciencias. Hélène Wiernik siempre insistía en que «[ella] no tocaba para los alemanes»,[27] pero la realidad era que no tenían otra opción si querían sobrevivir.

Helena reflexionó sobre cómo eran usadas por los nazis no solo para incentivar a que las trabajadoras marcharan más rápido, sino también creía que la usaban para apaciguar a los prisioneros recién llegados que ni siquiera tenían la oportunidad de entrar al campamento a trabajar. Lo describía como parte de «un refinado truco de confianza… por eso miles de judíos, incluidas mujeres con bebés en brazos, iban tan pacíficamente a su cita con la muerte en las cámaras de gas. Su compostura era el resultado de una mentira: que aquí, en el lugar al que habían llegado, las cosas no podían ser tan malas si "les daban la bienvenida" con música».

Continuó:

> Me gustaría dejar claro en este punto que la orquesta nunca fue convocada a propósito a la nueva plataforma de tren que llevaba directo al crematorio… las menciones en algunas biografías de la orquesta tocando durante las marchas de los deportados judíos hacia el crematorio deberían entenderse como que la banda ya estaba tocando para el momento en que los recién llegados caminaban por la calle principal, entre el campo de concentración de mujeres en BI y el de los hombres en BII.[28]

Incluso con esta idea, Helena tuvo que encontrar la manera de vivir con lo que había hecho. Es probable que haya tenido razón al pensar que no tocaban de manera deliberada en el camino final para los judíos recién llegados que esperaban la selección. Seguramente era una coincidencia; pero, dado el gran número de cargamentos que llegaban diariamente a principios de 1944, tenía el efecto de un engaño. Su supervivencia le exigía hacer esa distinción.

La versión de Anita es un poco más transparente. Durante el juicio de Luneburgo, le preguntaron cómo había sido testigo de tantas selecciones y ella le dijo al juez: «Solía tocar en la banda del campo, y nos obligaban a hacerlo en la entrada. La reja estaba frente a la estación. A la estación llegaban los cargamentos y nosotras lo veíamos todo. El transporte llegaba, los guardias de la SS hacían su selección y nosotras estábamos a menos de 46 m de distancia». Luego el juez le preguntó: «¿Se sabía para qué eran las selecciones?».[29] Ella respondió: «Se sabía muy bien para qué eran las selecciones».

Había muchas estrategias diferentes para sobrevivir en el campo de concentración y este acercamiento tan directo era la táctica de Anita. En su biografía, recordaba cómo una vez le pidieron tocar *Träumerei,* de Schumann, una pieza simple y exquisita sobre soñar, para Josef Mengele cuando entró un día al bloque de música, y lo hizo porque no tenía otra opción si ese era el precio por mantenerse con vida.

—La toqué lo más rápido posible. No lo miré. Solo quería que se fuera —dijo.[30]

Cuando en 1996, en un programa de radio, le preguntaron qué había sentido al tocar para un hombre así, ella respondió: «No creo que nos hayamos tomado el tiempo de sentir nada». Después le preguntaron: «¿Sabían lo que hacían?». Ella contestó: «Claro que sabíamos lo que hacíamos, pero ¿cuál era la alternativa?».[31]

Era una respuesta contundente, típica de Anita. Permitirse «sentir» algo era un lujo inimaginable.

—Solo pensábamos en sobrevivir el día siguiente —dijo.

El relato de Anita de haber interpretado *Träumerei* ha capturado la imaginación del público, precisamente porque la noción de una belleza de ese tipo existiendo en el corazón de la oscuridad encapsula por qué es una historia tan difícil de imaginar para quienes no estuvieron ahí, y podría ser fácilmente malinterpretada. Anita dice hoy en día que no deberían darle más importancia que a cualquier otra historia de crueldad. Escribió al respecto porque «[creyó] que valía la pena señalar que eran personas educadas. Conocía la pieza, eso es todo».[32]

La intensa presión, que pesaba sobre los hombros de las instrumentistas —incluida Alma—, no encontraba otra vía de escape ni alivio que el apoyo mutuo que se brindaban. Incluso hubo comentarios por parte de las otras prisioneras sobre lo pálidas y exhaustas que se veían. No obstante, Alma lo sobrellevaba sola.

El 29 de febrero de 1944, el teniente coronel Adolf Eichmann de la ss hizo una de sus muchas visitas a principio del año, supuestamente para observar el llamado «campo familiar», y Mandl organizó una inspección de las instrumentistas. Aunque Alma había preparado muy bien a la orquesta, la visita la desconcertó. Al final, lo único que hizo el teniente coronel fue darle un vistazo rápido al bloque y siguió su camino.

Diez días después, en la noche del 8 de marzo, el campo de concentración familiar fue liquidado por completo y más de 17 500 hombres, mujeres y niños que vivían ahí fueron llevados a las cámaras de gas en una sola noche.[XXII] Había muchos rumores sobre los motivos de Eichmann, pero el más fuerte entre ellos era que estaba decidido a implementar un programa para la destrucción total de los judíos húngaros. La nueva línea ferroviaria aún no estaba terminada y no estaba contento, convencido de haber identificado «deficiencias»[33] en las instalaciones de exterminio. Hizo planes para enviar cuatro cargamentos de judíos húngaros al día para que los llevaran a las cámaras de gas de Auschwitz. Sin embargo, a pesar de la expansión masiva de equipo y espacio para este propósito, Eichmann se

---

[XXII] Las 6 000-7 000 personas en ese campo fueron liquidadas por segunda vez durante dos noches de julio. Sin embargo, en esta ocasión Mengele decidió llevar a cabo una selección de los niños en el bloque infantil. Cuando fueron liberados, 1 294 prisioneros del bloque familiar lograron sobrevivir.

dio cuenta de que, en la práctica, la capacidad de exterminio no era suficiente para matar a tantas personas en un periodo tan breve.

De acuerdo con la doctora Mancy, la amiga de Alma llegada de Bratislava, los eventos alrededor de la visita de Eichmann debilitaron lo que quedaba de la estabilidad de Alma, su habilidad para funcionar con calma y seguir produciendo música mientras se encontraba rodeada de una locura cada vez mayor. Alma observó con impotencia como día tras día los nuevos cargamentos llegaban llenos de judíos de Drancy, de los alrededores de París y Westerbork, en Holanda, o de cualquier otro lugar donde conociera personas, con cientos de deportados que eran inmediatamente llevados a las cámaras de gas. A través de las grietas en las paredes de madera de las barracas, todas las instrumentistas podían ver las nuevas líneas ferroviarias que se estaban construyendo con acceso directo a los crematorios II y III para cumplir con el plan de Eichmann. El bloque de música ahora estaba a solo 50 m de la rampa, separado por una simple cerca de alambre de púas del lugar adonde miles de seres humanos condenados llegaban y eran obligados a marchar hacia su muerte. Las instrumentistas podían ver, y a veces escuchar, a los sentenciados, del mismo modo que estos podían oír a las instrumentistas ensayar.

Zosia Cykowiak, la violinista polaca, habló de un día a finales de 1943: podían escuchar los gritos de las mujeres en el Bloque 25, quienes cedían ante la locura después de que las privaran de agua y comida antes de ser asesinadas. Había una cuarentena general en el campo de concentración, llamada *blocksperre,* un acontecimiento regular cuando se estaba llevando a cabo una selección dentro del campo.

—Estábamos escondidas en el lado oscuro del bloque de música. Me di cuenta de que Alma estaba aterrada. Todas nos sentíamos así, pero casi nunca lo decíamos. A Alma le asustaba la idea de que algún día vería a una persona conocida ser seleccionada para las cámaras de gas y luego llevada al crematorio.

Zosia recordaba a Alma decir: «¿Por qué están haciendo esto los alemanes? No quiero morir así». Y por supuesto, sabía que no había una respuesta.[34]

Zosia le contó eso a Jean-Jacques Felstein, el hijo de la violinista belga Elsa Miller, cuando estaba haciendo una investigación para escribir la biografía de su madre. Zosia era particularmente sensible a los cambios de humor de Alma y veía cómo «sufría mucho. Más de una vez durante los transportes masivos de judíos [europeos] a las cámaras de gas, escondida en las sombras del bloque, observó esas escenas con desesperación, expresando con todo su ser su protesta ante estos métodos de genocidio».[35]

Felstein, después de entrevistar a Zosia, describió esto como el «momento de desesperación» de Alma. Había salido del bloque lo suficiente como para recargarse contra la pared y taparse «los oídos con los dedos para no tener que escuchar los gritos desgarradores».

Al ver que Alma empezaba a llorar, Zosia la tomó en sus brazos sin decir una palabra y la calmó «meciéndola un poco antes de alejarse discretamente para dejar que recuperara la compostura».[36]

Había días en los que Alma se quejaba de migrañas tan dolorosas que le pedía a Fania que le diera un masaje en el cuello con la esperanza de que la aliviara. Nada funcionaba y el dolor no cedía. Helena también recordaba la depresión en la que había caído Alma.

—Todavía puedo verla mientras caminaba hacia el podio de la directora, que estaba contra la pared del bloque. Esperamos su señal, pero se quedó inmóvil por un momento con los brazos extendidos y luego giró un poco la cabeza hacia el sol. Parecía como si estuviera absorbiendo los rayos de la primavera, pero había una profunda melancolía en la expresión de su rostro.[37]

A principios de la primavera de 1944, la orquesta fue recompensada con una caminata fuera del bloque y un momento de aire fresco. Esto sucedió después de una visita de Hössler y Mandl. Quizá haya sido una recompensa por complacer a Eichmann durante su visita al bloque. Mandl preguntó por qué todas estaban tan pálidas. Alma le respondió que probablemente era porque pasaban todo el día en una atmósfera cerrada y sofocante. En ese momento, Zosia, sintiéndose abatida e incapaz de seguir adelante, decidió hablar y le pidió a Hössler que le permitiera ser transferida a otro *kommando*. Su respuesta fue tajante: el *strafkommando* o el *kommando* penitenciario. Tal muestra de valor debía ser castigada. Sin embargo, su solicitud había nacido de una profunda tristeza, no de la valentía, y el aterrador momento pasó sin más. En lugar de eso, Mandl consiguió que le permitieran a toda la orquesta salir a dar un paseo, otro privilegio sin precedentes.

Helena documentó el suceso:

> Ir más allá del alambre de púas, hacia el pintoresco tramo de estanques en la aldea de Harmęże, cerca de Birkenau, nos conmocionó. Por supuesto, era un paseo escoltado por hombres armados de la SS con sus compañeros inseparables, los perros que ladraban ferozmente… La naturaleza que nos habían negado por tanto tiempo nos abrumó con su belleza y los olores tan cercanos. En algún momento, Zosia [Cykowiak] se lanzó al suelo para besar el césped y uno de los perros saltó hacia ella y apenas lograron controlarlo… por suerte, no atacó a Zosia, que milagrosamente evadió heridas graves o la muerte… incluso nos permitieron entrar al agua y nadar.[38]

Sin embargo, el efecto de la caminata, aunque glorioso, no duró mucho. La vida continuó de la misma manera después de eso, con muchas instrumentistas exhaustas y sin recibir suficiente comida que les diera sustento para una rutina tan exigente. Cuando los desmayos durante las presentaciones en el exterior continuaron, la presión estalló en Alma y, como resultado, impuso castigos mucho más severos que solo hacer que las niñas comenzaran a tocar de nuevo si escuchaba una nota equivocada. Las hacía fregar los suelos de madera nuevos durante varios días o cargar los contenedores con 50 l de sopa desde la cocina hasta el bloque, una tarea que solía recaer en el bloque de las mujeres mayores, o *stubendienst*. Ocasionalmente les decía a las niñas que «tocaban como cerdos»[39] o que eran estúpidas, comentó Flora Jacobs, la acordeonista holandesa.[40] De acuerdo con Flora, Alma a veces les decía que, como castigo, rechazaría las raciones extra, pero otras integrantes de la orquesta niegan que esto haya pasado. Zippi Spitzer, la mandolinista y diseñadora eslovaca que trabajaba en la administración del campo, insistía en que, por su trabajo en la oficina y el *kommando* de música, le daban dos *sets* de raciones extra, lo que significaba que en total recibía tres raciones, incluida la asignación básica. Sin embargo, otras instrumentistas, entre ellas Anita, no lograban recordar que hubiera comida extra. Cuando le preguntaron por Zippi, Anita se preguntó cómo había logrado trabajar en la oficina del campo y tocar en la orquesta.

—Ninguna de nosotras la recordaba. Parece que tiene mucha información. Aunque mi memoria ahora no es tan buena con los detalles y yo tenía mis métodos para sobrevivir al ignorar cosas, ella dice que recibíamos raciones dobles, pero yo no lo recuerdo; hablé con mi amiga Violette recientemente y le pregunté si nos daban más comida.

—Claro que no —dijo Violette—, nos daban lo mismo que a todas las demás.

Anita concluyó:

—¡Si a todas nos hubieran dado raciones dobles, no habríamos estado tan hambrientas todo el tiempo![41]

El consenso parecía ser que recibían las mismas raciones de comida que el resto de las prisioneras, pero a veces les daban «aleatoriamente porciones extras de pan, mermelada, mantequilla o carne enlatada».[42] A veces se debía a un oficial de la SS que iba de paso y creía que estaban tocando bien, o como agradecimiento de Alma que, de acuerdo con Rachela, recibía un trato diferente cuando se trataba de comida; además, recibía raciones de las «dietas especiales» de la cocina, pensadas para el personal alemán del campo de concentración. Rachela afirmó haber recibido información sobre esto de Rozika, la kapo de la cocina dietética, con quien entabló una amistad y se ofreció a ayudarlas a todas.

—Así que Rozika dijo «Tú guardas todo lo que ella reciba y yo le doy el pan blanco y te mando las cebollas y el ajo, todo lo que necesites».[43]

No queda claro cómo funcionaba esto en la práctica o si las porciones adicionales provenían de Alma o Rozika, o incluso de un nazi amante de la música. De cualquier forma, eran irregulares y escasas; pero, ya que las raciones básicas de comida en el campo eran «definitivamente insuficientes incluso para los prisioneros más frugales», como señaló Primo Levi, «morir de inanición o de enfermedades ocasionadas por la inanición podía evitarse con un poco de comida extra, y para obtenerla era necesario un privilegio grande o pequeño».[44]

En una ocasión, hubo resistencia a la distribución de sanciones. Zosia recordaba una instancia en la que, durante un ensayo, tres mujeres sentadas detrás de los primeros violines tocaron las notas equivocadas repetidamente hasta que Alma perdió la compostura y las acusó de no poner atención. Cuando las amenazó con el castigo de fregar el suelo, una de las tres, Jadwiga Zatorska, la violinista polaca conocida como Wisia, y amiga de Helena, se resistió, ya que había intentado ayudar a Violette con la melodía. Además, Wisia acababa de enterarse de la muerte de sus tres hermanos en Auschwitz, uno de los cuales, Władysław, había sido uno de los tres prisioneros políticos de Polonia que habían sido arrestados y encerrados en el búnker de castigo en el Bloque 2 de Auschwitz I, el *stammlager,* antes de ser fusilados. Cuando se enteró de la muerte de su hermano, Wisia, destrozada, decidió que ya no quería seguir viviendo. En su desesperación, fregar el suelo sonaba más que ridículo, así que se negó. Alma, al ser una kapo, amenazó con reportarla con las autoridades, una amenaza que implicaba que la transfirieran al *strafkommando*, o al penitenciario, y a una muerte casi segura, justo como Hössler había amenazado a Zosia. Las instrumentistas polacas estaban devastadas ante esta amenaza. Aunque Alma se retractó al escuchar la historia completa, la discusión las dejó sintiéndose mal. De acuerdo con Helena, «las integrantes judías de la banda percibieron el comportamiento de Wisia como una manifestación de antisemitismo, y lo trataron como la oposición de una polaca aria ante Alma, una judía. Eso no tenía sentido. Pero esa era la actitud de algunas de las judías antipolacas, que veían el antisemitismo en todas partes».[45] Por supuesto que en Auschwitz el antisemitismo *estaba* presente en todos lados, pero el dolor de Wisia era real y en una categoría diferente. Bajo cualquier otra circunstancia, hubiera sido tratado de una forma más sensible.

En todos los eventos, Anita fue castigada de la misma forma después de regresar de la *revier* en 1944, recuperada de la fiebre tifoidea, y tocar muy mal, aunque padecía debilidad y problemas auditivos y visuales debido a la enfermedad. En retrospectiva, creía que la respuesta de Alma era su manera de mantenerse cuerda.

—Al involucrarnos a todas en su desquiciada búsqueda de perfección en nuestras interpretaciones de la basura que tocábamos, es posible que ella haya sido fundamental para mantenernos cuerdas —dijo Anita en 1996.[46]

Anita tuvo que fregar de rodillas el suelo de todo el bloque durante una semana. «No puedo decir que amara a Alma por eso. De hecho, estaba furiosa y la odiaba». Pero concluyó que «por más raro que pueda sonar, ahora no tengo nada más que una profunda admiración por la actitud de Alma. Aún ahora no estoy segura de si todo era premeditado o actuaba por instinto. Pero con esta disciplina de hierro logró desviar nuestra atención de lo que sucedía afuera del bloque, de las chimeneas humeantes y de la profunda miseria de la vida en el campo hacia una nota fa que debería haber sido una fa sostenida».[47]

Anita cree que la fuerza que guiaba a Alma era la presión de cumplir con las expectativas de su padre. Por eso, necesitaba que la orquesta sobreviviera y la usaba para mantener su propio miedo a raya. «Alma salvó a la orquesta. Era tan real como la necesidad que tenían las prisioneras la una de la otra, tan real como dos hermanas sosteniendo a su hermana enferma para que no se desmayara durante el pase de lista. Convirtió nuestro trabajo en algo casi espiritual. Es probable que estuviera tan aterrada por los nazis como nosotras, pero nunca nos castigó debido al miedo».[48] Además, la pena máxima, el ser obligada a abandonar el bloque de música, que habría significado una muerte segura, nunca fue implementada, aunque sí se usó como amenaza.

Al ser también una instrumentista profesional, Fania declaró durante una entrevista en 1977 que podía ver la creciente presión a la que Alma estaba sometida. «Estaba librando una guerra de nervios en la que estaba perdiendo...». Bajo las circunstancias en las que se encontraba, cualquier reacción era comprensible: «muerte, vida, lágrimas, risas, todo se multiplicaba de manera desproporcionada, más allá de los límites de lo verosímil. Todo era una locura».[49]

Rachela Zelmanowicz, la mandolinista polaca, vio la tensión manifestarse de una manera diferente. Reconocía que Alma era «una fantástica directora que había logrado crear una gran orquesta», pero al mismo tiempo incluso ella criticaba su comportamiento, ya que «nunca había imaginado que personas profesionales pudieran mostrar ese nivel de envidia», como lo descubrió en Auschwitz. En su biografía, contó la historia de cómo Szymon Laks, el director de la orquesta de hombres, las había visitado en una ocasión. Era «un director famoso en Francia y había dirigido nuestra orquesta... y llegó con un niño de 17 años, y este niño era músico. Alma Rosé se fue corriendo a su habitación, cerró la puerta con llave y gritó "es como un café"».[50] Que Alma describiera a un violinista «como un artista de cafetería» era el peor tipo de insulto.

Alma con su adorado padre, Arnold Rosé,
en el Hotel Römerbad de la Selva Negra, 1927.

Alma daba cumplidos en raras ocasiones, aunque las instrumentistas debían ganárselos. Alentaba a todas a tocar lo mejor que pudieran, como si estuvieran viviendo en circunstancias normales. Anita me dijo que el mejor halago que Alma daba era decir «"Estoy orgullosa de ti. Eres lo suficientemente buena como para tocar frente a mi padre". Era claro que ella lo adoraba. Hablaba mucho de él».[51] Anita creía que Alma era extrañamente cercana a su padre, «le pedía consejos musicales tan simples como preguntar dónde debía poner los dedos, incluso ya a una edad adulta». Rachela recordaba que solía decirles que tocar ocho horas al día no era nada. «Saben que yo solía tocar ocho horas diarias y, si me equivocaba, mi padre casi levantaba el piano del suelo».[52]

Alma recompensaba a las instrumentistas con una presentación clandestina como solista en las barracas, sin invitados nazis y solo con la orquesta que había formado, que la escuchaba en atento silencio mientras realizaba un acto de gran belleza y enorme valentía. Si las hubieran descubierto, fácilmente las habrían enviado a las cámaras de gas. Helena creía que el exquisito placer de escuchar a Alma interpretar piezas con solos de violín como *Danzas húngaras*, de Brahms, o *Aires gitanos*, de Sarasate, era inolvidable, al igual que la «experiencia increíblemente sentimental» de preparar e interpretar su versión de *Tristeza*, de Chopin. De acuerdo con Helena, «tocábamos para nosotras y para las prisioneras que entraban a escondidas para escuchar algo especial, algo que a través de la música expresaba nuestra resistencia ante los opresores alemanes».[53]

Eran los únicos momentos en los que otras prisioneras escuchaban la música que se tocaba en el campo por voluntad propia.

Rachel Levy tenía 14 años cuando llegó a Auschwitz en 1944 con su madre y cuatro hermanos. Los tres más jóvenes fueron enviados a las cámaras de gas junto con su madre, mientras que ella y su hermano mayor fueron empujados a un lado. Rachel recordaba que le dieron ropa limpia un día y le dijeron que se sentara afuera y escuchara. «Supuse que había un nazi importante que venía a inspeccionar». No le molestaba la música popular; pero, al haber crecido con una familia judía ortodoxa en una zona rural de lo que solía ser Checoslovaquia, solo conocía música religiosa.

—Era la primera vez que escuchaba una orquesta. ¿Qué sabía yo de música clásica? —dijo durante una entrevista en su casa, al norte de Londres, en junio de 2022.[54]

Escuchar el concierto no la alegró ni la deprimió. Simplemente era algo más que soportar.

La joven Kitty Felix, después de haber sobrevivido el episodio de desnudez, también escribió sobre la orquesta de manera crítica. Habló sobre cómo sus dos hermanas, que habían llegado al campo de concentración con ella, lograron llevarla al sauna para un baño y un cambio de ropa, y después «me llevaron a un concierto para la SS y prisioneras con privilegios en el sauna. La orquesta del campo tocaba bajó la guía de Alma Rosé... era absurdo», sostuvo.

—A veces los prisioneros de menor rango estaban presentes en interpretaciones de la orquesta, pero no bajo las mejores circunstancias —agregó Kitty.

De acuerdo con ella, «era muy común que las instrumentistas tocaran frente a ellas durante el *Sport*, el término empleado para un tipo de castigo nazi en el que obligaban a las prisioneras debilitadas a hacer ejercicio hasta que caían de rodillas y se cubrían la cabeza con los brazos». A Kitty una vez la obligaron a cumplir con este castigo, de rodillas y sosteniendo ladrillos durante horas, mientras la orquesta tocaba desde un lugar cercano. En otra ocasión, la orquesta tuvo que seguir tocando marchas mientras las mujeres exhaustas regresaban del trabajo y una de ellas, a quien descubrieron con cigarros escondidos en el vestido, era obligada a comérselos.

Kitty se sentía asqueada por ese y otros momentos en los que habían sido obligadas a escuchar a la orquesta.

—Ocasionalmente... para tener una audiencia llena, juntaban a algunas prisioneras y les ordenaban asistir, a veces junto con algunas de las pacientes del hospital. Los oficiales de la SS y las prisioneras con privilegios de las primeras filas volteaban a verse y asentían de forma condescendiente, en especial si aplaudían en los momentos correctos, y al día siguiente enviaban a las mismas personas a las cámaras de gas.[55]

La crítica de Kitty hacia Alma no era inusual entre las prisioneras ordinarias. Sin embargo, Alma no siempre «quedaba bien» con las autoridades. Durante un concierto dominical, se podían escuchar claramente las risas y los insultos de un grupo de mujeres de la ss en la audiencia. Alma detuvo la música de inmediato y «como un relámpago, respiró hondo y dijo "así no puedo tocar"».[56] La plática cesó de inmediato.

Para algunas prisioneras, la interpretación de música en un campamento dedicado al exterminio era algo positivo. La doctora Mancy quería creer que, aunque la mayoría de las prisioneras tenían que quedarse paradas por horas en la parte trasera del sauna durante un concierto, «cuando Alma tocaba su violín, las llevaba más allá del alambre de púas, a un lejano y hermoso mundo que había desaparecido para ellas».[57]

Una prisionera habló sobre una serenata improvisada cuando Alma pasó al lado de su ventana y tocó la tradicional tonada alemana de «Feliz cumpleaños».[58] Seweryna Szmaglewska, la prisionera polaca que escribió los primeros testimonios de la vida en el campo, dio una vívida impresión de cómo se sentía estar en Birkenau a principios de la primavera de 1944, escuchando música.

> Al pararte con la espalda contra la pared de las barracas de la orquesta, puedes ver, más allá de la línea del alambre de púas, el área entre las barracas de hombres y mujeres, y luego más alambres escarchados y barracas cubiertas de nieve, separadas por hebras de alambre. Es una visión blanca, todo un sueño angustiante. No puedes olvidarlo y abres los ojos, no estás lista para despertar.
>
> Puedes escuchar débilmente a la orquesta ensayando una melodía de Grieg. Hebras blancas como pequeñas nubes se alzan en el cielo invernal como plumas de un ángel absorto escuchando… las líneas de alambre cubiertas de nieve más cercanas son como líneas de música escrita, dibujadas con tinta blanca contra el trasfondo gris del paisaje. Los ojos se deslizan sobre ellas, imaginando las notas musicales y los símbolos en varias líneas… la orquesta sigue tocando y crea la visión de una flor blanca en el fondo del lago debajo de una capa de hielo.[59]

Era un cautivador, aunque elaborado, relato del sentimiento de esperanza mezclado con miedo que acechaba el campo de concentración a principios de 1944. Otra mujer polaca, Jadwiga Bieńkowska, estaba de acuerdo: «a veces lográbamos escuchar las hermosas piezas musicales que la orquesta del campo interpretaba para la ss. Valorábamos estos momentos de descanso espiritual, nos regresaban al pasado y nos hacían olvidar, en pequeña medida, nuestra triste realidad».[60]

Las respuestas críticas a la orquesta de mujeres eran mucho más marcadas que cualquier respuesta por parte de los hombres a la música que les ofrecían. Esto pudo haber estado relacionado con el contraste aún mayor entre las prisioneras ordinarias y quienes formaban parte de la orquesta, ya que estas últimas estaban relativamente mejor vestidas y arregladas, mientras que los hombres, al no quedar exentos del trabajo en exteriores, no se veían tan diferentes. O, como escribe el historiador de Auschwitz, Jacek Lachendro, tal vez las mujeres «tenían una actitud más emotiva hacia la música y señalaban en mayor medida la disonancia entre su lúgubre situación y la música a veces alegre que tocaba la orquesta»,[61] lo cual se volvía tan insoportable para algunas de ellas.

El domingo 2 de abril de 1944 fue un buen día para la orquesta. Habían tenido una gran presentación en un concierto vespertino y, en el fulgor de los elogios, Alma les había dicho que estaba orgullosa de su desempeño. Existen diferentes versiones de lo que pasó después. De acuerdo con Regina y Fania, Alma fue llamada a la oficina de la ss y, al regresar al bloque de música, le confesó animada a algunas de las instrumentistas que estaba a punto de ser liberada del campo para tocar en el mundo exterior. Fania dijo que, según Alma, iría a hacer una presentación frente a los soldados de la Wehrmacht, una propuesta que fue recibida con el descontento de Fania. Pero Regina sostenía que Alma había dicho que se presentaría en la Ópera de Katowice, en Polonia. Otras afirmaban que cualquier tipo de liberación era poco probable.

Esa noche, Alma asistió a una celebración por el cumpleaños de Frau Schmidt, la kapo no judía de una de las bodegas Kanada. Rachela dijo que la vio regresar de la cena, claramente indispuesta, y le pidió a Regina que la siguiera. «Unos minutos después, Regina regresó y le pidió a Flora —la chica holandesa que, junto con Hilde, Regina y la doctora Mancy, era una de las personas más cercanas a Alma— que entrara. Flora lo hizo y, cuando salió, nos dijo que Alma estaba muy enferma».

Regina recordaba que Zofia Czajkowska apareció y le ordenó que saliera de la habitación de Alma.

De acuerdo con los diferentes relatos de esa fatídica noche, todas concordaron en que el declive de Alma fue muy rápido. Según Flora, mientras Alma aún podía hablar, se quejaba de terribles dolores de cabeza y mareos. Era como si todo su cuerpo fuera víctima de convulsiones y rigidez antes de vomitar. Flora y las demás la llevaron a su cama, pero reportaron que estaba delirando y decía: «Los rusos ya vienen, los rusos ya vienen». Debido a que la liberación a mano de los rusos había sido su más ferviente esperanza, tal vez su optimismo inconsciente se expresaba así.

No tardaron en llamar a Mandl. Llegó con un doctor de la SS que examinó a Alma y decidió llevarla inmediatamente a la *revier* en una camilla. Bajo órdenes especiales, recibió una habitación privada en el bloque de medicina, una increíble concesión para una judía y una clara indicación de que Mandl se tomó la enfermedad de Alma con seriedad desde el inicio. Los rumores se esparcieron por el campo y, cuando la doctora Mancy llegó para ver qué le pasaba a su amiga, Alma estaba cubierta de hematomas y su temperatura rondaba los 39.4 °C. Apenas consciente, le dijo a Mancy que había tomado vodka en la fiesta de cumpleaños, lo cual Mancy consideró una extraña confesión por parte de una mujer que ya había compartido con su amiga que no toleraba el alcohol. En el campo de concentración, el vodka podría haber contenido cualquier cosa, pero se preguntaba por qué, aunque estuviera celebrando lo que sería su liberación, una mujer tan inteligente como Alma, abstemia, habría tomado algo desconocido y posiblemente adulterado.

Las doctoras dieron la orden de vaciarle el estómago y, cuando su fiebre desapareció, una doctora judía comenzó a sospechar que era encefalitis. Para ese momento, ya había seis o siete doctoras prisioneras, además de la doctora Mancy, cuidándola.

Mientras tanto, Frau Schmidt también fue internada en otra sección de la enfermería y, aunque había rumores sobre una nueva epidemia que podría estar acechando el campo, lo más probable es que fuera una intoxicación. El 4 de abril, el doctor Mengele llegó a ver qué estaba pasando y ordenó una punción lumbar, en la que fue asistido por la doctora Mancy; como el líquido lumbar era transparente, era poco probable que Alma tuviera meningitis.

Le hicieron otros exámenes para detectar posibles infecciones, pero ninguno logró darles pistas sobre cuál era el problema. La doctora Mancy se quedó con su amiga toda la noche, pero Alma perdía y recobraba la conciencia conforme aumentaban sus convulsiones. Antes de la madrugada del 5 de abril de 1944, Alma Rosé murió a los 37 años. La doctora Mancy salió corriendo entre lágrimas, sin lograr comprender cómo, en un lugar donde la muerte deliberada era constante y común, había sido permitida esta en particular, tan inesperada e inexplicable.

Fue inevitable que se sospechara que Frau Schmidt había envenenado a Alma, ya que ella había organizado la comida de la celebración de cumpleaños. Sin embargo, ella también estaba enferma. Posiblemente había comido o bebido menos y respondía mejor al tratamiento. Otras personas, entre ellas la doctora Lingens-Reiner, creían que «Puff Mutti» Musskeller, la prostituta y cantante de tirolesa que había interrumpido el concierto navideño a la fuerza, podría haber planeado esto como venganza por la manera en la que Alma la había tratado. Incluso había rumores de que la inmensa desesperación de Alma, especialmente después de la destrucción del campo familiar checo, podría haberla llevado a considerar el suicidio.

Nadie lo sabía con certeza y las dudas alrededor de la muerte de Alma persistieron durante años. El misterio se mantiene hasta hoy en día, aunque el botulismo, una enfermedad mortal en la que una toxina ataca al cerebro y al sistema nervioso con rapidez, es propuesto como una posible causa por el biógrafo de Alma y algunas otras personas, pero no hay manera de probarlo.

Maria Mandl llegó al bloque de música para informarle a la orquesta que podrían presentar sus respetos a la líder en el Bloque 4, donde el cuerpo de Alma estaba recostado sobre dos bancas y cubierto con una tela blanca, algo así como un túmulo improvisado. Algunas mujeres dejaron ramitas a modo de tributo a su líder, pero no había mucho más que pudieran hacer en el campo. Lo que le pasó al cuerpo de Alma está en disputa. Algunas integrantes de la orquesta creían que, por orden de Hössler, había sido llevado al crematorio e incinerado de manera individual, sin ser parte de la cremación masiva. Zippi afirmó que, debido al miedo que los nazis le tenían a los problemas de salud, se realizó una autopsia y que había visto el cuerpo de Alma, después de la operación, en un vagón afuera de la *revier*. «Estaba desnuda, con los ojos hundidos. Habían cosido su abdomen bruscamente como resultado de la autopsia».[62] Sin embargo, no hay ningún registro oficial de esto.

Algunas integrantes de la orquesta se negaron a ver muerta a su talentosa líder. En su biografía, Helena admitió que no asistió, pero no aclaró el porqué. Hilde no fue porque prefirió aprovechar que el bloque estaría vacío para buscar consuelo por su cuenta, en la habitación de Alma. Estando ahí, vio el preciado cuaderno en el que Alma había anotado el nombre y la dirección de su amigo holandés, Leonard Jongkees, un doctor y chelista principiante seis años menor que ella y de quien es posible que haya estado enamorada. Hilde también vio la letra prohibida del *Estudio Op. 10 n.º 3,* de Chopin, que Alma no tenía permitido interpretar en público. Hilde lo tomó y lo escondió con cuidado.[63]

Hilde había conocido a Alma tan bien como cualquier otro miembro de la orquesta durante el breve periodo en el que estuvieron juntas, y después la describió como una tuna, un cactus cubierto de espinas, pero con una dulce y refrescante fruta en el interior. La doctora Mancy dijo que era como «un ave con alas cubiertas de sangre batiéndolas contra su jaula. La música le permitió volar y dejar Birkenau atrás».[64]

El musicólogo Michael Hass argumentó que Alma había sido temeraria, un rasgo de su carácter que había asegurado su arresto y que no solo la había llevado hasta Auschwitz, sino que acabó causando su muerte durante un momento crítico en el campo de concentración, y dejó a la orquesta de «niñas» temerosamente expuestas y vulnerables.

Era compleja, con una personalidad multifacética y un talento musical increíble pero no magistral, dedicada al amor pero herida al no verlo devuelto. Sobre todas las cosas, era una hija sumamente devota. El aceptar que su trato con las niñas podía ser agresivo no reduce ni invalida el papel que jugó en su supervivencia. Al contrario, esta imperfecta heroína había abrazado, plena y valerosamente, la fuerza vital de la música y, sin ella, hubiera quedado en duda la supervivencia de todas aquellas intérpretes. Hasta 1943, la herencia de Alma como parte de una famosa dinastía musical había opacado su considerable talento. Después de hacerse cargo de la orquesta en 1943, hasta su prematura muerte en abril de 1944, su estrella nunca logró brillar lo suficiente como para hacerle justicia a su extraordinario logro de salvar casi cuarenta vidas. Como muchos durante esos trágicos años, su grandeza finalmente fue reconocida debido a su habilidad para trascender sus circunstancias y mostrar un nivel de valentía y pasión para el que no la había preparado su vida antes de la guerra. Ese fue su más grande acto de creación.

No se sabe si ella entendía la naturaleza tan excepcional de lo que había creado a base de trabajo duro y disciplina: una orquesta compuesta en su mayoría por principiantes que logró interpretar oberturas, operetas y marchas. Tenía planes para la orquesta y, como le dijo a Zippi y a otras integrantes, «nunca voy a soltar a estas niñas... Cuando nos liberen, no me interesa nada más que tomar a estas niñas y recorrer Europa».[65]

Fue un sueño que mantuvo viva a Alma durante diez cortos meses.

Lo que siguió fue una época de incertidumbre en el campo de concentración. Dos días después de la muerte de Alma, sonó la alarma cuando dos jóvenes supuestamente lograron escapar, Alfred Wetzler y Walter Rosenberg, después conocido como Rudolf Vrba. En realidad, estos dos jóvenes eslovacos, que habían estado en Auschwitz desde 1942, seguían escondidos en el campo debajo de un montón de leña y esperaron tres días hasta que dejaron de buscarlos. Después, lograron salir del campo y llegar a sus hogares, decididos a contarle al mundo sobre las cámaras de gas en Auschwitz. Luego llegó el fin de semana de Pascua. El domingo 9 de abril fue un día soleado, aunque no era la gran cosa en Birkenau, y no hay evidencia de que la ocasión haya sido celebrada con música especial, con o sin Alma. Sin embargo, ese año, gracias a la muerte de Alma, algunas de las instrumentistas sintieron la necesidad de ser más solidarias que nunca. La pequeña Hélène (Hélène Rounder) preparó una tarjeta especial de bienvenida para Helena Dunicz, igual a la de Navidad que le había hecho durante su estadía en la enfermería. Hélène era judía, pero no estaba en contra de dibujar un crucifijo para su compañera violinista, quien era católica, consciente de que la fecha era importante para ella. Helena guardó esa tarjeta, y comentó en su biografía cómo «estos pequeños gestos tenían un gran significado en el campo y eran un testimonio de la necesidad humana de alegrar a los demás».[66]

7

Sentía el sol en mi rostro

Como consecuencia de la muerte de Alma, la insegura orquesta se tambaleó, amenazando con dividirse debido a las diferencias de nacionalidad y religión. ¿Quién podría remplazar a Alma? ¿Acaso la nueva directora enviaría a las mujeres judías de regreso a los letales *kommandos* exteriores —de los que Alma las había rescatado—, o las sometería a algo aún peor?

—Puede parecer extraño usar la palabra *insegura*, pero una vez que Alma no estuvo, pronto quedó muy claro que ella había *sido* la orquesta —dijo Anita Lasker—. Ella nos mantuvo unidas… después de la muerte de Alma, ya no teníamos una líder, en un sentido mucho más amplio.[1]

Sin embargo, la incertidumbre no duró mucho tiempo. Josef Kramer, el capitán de la ss que había sido ascendido a comandante del campo de concentración de Birkenau (Auschwitz II) el 8 de mayo,[XXIII] visitó el bloque poco después de la muerte de Alma y, sin miramientos, declaró que Sonya, o Soja, Winogradowa, la pianista de 23 años, cantante y condecorada oficial del Ejército Rojo que se había unido a la banda cinco meses atrás, sería la nueva y tercera kapo de la orquesta. Las mujeres judías, al escuchar el rumor de que la integrante rusa quería sacarlas a todas, temieron lo peor. De acuerdo

XXIII Remplazó al *sturmbannführer* de la ss, Friedrich Hartjenstein.

con Hilde, Soja había insistido desde un inicio en que no hubiera judías en la orquesta.

—Puso una condición: que solo tomaría el mando si todas las judías eran expulsadas de la orquesta —argumentó Hilde—, ya que tenían los mejores puestos en la orquesta, como primer y segundo violín, cantantes que eran profesionales. Quería darles lugares a polacas y ucranianas.[2]

Es posible que Soja hubiera hecho esa petición; pero, si era verdad, seguramente la rechazaron, ya que las judías siguieron tocando en la debilitada orquesta durante más de seis meses. Sin ellas, hubiera colapsado de inmediato. En ese momento, al menos, todo siguió como siempre, o casi.

Soja era bien parecida, rubia, y algunas personas incluso la describirían como bonita, algo que la mayoría de las mujeres en Birkenau consideraba imposible de lograr. También era una favorita de la ss. Era una valiente luchadora y una pianista talentosa. Sin embargo, como directora era «de talento mediocre... era un desastre total», recordaba Anita. «Nadie la respetaba y la orquesta se volvió un caos total».[3] Zosia Cykowiak estaba de acuerdo con que, si bien era una muy buena pianista, «y Alma Rosé apreciaba su talento y le confiaba solos durante las presentaciones... no tenía suficientes habilidades como directora... Tuvo dificultades para establecerse como autoridad en la banda, quizá también por las barreras lingüísticas».[4]

Zosia concluyó que había destacado principalmente por su actitud hacia los alemanes, enfatizando en cada oportunidad que era una prisionera de guerra, que había portado el rango de comandante en el Ejército Soviético y que debería estar en un campo de concentración para prisioneros de guerra.

Giuliana Tedeschi, una prisionera judía italiana que había llegado en mayo, describió el estilo de dirección de Soja como si «convirtiera la urgencia del ritmo y la cadencia en gestos histéricos».[5] Aunque la orquesta continuó interpretando marchas, los conciertos dominicales fueron cancelados, seguramente porque no llamaron tanto la atención sin los solos de Alma, y Soja no tenía el estatus necesario para luchar por premios o recompensas adicionales, como lo había hecho Alma. Además, la SS socavó su autoridad al reducir a la mitad las horas que la banda tenía permitido ensayar y ordenó que las instrumentistas realizaran «trabajo útil» durante el día, que en su mayoría consistía en tejer o arreglar el bloque. La SS sostenía que la orquesta podía funcionar sin ensayos adicionales si lo único que interpretaban eran las marchas que las instrumentistas ya se sabían de memoria. Además, ya no estaban en busca de la perfección, como bajo el mando de Alma, ya no existía ese esfuerzo extra por la música que le había otorgado a la orquesta su sonido especial, su alma.

El 6 de junio de 1944, dos meses después de la muerte de Alma, los Aliados llegaron a Normandía. Mientras tanto, cargamentos masivos de judíos seguían llegando desde Hungría a Auschwitz-Birkenau y los nazis se apresuraban para convertir el este de Europa en *judenrein* (una zona de exclusión judía). Al mismo tiempo, las fuerzas soviéticas continuaban con su implacable avance. A partir del 15 de mayo,[XXIV] miles y miles de judíos húngaros fueron sentenciados a muerte conforme los trenes llegaban a la nueva rampa que los llevaba directamente al saturado crematorio. Había tantos judíos por exterminar que los cuerpos eran quemados en campo abierto y la grasa corporal avivaba las llamas. Esta atroz tarea fue asignada a los hombres de los llamados escuadrones especiales, o *sonderkommando,* quienes después tenían que esparcir las cenizas en una fosa cavada específicamente con ese propósito. En cuestión de meses, la comunidad judía rural de Hungría fue exterminada mientras los nazis avanzaban por Transilvania y los Cárpatos. Pero, justo cuando los judíos de las comunidades urbanas de Budapest parecían destinados al mismo camino de destrucción, los cargamentos dejaron

[XXIV] Antes de esto, llegaron dos cargamentos de judíos provenientes de Hungría el 29 y 30 de abril, pero el 15 de mayo comenzaron los asesinatos masivos.

de llegar. Esto se debió en parte no solo al heroico escape de Vrba y Wexler en abril, sino también al escape de dos jóvenes, un judío polaco, Czesław Morodowicz, y un judío eslovaco, Arnost Rosin. Los reportes de estos cuatro testigos sobre los asesinatos en masa que tenían lugar en Auschwitz finalmente resultaron en esfuerzos diplomáticos en los que participaron el papa y el gobierno de Roosevelt, los cuales evitaron más deportaciones en Budapest.

No obstante, durante un periodo de 56 días, desde el 15 de mayo hasta el 9 de julio de 1944, un total de 147 trenes transportaron a 437 402 judíos en sus vagones hacia los campos de concentración, la gran mayoría a Auschwitz-Birkenau. La mayoría de los casi 440 000 judíos deportados desde Hungría a Auschwitz-Birkenau fue enviada a morir en las cámaras de gas en cuanto llegó. Debido a esto, Hungría quedó casi completamente libre de judíos: *judenrein*, justo como lo habían planeado los nazis.

El asesinato masivo de los judíos húngaros es considerado uno de los mayores crímenes del siglo XX. Esto influyó en la orquesta: algunas talentosas instrumentistas húngaras que habían logrado escapar de la selección fueron reclutadas de inmediato. Quien destacaba en el grupo era la joven cantante de 23 años Eva Steiner, deportada en la cúspide de su carrera junto con su madre Jolanda, a quien le permitieron trabajar como copista en la orquesta; la reconocida violinista y directora de orquesta Lily Mathé, y otra violinista con formación clásica llamada Ibi (se desconoce su apellido), hipocorístico para Ibolya, que significa *violeta* en húngaro.

Lily Mathé recordaba cómo Eva, que había querido ser cantante de ópera desde pequeña y había terminado sus estudios como cantante y pianista en la Academia de Budapest tres meses antes, mintió tras su llegada: «Mi madre es una gran instrumentista», dijo Eva. «Ya no toca, pero puede componer nuestra música». La señora Steiner no era una instrumentista [era costurera], pero mientras estuvimos en Auschwitz, garabateó notas en papel y yo hice música con ellas. Las niñas de la orquesta, judías y no judías, jugaron un papel importante en ese engaño.[6]

Desde el punto de vista de Anita, aunque Alma era «irremplazable… Lily era una persona cálida y generosa que salvó a la orquesta durante una situación complicada. Su contribución a la orquesta fue notable. Comenzamos a tocar muchas piezas húngaras, como *Zardas,* de Monti, y ella contribuyó a mantener a la ss interesada en la orquesta por un poco más de tiempo».[7] Hélène Wiernik siguió tocando como primer violín, pero había algo en la vibrante personalidad de Lily que no pasó desapercibida para la ss.

Lily Mathé, nacida como Lidia Markstein en 1910, en una familia de clase media en Eger, al norte de Hungría, llegó a Auschwitz el 7 de julio de 1944 con Ibi en uno de los últimos cargamentos que salieron de Hungría después de pasar semanas encerrada en una habitación de las llamadas casas «de la estrella amarilla», con aproximadamente ocho miembros de su familia. El diplomático sueco Raoul Wallenberg llegó a la capital húngara solo dos días después y de inmediato se iniciaron las labores de rescate para algunos de los judíos del país, muchos de los cuales estaban escondidos, aunque fue demasiado tarde para Lily y su familia.

Lily había empezado a tocar el violín a los 6 años y era una artista nata. En 1926, su familia se mudó a Budapest para que ella pudiera estudiar bajo el tutelaje de Jeno Hubay, uno de los violinistas más reconocidos del mundo, en la prestigiosa Franz Liszt Academy of Music. En 1932, se graduó como directora e instrumentista.

Se casó poco después, aunque el nombre de su esposo se perdió. En lugar de buscar una carrera como solista clásica, eligió el nombre artístico de Lily Mathé y fundó una banda llamada Gypsy Boys [Chicos gitanos] con aproximadamente treinta integrantes reclutados por ella. La tropa, que incluía a su esposo en el papel de representante, viajó por toda Europa en la década de 1930, actuando con gran éxito en Berlín, Holanda, Suiza, París y Londres, donde en la primavera de 1939 les pagaron £350 por cinco días en el Odeon Cinema del distrito Forest Gate, alrededor de $450 000 (aproximadamente £18 000) a precios actuales. Era la primera vez que el teatro organizaba una presentación, un suceso importante. Los Gypsy Boys no sabían leer música, así que se aprendían las melodías de oído, lo cual alimentaba su fama. Un crítico del periódico holandés *Limburgsche Dagblad* escribió con mucho entusiasmo no solo sobre la «belleza de Lily», sino sobre cómo «un gitano nunca aprende música a través de notas, lo hace a través de su corazón y su mano».[8]

Incluso mientras Europa se encontraba inmersa en la guerra, la tropa seguía siendo muy cotizada, especialmente en Holanda, donde habían amasado un gran número de seguidores. Sin embargo, en 1941, en cuanto tuvieron oportunidad después de que Alemania ocupara Holanda, Lily y su joven esposo decidieron regresar a Hungría, en parte para ayudar a sus familias, pero también creyendo erróneamente que los judíos estaban más seguros ahí que en el resto de Europa; Hungría fue invadida por las fuerzas alemanas en marzo de 1944. Su esposo regresó con su familia a Ujvidek y Lily nunca lo volvió a ver. Ella, sus padres y su joven cuñada Aranka, quien se había casado el 4 de julio con Ferenc, el hermano de Lily, fueron deportados a Auschwitz el 5 de julio de 1944. Dos días después, sus padres, Sandor y Neli Markstein, fueron enviados directamente a las cámaras de gas. Lily describió después haber visto cómo se los llevaban como uno de esos recuerdos que quedaron grabados para toda la vida. Pero la fama musical y juventud de su hija eran tales que su experiencia fue muy diferente. Lily, al igual que su hermano y cuñada, se encontraban entre los pocos judíos húngaros afortunados que no habían sido asesinados al llegar, salvados al inicio simplemente porque se veían lo suficientemente jóvenes para trabajar.

Lily fue llevada a las barracas al salir del tren. Años después, contó la historia de lo que sucedió.

La puerta se abrió y entró un hombre. Después me enteré de que era Josef Kramer, el odiado comandante del campo de concentración. Llevaba un látigo en la mano.

Recorrió la fila con rapidez, preguntándole «¿Cuál es tu trabajo?» a cada aterrada niña. Cuando llegó a mí, le dije:

—Soy Lily Mathé. Era la líder de una banda gitana. —Kramer me miró con frialdad por un momento.

—Sí, te recuerdo. Una vez te escuché tocar en Berlín. Veremos si todavía puedes tocar. Si no puedes, haré que te corten la cabeza.

Resultó que Kramer, quien se consideraba un verdadero amante de la música, había asistido a una presentación de Lily en Berlín y quedó impresionado. Así que la llevaron a hacer una audición inmediatamente y le ordenaron que tocara el violín que le habían dado.

—Parecía que le gustaba —recordó Lily en 1960.[9] Le permitieron unirse a la orquesta.

A pesar de sus impresionantes referencias musicales, Lily no sustituyó a Soja Winogradowa como kapo ni remplazó a los primeros violines, Hélène Wiernik y Helena Dunicz. No obstante, se convirtió en la líder *de facto* de la orquesta. En entrevistas mediáticas posteriores a la guerra y en una conversación con el biógrafo de Eichmann después de su dramática detención en la década de 1960, habló sobre cómo, poco después de llegar al campo y audicionar con Kramer, tuvo que presentarse a una segunda audición frente a Eichmann, el jefe de Kramer, que en 1944 visitaba el campo a menudo para supervisar personalmente el exterminio húngaro.

—Recuerdo a esa bestia hasta el día de hoy. En medio de todo el terror y muerte, Eichmann dijo: «Funciona», y luego se dirigió a mí: «Vas a dirigir a una orquesta del campo para darle la bienvenida a las prisioneras y tocar en la sala de oficiales».[10]

Con la misma actitud le dijo que no parecía una instrumentista y que debía buscar ropa decente. También agregó a modo de amenaza que aún necesitaba aprobar el puesto de Lily y que, si resultaba que no le gustaba cómo tocaba, no duraría mucho. Así que fue a las bodegas de Kanada y regresó con toda la ropa que pudo cargar para sí misma y las demás.

Lily nunca logró olvidar el horror de que le ordenaran tocar en las escandalosas fiestas de los nazis, algo que Eichmann le exigía. Recordaba al menos cuatro ocasiones de lo que llamaba el «festejo de Eichmann», que tuvieron lugar en la casa privada de Kramer. Al respecto dijo:

—Nuestra música gitana y los ríos de alcohol tenían que alegrar el estado de ánimo (a la perfección) antes de que brindaran, y ya estábamos ahí… De repente, Eichmann se puso de pie. El collar de su camisa estaba suelto, y su rostro estaba rojo como betabel. Golpeó la mesa con el puño y gritó:

»¡Saquen a las prisioneras!

»Ese fue mi cuarto festejo de Eichmann. En cuanto la bacanal alcanzaba su punto más alto, nos dejaban ir. Una vida humana no era reconocida para nada en Auschwitz. Las matanzas masivas parecían desatar otros instintos de los nazis…

»Prostitutas, que habían sido arrestadas porque, de acuerdo con los nazis, eran asociales y antisociales, tenían que entretener a los líderes del campo. Si este entretenimiento tenía consecuencias, las mataban.[11]

Las instrumentistas no solo tenían que tocar bien, sino que debían verse atractivas, algo casi imposible en Auschwitz. «Tocábamos en las fiestas con pañuelos brillantes ocultando nuestros cráneos rasurados; Eichmann había dicho que verlos le quitaba el apetito por su salmón ahumado».[12] Aunque uno de los privilegios que Alma les había conseguido era que pudieran dejarse crecer el cabello, era un proceso largo, ya que incluso quienes no habían ido a las cámaras de gas habían sido rapadas y tatuadas, incluyendo a Lily, y muchas de ellas aún tenían el cabello muy corto.

—Así que usábamos pañuelos, atados detrás de las orejas, como los usan en Ucrania —comentó Flora Jacobs, que intentaba acomodar el suya para que se vieran unos cuantos mechones de su cabello nuevo.[13]

»Tocábamos lo que Eichmann ordenaba, marchas conmovedoras y su favorita, «We're marching against Britain» [Marchamos contra Inglaterra]. Todos la cantaban y las voluptuosas custodias, algunas de las cuales ya no tenían sostén, se quitaban los rígidos abrigos negros mientras rebotaban en las rodillas de sus novios temporales y golpeaban la mesa al ritmo de la música. Una noche, mientras Eichmann brindaba por Hitler, por la guerra, por la victoria, por la muerte del cerdo Churchill, por lo que se le ocurriera, y lanzaba las copas hacia la pared después de cada brindis, la amante de Josef Kramer nos sacó. Era una de las custodias más amables; solía regalarnos pan y miel por limpiar su habitación. Una vez me regaló un reloj e incluso sacó a dos de mis primos de la lista de las cámaras de gas y nos dio una mesa llena de las sobras de un banquete de Eichmann. Comimos todo lo que pudimos y metimos el resto en nuestras blusas… carne y jamón, una barra de mantequilla, y había suficiente salami para diez almuerzos.

Sin embargo, la velada no terminó ahí, porque otros guardias las siguieron a la salida.

—Después, claro, los guardias se burlaron. Uno intentó meterme un salami en la garganta y claro que todas nos sentimos mal.

Dos soldados con rifles llevaron a las mujeres desde la lujosa villa hasta sus abominables barracas, 15 minutos y a un mundo de distancia.

—Unos días después, Eichmann se paró al lado del estrado mientras tocábamos para las niñas que marchaban de regreso desde los campos.[14]

Lily recordó una tarde en la que el comandante Kramer, en una fiesta, tarareó algunas notas de una de sus arias favoritas y le pidió que la tocara. Había bebido mucho y ella no logró reconocer la melodía. Le pidió que cantara un poco más, pero él se enfureció y gritó:

—Si no puedes tocarla, perderás tu cabeza. —Lily lo intentó, lo cual afortunadamente pareció satisfacer a Kramer, quien dijo—: Estuvo bien. Salvaste tu vida.

Hasta después descubrió que la canción se llamaba «Little Café» [Pequeño café].[15]

De acuerdo con la autora Gabriele Knapp, los conciertos privados solían llevarse a cabo en el cuarto de ensayos.[16] Sin embargo, ya que el único cuarto de ensayos estaba dentro del bloque de música, estos conciertos sucedían cuando los oficiales de la SS, que podían moverse libremente por el campo de concentración, aparecían con una petición «informal», interpretaciones que incluso Alma debía soportar. Lo que sí era nuevo desde la muerte de Alma eran las escandalosas ocasiones en las que solo algunas integrantes de la orquesta eran seleccionadas para las fiestas privadas de la SS que, como Lily afirmaba, tenían lugar en villas fuera del campo de concentración.

A veces Eva Steiner era requerida para cantar con Lily Mathé y Flora Jacobs, acordeonista y flautista holandesa, quienes también eran seleccionadas con frecuencia. Por el resto de su vida, Flora no logró olvidar el trauma de ser obligada a tocar en lo que evidentemente eran presentaciones privadas para Kramer: «Josef Kramer solía despertarme por la tarde en las barracas de la orquesta en donde dormíamos. Lily Mathé y yo teníamos que levantarnos si iban a llevar transportes por la tarde». De acuerdo con Flora, el trabajo de Kramer en esos momentos era supervisar el trabajo del *kommando* de ropa, encargado de deshacer las costuras de la ropa que llevaban puesta los prisioneros recién llegados.

> Buscaban oro o diamantes… escondidos en las costuras y en las hombreras. Él [Kramer] se aburría o se molestaba, y teníamos que tocar toda la noche. Lily en el violín y yo en la armónica.

Después daba vueltas por todos lados como un hombre hambriento de poder o se acercaba para platicar.

[Esto pasaba] cuando era muy tarde, por ejemplo, la una de la mañana, [por eso] Lily y yo no teníamos que ir al pase de lista a las cuatro de la mañana del día siguiente. Kramer una vez dijo:

—*Das ist Musik einer Jude* [Esa es música judía].

Le dije que era Wagner o Strauss… y le gustó. No sabía de quién era. Solo la tocaba.

También toqué una vez a punta de pistola. Eso era diferente. Pasó una, tres o cuatro veces. Después me pidieron que tocara una pieza específica, a lo que respondí:

—Soy una principiante, ella es profesional. —Señalé a Lily y de repente la pistola le estaba apuntando a la cabeza. Nunca olvidaré sus ojos.[17]

Había otra instrumentista judía húngara que había sobrevivido la selección tras su llegada. Eva Benedek, de 23 años, era una estudiante de violín proveniente de Budapest, recién casada y embarazada. Las otras mujeres hacían lo que podían para alimentar y cuidar a la futura madre. Después de la guerra, aunque ninguna se aprendió su nombre, tenían claros recuerdos de cómo toda la orquesta colaboraba para cuidarla, rodeándola cuando estaban de pie para intentar esconder su panza cada vez que los oficiales nazis entraban al bloque de música.

—Logramos protegerla por meses. La escondimos y alimentamos. Recibía leche y otros alimentos nutritivos, que eran aún más escasos que el oro en Auschwitz… La pequeña joven embarazada se convirtió en una resplandeciente futura madre en un campo lleno de esqueletos vivientes —dijo Lily—. La perdimos después de ocho meses y, después de todo, escuchamos que había traído a su bebé al mundo… solo para que se lo quitaran. Ambos desaparecieron. [Solo] podíamos suponer que habían muerto.

La doctora Gisella Perl, una ginecóloga judía de Hungría a quien le asignaban tareas inimaginables en el campo a cambio de su supervivencia, recordaba lo que le había pasado a Eva en su libro publicado en 1948, *I Was a Doctor in Auschwitz* [Yo fui doctora en Auschwitz]. Eva Benedek era «una hermosa y talentosa joven que fue separada de su esposo días después de su boda… Le vendé el abdomen y con sus harapos amorfos, entre mujeres cuyos estómagos estaban hinchados constantemente debido a la desnutrición, nadie notó su condición». De acuerdo con Perl, Eva dio a luz a su bebé, un niño, durante un breve periodo en el que los nazis permitieron que nacieran niños judíos. Pero inmediatamente «le dio la espalda, no lo volteaba a ver, no quería cargarlo. Las lágrimas corrían por sus mejillas sin cesar… Finalmente, logré que me dijera lo que pasaba por su mente».

Según Perl, Eva dijo que no se atrevía a tomar a su bebé en brazos ni a mirarlo porque «"Lo siento, lo sé, de todas formas me lo van a quitar…". Y tenía razón».

Días después de que diera a luz, los nazis emitieron una orden para privar a las madres judías de comida extra, una aguada sopa blanquecina mezclada con harina que les hinchaba los pechos y les permitía alimentar a sus bebés. «Durante ocho días, Eva Benedek solo pudo observar mientras su bebé moría de hambre lentamente… y en el octavo día tuvo que levantarlo y lanzarlo a una pila de cadáveres en descomposición».[18]

Poco después, Eva Benedek fue llevada a las cámaras de gas.

La orquesta sufría sin la protección de Alma. Los meses que siguieron fueron los peores para las instrumentistas. Ya no existía el sentimiento de que pertenecer a la orquesta sería suficiente para salvar tu vida. Algunas integrantes sentían que ya nada podría salvar su vida o que ni siquiera valía la pena ser salvadas. La historia de Henriette Cantor, conocida como Jetty, una talentosa instrumentista holandesa que rechazó la oportunidad de tocar en la orquesta, demuestra lo mucho que se había deteriorado el grupo sin Alma. Nació en La Haya, Países Bajos, en 1903, con el nombre Henriette Franck. Era una cantante, violinista y actriz profesional; había estudiado en un conservatorio que formaba parte de una antigua familia de músicos judíos. Para la década de 1930, Jetty era inmensamente hábil en muchos géneros, incluso como cantante de jazz en Alemania. Hablaba alemán fluidamente y le encantaba la cultura alemana.

—Siempre amé Alemania. Me dolió el doble que fueran los alemanes los que me hicieron todo esto —reveló en 1997.[19]

Jetty se casó a los 22 años con el chelista Mozes Cantor, con quien a veces tocaba en tríos. Tuvieron un hijo, Jacob, conocido como Jaap, que nació en 1926.

En 1942, ella, su esposo, sus padres, su hermana y las hijas de su hermana fueron deportados a Westerbork, el campo de transición donde había estado Flora. Su hijo, Jaap, un adolescente, había logrado evadir la deportación. Allí se convirtió en una intérprete principal en varias actividades de cabaret y teatro supervisadas, en su mayoría, por el comandante del campo Albert Conrad Gemmeker, un hombre conocido por el amor que le tenía a las presentaciones de comedia, aunque algunos prisioneros creían que estaba «deslumbrado» al tener en su campo tantos nombres reconocidos en el mundo del teatro. Pero aun así envió a judíos a ser asesinados en Auschwitz.

Todos en Westerbork sabían lo que significaba despedirse de sus seres queridos cuando los subían a un tren y les decían que los iban a «enviar al este».

—Eso era lo más horrible —comentó Jetty en 1997—, la frecuencia con la que teníamos que despedirnos de padres y hermanos, de buenos amigos y de personas que habíamos conocido en los vagones. ¿Cómo puedes regresar al escenario, ser graciosa y hacer reír a las personas después de eso?[20]

Su turno llegó en agosto de 1944. El comandante Gemmeker cerró el teatro del campo de concentración y mandó a sus artistas en vagones de ferrocarril vía Theresienstadt a Auschwitz.

—Sonrió cuando nos envió a Auschwitz —recordaba Jetty Cantor con amargura.

Después de unas semanas en Theresienstadt, Jetty llegó a Auschwitz y, al parecer, aún tenía su violín. Gracias a eso, casi inmediatamente fue reclutada para la orquesta a cargo de Soja Winogradowa, la sucesora de Alma. Sin embargo, esta vez, cuando descubrió lo que les había sucedido a sus padres, su hermana y sus dos sobrinas, enviados a las cámaras de gas antes de que ella llegara, no pudo cooperar con los nazis.

—Primero me quitaron mi violín. Después vi las enormes llamas y el humo. Creí que esta era la cocina para miles de personas. Pero eran las cámaras de gas. Y luego me llamaron para ensayar. ¿Ensayar? ¿En Auschwitz? Sí, eso dijeron, debíamos tocar, frente a las cámaras de gas. «No puedo hacer esto», dije. Imagínate: mi familia o amigos entran al horno y yo toco una canción mientras sucede. Después me trajeron.[21]

Jetty era consciente de las consecuencias de su negación. Fue enviada a las «barracas de la muerte», el bloque reservado para quienes habían sido sentenciados a morir. Contra todo pronóstico, Cantor no murió en esas barracas ni fue a las cámaras de gas. En enero de 1945, cuando comenzaron las evacuaciones en masa, la esperanza y el deseo de vivir repentinamente triunfaron sobre el agotamiento, la tristeza y el dolor. Débil y delgada como un esqueleto, Cantor logró saltar desde un tren en movimiento que la llevaría a Belsen y sobrevivir, aunque con las piernas gravemente heridas después de su caída.[XXV]

[XXV] No obstante, tuvo una exitosa carrera en el teatro y la radio después de la guerra, y logró ver crecer a su hijo, que había sobrevivido junto con su esposo. Su matrimonio, en cambio, no duró mucho y se divorció en 1948.[22]

El hecho de que Jetty no pudiera unirse a la orquesta de Auschwitz después de descubrir que su familia había sido asesinada puede ser interpretado como un acto asertivo o como una muestra de impotencia total. Dentro del campo, el deseo de no vivir más se describía simplemente como perder la esperanza o «irte a los cables». Las mujeres (y hombres) que se rendían caminaban hacia las cercas eléctricas que rodeaban el campamento, cada una con una corriente de 6 000 voltios, y morían al instante. A veces la corriente lanzaba el cuerpo lejos de la cerca, pero los cuerpos solían quedarse pegados a los cables.

—Era un proceso donde se quemaban como en la silla eléctrica. No podías tocarlos —aclaró Flora—.[23] Intentábamos quitarlos de los cables a golpes con pedazos de madera. Yo también hacía todo eso. ¿Qué no he hecho?

Sylvia Wagenberg, quien se mudó a Israel después de la guerra, recordó un episodio de ese tipo en *Bach in Auschwitz* [Bach en Auschwitz], un documental de 1999 dirigido por el director francés Michel Daeron.

—Un día, una mujer se lanzó a la cerca eléctrica durante una de nuestras presentaciones. Pero ¿quién era el responsable de su muerte?, ¿acaso era la música? ¿Lo hubiera hecho si no estuviéramos tocando? —se preguntó—. Para mí no era tan terrible porque miles de personas morían todos los días. Era una masacre diaria organizada.

Regina Kupferberg, la mucama de Alma, dio una entrevista junto con Hilde y Sylvia en Israel, donde las tres vivían, y agregó tímidamente que ella recordaba algunos momentos en los que «sentía que quería terminar con todo y yo misma me hubiera lanzado a los cables. Pero después sentía el sol en mi rostro y esa sensación me detenía».

Dos tragedias más golpearon el campo en 1944. La primera involucraba a Mala Zimetbaum, una mujer belga de 26 años de ascendencia polaca judía, conocida por casi todos en el campo de concentración como la mensajera que se encargaba de pasar información donde fuera y cuando pudiera. Le agradaba a Mandl porque le era útil y tenía una estrecha relación con varias integrantes de la orquesta. Mala veía el bloque de música como un punto de encuentro para las empleadas con privilegios de la oficina del campo, al igual que para prominentes prisioneras que trabajaban en Kanada o la *revier* con oficiales de la SS «amantes de la música», e intentaba ayudar cada vez que podía. También tenía contacto con guerrilleros fuera del campo de concentración.

Zimetbaum participó activamente en la resistencia clandestina del campo y, de acuerdo con Primo Levi y algunos otros, se dedicó a ayudar a las prisioneras con menos privilegios de muchas maneras. Levi dijo que Zimetbaum «era generosa y valiente; había ayudado a muchas de sus compañeras y era querida por todas». Ella intercedió para que trasladaran a algunas prisioneras a un trabajo más sencillo cuando sospechaba que no habían encajado en su trabajo anterior, y les avisaba a las prisioneras de la enfermería cuando se avecinaba una selección, animándolas a irse para salvar su vida si les era posible. Algunas prisioneras reportaban que les llevaba fotografías que sus familiares les enviaban, que quedaron guardadas en los archivos de los nazis, ya que no les permitían recibirlas dentro del campo. Zimetbaum también conseguía comida y medicinas para quienes lo necesitaban.

El sábado 24 de junio de 1944, ella y su amante no judío, Edek Galinski, lograron escapar. Mala tenía la esperanza de contarle a los Aliados la verdad sobre lo que estaba pasando en Auschwitz. En el campo de mujeres, los rumores surgieron de inmediato y la noticia de su escape alegró a quienes conocían a Mala, incluso si no creían que pudiera evitar ser capturada de nuevo.[24]

Regina Kupferberg con su esposo, el sobreviviente Aharon Bacia, a quien conoció en Celle, Alemania.

Dos semanas después del escape de Mala, el 7 de julio de 1944, bombarderos estadounidenses atacaron las vías ferroviarias hacia Auschwitz. El 20 de agosto, 127 aviones B-17, con una escolta de 100 naves de combate P-51, soltaron 1 336 bombas de más de 200 kg en la fábrica de IG Farben de petróleo sintético, en Buna, que estaba a menos de 8 km al este de Birkenau, lo cual significó un fuerte golpe a las reservas alemanas de petróleo. Esto les dio mucha esperanza a los prisioneros de Auschwitz. Como dijo Elie Wiesel, sobreviviente de Auschwitz y reconocido escritor, en 1985:

—Ya no le temíamos a la muerte, al menos no a esa muerte. Cada bomba nos llenaba de felicidad y renovaba nuestra confianza en la vida.[25]

Los Aliados no habían aprobado el bombardeo en Birkenau, sin importar lo mucho que algunos prisioneros se aferraran a la esperanza de que eso terminara con su sufrimiento. No obstante, aunque los Aliados hubieran bombardeado Birkenau a mediados de julio, habría sido demasiado tarde para salvar a los casi 320 000 judíos húngaros que los alemanes habían matado al llegar a Auschwitz entre el 15 de mayo y el 9 de julio de 1944.

Sin embargo, Mala y Edek no fueron tan afortunados como Wetzler y Vrba, los jóvenes eslovacos que habían logrado escapar meses atrás y que estaban intentando advertir al mundo lo que sucedía en el campo de concentración. Mala y Edek solo tuvieron dos semanas de libertad en las montañas antes de ser reconocidos y capturados de nuevo. Los llevaron de vuelta al campo, donde fueron torturados y llevados a celdas separadas en el bloque de castigo, Bloque 11, antes de su ejecución el 15 de septiembre de 1944. Hay versiones diferentes de la naturaleza exacta de su muerte; pero, aunque nada sugiere que la orquesta haya tocado durante la ejecución, ellas y otras prisioneras fueron obligados a observar.

De acuerdo con Helena:

> se suponía que fuéramos testigos del espectáculo que era la ejecución de Mala. Nos arrearon a la calle central del sector BIa, donde habían construido una horca. Me paré ahí, a cierta distancia. La ejecución se llevó a cabo en completo silencio, no se escuchaba nada más que las portentosas palabras de la sentencia de muerte. De repente, hubo una conmoción. Para intentar escapar de las garras de los soldados, Mala se había cortado las muñecas y había golpeado en la cara a un oficial de la SS [*unterscharführer* Taube].[26]

Esta grotesca escena fue particularmente dolorosa para Rachela Zelmanowicz, la mandolinista polaca que se había vuelto cercana a Mala y le estaba agradecida, ya que había intentado encontrar un trabajo para su hermano, Dov, en la oficina o en algún otro *kommando* de interiores, especialmente porque podía leer y escribir en alemán.

—Me lo prometió… escucha, tengo conexiones. Conozco a algunas personas en el campo… considéralo hecho —recordaba Rachela.

Mala lo había intentado, pero al final falló. Se lo explicó a Rachela de la siguiente forma:

—Él [Dov] se puso de pie en la fila cuando eligieron a hombres para el *sonderkommando,* que era el más cruel de todos. —Pero Rachela lo entendió—. Mala se sentía miserable. De verdad había querido ayudarme.[27]

Rachela, junto con los otros miembros de la orquesta, tuvo que observar mientras mataban a su amiga.

—Vi cómo la sacaron del búnker. Vi cómo sacaba una navaja que tenía escondida y se cortaba las venas. Estuve ahí y escuché lo que dijo. Les gritó a los alemanes *ihr bekomt mich eine halbe leiche* [solo me tendrán medio muerta].[28]

La manera en la que murió, robándole a los nazis la satisfacción de ejecutarla, solo alimentó su estatus mítico. Helena y Rachela, al igual que Primo Levi, no tenían nada más que palabras de elogio ante el heroísmo de Mala y el hecho de que la brutalidad de Auschwitz no hubiera corrompido su deseo de hacer el bien.

El 7 de octubre de 1944, Rachela sufrió una pérdida personal aún mayor cuando su hermano, Dov, se unió a una valiente pero fallida revuelta del *sonderkommando*. Durante meses, varias jóvenes judías que trabajaban en la fábrica de municiones sacaban de contrabando pequeñas cantidades de pólvora envuelta en tela o en los fondos falsos de charolas para dárselas a los hombres del *sonderkommando* que trabajaban en el Crematorio IV. Esperaban que estas pequeñas cantidades fueran suficientes para que los hombres lo hicieran explotar. Estaban en un punto de quiebre, conscientes de que serían liquidados pronto debido a que los alemanes querían deshacerse de cualquiera que tuviera información detallada sobre sus operaciones mortales antes de que se vieran obligados a abandonar Auschwitz para huir del avance de las fuerzas soviéticas.

El 7 de octubre comenzaron su operación capturando a un guardia y metiéndolo al crematorio. Los alemanes enviaron refuerzos casi de inmediato y sofocaron la revuelta. Más de 250 prisioneros murieron, incluido el hermano de Rachela, Dov, quien murió debido a un disparo o en una cámara de gas apenas unos días después de cumplir 27 años.

De acuerdo con Rachela, Fania, la cantante de club nocturno proveniente de Francia que ayudaba con los arreglos musicales, le advirtió sobre una tragedia inminente durante una de las sesiones de adivinación que Fania a veces realizaba para entretener a las otras integrantes de la orquesta.

—Me leyó la mano y dijo: «Mira, hay malas noticias para ti, algo muy triste» y eso fue exactamente lo que pasó.[29]

Gracias a las cartas secretas que Mala entregaba, aprovechando su trabajo como mensajera oficial para ayudar a los prisioneros, Rachela se había mantenido en contacto con su adorado hermano mientras ambos estuvieron en el campo juntos, pero no tenía idea de lo que él estaba planeando. La mayoría de lo que descubrió sobre el papel de Dov en la revuelta fue después de la guerra. Como Helena lo documentó, la habilidad de Rachela para seguir tocando después de su pérdida fue un inusual e importante momento de solidaridad entre polacas y judías, con las otras mujeres brindándole su apoyo durante la crisis y recordándole lo valiente que había sido su hermano.

—Cuando el hermano de Rachela murió durante el motín del *sonderkommando*, Zosia (Zofia Cykowiak) intentó consolarla con el recordatorio de lo heroicas que habían sido sus acciones, y que debería estar orgullosa de que su hermano hubiera muerto en combate. Todas admirábamos a quienes formaban parte de ese tipo de rebeliones, únicas en su clase.[30]

Cuando se trataba de grandes tragedias, la orquesta siempre lograba mantener la compostura. Sin embargo, pequeñas diferencias, en su mayoría sobre comida o percepciones de favoritismo, aún separaban a las judías de las polacas. En cierta ocasión, durante esa época, Maria Langenfeld, la polaca no judía que supervisaba su bloque, ordenó que regresaran los abrigos que les sobraban a Kanada, el almacén de ropa, pero Violette Silberstein había tomado uno para regalárselo a una amiga de la cocina. Cuando Maria descubrió que le habían dado papa a cambio, acusó a Violette de ser parte del mercado negro y la amenazó con un castigo nazi. Anita, Fania y Hélène Wiernik dijeron que habían sido ellas quienes hicieron el regalo. Confundida, Maria retiró la amenaza.

Las francoparlantes siempre fueron uno de los grupos más fuertes dentro del bloque, siempre estaban cantando piezas de famosos artistas franceses en las barracas, como Charles Trenet o Jean Sablon —«J'attendrai» [Yo esperaré], un gran éxito en 1940, era una de las favoritas—, o probándose vestidos. Una noche, convencidas de que los nazis estaban perdiendo la guerra, lo cual les daba mucha confianza, a una de las mujeres francesas se le ocurrió organizar un concurso de belleza en las barracas. Las categorías incluían la mejor boca, los mejores ojos y las mejores piernas, con votos decididos por medio de aplausos.

—Las alemanas y las polacas, que eran más reservadas o estaban más sorprendidas, [no] participaban, mientras que las ucranianas sonreían como siempre y no entendían qué estaba pasando. Se elegía al jurado y así pasaban toda la tarde… Cincuenta años después, nadie recordaba a las ganadoras —concluyó Jean-Jacques Felstein, hijo de Elsa Miller, al escuchar la historia de Violette.

Pero agregó que al entrevistar a Yvette Assael, la contrabajista griega, y preguntarle al respecto, ella «confesó y se rio un poco al decir que ella ganó un premio. "¡Pero todas fueron muy amables conmigo! Se aseguraron de que no me cortaran demasiado el cabello"».[31]

El 14 de julio de 1944, el día de la toma de la Bastilla, las instrumentistas francesas y belgas se reunieron en el cuarto de música para tocar *La marsellesa* cuando una de las polacas entró por la puerta y les preguntó qué estaban haciendo.

—En lo que a ella respectaba, que las mujeres judías cantaran cualquier himno nacional [era] absurdo en el mejor de los casos y herético en el peor.

Felstein, quien relató la historia con base en varias entrevistas que tuvo con Violette, de 1995 a 1997, y la describió como «pequeña, vivaz y enérgica», sin miedo a decir lo que pensaba. Y ella quería contarle sobre cómo era la vida en el bloque después de la muerte de Alma.[32] Irritadas por la actitud de las polacas ante su patriotismo, Violette y Hélène Rounder decidieron vengarse, completamente conscientes de lo peligroso que era su comportamiento.

—Una de las polacas mejor alimentadas [tenía] una caja llena de migajas y pequeños pedazos de pastel seco en su casillero, las sobras de comidas y paquetes enviados desde afuera —explicó Felstein—. Las dos cómplices tomaron la caja y la vaciaron vorazmente, saboreando cada migaja con su valor calórico y… la compartieron con quien quisiera probar.

En esa ocasión no hubo consecuencias.

En medio de la desesperación por comida —la causa más común de los malentendidos—, Hilde era la excepción, ya que siempre intentaba hacer el bien, cerrar la brecha dentro de la orquesta y aliviar el dolor. Durante una entrevista con Felstein, Sylvia recordó cómo se estaba «muriendo de hambre» cuando regresó de la *revier* después de su episodio con la fiebre tifoidea y «Hilde simplemente me dio su ración de comida para ayudarme a recuperarme». Otras integrantes recordaban que Hilde siempre estaba disponible para traducir cartas y a aclarar malentendidos que se debían a barreras lingüísticas y, de acuerdo con Zosia, «lo hacía todo gratis, sin siquiera pedir el tradicional pedazo de pan obligatorio a cambio».[33] Hilde nunca habló directamente sobre haber hecho esas cosas; pero, cuando Felstein le preguntó qué la motivaba, explicó que creía que el tiempo dedicado a su organización sionista en un ambiente particularmente hostil en Alemania durante la década de 1930 «me había preparado más que a muchas de mis colegas para lograr sobrevivir... sabía que, si no me esforzaba por ayudar a las personas, entonces no quedaría nada».[34]

El 1.° de noviembre de 1944, a la mitad de un pase de lista de la orquesta al aire libre, las custodias de la SS repentinamente les ordenaron a las 25 integrantes judías que se formaran juntas y les informaron que no podrían regresar a su bloque ni llevarse sus pertenencias.

—Nos ordenaron formarnos, judías de un lado y arias del otro, eso solo podía significar una cosa: la cámara de gas —recordó Anita en 1996—. Estaba terriblemente ansiosa por contactar a [su hermana] Renate para contarle lo que estaba pasando.[35]

Renate, que trabajaba como mensajera en otra parte del campo de concentración, debió de haber escuchado lo que estaba sucediendo porque apareció de repente.

—La idea de que nos separaran en este punto era insoportable para ambas; para ella fue lo más natural del mundo simplemente unirse a nosotras, nadie la detuvo.

—Tuvimos que dejar nuestros instrumentos en el suelo, darnos un baño y esperar dos horas hasta recibir atención médica —comentó Lily Mathé—. Les ordenaron a las instrumentistas judías dejar sus instrumentos, mantas y pertenencias útiles, como peines, cepillos de dientes o jabón y su ropa relativamente presentable.[36]

—Nos dieron órdenes realmente monstruosas —dijo Anita, que recordaba haber tenido que quitarse el uniforme de la orquesta—.

Hicieron que nos diéramos cuenta de que nuestra época «cómoda» se había terminado.[37]

Logró quedarse con un suéter rojo de angora que había «organizado» de Kanada al intercambiar el pan extra que ocasionalmente ganaba por ser parte de la orquesta. Cada vez que aparecía un hoyo, desenredaba un poco de hilo de la manga para arreglarlo, y lo había usado día y noche para mantenerse abrigada durante el brutal invierno de Birkenau. Finalmente, según Lily, «nos dieron una rebanada de pan y nos subieron a un tren».[38]

Aunque significaba desobedecer las órdenes de los nazis, Hilde recordaba que «tenía miedo de perder a mis amigas del grupo, pero de alguna manera logré salirme de la fila antes de llegar al transporte y regresé al bloque de la orquesta por mi copia de *Fausto* y todos mis regalos». Hilde había recibido varios libros de sus amigas en Kanada que leía todas las noches de viernes cuando se preparaba para su Oneg Shabbat simbólico. No podía llevarse la copia del poeta austriaco Rainer Maria Rilke porque era demasiado grande; pero, con una impresionante conciencia histórica incluso en un momento tan crítico, tomó la bolsa roja que había hecho para transportar las partituras de la orquesta, el estilógrafo Pelikan que le había dado Josef Kramer cuando la vio preparando la música y armonizando en el bloque de la orquesta, y, tal vez lo más importante de todo, los tesoros que había tomado del cubículo de Alma la noche de su muerte: el cuaderno de piel negro con un pequeño bolígrafo y el manuscrito de la canción que ella y Margot habían escrito para acompañar *Tristeza* de Chopin, la cual tenían prohibido interpretar.

Una vez que terminaron de bañarse y vestirse con ropa nueva, se quedaron de pie en la plataforma de la estación y luego se les unieron otros prisioneros judíos que serían enviados a Bergen-Belsen. Gracias a diferentes versiones de cómo sucedió esta repentina expulsión, sabemos que hubo un cierto grado de caos, al igual que tiempo muerto, ya que Rachela recordaba que una de sus amigas, Olga

Loseva, la mandolinista rusa, regresó corriendo a la barraca para juntar algunas de sus pertenencias, mientras que Renate, la hermana de Anita, se encontraba entre un grupo de mujeres que no eran miembros de la orquesta, pero se habían unido a las instrumentistas judías en la rampa. Por razones que no son del todo claras, Ewa Stojowska, la cantante polaca no judía, también formaba parte del grupo que se dirigía a Belsen. Lily Mathé logró que su cuñada, Aranka, la acompañara. Ilse Diament, que en ese entonces tenía 16 años, una prisionera judía ordinaria que había estado en diferentes campos desde su deportación de Szczecin (que en ese entonces pertenecía a Alemania) en 1940, también se unió a las mujeres de la orquesta.

Ilse había conocido a algunas de ellas cuando la castigaron por intentar esconder una papa en su ropa mientras regresaba del trabajo. La orquesta estaba tocando al lado de la entrada cuando la papa se cayó y tuvieron que verla sufrir.

—En lugar de dispararme, me asignaron al *strafkommando* [destacamento punitivo]. Estaba sentada con las rodillas abajo [hincada], donde la orquesta estaba tocando, y sostenía aquí [se tocó las palmas de sus manos] dos ladrillos y aquí otros dos por tres, cuatro horas. Y si me hubiera movido, me habrían matado de inmediato. Pero fui fuerte. No sé quién me dio esta fuerza, ahora entiendo por qué fui fuerte, porque mis padres ya no estaban vivos.

El testimonio de Ilse, parte de un video grabado en California en 1983, es poderoso y conmovedor. En un inglés fluido pero entrecortado, apenas pudo mencionar a su familia sin deshacerse en lágrimas cuarenta años después de la última vez que los vio. Pero cuando recordó que les debe la vida a las niñas de la orquesta, su rostro se transformó. No dio explicaciones de cómo las conoció, pero se entiende que, mientras sufría su castigo por la papa robada, las instrumentistas de alguna manera le mostraron su solidaridad. Pudo ver una oportunidad.

El día en el que tenían planeado trasladar a la orquesta, Ilse notó algo:

—Vi que todas las niñas de la orquesta estaban en el lado derecho, no en el izquierdo, adonde me asignaron. Así que pensé para mí misma, «Vamos, deben estar muertas [yendo hacia su muerte], porque yo fui a muchos campos. Estoy segura de que donde estoy parada están muertas», y me escabullí al lado derecho, y ninguna de las personas me dijo «Tú no perteneces aquí». Nadie me detuvo y las niñas de la orquesta me ayudaron. Me animaron, «¡Ven, ven!», y me jalaron hacia ellas. Y así llegamos al otro [campo], Bergen-Belsen, Alemania, también en un bosque, llamado Luneburgo.[39]

—Éramos felices sin saber lo que nos esperaba. Resultaba extraño que todas pensáramos que eso era algún tipo de milagro —recordaba Anita.[40]

El grupo, que había crecido y ahora incluía a más de treinta personas, fue llevado al vagón pensado solo para las integrantes judías de la orquesta. Solo tenían una cubeta a modo de baño para que todas la usaran durante el viaje, pero no estaban tan apretadas como el resto de los prisioneros, al punto de la asfixia.

Durante el viaje de tres días en dirección al norte, las mujeres cantaron para mantener el ánimo.

—Nos alegramos a nosotras mismas cantando todo el repertorio de la orquesta, cada una asumiendo su parte. Con o sin instrumentos, parecía claro que nos quedaríamos juntas —dijo Anita.[41]

Otras prisioneras también recordaban este momento de esperanza y desesperación: Yvette intentó imitar el contrabajo con su voz; Violette quiso reproducir el violín *pizzicato* (en italiano, «pellizcado»), y Lily, emular el sonido del acordeón. Incluso se rieron ante la cacofonía que produjeron. En ese momento, entendieron que el que hubieran sobrevivido hasta ese momento se debía a que habían estado juntas en la orquesta, así que intentaron levantar su ánimo y conservar el calor cuando comenzó a hacer frío. No les habían dado información sobre adónde iban, solo sabían que su destino era un viejo campamento militar.

Cuando el tren se detuvo en medio de un bosque en las afueras de Hanover, les ordenaron salir y caminar en filas de cinco hacia un destino desconocido.

—Anita y yo íbamos al frente. Creímos que sería la última parada —recordaba Hélène Wiernik al hablar de la caminata de una hora—. Era el infierno. Anita, que siempre fue muy valiente, estaba llorando. «No quiero ser la última en morir», me dijo. «Creo que esto es demasiado difícil».[42]

Anita había visto un letrero escrito con letra gótica en alemán que creyó que decía *Juden schiesstand*, o «Campo de tiro judío». Sin embargo, decía *Zu dem schiesstand*, o «Hacia el campo de tiro». Todas sintieron un alivio inmenso, pero no duró mucho tiempo. Cuando vieron que no había barracas para dormir, sino solo una carpa sobre el suelo mojado con un pedazo de lona a modo de cubierta y nada para dormir adentro, se dieron cuenta de que habían intercambiado un infierno por otro.

—Estaba helada hasta los huesos. Esto casi era peor que Auschwitz-Birkenau. Estaba completamente desorganizado, era igual de horrible, pero también era un caos —explicó Hélène Wiernik—.[43] De verdad pensamos que no sobreviviríamos. Teníamos sed, hambre y hacía un frío terrible. Intentamos mantenernos calientes y ser optimistas. Nos ayudamos las unas a las otras. Ya no teníamos privilegios. Pero una solo intenta sobrevivir. Rendirte es un tipo de suicidio.[44]

—Vivimos así unos días —recordaba Anita al pensar en su llegada a Belsen—: en un gran montículo, en el suelo con una carpa que no cerraba, en el frío y miserables. Pero si creíamos que esas eran las peores condiciones y que habíamos tocado fondo, estábamos muy equivocadas.[45]

Las mujeres se tropezaban con los exhaustos cuerpos de las prisioneras que estaban gravemente enfermas o moribundas cuando necesitaban hacer sus necesidades a medianoche. Anita recordaba que ella y Hilde habían intentado, sin mucho éxito, crear un sistema de filas para dormir dentro de la carpa con un pasillo en medio.

—Sin duda era nuestra crianza alemana.[46]

Y luego llegaron las tormentas. Después de todo lo que habían sufrido en Auschwitz, este nuevo horror amenazaba con quebrarlas:

—Una noche se desató una terrible tormenta sobre el brezal de Luneburgo, la lluvia caía a cántaros. Fue demasiado para las carpas. Colapsaron sobre nosotras a mitad de la noche, y eso fue todo. Todo estaba oscuro y ahí estábamos, con la carpa caída y todas intentando salir de ella. De alguna manera logramos desenredarnos. Cuando al fin logramos esto, nos quedamos paradas bajo la lluvia, con el viento aullando, por el resto de la noche. Es sorprendente lo que puede soportar el cuerpo humano. Todas estábamos terriblemente desnutridas y mal vestidas... en fin, no en las mejores condiciones. Y aunque hacía un frío que helaba y estábamos completamente empapadas, ni siquiera me resfrié. Eso no sería posible en la vida normal. Me hubiera dado algo más que un resfriado, una pulmonía. Que hayamos sobrevivido esa noche sin secuelas graves siempre será un misterio para mí.[47]

8

Aquí no van a tocar

LAS NIÑAS DE LA ORQUESTA habían sido trasladadas de Auschwitz a Belsen como parte de un desesperado esfuerzo nazi —del verano de 1944 en adelante— para esconder la evidencia de sus atroces crímenes, que incluían el intento de exterminar a los judíos, aunque no se limitaban a ello. Los alemanes temían que las fuerzas soviéticas los arrestaran o que los Aliados del oeste los llevaran a juicio por crímenes de guerra. No obstante, las deportaciones a Auschwitz continuaron durante el otoño de 1944, y las cámaras de gas siguieron en funcionamiento hasta inicios de noviembre de ese mismo año. El 30 de octubre, 2 038 judíos llegaron a Theresienstadt, de los cuales 1 689 fueron seleccionados para ir a las cámaras de gas. Sin embargo, en noviembre, la SS ordenó que se destruyera el crematorio. Primero desmantelaron los hornos y después demolieron las chimeneas. De acuerdo con un antiguo prisionero que hizo este trabajo, «se llevaron los hornos de metal a la plataforma después de desmantelarlos y los subieron a los vagones… hicimos esto y trabajos similares hasta el 18 de enero de 1945».[1]

De esta manera, con los rusos acercándose cada vez más a Auschwitz, los alemanes comenzaron una evacuación permanente del resto de los prisioneros hacia los campos de concentración dentro de Alemania, incluidos Buchenwald, Ravensbrück y Belsen, donde podían seguir cometiendo sus atroces actos de muerte y terror con los prisioneros durante unos meses antes de aceptar la realidad de que habían perdido la guerra y debían enfrentarse a la condena mundial y al castigo por sus crímenes.

En 1940, las autoridades militares alemanas establecieron por primera vez un campo para prisioneros de guerra en Belsen al noreste de Alemania, casi 18 km al norte de Celle y al sur de los pueblos de Bergen y Belsen. En abril de 1943, cuando una parte fue convertida en un campo de concentración para judíos y otros indeseables, la SS tomó el control, pero hasta el otoño de 1944 el complejo nunca albergó a más de 8 000 personas. A finales de 1944, Belsen era el vertedero principal para miles de prisioneros judíos que eran evacuados de Auschwitz y otros campos de concentración cerca del frente oriental, al igual que para miles de prisioneros de guerra rusos y polacos.[XXVI] Esta repentina entrada de los sobrevivientes de las evacuaciones, en su mayoría desnutridos y enfermos que llegaban caminando, abrumó a las autoridades alemanas que ya no tenían suficientes fondos ni tropas para dirigir Belsen con una población tan grande, de casi 60 000 al momento de la liberación.

Cuando las casi veinte instrumentistas llegaron a Belsen en noviembre de 1944, no fueron recibidas al instante por montones de cadáveres; eso sucedería después. Pero se dieron cuenta de que el área del campo de concentración adonde las habían enviado solo tenía algunas tiendas de campaña y ningún bloque había sido construido. El suelo ya no era el lodo amarillento de Birkenau, sino una tierra negra y húmeda sin césped sobre la que intentaron dormir. Auschwitz había sido construido con un propósito, con un fin diferente en mente. Belsen no estaba preparado para ellas.

La noche después de la tormenta de noviembre, las exhaustas mujeres fueron guiadas a base de golpes por parte de los alemanes: primero a una carpa de cocina, donde volvieron a acomodarse en el

---

XXVI Se estima que, para 1945, un total de 50 000 prisioneros de guerra soviéticos habían muerto ahí.

suelo; después a un tipo de bodega, y finalmente a un supuesto campo de mujeres (*kleines frauenlager*) para las prisioneras sobrevivientes en unas barracas en ruinas, pensadas para cuarenta personas, pero que ahora alojaban a casi quinientas. Las ventanas estaban rotas, el techo estaba lleno de hoyos y no había servicios sanitarios, luz, camas ni agua. Cada vez llegaban más prisioneras, lo cual elevó el número total de mujeres en Belsen a aproximadamente 25 000 para cuando terminó la guerra.

De acuerdo con Rachela, en cuanto llegaron a Belsen, las niñas intentaron persuadir al «comandante alemán» de la SS, *hauptsturmführer* Adolf Haas, de que eran una orquesta y podrían ser útiles. Él asintió sin ponerles mucha atención y dijo:

—¿Orquesta? Aquí no van a tocar.[2]

Haas no podía haber estado menos interesado en el agotado y desaliñado grupo de jóvenes, a quienes no consideraba necesarias, pero Rachela dijo que aun así habían tenido discusiones sobre reintegrar algún tipo de orquesta, aunque no tenían instrumentos. Cuando, a finales de diciembre, Josef Kramer llegó como el nuevo comandante del campo de concentración, reconoció a las niñas de la orquesta. Fijó su atención en Flora, la acordeonista holandesa, y Lily Mathé, la violinista húngara de ojos negros, que vivían en el campo de mujeres. Kramer le dio a Lily un magnífico violín en perfectas condiciones y le ordenó al par de mujeres que brindaran entretenimiento ocasional en su casa, un edificio de madera de un piso, que se encontraba en la entrada del campo.

—No tuve tiempo de preocuparme por cuestiones de conciencia —dijo Lily durante una entrevista en 1960 cuando le preguntaron por el violín, consciente de que había sido arrebatado de un músico judío. Conservó el instrumento por el resto de su vida.

Flora creía que Kramer la había reconocido gracias a la margarina que se había puesto en el rostro, tomada de la porción de grasa que les daban para comer y que muchas prisioneras usaban para proteger sus manos y rostros del viento. «Literalmente, brillaba».[3] Al hablar de Kramer, comentó, «ese hombre tenía dos lados. Donde fuera necesario un exterminio, llamaban a Kramer. Era un animal. Pero todos tenían un *schutzhaftling* [un prisionero judío preferido]. Todos elegían a uno y se esforzaban por cuidarlo».[4] Flora recordaba una ocasión en Auschwitz, inmediatamente después de la llegada de un transporte, en la que Kramer se acercó a ella y le preguntó si necesitaba algo. «No había usado pasta de dientes en meses. Le pedí pasta y un cepillo de dientes. Lo llevaba en un pedazo de cuerda alrededor del cuello junto con mi tazón y mi cuchara... Ese hombre estaba completamente loco».[5]

Una vez que Kramer reconoció a Flora en Belsen, siguió buscándola, o eso le parecía. Un día, se la encontró en el campo y le preguntó qué estaba haciendo. Cuando le dijo que se había ofrecido como voluntaria para las minas de sal, él respondió:

—Entonces morirás en una semana.

Le dijo que solo debía obedecer *sus* órdenes en el futuro y la puso a cargo de una barraca con aproximadamente doscientas mujeres. Unas semanas después, Kramer la buscó de nuevo y le ordenó que lo siguiera.

—*Sie komm mal raus!* [¡Sal de aquí!]. Estaba aterrada. Lo había visto matar a patadas a mujeres que intentaban huir... «Dios mío», pensé. «¿Qué hice? ¿Me matará a mí también?».

En lugar de eso, Kramer la presentó ante su esposa, Rosina, como *Das Mädchen von Birkenau* [La niña de Birkenau] y le dio trabajo como la nana de sus tres hijos.

—Dos hombres de la SS pasaban por mí todos los días y me llevaban a su bungaló fuera del campo de concentración. «Aquí hay una taza de sopa para ti», me decía mientras dejaba que cientos de personas murieran de hambre del otro lado de la cerca. Me daba un pan con pasas o *Schweinefleisch im Schmalz* [carne de cerdo en manteca]... No podía decirle a nadie que me daban café de verdad.

Durante varios fines de semana, en invierno, Flora, Lily Mathé, Violette Silberstein y Hélène Wiernik fueron a la villa para jugar con la esposa y los hijos de Kramer. Lily recordaba tocar *Pícnic de los osos de peluche* para los niños con su violín. Kramer les daba comida a las prisioneras, pero sin cucharas. «Comimos como cerdos. Salió a tocar unas *suites* de Bach en su flauta mientras nosotras escuchábamos. Parecía un esquizofrénico».[6] Flora recordaba haber intentado llevarle comida a los prisioneros que conocía en el campo, especialmente a su cuñado, Appie Schrijver, a quien había encontrado en una terrible condición y sufriendo de lo que después ella misma describiría como edema por hambre (un estómago inflamado por inanición) y fiebre tifoidea. Sin embargo, no tenía nada en qué llevarla.

Para celebrar Navidad en 1944, Kramer organizó una fiesta vespertina para los oficiales de la SS y convocó a un pequeño grupo de instrumentistas para que tocaran, entre las cuales estaban Fanny Kornblum, Hélène Wiernik, Fanny Rubak y Elsa Miller. Todas estaban exhaustas, tanto mental como emocionalmente. Pero, de alguna manera, lograron acicalarse y dar una presentación.

De acuerdo con Fania, cuando las instrumentistas regresaron «les pregunté cómo les había ido, y me respondieron brevemente que había salido bien. Nos aplaudieron, Fania».[7]

El trabajo de Flora como nana duró solo algunas semanas, ya que Kramer estaba nervioso, y con justa razón, porque el campo de concentración estaba tan asquerosamente sucio que ella podría llevar gérmenes a su hogar. Lily Mathé y su cuñada Aranka contrajeron fiebre tifoidea en ese momento y fueron trasladadas al hospital del campo. Aranka no tardó en recuperarse, pero Lily estuvo grave durante varios días.

—Luego, de repente, un hombre gigante estaba parado al lado de mi cama, un doctor alemán, que dijo «El comandante me mandó a tratarte». Eso era un ejemplo real de lo increíble que podía ser Kramer, ¡tan inhumanamente cruel y tan inesperadamente amable! El doctor me dio una inyección y mejoré —recordó Lily.[8]

Mientras tanto, a las otras integrantes de la orquesta les asignaron tareas que consideraban inútiles y amenazaban con separarlas conforme eran enviadas a diferentes partes del nuevo campo de concentración. Pero lucharon por quedarse juntas en un bloque y, al principio, dormían en pares en las supuestas literas, las cuales solo eran unas simples tablas, pero al menos no estaban en el suelo, y lograron estar juntas.

«Aunque ya no éramos una "orquesta", seguíamos funcionando como un grupo», escribió Anita en 1996. «Sucedió de manera natural y sin ningún tipo de discusión, e indudablemente fue una de las razones por las que logramos sobrevivir. Nos vigilábamos como halcones para detectar señales de querer darnos por vencidas».[9]

Una de las tareas que les asignaron en Belsen involucraba tejer retazos de papel celofán verde que el ejército alemán usaba como redes de camuflaje, y Hilde era la responsable de contar cuántas prisioneras estaban presentes y cuánto producía cada una.[10] Se sentaban en una habitación llamada *Weberei* y, seguramente porque nadie las supervisaba, «no hacíamos nada. Solo nos sentábamos a esperar», de acuerdo con Rachela Zelmanowicz.[11]

Las pocas integrantes de la orquesta que años después hablaron sobre cómo lograron sobrevivir a Belsen, afirmaron que Hilde era una líder natural cuyo actuar fue crucial para la supervivencia de quienes lograron quedarse en su bloque. Ya que casi no había agua, limpia o no, se aseaban con el café matutino diluido.

—Por las mañanas, todas recibían una porción de café gracias a Hilde. ¡Era un genio! —recordaba Rachela—. Ella dijo: «Todos los días dos niñas cederán su café y cada día otra niña se bañará con eso». Lo usábamos para lavarnos el cabello… y todas tomábamos un poco del café que recibíamos. Solo nos tomábamos la mitad.[12]

Hilde también logró que su grupo comiera en su bloque, sentadas alrededor de las camas.

—Si preparábamos sopa de papa, ella la repartía —dijo Rachela—. Aprendí de su justicia. Todas recibíamos dos cucharadas de esa sopa. Siempre ocupábamos los mismos lugares, en un círculo, para que, si la sopa se terminaba en una niña un día, al día siguiente la que le seguía fuera la primera en comer. Así funcionaba todo. Y ella, Hilde, era quien nos enviaba en busca de cosas. Mandó a Carla a [la versión en Belsen de] Kanada y Carla compró ropa interior. No le dio la ropa interior a Carla, pero si cualquiera de las niñas necesitaba ropa interior, esa niña la recibía.[13]

Sin música que estudiar e interpretar, el aburrimiento era una nueva dificultad con la que debían lidiar. Violette Silberstein fue designada kapo de un bloque diferente y quedó a cargo de casi doscientas mujeres, en gran parte porque hablaba francés, alemán y húngaro (gracias a que sus padres habían sido judíos húngaros). Convirtió a Fania, la cantante y arreglista francesa, en su asistente, y así estas dos mujeres que siempre tuvieron una buena relación continuaron apoyándose en circunstancias aún más desafiantes. Fania tenía talento para mantenerlas entretenidas con su adivinación y había logrado encontrar un juego de cartas en Belsen. Un día, una custodia nazi vio el juego y, después de darle una cachetada a Fania, le pidió que usara las cartas para predecir su futuro. De acuerdo con Violette, Fania inventó un cuento sobre buena fortuna más adelante para mantenerla contenta.[14]

Anita y Hilde, que ya se consideraban amigas cercanas, formaron un vínculo especial en Belsen. Hilde le enseñó inglés a Anita e idearon un plan para hacer pequeñas piezas de ajedrez con pedazos de pan, sin importar lo preciado que era, y jugar juntas. Sentían que cualquier tipo de juego mental era esencial para sobrevivir hasta la liberación, en especial porque ya no podían interpretar música.[XXVII]

Sin embargo, el problema principal era el hambre extrema, cercana a la inanición, que afectaba a todos en Belsen durante esos

[XXVII] El tío de Anita, Edward Lasker, hermano de su padre Alfons, era un gran maestro de ajedrez en Estados Unidos, adonde había emigrado muchos años antes.

angustiosos meses. Los prisioneros desesperados se mantenían al lado de los cuerpos moribundos que colapsaban en la calle, conscientes de que el pan que sostenían en sus manos se desperdiciaría si no lo tomaban en ese momento. Flora Jacobs y Anita hablaron del canibalismo en Belsen.

—Personas vacías les quitaban el hígado a los cadáveres y se los comían —recordaba Flora.[15]

En cierto momento, Anita vio a un hombre de rodillas siendo castigado porque tenía «una oreja humana en la boca».[16]

El capitán Derrick Sington, un oficial británico que formaba parte de los cuerpos de inteligencia y quien escribió uno de los primeros testimonios de Belsen que fueron publicados, también recordaba detalladamente la primera vez que escuchó relatos acerca de personas que se comían la carne de los cadáveres.

—Les faltaban pulmones, corazones e hígados a los cadáveres, y habían cortado pedazos de sus muslos y glúteos.[17]

Gracias a los esfuerzos conjuntos de Hilde y Anita, a las niñas de la orquesta les fue mucho mejor que a la mayoría. Lograron conseguir un poco más de comida y ropa para el pequeño grupo, en gran parte porque eran extremadamente ingeniosas y su lengua nativa era el alemán. Trabajaban como un equipo, según relató Rachela años después.

—Hilde decidió que debíamos «organizar» [conseguir] camisas azules para los hombres de Holanda que trabajaban en la *Brotkammer* (panadería) preparando el pan —relató Rachela—. [Ella y Anita] eran dos niñas de Alemania y siempre estaban acompañadas de una custodia de la ss. Anita le contaba historias a la custodia, manteniéndola ocupada, mientras Hilde iba por el pan.

De esta manera, la custodia no se daba cuenta de cuánto pan habían logrado que les diera el equipo de la panadería, que seguramente quedaba muy complacido con sus camisas nuevas.

—Los hombres contaban el pan así: «Uno, dos, tres, tres, cuatro, cinco, cinco, seis, siete, siete, ocho». Y así Hilde llevó más hogazas de pan a casa. Llevaba puesto un abrigo sobre el abrigo y ahí escondió dos hogazas, y así caminó… nos mantuvo con vida.[18]

Al leer sobre lo que Rachela describía como «el heroísmo de Hilde» y «su innata creencia en la justicia», parece que intentar hacer el bien, intentar ser buena, era mucho más importante para la supervivencia de las mujeres en Belsen de lo que había sido en Auschwitz. Ahí, la ruptura total del orden significaba que tenían que buscar y utilizar cualquier oportunidad para sobrevivir, manteniendo unido al grupo y apoyándose en esta causa común.

Aun así, en su débil estado, eran altamente susceptibles a la fiebre tifoidea, la difteria, la tuberculosis, o alguna de las otras enfermedades potencialmente letales que se propagaban de manera descontrolada en Belsen. Quienes se habían recuperado de la fiebre tifoidea en Auschwitz, como Anita y su hermana Renate, se consideraban relativamente afortunadas, ya que era muy probable que fueran inmunes. No obstante, todas eran vulnerables a otras enfermedades, especialmente porque las condiciones sanitarias en las barracas y el resto del campo de concentración se deterioraban con el paso de los días.

—No hay palabras para describir la suciedad —recordaba Flora—. No había letrinas en las barracas, todas tenían todo tipo de enfermedades. Si bajaba de la tercera cama para ir al baño, ya no era necesario para cuando llegaba al suelo, y después solo volvía a subir.[19]

»Las mujeres desvestían a los cadáveres y tomaban su ropa. Esa ropa estaba llena de piojos que transmitían la fiebre tifoidea… estábamos llenas de piojos… si no tenía nada que hacer, me quitaba la camisa para revisar las costuras. Los piojos con una delgada línea roja te infectaban. Los apachurraba con mis uñas.[20]

Ilse Diament, la adolescente que había logrado escapar de Auschwitz subiéndose al tren con la orquesta, fue separada del grupo al llegar a Belsen y la mandaron a una choza con otras alemanas y holandesas. Estaba terriblemente sola, intentando hacer amigos, solo para verlos morir a su alrededor. Despertar al lado de un cuerpo inerte era común en Belsen. Ilse comenzó a gritar que ella también quería morir.

—No quiero seguir viviendo —se lamentaba.

Y fue así como Hilde la encontró. Años después, en 1983, contando la historia desde su hogar en California, Ilse recordaba su pasado:

—Me dijo «No llores, soy tu hermana mayor y yo te voy a cuidar. Mira, aquí hay cinco, seis niñas de la orquesta». Me presentó a todas las niñas y dijo «Te vamos a ayudar. Llegaste a nosotras», y me llevó hacia donde ellas estaban durmiendo.[21]

Hilde, con el simple hecho de hablar y compartir comida, logró alegrar los ánimos de Ilse cuando sentía que no tenía nada más por qué vivir. No obstante, Ilse también contrajo fiebre tifoidea y se puso muy mal. Recordaba cómo Hilde la había protegido incluso en ese momento «porque las personas enfermas no podían vivir ahí. No había medicina disponible. Cada vez que [los nazis] nos contaban, ella ponía su cuerpo frente al mío, o alguien más lo hacía, porque todo estaba bien, ella era de la orquesta, confiaban en ella».[22] Nunca la descubrieron.

Sin embargo, otras integrantes de la orquesta que habían sido salvadas por Alma Rosé de las cámaras de gas en Auschwitz murieron antes de la liberación de Belsen. Desde enero hasta mediados de abril de 1945, más de 35 000 personas murieron de inanición, exceso de trabajo y enfermedades, incluyendo la última epidemia de fiebre tifoidea que, entre muchas otras víctimas, mató a la pequeña Ana Frank, de tan solo 15 años, en marzo.

—Belsen era un infierno —dijo Hélène Wiernik, violinista belga, mientras recordaba estar terriblemente enferma de fiebre tifoidea—. Lo que nunca entendí fue a la Cruz Roja. ¿Por qué nunca fueron por nosotros?[23]

La violinista griega, Julie Stroumsa, comprometida con David Perahia[XXVIII] en Salónica antes de la guerra, también se enfermó y murió días antes de la liberación, al igual que Lola Croner, la más joven de las hermanas Croner, que había sido una flautista profesional antes de la guerra y era conocida como Tante Croner por muchas de las adolescentes de la orquesta debido a su gentileza maternal. Ibi, la violinista húngara que había llegado a Auschwitz en julio de 1944 con Lily Maté, murió a causa de la fiebre tifoidea. Lili Assael se cayó y se rompió la pierna en esa época. Con pocas fuerzas para recuperarse, se enfermó severamente, pero Yvette, llena de ansiedad, intentó regresarle el favor a su hermana mayor, quien había hecho tantas cosas para salvarla. No pidió ayuda a Hilde y su pequeño grupo, tal vez porque ella y su hermana ya no estaban en la misma barraca que el resto.

En su lugar, le pidió ayuda a Irma Grese, una de las excustodias más crueles y sádicas que había en Auschwitz.

Irma Grese dejó la escuela a los 14 años y trabajó como guardia desde los 19. Pronto se hizo de una reputación sádica y brutal en Ravensbrück y Auschwitz, donde iba a todos lados acompañada de su feroz perro, inspirando miedo entre las mujeres. En marzo de 1945, con tan solo 21 años, fue asignada a Belsen. Ya que Grese había decidido conocer a muchas de las niñas de la orquesta por nombre en Birkenau, Yvette decidió arriesgarse con la esperanza de que la reconociera. Temerosa, se acercó al edificio de oficinas nazis para preguntarle a Grese si podría arreglar que le asignaran un trabajo en Belsen que le permitiera conseguir comida adicional para su hermana peligrosamente enferma. Al inicio, Grese declaró que no sabía quién era y no hizo nada.

[XXVIII] Padre de Murray Perahia, el pianista y director de orquesta nacido en Estados Unidos que hasta el día de hoy es considerado uno de los mejores pianistas del mundo.

Un tiempo después, Yvette vio a Grese caminar por el campo de concentración y se armó de valor para pedirle ayuda una vez más. Esta vez Grese la reconoció y, cuando Yvette le explicó que la situación de su hermana era cada vez peor, Grese le pidió que la llevara con Lili. Cuando entró al bloque, todas se pusieron de pie, aterradas. Sin embargo, al ver lo grave que estaba Lili, le ordenó a la líder del bloque que le diera dos vitales raciones extra de sopa al día. Después llevó a Yvette a la oficina y arregló un trabajo en la cocina para ella. No obstante, después de tres días, Yvette tuvo que rogarle a Grese por otro favor, ya que incluso el trabajo en la cocina era demasiado duro. Demacrada y débil, apenas podía levantar las pesadas ollas. En lugar de eso, Grese le dio un trabajo de limpieza, con el que apenas podía cumplir y por el que recibió raciones extra. Yvette se encargó de intercambiarlas en la cocina en la que había trabajado por comida con un mayor valor nutricional para Lili. Yvette sabía que, sin esta comida adicional, Lili no hubiera sobrevivido, y posiblemente tampoco Yvette.

Durante una entrevista en 1995, Yvette, queriendo pensar lo mejor de sus captores, concluyó que estas eran acciones humanas por parte de Grese.[24] Sin embargo, Anita creía que el comportamiento de Grese tenía un motivo oculto. «La realidad es que ella era tan mala y despiadada como los demás». Anita escribió sobre la ocasión en que Grese interactuó con ella: «Se acercó a mí un día en Belsen y comenzó a platicar "amigablemente"… Recuerdo que usó la palabra "nosotras" (ella y yo) como si perteneciéramos a la misma especie… solo había una explicación posible para su repentina amabilidad: estaba intentando crear un espacio para ella en mi corazón al ser tan amistosa… Era obvio: el fin estaba cerca».[25]

9

Nunca había visto algo así

EL DOMINGO 15 DE ABRIL DE 1945, el British Second Army [Segundo Ejército británico] liberó Belsen. Las tropas británicas que entraron primero al campo de concentración quedaron aturdidas por la vista y el olor de lo que tenían enfrente: 60 000 seres humanos famélicos, demacrados y desesperados, unos sobre otros o abandonados por montones al lado de la carretera sin comida, agua, ni saneamiento básico. Era obvio que muchos sufrían de fiebre tifoidea y disentería, al igual que de inanición, y estaban al borde de la muerte. La magnitud del grotesco escenario iba más allá de lo que se habían imaginado. Flora escuchó a un general británico decir «He estado en campos de guerra por cinco años, pero nunca había visto nada así».[1]

Acompañando a la división que llegó a Belsen, iba un joven locutor de radio de la BBC, Richard Dimbleby, quien no había cumplido los 32 años aún. La tarea de Dimbleby era revelarle a la audiencia británica algo que les parecería difícil de comprender, incluso después de cinco años de atroces reportajes de guerra. La emisión resultante, gráfica y llena de furia hacia el horrendo espectáculo frente a él, debía estar completamente basada en los hechos. No obstante, al inicio, la BBC se negó a transmitirlo, convencida de que el público no podría soportar las palabras y las imágenes de terror de

Dimbleby, y no estaba segura de que un relato tan sombrío fuera totalmente confiable.

El 19 de abril, transcurridos varios días desde de su primera visita al campo de concentración y solo después de que Dimbleby hubiera amenazado con renunciar, su historia fue transmitida al fin.

«Crucé la barrera y me encontré en un mundo de pesadilla», describió a sus oyentes británicos durante un sombrío reportaje de 11 minutos y medio.

Dimbleby les habló de «cadáveres, algunos en descomposición [que estaban] tirados en la carretera», de «una turbulenta nube de polvo, el polvo de miles de personas moviéndose lentamente, cargado con el germen mortal de la fiebre tifoidea».

> Y en el polvo había un olor, enfermizo y denso, el olor a muerte y descomposición, a putrefacción y suciedad.
>
> A lo largo de los surcos en ambos lados del camino, hay chozas de madera café. Hay rostros en las ventanas.
>
> Los huesudos y famélicos rostros de las mujeres demasiado débiles como para salir, sosteniéndose contra el vidrio para ver la luz del sol antes de morir.
>
> Y estaban muriendo, cada minuto de cada hora.
>
> Vi a un hombre caminar aturdido antes de tropezarse y caer al suelo. Alguien lo miró, lo tomó por los pies y lo arrastró a un lado para juntarlo con los otros cuerpos que yacían tumbados sin sepultar.
>
> Nadie le prestó atención, ni siquiera se molestaron en voltear a verlo.[2]

La lúgubre imagen de Dimbleby fue corroborada por otras personas cuando el Ejército británico tomó el control del campo de concentración. Al no tener mano de obra, las fuerzas británicas llegaron a un acuerdo bajo el que doscientas tropas de la ss, cuatrocientos guardias alemanes y 4000 soldados húngaros que habían luchado al lado de los nazis se quedarían en el campo para deshacerse de los cadáveres y limpiar el lugar. A cambio, les prometían que con el tiempo podrían volver a sus vidas, reducidas a un recuerdo borroso.

El general de la brigada, Glyn Hughes, fue el primer oficial médico de los Aliados en entrar a Belsen. Inmediatamente notó que los dos problemas principales eran el control de las enfermedades y la distribución de la comida. Hughes actuó con firmeza, tomando el control del hospital local y dando de alta a los pacientes alemanes para poder tratar a los desesperados prisioneros, en su mayoría judíos, que lo necesitaban con urgencia.[XXIX]

Lo primero que necesitaban hacer era limpiar los montones de cadáveres y desechos humanos, un trabajo sucio asignado a los guardias alemanes, y organizar la mayor cantidad de asistencia médica posible. Los guardias trabajaban acarreando cadáveres y cavando fosas comunes. De acuerdo con Renate Lasker, hermana de la chelista Anita, la SS había hecho un intento poco entusiasta de mover los cuerpos días antes de que llegaran los británicos y, para tal propósito, les habían dado a los prisioneros «una cuerda para que amarraran los brazos de los muertos y los arrastraron por la calle principal del campo. Pero no teníamos la fuerza suficiente. Descontinuaron la operación y los cuerpos se quedaron donde estaban».[3]

Asegurar una distribución equitativa de las raciones fue un problema aún mayor. Con solo 120 tropas británicas, les tuvieron que ordenar a los alemanes que ayudaran con el control de la comida en el campo de concentración. Sin embargo, la primera noche hubo un disturbio entre los prisioneros debido a las raciones limitadas y los guardias alemanes reaccionaron con disparos, lo cual resultó en varios prisioneros muertos.

El Ejército británico había llegado justo a tiempo para rescatar a las hermanas Assael y a la joven huérfana alemana que estaba bajo la protección de la orquesta, Ilse Diament. A mediados de abril,

[XXIX] En su honor, el hospital fue nombrado Hospital Glyn Hughes años después.

antes de que lograra recuperarse, escuchó disparos y las otras niñas insistían en huir. «Pero Hilde fue firme: "No, no podemos dejar sola a Ilse. Nos mantendremos juntas"». Y en ese momento, cuando miraron por la ventana, vieron tanques británicos y escucharon a alguien hablar por un altavoz.

> Y ellos [los británicos] vinieron de inmediato y preguntaron: «¿Quién está enferma?», y de inmediato Hilde dijo que yo [Ilse] y me llevaron y me pusieron todo tipo de inyecciones o lo que sea, y nos limpiaron… Tuve suerte. No podía comer porque estaba enferma y solo quería tomar algo. Recuerdo que me dieron una lata de peras. Ah, estaba deliciosa… Hasta el día de hoy, cuando abro una lata de peras, recuerdo cómo el doctor británico me dio la primera lata de peras y me encantó.

Cuando comenzó a recordar lo cerca que estuvo de la muerte, a Ilse se le quebró la voz y su sonrisa desapareció.[4] Ilse fue llevada a una enfermería improvisada y comenzó un largo camino hacia la recuperación.

A pesar de la ocasional comida extra proporcionada por Kramer, Flora, como la mayoría de los prisioneros, estaba gravemente enferma al momento de la liberación. Obviamente recordaría el día, 15 de abril, por el resto de su vida. En cuanto los británicos tomaron el control, descubrió dentro de sí la fuerza que no creía poseer y persiguió a todas las custodias que pudo, ya que, en su experiencia, «esas mujeres de la ss eran incluso peores que los hombres. Atrapé a una… Lo logré porque estaba sola y, al parecer, perdida. A pesar de estar severamente debilitada, grité y la golpeé antes de quitarle los zapatos».[5]

También Fania, que en ese entonces estaba al borde de la muerte debido a la fiebre tifoidea, recordaba la euforia de la liberación. Pesaba tan solo 29 kilogramos.

—Nunca lo olvidaré. Un soldado me llevó afuera, donde estaban arrestando a los soldados de la SS. Habíamos saboreado este momento por tanto tiempo y con tanta pasión —recordó. Alguien le dio un micrófono y juntó energía suficiente para cantar *La marsellesa*—. Cuando descubrí que el micrófono pertenecía a la BBC, canté *God save the King* [Dios salve al rey].[6]

Mientras tanto, a Kramer le pusieron cadenas en los tobillos por los siguientes dos días antes de enviarlo a una celda de prisioneros de guerra, en el pueblo cercano de Celle, para que esperara su juicio, junto con otros 48 nazis que habían estado laborando en Belsen. Flora fue una de las prisioneras que trasladaron a Celle para que identificara a Kramer como parte del proceso de evidencia preliminar.

Muchas prisioneras, si su estado de salud lo permitía, fueron asignadas al trabajo de intérpretes. Sin embargo, antes de que eso pasara, debían sufrir una última humillación. Si podían mantenerse de pie, era necesario que se quitaran la ropa una vez más y se mostraran desnudas frente a los oficiales británicos.

—Nos desparasitaron con DDT[XXX] —declaró Flora—. Después me dieron pantalones de hombre de la marina británica y una camisa negra con cuello de tortuga. El hambre me inflamó. Era claro que quienes armaban los paquetes no tenían idea de lo que les había sucedido a las prisioneras, porque nos dieron espejos y labial. Me sentía como un chimpancé; me veía ridícula. Nos dieron latas de carne en conserva, aunque llevábamos años sin comer comida con grasa. Me dio ictericia.[7]

La necesidad más urgente de Flora era visitar a un dentista porque se le estaban cayendo los dientes. «Volví loco a [un oficial británico que identificó como "vestido de un imponente color azul con impresionantes condecoraciones"] ese hombre [hasta que] me

[XXX] El dicloro difenil tricloroetano, un tóxico pesticida artificial empleado en la década de 1940 para controlar enfermedades transmitidas por insectos, como la fiebre tifoidea y la malaria.

llevó al ejército porque ahí tenían dentistas». Una vez ahí, le preguntaron si le gustaría ser la intérprete de Margaret Montgomery, quien se había casado con el hermano del mariscal, el reverendo Colin Montgomery, un capellán militar. Margaret Montgomery estaba en el primer grupo de enfermeras de la Cruz Roja trabajando en Belsen y posteriormente quedó a cargo del entretenimiento en el campo de concentración. Flora aceptó de inmediato porque era un buen trabajo. La señora Montgomery era muy conocida y ella esperaba que este puesto la ayudara a estar más cerca de su cuñado, Appie, para quien estaba intentando conseguir comida y medicinas.

La enfermera de la Cruz Roja, Margaret Montgomery, admirada por numerosas sobrevivientes de la orquesta, pintada por la prisionera Piri Hevizi.

Un rabino británico de 42 años, Leslie Hardman, quien acompañó a Dimbleby a Belsen, tuvo el siniestro trabajo de presidir los funerales de miles de cadáveres pertenecientes a sus correligionarios. Este capellán ortodoxo de Liverpool, cuya fe en Dios fue puesta a prueba por lo que vio, cumplió con su trabajo. Desde ese momento, Hardman estaba convencido de que era su deber ser testigo de ese horror y ayudar a establecer un estado judío independiente. «Su judaísmo y su sionismo fueron inseparables desde ese momento», su obituario de 2008 en *The Guardian.*[8] Para intentar honrar a los muertos de la mejor manera posible, Hardman pidió voluntarias angloparlantes de entre las sobrevivientes para elaborar listas de quienes tenían familiares en Estados Unidos, Palestina (que en ese momento estaba bajo mandato británico) o cualquier otro lado. Hilde, que era ideal para este trabajo, se ofreció como voluntaria. Una de sus primeras tareas con Hardman fue visitar el campo de concentración de hombres con él para ver quiénes habían sobrevivido y adónde podían enviarlos.

Imponer orden en Belsen requirió semanas. Junto con el Comité Internacional de la Cruz Roja, criticado por la violinista belga Hélène por hacer lo que ella consideraba una aparición tardía, numerosas organizaciones humanitarias internacionales enviaron voluntarios, como la UK-based Jewish Rescue Unit [Unidad de Rescate Judía de Gran Bretaña]. A mediados de abril, llegó un grupo de jóvenes estudiantes de Medicina de los hospitales universitarios. Uno de estos voluntarios, Gerald Raperport, escribió sobre su impacto ante lo que les esperaba, a pesar de estar entrenados para «enfrentarse a malos olores sin titubear… La peste de estas chozas parecía más de lo que podía soportar… Por todos lados, el suelo estaba tapizado, literalmente, con una densa y glutinosa capa de semanas de excremento».[9] A pesar de que todos los baños exteriores estaban tapados, «los guardias de la SS les habían prohibido a los prisioneros defecar o miccionar fuera de las chozas bajo pena de muerte si eran atrapados».

Desde el punto de vista físico, lo más sorprendente era el grado de emaciación al que habían quedado reducidos todos los prisioneros, literalmente, piel y huesos.

—Sus cabezas no eran más que cráneos envueltos en pergamino, sus muslos cabían en una mano... Sus músculos no eran más que hebras fibrosas, y los pechos de las mujeres, solo arrugados pliegues de piel.[10]

Leer este tipo de testimonios escritos tan gráficos refuerza la sorprendente intensidad del deseo de vivir que mostraban los supervivientes que habían sobrevivido a una guerra para llegar hasta ese momento. El valor de las niñas de la orquesta, como el de todas las personas que sobrevivieron a Belsen, exige ser reconocido.

A mediados de mayo, con ayuda de refuerzos, las fuerzas británicas lograron imponer algo parecido al orden en el campamento.[XXXI] Para finales de la primavera de 1945, después de la rendición sin condiciones de Alemania ante los Aliados el 8 de mayo, el Gobierno militar británico y las organizaciones humanitarias internacionales en Belsen intentaron ver más allá de las sombrías necesidades inmediatas y, con aportes de los prisioneros, transformaron los campos en centros culturales y sociales activos. Había tropas teatrales y musicales que recorrían los campos de concentración, mientras que los equipos atléticos de varios centros de personas desplazadas organizaban competencias. El Ejército británico creó un cuarto de música en Belsen y adquirió gramófonos y algunos otros instrumentos musicales para que los prisioneros pudieran tener presentaciones de nuevo.

Al principio eran presentaciones informales, pequeños espectáculos y recitales con la banda militar, así como algunos coros improvisados, grupos de baile y una banda polaca-checa del campo de

---

[XXXI] Para este momento mi padre, el comandante Eric Rubinstein, había llegado a Belsen, junto con los tanques que formaban parte de la 31.ª Brigada Blindada. Su lista de instrucciones para el gobierno militar dejaba claro que el problema de qué hacer con las personas desplazadas (PD) era reconocido como el más importante, tan solo después de la «restauración de la ley y el orden» y antes de la exigencia de arrestar a los criminales de guerra.

personas desplazadas en Celle, además de algunos músicos principiantes. El 24 de mayo, la Cruz Roja británica organizó algo más profesional. Ewa Stojowska y Eva Steiner, una cantante polaca y otra húngara, respectivamente, que se habían presentado en Auschwitz bajo la batuta de Alma Rosé, fueron persuadidas para cantar arias de ópera junto con algunas otras melodías rusas, yidis y hebreas. Lily Mathé tocó un dramático solo de violín al ritmo de la zarda, un baile húngaro tradicional.

1. OVERTURE CELLE CAMP BAND (Polish and Czech).
2. 11TH LIGHT FIELD AMBULANCE DANCE BAND (90 Swingtet).
3. MLLE KRONENBERG, MR OPASTOWSKJI ....Tap Dance.
4. EVA STOJOWSKA ......" Mattinate " (in Italian) *Leoncavallo*
5. LILI MATHÉ ....Hungarian Czardas. (Solo Violinist)
6. EVA KOLSKA.........." Whispering " " South of the Border." (Solo.)
7. QUARTET DANCE ......" Hokey Cokey."
8. EVA STEINER.........." Madame Butterfly." Rosina Aria (" The Barber of Seville "), *Rossini*. Viliah Song (" Merry Widow "), *Léhar*
9. EVA STOJOWSKA........Kujawiak (words by Christina Krahelsk, who died in the Warsaw rising of 1944). (Solo Song and Dance.)
10. JETTA JANOWSKA......2 Russian Songs (*Donajewski*). (Solo.)
11. SELINGER SISTERS......" Ha'beit m'schomajim " (" Help us, Heaven.") " Eli, Eli." (Duets.)
12. DIANA RUBIN ...." Waltz François." (Dance.)
13. MICHLA GOLUB ...." Noch einmal das Leben." (Solo.)
14. CELLE CAMP BAND.

Anuncio de un concierto de la Cruz Roja con algunos sobrevivientes de la orquesta el 24 de mayo, el mismo día que destruyeron las chozas de Belsen.

Después de eso, se le acercó un soldado británico que, de acuerdo con la versión que Lily contaría en 1960, primero le habló en inglés y luego en francés. «Al final hablamos en alemán porque, por más asombroso que pareciera, era nativo de Austria. Lo habían encerrado, logró escapar y (luego) huyó a Gran Bretaña».

Más de una década después, disfruta de contar la historia con un ánimo considerable.

> Me preguntó si quería bailar y le dije que sí quería, pero apenas podía caminar. Hablamos hasta las dos de la mañana. Me prometió que regresaría al otro día con algo de ropa y un tarro de mermelada.
>
> Esperé y esperé hasta que otro soldado me preguntó:
>
> —¿Estás esperando a Eddie? —Y comenzó a reírse—. Entonces tú eres la chica con la que estuvo toda la noche. Regresó demasiado tarde… (por eso) siete días de trabajo duro. Pero debo darte esto…
>
> ¡Un paquete con cien cigarros! Los suficientes para comprar todo Belsen, y Auschwitz incluido.

La vida parecía mejorar día con día para las niñas de la orquesta, al igual que para el resto de los prisioneros.

> Los granjeros alemanes llegaban al campo para intercambiar papas, y una niña sacó la cabeza de un jabalí de algún lado, que cocinó al aire libre. La madera de nuestras camas fue usada como leña.
>
> Por todo Belsen podías ver fogatas. Nos sentamos alrededor y nos dimos cuenta de que teníamos un futuro de nuevo. La parte más difícil fue aprender a reír de nuevo.
>
> No nos dimos cuenta de que ahora teníamos mucha comida. Seguíamos trabajando con [nuestras] «compañeras del

campo» y regalábamos pedazos de la cabeza de jabalí como si fueran preciados tesoros. Puse un pedazo de carne debajo de mi cama y me lo comí por pedazos durante una semana, mañana, tarde y noche.

Después Eddie regresó, y con él volvió la vida. Me regaló labial y polvo y crema, y me miré al espejo; no podía creer lo que estaba viendo.

Y preguntó:

—¿Te casarías conmigo?

De verdad quería. Pero no era tan simple. Los nazis me habían hecho pasar un infierno por no ser alemana, pero en los ojos de los británicos seguía siendo, al menos por el momento, «técnicamente» alemana. Eddie era un soldado británico con sangre austriaca, y los soldados británicos no tenían permitido casarse con mujeres alemanas. Al menos no en ese momento. Esperamos 14 meses para casarnos.[11]

◆ ◆ ◆

A Anita Lasker le prohibieron unirse al concierto de la Cruz Roja el 24 de mayo, el mismo día en que por fin iban a quemar las chozas, porque a finales de junio de 1945 no tenía un chelo. Sin embargo, con tan solo 19 años —«aunque me sentía de 90»— hizo que la escucharan de otras maneras. El 11 de mayo, la BBC estaba intentando entrevistar testigos de Belsen y sus alrededores. Años después lo explicó: «alguien me dijo que había una camioneta y algunos periodistas que querían entrevistar personas». Anita se acercó y, con gran compostura, comenzó explicando que ella y su hermana Renate eran prisioneras políticas que habían sido encerradas por tres años. Recordaba que «no fue fácil para [ella] estar frente a un micrófono y hablar»,[12] en particular porque se acababa de recuperar de una grave enfermedad.

En lugar de hablar de las terribles condiciones de Belsen, repentinamente sintió una urgente responsabilidad de representar a quienes habrían sufrido en Auschwitz, tanto víctimas como sobrevivientes.

—Quiero decir algunas palabras sobre Auschwitz. Los pocos que sobrevivieron temen que el mundo no crea lo que sucedió ahí. Enviaron personas saludables a los hornos y las quemaron vivas. Los gritos llegaban a nuestras barracas. Yo estaba en la orquesta... había música de fondo durante los momentos más terribles —dijo.

Mientras hablaba, se le unieron algunas amigas de la orquesta.

—Nos paramos a su lado y cantamos ahí mismo —recordaba Rachela.[13]

Fue un poderoso monólogo desde el corazón de una joven en una lúcida y confiada voz en alemán, su idioma natal.[14] Sus comentarios fueron proféticos. Más tarde descubrió cierta reticencia por parte de su país adoptivo, Inglaterra, a escuchar la verdad de lo que había visto y experimentado de primera mano.

El mensaje de Anita, que se transmitió muchas veces, rápidamente dio lugar a que se pusiera en contacto con la poca familia que le quedaba. Un vecino de su hermana mayor, Marianne, cuyo apellido cambió a señora Adlerstein después de casarse y mudarse a Redhill, en las afueras de Londres, escuchó la transmisión y le compartió las buenas noticias a Marianne: sus dos hermanas habían logrado sobrevivir. Marianne había escapado de Alemania en 1939 con la intención de llegar a Palestina. Eventualmente, también reconectaron con su tío, Edward Lasker, el campeón de ajedrez en Estados Unidos que había emigrado en 1914. Sin embargo, tanto Renate como Anita querían ir a Gran Bretaña, no a Estados Unidos.

«Muchas veces me he preguntado lo que sintió Marianne al escuchar mi voz», escribió Anita en 1996. «Nunca se había atrevido a tener fe en nuestra supervivencia y aún no había servicio postal, porque la guerra no había terminado. El primer mensaje que recibimos de ella fue por medio del Ejército británico».[15]

La vida de Anita y Renate en Belsen era «muy agradable» como intérpretes oficiales del ejército, escribió después.[16] La posición les daba muchos privilegios y accesos, y prácticamente eran «personas libres». No obstante, irse de Belsen fue algo complicado para las hermanas Lasker, que quedaron varadas en el campo por 11 meses después de la liberación. A diferencia de Marianne, que había emprendido el viaje a Palestina en 1939 antes de quedar varada en Inglaterra, Anita nunca había sido sionista. Quería ir a Inglaterra con Renate y comenzar una vida como chelista profesional ahí.

Las hermanas se enfrentaron a muchos obstáculos al intentar conseguir sus documentos y creían que el Ministerio Interior había creado «problemas patéticos… antes de darnos permiso para ir a Inglaterra».[17] Mientras tanto, la vida de Anita se volvía cada vez menos «agradable» mientras sus amigas se iban de una en una. «Mañana será un día triste», le escribió tanto a Marianne el 4 de junio de 1945 como a Hélène Rounder. «Sí, mi querida Hélène regresa a París mañana con la esperanza de encontrar a su hermana… Estuve con ella durante todo mi tiempo en el KZ [*Konzentrationslager*] y somos buenas amigas. Cuando pasas meses y años tendida sobre la misma mierda y has compartido cada pedazo de pan y cada cigarro, se convierte en un tipo de amistad especial».[18]

En julio, por fin le dieron un chelo a Anita cuando un oficial del Ejército británico encontró uno sobre el armario de un alcalde local. En agosto, se presentó en un concierto organizado por la señora Montgomery con Eva Steiner de Auschwitz y Giuseppe Selmi, un prisionero de guerra italiano que había sido el chelista principal con la orquesta Radio Roma. Anita inauguró el concierto con *Träumerei,* de Schumann. Nunca describió sentirse agitada emocionalmente al tocar esa pieza en particular, a pesar de los fuertes recuerdos de haber sido obligada a interpretarla para Mengele en Auschwitz. Al contrario, siempre insistió en que «la música es música» y nada de lo que hicieran los nazis podría arruinar la música para ella.[XXXII] En la segunda mitad del concierto, ella y Selmi tocaron la sonata para dos chelos de Bach, y después Anita comentó que «Selmi era un hombre muy amable. Me ayudó mucho a practicar y a mejorar mi manejo del chelo. Después de todo, él era un talentoso chelista, mientras que yo solo era una estudiante que nunca había tenido la oportunidad de hacerlo en serio».[19]

El 27 de julio, Yehudi Menuhin y Benjamin Britten dieron dos conciertos como parte de un pequeño recorrido que hicieron por varios campos de personas desplazadas, una alegre ocasión para Anita y las otras prisioneras, pero lo único que querían era ser libres de la vida en el campo de concentración.

El 30 de agosto de 1945, Renate le escribió a Marianne: «Estamos hartas de este campo. Cada día es peor. La atmósfera es tan deprimente que ya no soporto ver esos rostros».[20]

En septiembre, Anita fue llamada como testigo en el tribunal de Luneburgo en una corte militar que tuvo lugar en una escuela adaptada. En algo que oficialmente se llamó el Juicio de Josef Kramer y otros 44, le pidieron a Anita que testificara en contra de Kramer (quien había sido el comandante de Auschwitz-Birkenau y Bergen-Belsen), Fritz Klein (doctor del campo de concentración de Belsen) y Franz Hössler (subcomandante del campo de Belsen que había sido clave para fundar la orquesta de Auschwitz). Todos fueron acusados formalmente de crímenes de guerra conforme a las leyes internacionales.[XXXIII] El dominio que Anita tenía del inglés era lo suficientemente bueno en ese entonces como para aportar su evidencia en ese idioma. En 1996, escribió que «fue la gran distracción de la interminable espera para acabar con nuestra estadía en

[XXXII] No obstante, la *Marcha militar,* de Schubert, es algo que esperaba nunca volver a escuchar después de la guerra.

[XXXIII] Al ser un tribunal británico, no se pudieron presentar cargos como crímenes contra la humanidad y genocidio. Estos fueron reservados para los juicios de alto nivel en Núremberg, que tuvieron lugar dos meses después.

Belsen». No obstante, le fue difícil «reconciliarse con el hecho de que estos criminales tenían un abogado en su defensa, al igual que en una corte británica. Eso me molestó mucho… era enfermizo para quienes estuvimos en el otro extremo de esta máquina asesina… en ese instante entendí por primera vez lo incomprensibles que habían sido para el mundo los hechos que nos llevaron al juicio en Luneburgo».[21]

Josef Kramer, antiguo comandante del campo, con grilletes bajo vigilancia británica en Belsen, abril de 1945.

El 17 de noviembre de 1945, Kramer, Klein, Hössler y ocho acusados más, incluyendo a Irma Grese, fueron declarados culpables y sentenciados a muerte por sus crímenes en Auschwitz y Bergen-Belsen. El 13 de diciembre, todos fueron colgados en la prisión Hamelin a manos del verdugo de Gran Bretaña, Albert Pierrepoint.

Otros 18 oficiales fueron condenados y sentenciados a ir a prisión entre uno y 15 años. Gracias a súplicas de clemencia y apelaciones, muchas sentencias fueron finalmente recortadas de manera considerable. A mediados de 1955, quienes habían sido sentenciados ya eran libres de nuevo.

Maria Mandl, la custodia nazi que había sido más cercana a la orquesta que cualquier otro nazi, no fue juzgada en ese lugar. En noviembre de 1944, fue transferida de Birkenau a Mühldorf, un subcampo de Dachau, cerca de Múnich. Logró escapar de Mühldorf hacia las montañas a finales de la guerra y fue capturada de nuevo hasta el 10 de agosto de 1945, mientras se escondía en la granja de su hermana. Su padre se había negado a ayudarla. Pasó dos años más en prisión antes de volver a intentarlo en Polonia.

Según Anita, para finales de 1945, ella y Renate estaban «desesperadas por salir de Belsen y comenzar una nueva vida».[22] Pero en marzo de 1946, después de que las hermanas compraran papeles falsificados con ligeros cambios que pagaron con cincuenta cigarros NAAFI[XXXIV] y pasaran una semana varadas en Bruselas, finalmente lograron subir a un barco que se dirigía hacia Inglaterra. Renate, que había cumplido 21 años en enero de 1945, ya había sobrepasado la edad requerida para que las personas desplazadas se encontraran con sus familiares en Gran Bretaña, mientras que Anita, como muchas otras prisioneras, no tenía «nada que demostrara su identidad»; entonces, los oficiales de la oficina de registros de Belsen fueron sobornados con cigarros para crear dos actas de nacimiento nuevas que mostraran fechas apropiadas. Sin embargo, para cuando llegaron, su hermana Marianne se dirigía a Palestina, ya que había surgido una oportunidad de emigrar que no podía posponer.

XXXIV Los servicios de abastecimiento del Ejército británico que apoyaban a las tropas activas.

—Tuvo que irse antes porque el Ministerio Interior se había negado a darle un permiso para extender su visa —comentó Anita con tristeza.[XXXV, 23]

Mientras Anita y Renate luchaban por llegar a Inglaterra, las niñas de la orquesta en el grupo sionista de Hilde que querían emigrar a Palestina afrontaban sus problemas. Una de ellas, la mandolinista Rachela Zelmanowicz, recordaba el momento en que un «comité internacional» había llegado a Bergen-Belsen «para enviarnos de regreso a Polonia, para que todas regresáramos a nuestros países de origen. Y corrimos por todos lados gritando: "¡Queremos ir a Israel! No regresaremos a Polonia. Ese no es nuestro país, ¡no vamos a regresar!". Y adonde ellos [el comité] fueran, de un campo a otro, nos uníamos como grupo, con Hilde y todas, e íbamos tras ellos y gritábamos: "¡No queremos regresar a Polonia!"».[24]

Después de esto, Rachela dijo que ella, Hilde y el puñado de mujeres de la orquesta que siempre habían querido iniciar una nueva vida en «Eretz Israel» simplemente decidieron empezar a caminar hacia allá, pidiéndole ayuda a extraños cuando fuera posible, pero siempre manteniéndose juntas hasta que llegaran. La realidad fue que se tardaron más de lo que esperaban porque se juntaron con un grupo de hombres durante el trayecto que tenían la misma intención.

—Entonces dos hombres se adelantaron 20 km, rentaron un departamento y regresaron para llevarse a dos mujeres… llegaron a Celle. Se llevaron a dos mujeres [más]. Después de que esas dos se organizaran, los hombres volvieron para llevarse a otras dos.[25]

Mientras estuvieron en Celle, Regina Kupferberg, la antigua asistente de Alma, ya con 23 años, conoció a su esposo. Aharon Bacia

---

[XXXV] Aunque finalmente tuvieron una reunión postguerra con Marianne, la cual duró muy poco porque ella murió en 1952, poco después de dar a luz a su segundo hijo.

era un apasionado sionista y economista que había sido deportado del campo Mittelbau-Dora antes de Belsen.

—Fue amor a primera vista —recordó Rachela, quien también había conocido a su futuro esposo ese día, Rafael Olewski, director de actividades culturales de toda la zona británica.

Tanto Regina como Rachela se casaron en 1946. Aharon y Regina se instalaron en Palestina, pero gracias al trabajo de Olewski, Rachela se quedó en Alemania hasta 1949, mucho más tiempo del que quería, y dio a luz a su primer bebé, una hija a la que llamó Jochi, en el Hospital Glyn Hughes, ubicado en el campo de personas desplazadas de Bergen-Belsen.

Este grupo, tan unido en Auschwitz, comenzó a separarse poco a poco. De esta manera, las niñas de la orquesta se volvieron un emblema del enorme problema al que se enfrentaban miles de prisioneras liberadas que tenían todo tipo de esperanzas y necesidades. Durante su búsqueda de la normalidad y de un urgente deseo de iniciar una familia, muchas de ellas habían encontrado novios o esposos con rapidez y ahora también debían considerar lo que ellos esperaban y necesitaban.

Las niñas belgas y las francesas, Hélène Wiernik, Violette Silberstein, Claire Monis y Fania Fénelon, querían regresar a sus países de origen.

—Hablábamos mucho en la orquesta —recordaba Rachela—. Nos sentábamos a discutir por qué «Eretz Israel» y por qué necesitábamos llegar ahí. Y ella [Fania] decía: «Mira, no entiendo por qué no puedo vivir en Francia. Francia es mi hogar. Nací ahí, estudié ahí y tenía una buena vida ahí. ¿Por qué debería irme de Francia? Es mi hogar y no que creo que deba traicionarla. Nunca».[26]

Ya sea debido a un sentimiento patriótico o a la esperanza de encontrar a su familia, regresaron a Bruselas y París en avión tan pronto como les permitieron irse de Belsen a principios de mayo de 1945. Una vez que llegó a Francia, Fania se unió durante algunas semanas a unos artistas estadounidenses que recorrían las bases militares de la Alemania ocupada.

Hilde Grünbaum, ya con 22 años, que había hecho tanto para mantener unido al grupo en Auschwitz y Belsen, siempre había creído en el ideal de que los judíos debían tener una patria judía en lo que en ese entonces era Palestina bajo control británico. Era lo que la había mantenido con vida durante su tiempo en Auschwitz y Belsen, particularmente después de rechazar un lugar en el Kindertransport hacia Gran Bretaña en 1939 para poder ayudar a su madre. La idea de emigrar a Palestina al fin parecía realista y estaba decidida a no desperdiciar su oportunidad. Unos meses después de la liberación de Belsen, conoció a su esposo durante una visita al campo de concentración de hombres con el rabino Hardman. Ernst Zimche, un judío polaco de Poznań, era un año mayor que Hilde y había sido deportado a Auschwitz junto con su familia en 1943. Ellos fueron asesinados y a él lo enviaron a trabajar en la fábrica de IG Farben en Buna Monowitz hasta el 18 de enero de 1945, cuando le ordenaron unirse a una marcha de la muerte de más de 80 km desde Auschwitz a Gleiwitz, y de ahí a Belsen. La pareja se casó en agosto de 1945, pero no intentaron viajar a Palestina de inmediato porque ambos estaban inmersos en el desafío de ayudar a las personas desplazadas en Belsen. Finalmente, el profundo deseo que Hilde tenía de formar una familia y crear un hogar en Palestina prevaleció. Pero no sería un viaje sencillo para ella y su esposo.

◆ ◆ ◆

¿Qué había sido entretanto de las instrumentistas polacas y rusas no judías de la orquesta que se quedaron en Auschwitz en noviembre de 1944 cuando las niñas judías fueron llevadas a Belsen? No les fue mucho mejor.

Helena Dunicz, la violinista polaca, estaba molesta debido a que no les habían permitido a ella y sus amigas cristianas despedirse ni hacer un gesto para sus compañeras judías, aunque Olga Loseva, la mandolinista rusa, había logrado valientemente darle algunas preciadas pertenencias a Rachela Zelmanowicz antes de su partida. El resto de las instrumentistas no judías regresaron a las barracas en un silencio atónito, convencidas de que las niñas judías estaban siendo llevadas a las cámaras de gas.

En la recién liberada Belsen, aún a la espera de la libertad: Hilde Grünbaum (derecha), Anita Lasker (en medio) y la «pequeña» Hélène Rounder (izquierda).

—Las que quedamos no tardamos en ser transferidas al sector Bɪɪc, que los hombres habían desalojado —recordaba Helena—. Para la gran satisfacción de la *Rapportführerin* Dreschel, la orquesta de mujeres de Birkenau había dejado de existir. Ella y [el oficial de la ss Adolf] Taube siempre habían considerado a la orquesta como un grupo de parásitos y nos atacaban cada vez que podían.[27]

Los instrumentos, las partituras, los atriles y todo lo que estaba relacionado con el funcionamiento de la orquesta había sido abandonado en el Bloque 12 cuando fueron trasladadas, incluyendo sus mantas, sábanas y colchones. Las mujeres restantes se llevaron los tesoros personales que pudieron, como cartas, pero no les permitieron nada más. El bloque al que las llevaron justo antes del invierno estaba tan sucio y helado como los otros en el campo de concentración de mujeres.

—Notamos que no quedábamos muchas porque todas las mujeres rusas habían desaparecido —dijo Helena.[28]

Nunca las volvieron a ver y nunca les dijeron qué les había sucedido.

El puñado de instrumentistas polacas solo se quedó unas semanas en Birkenau y, a mitad de diciembre de 1944, fueron transferidas de nuevo, esta vez a Auschwitz I. Helena se sorprendió al escuchar que estaban buscando instrumentistas para restablecer la orquesta de mujeres en el campo principal. «Qué idea tan enferma la de organizar una orquesta cuando había una retirada general en todos los frentes. ¿A quién estaban intentando engañar? ¿A ellos mismos?».[29] El director de la orquesta principal de hombres en Auschwitz I, Adam Kopycinski, tuvo varios ensayos con este pequeño grupo de mujeres polacas (solo tres se habían ofrecido como voluntarias: dos mandolinistas, Janina Palmowska y Janina Sosnowska, y una cantante, Janina Kalicinska). Pero fue un fiasco y el grupo se desintegró. Después de eso, les dieron tareas más o menos inútiles que involucraban limpiar y mover ladrillos y tablas por el campo utilizando carretas, como si fueran animales de carga.

Helena tenía razón al decir que había una «retirada general» y una sensación de confusión en noviembre de 1944. Las prisioneras se movían de manera constante de una barraca a otra, incluso con cientos de prisioneras llegando día a día, mayormente desde otros campos de concentración. Algunas prisioneras fueron transferidas de Birkenau a Ravensbrück, al norte de Berlín, y otras al campo principal, conocido como Auschwitz I. Al mismo tiempo, aún había trescientas mujeres en el bloque de experimentos pseudomédicos del doctor Carl Clauberg. El 2 de noviembre, el uso del gas Zyklon B en las cámaras de gas de Auschwitz fue «probablemente suspendido», de acuerdo con Danuta Czech, la historiadora polaca del Holocausto y directora en jefe del Museo Estatal de Auschwitz-Birkenau en Oświęcim, Polonia, autora de *Auschwitz Chronicle 1939-45* [Crónica de Auschwitz 1939-1945].[30] No obstante, eso no significó el fin de los asesinatos en masa. En su lugar, los prisioneros seleccionados eran baleados en las cámaras de gas o en el recinto del Crematorio V.

A principios de noviembre, después de haber supervisado el exterminio de miles de judíos húngaros en Auschwitz, Rudolf Höss y su familia desalojaron la villa que había sido su hogar en las afueras del campo de concentración principal y se mudaron a una casa cerca de Ravensbrück. Fueron necesarios cuatro vagones de carga para trasladar la gran cantidad de muebles de la villa y las abundantes posesiones que la familia Höss había adquirido. Höss aceptó un nuevo trabajo en Berlín, pero huyó de la ciudad para unirse a Hedwig y sus hijos antes de que llegaran los rusos.

La Navidad de 1944 fue miserable y silenciosa para las niñas de la orquesta que se habían quedado en Auschwitz. No había música, pero a Helena y sus amigas les ordenaron decorar un árbol de Navidad. «Nos dieron papel de colores y tijeras. Nadie nos estaba vigilando».[31] El 5 de enero de 1945, las mujeres polacas de la orquesta tuvieron que soportar un horror más junto con las otras prisioneras: el ahorcamiento público de cuatro de las niñas de la fábrica de municiones que habían prestado su ayuda a la revuelta del *sonderkommando* al aportarles pólvora de contrabando.[32]

Este acto de crueldad fue un intento tardío de mostrar al resto de los prisioneros que, incluso en esos últimos momentos, no tolerarían el sabotaje. Ya estaba claro para la mayoría de las mujeres que, al menos durante el último mes, el campo se había estado preparando para evacuar, debido a que el Ejército soviético se acercaba cada vez más y la guerra estaba llegando a su fin. El 18 de enero, una noche fría y helada, cientos de mujeres fueron obligadas a salir marchando del campo para iniciar la evacuación principal de las prisioneras restantes. Este grupo incluía a las polacas Zosia Cykowiak, Wisia Zatorska, Marylka Langenfeld, Marysia Mos y Helena Dunicz. Después se les unieron las tres Janinas —Kalicinska, Palmowska y Sosnowska—, las mujeres polacas que habían sido parte de la última orquesta de Auschwitz I por unas semanas. Zofia Czajkowska, la primera directora de la orquesta, ya con 40 años, no era parte del grupo musical. Había sido transferida a un *kommando* diferente meses atrás por petición propia. Pero ella también fue obligada a marchar el 18 de enero.

Todas esas mujeres, vestidas con harapos y sin más sustento que un pan cada una y unos terrones de azúcar, fueron las últimas integrantes de la orquesta cuyos movimientos pueden ser rastreados de manera exacta en lo que se conocería como una de las marchas de la muerte a Ravensbrück dentro de Alemania, un viaje de 600 kilómetros.

Las historias de las marchas de la muerte —los nazis se referían a ellas como marchas de evacuación—, que podían llegar a durar hasta seis días y siete noches hacia los diferentes campos de concentración, son casi imposibles de leer. Como Jacques Stroumsa, el violinista griego, recordaba sobre su marcha de 400 km del sur de Auschwitz a Mauthausen en Austria: «le disparaban a cualquiera que se tropezara o se quedara rezagado y los hombres de la SS que escoltaban a los prisioneros exhaustos y semidesnudos insistían en ir a un paso rápido y gritaban órdenes *Schnell, Schneller* [...] Es incomprensible lo que las personas pueden soportar».[33] La última vez que Jacques tuvo contacto con su hermana violinista, «la pequeña Julie», de la orquesta de mujeres había sido meses atrás. No sabía adónde se la habían llevado, porque no les dieron la oportunidad de despedirse, pero dijo que la esperanza de volver a verla le daba fuerzas mientras marchaba obligatoriamente hacia Mauthausen.

Mientras las instrumentistas polacas avanzaban lentamente hacia Ravensbrück, adonde llegaron cinco días después, estaban muy lejos de parecer seres humanos. Avanzaban con dificultad por calles laterales rurales cubiertas por una profunda capa de nieve, conscientes de que sus compañeras se caían a lo largo del camino y eran asesinadas a golpes, con la culata de un rifle o con un disparo, pero no se atrevían a voltear para ayudarlas.

—Escuchábamos disparos cada cierto tiempo —relató Helena—. Pero teníamos que seguir caminando.[34]

Zosia apenas podía mantenerse en pie. «Wisia puso un brazo alrededor de su cuerpo y la sostuvo todo el camino». El primer día, cerca de la medianoche, después de caminar 20 km desde Auschwitz, al fin se sentaron en un enorme granero para comer pan, y usualmente era Wisia quien solía dividirlo de manera equitativa. No tenían nada para beber; los puñados de nieve derretida no lograban saciar su desesperada sed. Al pasar por acogedoras aldeas polacas, se dieron cuenta de que una o dos prisioneras habían logrado escapar, esperando que los locales se apiadaran de ellas. Pero ese era un gran riesgo, ya que los guardias nazis apuntaban sus rifles a las rezagadas que creían que podían huir o a los aldeanos que se acercaban demasiado. Aunque algunos de estos últimos, sorprendidos ante el abuso frente a sus ojos, les lanzaban pan o papas a las escalofriantes columnas andantes, esa solía ser toda la ayuda que recibían. A veces las prisioneras eran afortunadas y encontraban refugio. Sin embargo, «escapar solo era posible sola, y la decisión debía tomarse de inmediato», declaró Helena Dunicz. «Estábamos intentando mantenernos unidas, aunque Wisia hubiera tenido una verdadera oportunidad de huir porque conocía muy bien el área... Pero Wisia nunca mencionó siquiera la posibilidad, consciente de que Zosia no lo lograría sin su ayuda».[35]

Finalmente, después de soportar una «sanguinaria marcha de la muerte» de 63 km, con temperaturas nocturnas de −20 °C, mientras «los hombres de la SS seguían llevando a cabo su misión bestial fervientemente», fueron empujadas hacia vagones de tren abiertos para los últimos dos días del viaje. Llegaron a Ravensbrück el 23 de enero de 1945, pero fueron trasladadas, luego de tres semanas, hacia Neustadt Glewe, al este, un campo satélite donde las mujeres eran usadas como mano de obra esclava para manufacturar partes de aeroplanos. En ese campo, sin literas ni mantas, el grupo de polacas que hasta ese entonces había sido muy unido comenzó a desmoronarse y, finalmente, estalló en conflicto. Helena, al describir la trágica pelea tiempo después, solo dijo que «una amarga disputa estalló entre Zosia y Marylka. Zosia "se fue por su lado" y nuestros caminos no volvieron a cruzarse hasta muchos años después de la guerra».[36]

Al igual que las niñas judías en Belsen, ellas también se vieron obligadas a trabajar hasta el final, cavando zanjas y descargando papas para la población alemana. Estaban exhaustas, famélicas y al borde de otra epidemia de fiebre tifoidea en el campo cuando, el 2 de mayo de 1945, dos soldados estadounidenses se acercaron para anunciar que las tropas rusas estaban en camino para liberar el área. Esa noticia significaba que el trauma aún no había terminado, porque estaban aterradas por lo que les esperaba con el despiadado Ejército soviético, conocido por sus violaciones bajo los efectos del alcohol contra cualquier mujer que se cruzara en su camino. Después de todo lo que las mujeres habían visto en Auschwitz y Ravensbrück, ahora eran los soldados del Ejército Rojo a quienes más temían. «Me aterraban», escribió Helena Dunicz en 2014, con los recuerdos aún frescos de su cruel y violento comportamiento en su pueblo natal de Lvov antes de haber sido deportada a Auschwitz. Había decidido evitarlos a toda costa, pero no sabía adónde ir: ¿hacia el oeste a los territorios ocupados por los Aliados o al este hacia Polonia, que ya había sido liberada?

Ninguna de las dos opciones la hacía sentir optimista; pero, aun así, antes de que acabara el mes, un grupo de siete mujeres polacas, todas conectadas con la orquesta, finalmente decidieron intentar caminar hasta Polonia. Habían perdido a Zosia Cykowiak y a Marysia (Maria Mos), pero Wisia iba acompañada de las tres Janinas y de Irene Walaszczyk, quien había sido supervisora del bloque de música brevemente. Una noche, en la carretera a Polonia, se detuvieron para dormir en una casa alemana abandonada cerca del bosque, temiendo una visita de los soldados rusos. Por supuesto, los hombres no tardaron en llegar con carne y alcohol, exigiendo que «celebraran». Sabían a lo que se referían, así que las mujeres intentaron aceptar la comida y mantener su distancia. De acuerdo con Helena, «ellos aceptaron nuestra reticencia, la cual justificamos con nuestra larga estadía en los campos de concentración».

Sin embargo, lo que Helena recordaba más sobre esa noche fue encontrar un vestido de bodas blanco satinado en un armario vacío, y el recuerdo de la cooperación.

—Decidí hacer sostenes con él. En el bloque de la orquesta, una de las violinistas, una judía griega [Julie Stroumsa], me habían mostrado lo fácil que es hacer un sostén… no salió mal y de una en una agregamos ese accesorio a nuestro vestuario.[37]

Las siete mujeres, usando sostenes por primera vez en meses, se separaron en Poznań cuando cuatro de ellas fueron en busca de lo que quedara de sus hogares; Wisia, Marylka y Helena abordaron juntas un tren a Cracovia.

El 29 de mayo de 1945, las tres mujeres llegaron a Cracovia, donde comenzaría su ajuste de cuentas con el mundo en la postguerra. Justo como Helena había presentido la fatídica noche de la sonata de Beethoven, la seguridad de su grupo era la fuente de su fuerza. Ahora, con 29 años y sin una familia a la que regresar, una vez más se sintió profundamente sola, aunque también sinceramente agradecida con Wisia, un año menor, y su afligida familia por haberla acogido. Tres de los hermanos de Wisia, todos miembros activos de la resistencia polaca antinazi, habían sido asesinados en Auschwitz o en Gross-Rosen. No obstante, los padres de Wisia recibieron a Helena en su apesadumbrado hogar.

Poco después de la guerra, Helena no soportaba escuchar música en lo absoluto, aunque, durante más de diez años, se obligó a asistir a conciertos para volver a casa sintiéndose físicamente enferma.

—Tarde o temprano el tiempo cura —le dijo a Jean-Jacques Felstein, hijo de la violinista belga Elsa Miller, cuando estaba investigando la historia de su madre en la década de 1990.

Sin embargo, no lo sanó todo, porque ahí se terminaron los días de Helena como instrumentista.[38] La música, pese a todo, siguió siendo parte de su vida. Meses después de su regreso a Polonia, logró encontrar un trabajo con Polish Music Publishers (una casa de productores musicales polacos). Conforme la compañía creció, fue ascendiendo de secretaria a directora del departamento y finalmente a directora en jefe; se retiró en 1975.

10

Alguien casi destruida por su experiencia

HILDE GRÜNBAUM ZIMCHE comenzó su carrera postguerra ayudando a los refugiados sobrevivientes, que habían sido oficialmente designados como «personas desplazadas» (PD) por los británicos en Belsen, en lugar de refugiados. Agencias de ayuda humanitaria judías y de diferentes orígenes se habían dado cuenta de que este océano de personas dañadas y sin hogar representaría una crisis grave al final de la guerra e hicieron hasta lo imposible para preparase para afrontarla. De 1945 a 1952, más de 250 000 personas desplazadas judías vivieron en campos y centros urbanos en Alemania, Austria e Italia. Estas instalaciones eran administradas por las autoridades de los Aliados y la recientemente establecida Administración de las Naciones Unidas para el Auxilio y la Rehabilitación (UNRRA, por las siglas en inglés de United Nations Relief and Rehabilitation Administration). Pero decidir qué personas desplazadas merecían ayuda se volvió inmensamente controversial, ya que algunos nazis y simpatizantes de estos últimos, disfrazados de rebeldes polacos o incluso judíos, recibían ayuda.

Dar apoyo para que las personas desplazadas pudieran iniciar una nueva vida era un trabajo doloroso y desesperado, ya que muchas de ellas no tenían hogares a los cuales regresar y a menudo eran las únicas sobrevivientes de sus familias o comunidades. Pocas podían realmente considerar volver a sus países de origen, aunque temían por sus vidas, ya fuera porque sus casas habían sido destruidas y sus posesiones robadas o, en el caso de las polacas, ucranianas, bielorrusas, e incluso algunas checas y húngaras, sentían temor de ser perseguidas por los regímenes comunistas que se habían instalado en sus lugares de origen. Estos sobrevivientes traumatizados, que habían sufrido tanto y sido testigos de atrocidades más allá de la imaginación, asumieron que los victoriosos Aliados seguramente querrían corregir estos errores y amortiguar su regreso a lo que quedaba del mundo civilizado. Pero la migración a Palestina siempre había sido severamente restringida por los británicos, incluso durante la guerra, cuando los judíos de Europa estaban intentando desesperadamente huir de la persecución nazi. Los británicos habían gobernado sobre una Palestina profundamente inestable bajo el mandato de la Liga de las Naciones desde 1920; en 1917, en la Declaración Balfour, habían prometido «un hogar nacional para el pueblo judío». También les preocupaba no antagonizar al mundo árabe, en particular a los egipcios y a los saudíes ricos gracias al petróleo, por lo que también les habían hecho promesas a los nacionalistas árabes sobre un país árabe unido que llegaría tarde o temprano.

Después de la guerra, a pesar de la presión de la opinión mundial —en particular las repetidas solicitudes del presidente de Estados Unidos, Harry Truman, para admitir a 100 000 judíos en Palestina—, los británicos bajo el mandato del primer ministro Attlee no se sentían capaces de levantar la prohibición sobre los inmigrantes, como Truman había solicitado. Cada vez más sobrevivientes judíos elegían Palestina, en ese entonces bajo control británico, como su destino más deseado entre 1945 y 1948, su nacionalismo intensificado por la falta de autonomía en los campos de personas desplazadas y las pocas opciones disponibles. Pero llegar a Estados Unidos, lo cual algunas personas desplazadas hubieran querido, también era difícil, ya que era necesario que cada individuo tuviera un patrocinador y un lugar donde vivir antes de su llegada, así como una garantía de que no desplazarían a los trabajadores estadounidenses; un pariente que fuera ciudadano estadounidense también era de mucha ayuda. Las personas desplazadas que se quedaban varadas en Europa se convirtieron en una fuerza influyente en la causa sionista y en el debate político sobre la creación de un estado judío. Condenaron los impedimentos británicos contra la inmigración abierta hacia Palestina, pero fueron bloqueados por temor a antagonizar a los nacionalistas árabes, que estaban siendo testigos de la invasión de sus tierras. Debido a que había muy pocas posibilidades legales para llegar a Palestina, y las rutas ilegales estaban llenas de peligros, muchos sionistas, que se habían abstenido de oponerse a los británicos mientras estos luchaban contra los nazis, ahora recurrían a la resistencia armada contra ellos en Palestina.

La época inmediatamente después de la guerra en Europa fue una época de confusión, escasez de viviendas, hambruna, saqueos, trastornos, devastación y divorcios. El sufrimiento de quienes habían vivido los horrores diarios de un campo de concentración no terminó con la «liberación». Puede que poco a poco se hayan hecho más fuertes físicamente, o hayan reconstruido algo parecido a una vida, pero la sombra de esa experiencia se cernió sobre ellos y ocupó un espacio en su interior por el resto de sus vidas. Cada sobreviviente fue marcado de diferentes maneras, pero ninguno quedó indemne. Había pocos lugares en donde los sobrevivientes se sintieran cómodos hablando abiertamente sobre sus experiencias, a menudo percibiendo en sus oyentes, que no habían vivido en los campos, una mezcla de vergüenza, culpa e incomprensión.

—Nadie quería saber. Es una completa falacia decir que no queríamos hablar al respecto. —Así recordó Anita esa época durante una entrevista en 2022—. Moríamos por hablar de eso, por contarles a todos. Queríamos cambiar el mundo, pensábamos que era el fin del antisemitismo, así de ingenuo puedes ser cuando eres joven.[1]

En su biografía de 1996, donde habla de sus experiencias, Anita profundizó:

—Cuando llegamos a Inglaterra por primera vez, Renate y yo teníamos muchas ganas de hablar, pero nadie nos hacía preguntas. Sé muy bien que, en general, las personas quieren protegerse a sí mismas de saber demasiado. Bajo el pretexto de no querer traer de vuelta recuerdos que pudieran ser perturbadores, permiten que el silencio prevalezca.[2]

Sin embargo, las cosas empezaron a cambiar lentamente.

Una de las primeras tareas que Anita se asignó a sí misma inmediatamente después de su llegada a Inglaterra en 1946 fue visitar a Arnold Rosé, el padre de Alma, que en ese entonces vivía en Blackheath, al sureste de Londres. Alma había hablado en repetidas ocasiones de su padre con las instrumentistas y les pidió que, si alguna de ellas sobrevivía, intentara buscarlo y hablarle de la orquesta, una petición que reveló la desesperación de Alma ante la idea de que no pudiera sobrevivir, además del orgullo que sentía por lo que había creado.

La conversación de Anita con el legendario músico no fue fácil.

—Me dijeron que era viejo y frágil y que debía tener mucho cuidado con él. No sabía qué tanto sabía sobre su hija o la orquesta —recordó.[3]

La familia Mahler había recibido información sobre la muerte de Alma un mes después del final de la guerra a través de las conexiones holandesas de Alma. Sin embargo, la confusa versión que les dieron inicialmente indicaba que el suicidio era la causa más probable de la muerte. Arnold, de poco más de 80 años, sintió tanto dolor al escuchar que su amada hija estaba muerta que apenas podía hablar al respecto. Le escribió a su hijo, Alfred, en Estados Unidos: «mi único consuelo es que ella había alcanzado el martirio».[4] Luego, una mañana de 1945, dos monjas vestidas con hábitos negros largos llamaron a la puerta de Arnold en Blackheath, le entregaron un estuche de violín y se marcharon misteriosamente sin decir una sola palabra. El estuche, con su forro satinado y su tapa de terciopelo rojo decorado con las iniciales AR, contenía el preciado violín Guadagnini de 1757 de Alma, el que había utilizado antes de la guerra y había sido un regalo de un amigo holandés, el doctor Leonard Jongkees, el otorrinolaringólogo que había conocido en el verano de 1941, para esconderse de los nazis. Después de sobrevivir a la guerra, Jongkees se había encargado de restaurarlo y devolverlo a su padre enfermo, cortesía de las dos monjas.[XXXVI]

Anita, al igual que Jongkees, quería cumplir su promesa a Alma y contarle a Arnold la verdad sobre Auschwitz y el impresionante logro de Alma. «Pasé una tarde ahí. Eso nunca lo voy a olvidar. Le dije que Alma había sido una maravillosa disciplinaria».[6] Lo más importante para ella era decirle que su hija había muerto en paz, no asfixiada en una cámara de gas, y que, para las niñas de la orquesta, Alma había representado la vida misma. Arnold escuchó, quizá aliviado, pero su salud era frágil y murió a los 82 años, el domingo 25 de agosto de 1946, unas semanas después de la visita de Anita.

Esas difíciles conversaciones fueron el precio de la supervivencia, ya que el Holocausto, aunque en ese momento aún no se le llamaba así, se infiltraba en la liberación y en los intentos de comenzar nuevas vidas. La talentosa violinista belga «La Grande Hélène» Wiernik tuvo que contarles a sus padres, Chune y Etka, que solo tenían 38 y 45 años cuando los nazis se la llevaron, que su único hijo, el hermano de Hélène, de 11 años, había sido enviado a las cámaras de gas inmediatamente después de llegar a Auschwitz en un tren hospital.

[XXXVI] Al verse en necesidad de dinero, y consciente de que nunca volvería a tocar, Arnold Rosé vendió el violín al concertino vienés de la Ópera Metropolitana de Nueva York, donde «su dulce tono se escuchó durante dos décadas», según la historia contada al periodista musical Norman Lebrecht por la prima de Alma, Eleanor Rosé. «The true humanity of Alma Rosé», 5 de abril, 2000.[5]

—Me quedé en silencio porque para mis padres era demasiado escuchar sobre mi hermano —recordó Hélène en la película *Bach in Auschwitz,* de 1999.

Hélène dejó de tocar su amado violín después de la guerra. Estaba demasiado débil, demasiado herida físicamente; decía que simplemente no tenía la resistencia para seguir tocando. También sufría de serios problemas emocionales por haber escuchado, en el bloque de música, el ruido nocturno de un camión descargando su carga humana.

—Por la noche escuché cánticos, esqueletos vivientes cantando himnos y orando. Esa será una visión que nunca olvidaré. Estaban caminando directo al crematorio. Probablemente todos pensábamos que algún día llegaría nuestro turno.[7]

En 1946, Hélène se casó con el sobreviviente Léon Minkowski (nacido en Chemnowitz en 1925 y deportado de Francia a Auschwitz en 1942), con quien tuvo dos hijos, Yves y Danielle. Ella creó su vida en Bélgica, apoyada por su continua amistad con las violinistas Fanny Kornblum (después Birkenwald) y Violette Silberstein (después Jacquet).[XXXVII]

Hilde y su nuevo esposo Ernst Zimche pasaron seis meses «en la carretera»[8] después de salir de Belsen en 1945, viajando al suroeste hasta llegar a Amberes, Bélgica. Se quedaron ahí durante cuatro meses en dos grandes casas que estaban disponibles gracias a varias organizaciones sionistas para jóvenes sobrevivientes, futuros migrantes con destino a Palestina, que recibieron entrenamiento agrícola antes de su traslado a Marsella. En marzo de 1946, ella y unas setecientas personas más abordaron un barco de carga llamado Tel Hai, que supuestamente se dirigía a Panamá, y se escondieron bajo cubierta. Los 736 polizones estaban intentando llegar a Palestina.

[XXXVII] Después de la muerte de su esposo en un accidente automovilístico en 1965, se casó de nuevo y se convirtió en Hélène Schepps. Murió de cáncer en 2006.

Sin embargo, el barco fue interceptado por el destructor británico HMS Chequers a 225 km mar adentro, cuando se acercaba a la costa de Palestina. Afortunadamente, los refugiados fueron enviados a un campo de detención en Palestina llamado Atlit, en lugar de a Chipre, adonde iban la mayoría de los inmigrantes ilegales, o a Mauricio, otro destino. Al final, Hilde y su esposo consiguieron permiso para quedarse en Palestina y, durante los siguientes dos años, vivieron en diferentes *kibutzim* hasta después de la guerra árabe-israelí de 1948, cuando se mudaron a su hogar actual, un kibutz en el centro de Israel, fundado por un pequeño grupo de sobrevivientes del Holocausto en Alemania inmediatamente después de la liberación y originalmente llamado Kibbutz Buchenwald. Cuando se mudaron, Hilde estaba embarazada y su primer hijo, Amnon, fue el primer bebé nacido en el kibutz. Uri nació poco después, en 1950.

Hoy en día, el kibutz tiene un nuevo nombre, Kibbutz Netzer Sereni, en honor al judío y socialista italiano, Enzo Sereni, capturado por los nazis y ejecutado en Dachau. Hilde y Ernst Zimche, y sus familias, al igual que Regina y Aharon Bacia, lograron rehacer sus vidas ahí y muchos de sus descendientes siguen habitando el kibutz.[XXXVIII]

[XXXVIII] Después de 1945, más de 100 000 personas intentaron ingresar a Palestina de manera ilegal. Se realizaron 142 viajes en 120 barcos, de los cuales más de la mitad fueron detenidos por las patrullas británicas. La Marina Real tenía ocho barcos anclados en Palestina, y naves adicionales se encargaban de rastrear a las embarcaciones sospechosas que se dirigían hacia aquel territorio. Los británicos mantuvieron a casi 50 000 personas en campos, en su mayoría en Chipre. Más de 1 600 personas murieron ahogadas. Solo unos pocos miles lograron ingresar a Palestina. El evento central que llamó la atención mundial a este problema ocurrió en 1947, cuando la nave Exodus fue interceptada, atacada y abordada por una patrulla británica. A pesar de la significativa resistencia por parte de sus pasajeros, el Exodus volvió a Europa por la fuerza, y sus pasajeros fueron enviados de vuelta a Alemania. Pasaron varias décadas antes de que se comenzara a hablar

Esther Loewy, la primera acordeonista de la orquesta bajo la dirección de Czajkowska, había salido de Auschwitz con dirección hacia Ravensbrück en 1943, convencida por un acuerdo de la Cruz Roja para aquellos que no eran 100% judíos de que la vida sería mejor allí. Cuando Ravensbrück fue evacuado cerca del final de la guerra, fue enviada a una marcha de la muerte, de la cual ella y otros prisioneros escaparon; terminaron en una plaza de mercado en la pequeña ciudad de Lübz, a mitad de camino entre Berlín y Hamburgo. Allí celebró la victoria aliada sobre los nazis al ver cómo un retrato de Hitler era incendiado por soldados estadounidenses, uno de los cuales luego le entregó un acordeón, que ella tocó mientras los soldados y otros sobrevivientes del campo bailaban en la calle. Esther había sobrevivido, pero ahora, a sus 20 años, estaba completamente perdida, sin familia a la que regresar en Alemania.

Esther fue a un campo de personas desplazadas cerca de Belsen, donde descubrió que los nazis habían deportado a sus padres en 1941 desde su hogar en Saarlouis a Lituania, lugar en el que fueron fusilados. Su hermana Ruth, que había huido a Suiza, fue deportada y asesinada en Auschwitz justo antes de que Esther llegara. Esther tenía otra hermana, Tosca, que ya vivía en Palestina, por lo que decidió intentar llegar allí. Logró llegar a Frankfurt pidiéndoles a extraños que la acercaran en sus autos, y desde allí tomó un tren a Marsella, donde abordó un barco con destino a Haifa en agosto de 1945.

Esther fue internada brevemente cuando llegó, pero le permitieron quedarse y luego luchó por reiniciar su vida en la nueva tierra. Estudió canto, se unió a un coro, dio clases de música y, en 1950, se casó con Nissim Bejarano, un conductor de camión, con quien tuvo un hijo, Joram, y una hija, Edna. Finalmente, se rencontró con

---

ampliamente de la Nakba o la catástrofe palestina, cuando los palestinos fueron expulsados de sus hogares, un evento que acompañó la creación del estado de Israel.

Hilde en Israel; pero, debido tanto a su enfermedad como a su traslado de Auschwitz a Ravensbrück en 1943, muchas de las integrantes de la orquesta que llegaron después y que estaban unidas por sus recuerdos de tocar bajo la batuta de Alma no la recordaban. En 1960, Esther regresó a Alemania, en parte porque tanto ella como Nissim eran pacifistas que no estaban dispuestos a luchar de nuevo después de la Segunda Guerra Mundial. Ella tenía la nacionalidad alemana, por lo que se estableció en Hamburgo, dirigiendo un servicio de lavandería con su esposo y apenas ganándose la vida.

Nunca se sintió cómoda en Alemania.

—Cada vez que veía a un alemán con uniforme, un escalofrío recorría mi espalda —le dijo al periódico *Süddeutsche Zeitung* durante una entrevista en 2015.[9]

Le parecía difícil hablar sobre el Holocausto con cualquiera en Alemania y se horrorizaba por lo que ella interpretaba como un resurgimiento del antisemitismo, algo que sentía que estaba siendo ignorado por el Gobierno alemán. Un evento de la década de 1970, cuando vio a policías alemanes proteger a extremistas de derecha de los manifestantes, la convirtió en activista política. Se afilió a la Unión de los Perseguidos del Régimen Nazi y, durante los últimos cuarenta años de su vida, contó su historia en escuelas, pronunció discursos de protesta y cantó canciones de resistencia con una banda que formó con sus hijos en 1989.

Una vez que encontró su voz, se presentó en el escenario y dio entrevistas con regularidad, horrorizada por la violencia contra los inmigrantes turcos en Alemania y lo que percibía como el resurgimiento de la extrema derecha. Esther explicó cómo quería usar la música para actuar contra el fascismo. En 2009, a sus 85 años, la carrera musical de Esther dio un nuevo giro. Fue invitada a unirse a un grupo alemán de hiphop llamado Microphone Mafia [Mafia del micrófono], con quienes siguió difundiendo su mensaje contra el fascismo y la intolerancia entre el público joven de Alemania y el extranjero, con giras desde Estambul hasta Vancouver. En el escenario era una figura inusual: una mujer pequeña con cabello blanco como la nieve en un corte *pixie*, cantando en yidis, hebreo, alemán e italiano. Bromeaba diciendo que el hiphop no era su elección natural y que tenía que convencer a sus compañeros para que bajaran el volumen y no saltaran tanto en el escenario. Pero creía que la influencia del hiphop en los jóvenes podría ayudar a contrarrestar el aumento de la intolerancia.

—Somos tres generaciones de músicos en el escenario, con tres religiones diferentes. El mensaje es evidente: la música nos une, sin importar el idioma y el origen —dijo Esther.[10]

Las lecciones de vida sobre el comportamiento humano *in extremis* que había aprendido en los campos de concentración se convirtieron en su razón para vivir y difundir su mensaje. Poco antes de su muerte en 2021, a los 97 años, el Gobierno alemán le otorgó a Esther la Orden al Mérito. Después de su muerte, Microphone Mafia escribió en su sitio web cuánto la extrañarían después de 12 años y casi novecientos conciertos juntos. «Todo esto es gracias a tu fortaleza... Tu risa, tu valentía, tu determinación, tu cariñosa forma de ser, tu comprensión, tu corazón luchador».[11]

◆ ◆ ◆

En 1952, Anita Lasker se casó con el pianista Peter Wallfisch, un amigo de su infancia en Breslau que era unos meses más grande que ella. A los 11 años, ya habían tocado en conciertos escolares juntos.

—En ese entonces, no le puse mucha atención —dijo Anita en una entrevista para el Real Colegio de Música—. ¡Era un niño regordete!

Peter había logrado escapar de la guerra al vivir en Jerusalén, adonde llegó en 1939 como parte de un plan para rescatar a niños judíos con talento. Una vez que la guerra terminó, se mudó a París.

Una amiga en común le sugirió a Anita, quien estaba a punto de viajar a París para visitar a su hermana Renate, quien a su vez se había casado con un francés, que se reuniera con él durante su visita. Lo hizo y se dio cuenta de que «ahora teníamos muchas cosas en común».[12]

La pareja se estableció en Londres, donde Anita, como miembro fundador de la Orquesta de Cámara Inglesa, se convirtió en la chelista profesional que siempre había soñado ser, además de la madre de dos hijos, el chelista Raphael Wallfisch y la psicoterapeuta Maya Jacobs Wallfisch.

Hoy en día, con más de 90 años, sigue siendo enérgica y directa, con una presencia y estatura impresionantes mientras me recibe en su hogar un caluroso día de verano. Al tomar asiento en un sillón con vistas a un pequeño jardín, me encuentro mirando el mismo rostro, ahora enmarcado con cabello gris, que he observado durante los últimos años de pie entre sus amigas, Hilde Grünbaum y Hélène Rounder, las tres sonriendo en una fotografía tomada en Belsen después de la liberación. Tiene todo al alcance de su mano, teléfono, bolígrafo y cigarrillos, uno de los cuales enciende mientras me cuenta, con una fatiga comprensible, cuántas veces ha tenido que contar su historia sobre cómo sobrevivió a Auschwitz desde entonces. Me disculpo, pero ella es amable y me cuenta todo.

Anita nunca ha tenido tiempo para discutir sentimientos como la culpa del sobreviviente. Como explicó en su biografía:

> mi objetivo principal cuando comencé a construir una nueva vida para mí misma después de la guerra era recuperar los años perdidos y proporcionarles normalidad a mis hijos. Creo que la mayoría de los sobrevivientes se sentía igual. Me tomó muchos años entender que la normalidad no es algo que se pueda crear de la nada. ¿Cómo puede haber normalidad cuando dudas al responder las preguntas de tus hijos sobre su abuela y

> abuelo por miedo a traumatizarlos de manera irreversible? Darles normalidad a mis hijos significaba, entre otras cosas, que no deberían sentirse diferentes ni aislados. Ahora, cincuenta años después, sé que todo fue un sueño imposible. No hay lugar en la vida normal para historias tan atrozmente horrendas que parecen cuentos de hadas en el mejor de los casos y terribles exageraciones en el peor.[13]

Sus hijos, con quienes siempre habló en inglés —explicó en la entrevista que hablar en alemán habría sido completamente imposible—,[14] lo veían de manera diferente. En el documental de 1996 de la BBC, *Playing to Survive,* Maya, la hija de Anita dijo:

—No era como otras madres… si le preguntábamos algo, nos decía «Te diré cuando seas mayor». Creo que el hecho de que mi madre haya escrito su historia le ha ayudado mucho.[15]

Maya, nacida en 1958, era el único miembro de la familia que no se dedicaba profesionalmente a la música, lo cual pudo haber complicado la manera en la que reaccionó ante las vivencias de sus padres durante la guerra. Pero, como lo explicó en una entrevista, creía que muchos de los hijos de quienes habían sobrevivido sufrían debido a las inimaginables experiencias de sus padres en los campos de concentración.

> Si eres una niña y te sientes mal, y después te dicen, como me lo dijeron a mí, «¿Estás a punto de morir? ¿Tienes padres? ¿Estás muriéndote de hambre? ¿Cuál es tu problema?», quedas completamente confundida. ¿Cómo descubro lo que siento, necesito o quiero cuando me están diciendo que esas cosas no existen? Es una completa negación de la experiencia personal, que se vuelve irrelevante e intrascendente; y aunque no es a propósito, eso tiene como consecuencia una lucha para encontrar tu identidad y cualquier tipo de legitimidad para tus necesidades

personales. Si todo queda grabado sobre el fondo de lo que experimentaron mis padres, puedes olvidarte de eso.[XXXIX, 16]

Anita compartió conmigo, en una de nuestras entrevistas en su casa en North London, su opinión sobre la excesiva cercanía de Alma con su padre.[17] «Incluso le preguntaba dónde debía poner los dedos al tocar…». Me pregunto si lo que Anita en realidad estaba diciéndome era la respuesta a mi persistente pregunta a lo largo de este libro: ¿qué cualidades especiales le permitieron a una adolescente, sin sus padres, sobrevivir a la vida en prisión y a los campos de concentración más brutales y resurgir para llevar una vida plena, como ella lo hizo? ¿Acaso Anita nació con una voluntad para sobrevivir o se forjó en Auschwitz?

—Soy una persona muy positiva —dijo en una entrevista de radio en 1996—. No iba a dejar que los alemanes, que destruyeron a mi familia, me destruyeran a mí como persona, amargada y llena de odio… Quería vivir.[18]

Cuando en la misma entrevista le preguntaron si al final regresar a Auschwitz «le había ayudado de alguna manera», Anita se mostró casi ofendida.

—No necesito ayuda de esa manera. Ya lo superé. Ahora voy por curiosidad para ver lo que pasó ahí.[19]

Algunos exprisioneros de Auschwitz parecen haber logrado sobrevivir a experiencias traumáticas extremas y, a pesar de eso, lograron reconstruir sus vidas después de la guerra. Otros parecen seguir cargando con el trauma, atormentados y sin la posibilidad de deshacerse de él por el resto de sus vidas. La orquesta de mujeres tenía ambos casos. Una y otra vez, las sobrevivientes les cuentan a los entrevistadores que solo quienes estuvieron ahí, que vivieron Auschwitz

---

[XXXIX] Hoy en día, Maya es una psicoanalista y educadora que escribió el libro *Letter to Breslau* [Carta a Breslau], donde explora el trauma intergeneracional del Holocausto que había experimentado.

en carne propia, pueden entender cómo era y lo que se necesitaba para sobrevivir.

En noviembre de 1947, el juicio de Maria Mandl comenzó en Cracovia. Oficialmente conocido como el Primer Juicio de Auschwitz, si alguien creía que el interés por conocer los horrores de las cámaras de gas había disminuido, sería desmentido en Polonia. Esto se debía, en parte, a que el gran número de acusados en juicio (se acusó a 41 de los altos mandos de Auschwitz) incluía a varias custodias, cuyas obscenas vidas privadas fueron de particular interés para la prensa internacional. Los acusados más conocidos fueron Arthur Liebehenschel, comandante de noviembre de 1943 a mayo de 1944; Maria Mandl, supervisora general del campo de mujeres; y Johann Kremer, el médico de la ss. Los 41 representaban una pequeña fracción del total de aproximadamente 7 000 hombres de la ss y alrededor de 170 supervisoras que trabajaron en Auschwitz durante el periodo operacional del campo. A Maria Mandl, como a las otras mujeres en el banquillo, le dieron un sencillo traje gris y una blusa blanca. Tuvo que escuchar mientras la acusaban de causar la muerte de cientos de miles de mujeres y niños, y, además, varias sobrevivientes la señalaron por casos concretos de brutalidad, incluyendo seleccionar prisioneras para recibir inyecciones letales, y marcar, golpear y patear a mujeres de manera individual. La descripción de testigos sobre cómo Mandl mató a un bebé recién nacido fue particularmente espantosa.

Una sobreviviente, Janina Frankiewicz, habló sobre cómo Mandl esperaba trenes llenos de judíos en la rampa y era la responsable de la selección para las cámaras de gas, junto con el oficial de la ss Adolf Taube, conocido por infligir sufrimiento a las prisioneras de manera aleatoria, y Therese Brandl, una custodia de alto nivel.[XL] Otras

[XL] Mandl fue condenada por crímenes contra la humanidad durante este juicio y ejecutada en 1948. El destino de Adolf Taube, considerado uno de los hombres más crueles de la ss en Birkenau, es desconocido.

personas, incluyendo sobrevivientes no judías del campo de mujeres como la escritora polaca Seweryna Szmaglewska, quien en 1945 escribió el primer relato de no ficción sobre el campo de concentración titulado *Smoke Over Birkenau,* testificaron sobre los salvajes golpes, patadas y selecciones que llevaban la firma de Mandl en la documentación. Mandl admitió que «Sí... estaba firmando las listas de las destinadas a la muerte... pero era solo una formalidad», aunque negó consistentemente todas las demás acusaciones, insistiendo en que estaba en la rampa solo para poner en práctica lo que los médicos o sus superiores le ordenaban. Su abogado defensor dio el ya sobreusado argumento de que su clienta simplemente era una esclava del sistema. Pero la evidencia era contundente. Maria Mandl era «un demonio en un cuerpo humano... Cuando ella estaba a cargo del campo, pensábamos que era el fin del mundo para nosotras», dijo una testigo, conocida solo como Marchwycka.[20]

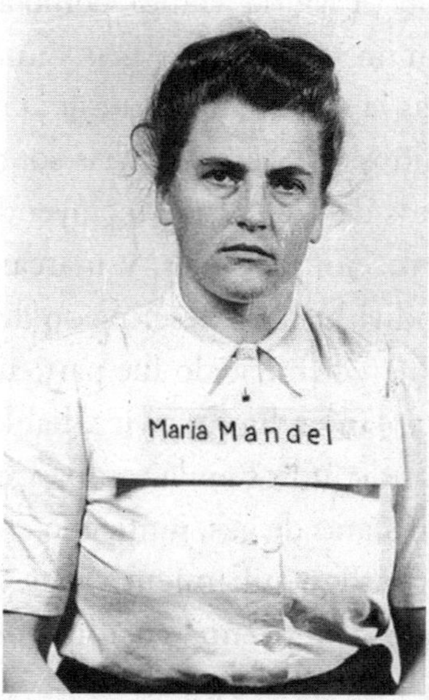

Maria Mandl, la custodia de Auschwitz-Birkenau que promovió la orquesta, poco antes de su ejecución en 1948 por crímenes contra la humanidad.

Para la orquesta, Mandl era tan benigna como maligna. Sin su apoyo, independientemente de su motivación —rivalidad con Margot Dreschel, otra custodia, o el deseo de probarle a un amante nazi que era una mujer culta—, no habría existido la orquesta y sus integrantes no habrían sobrevivido. Asimismo, conocían el nivel de crueldad del que ella era capaz. Las tres integrantes polacas de la orquesta que asistieron al juicio (Wisia, Helena y Zosia) escucharon relatos de cómo Mandl se paraba en la entrada del campo mientras los agotados grupos de trabajo regresaban y eran obligados a marchar al ritmo de la música. Cualquiera que estuviera desfasada o que no comenzara con el pie izquierdo era llevada afuera para ser golpeada, acompañada de grandes risas por parte de Mandl. El tribunal escuchó cosas que todas ellas habían experimentado.

Durante los recesos en los procedimientos del juicio, una de las tres, la violinista Wisia Zatorska, intentó acercarse a Mandl, la desafiante Wisia que había sido obligada a fregar el suelo después de negarse a cumplir una orden de Alma, la misma Wisia que había cargado a la debilitada Zosia en la marcha de la muerte, que había perdido tres hermanos en Auschwitz y en el campo de Gross-Rosen durante la guerra y sentía un odio amargo hacia Mandl y los otros nazis en el juicio. Tal vez no sabía exactamente qué esperaba lograr al acercarse a Mandl más allá de que reconociera su sufrimiento. Zosia Cykowiak, con Wisia en la corte, intentó frenar y calmar a su amiga, temiendo una escena histérica que resultaría en el juez pidiendo que las sacaran del tribunal. Finalmente, Zosia, en nombre de Wisia, logró acercarse lo suficiente a Mandl durante uno de los descansos para preguntarle «si nos reconocía. Éramos de la orquesta. Nos miraba, pero no decía ni una palabra». Para ese momento, Wisia había perdido el control sobre sí misma; «comenzó a jalarme y tuvimos que sacar a Wisia».[21]

Lo único que estas mujeres querían era el reconocimiento de que Mandl las conocía, que aceptara lo que les había hecho y admitiera que ellas también eran seres humanos que casi había destruido.

Pero les negó eso. Zosia regresó a la corte el 22 de diciembre de 1947 para el veredicto. Mandl fue declarada culpable de participar en el genocidio y fue a la horca el 24 de enero de 1948, a sus 36 años.

Sin embargo, ni siquiera eso le brindó alivio a largo plazo a Zosia, quien descubrió que nunca podría deshacerse del peso del campo de concentración por completo. Siguió siendo muy unida a la violinista Helena Dunicz Niwińska, así como a las otras mujeres polacas de la orquesta. Fue Helena quien cuidó a Zosia cuando estaba física y emocionalmente rota, a pesar de sufrir ante sus tormentos emocionales al no haber podido salvar a su amada madre. Helena visitaba Birkenau regularmente para rendir homenaje a su madre, de cuya muerte en Auschwitz se sentía responsable. Durante su tiempo como prisionera, había «olvidado» que su madre entendía música lo suficientemente bien como para haber sido también una copista en la orquesta. Se culpaba por no haber hecho lo que Anita hizo por su hermana, Renate, al conseguirle un trabajo que la protegiera. Pero, como tuvieron que recordarle a Helena, no fue su descuido lo que mató a su madre. Fueron los nazis.[22]

En 1961, hubo otro juicio espectacular que acaparó los titulares del mundo. Adolf Eichmann, quien había considerado la destrucción de los judíos húngaros como su misión personal, fue brevemente arrestado por los estadounidenses en 1946, pero escapó y eludió su captura antes de huir de Alemania con su familia en 1950. El 11 de mayo de 1960, fue dramáticamente secuestrado por el servicio secreto israelí (Mossad) en Buenos Aires y llevado de regreso a Israel.

Su juicio ante tres jueces israelíes en Jerusalén intensificó el interés académico por tratar de entender el intento de los nazis de exterminar a todos los judíos del mundo. La narración más famosa del juicio provino de la politóloga y filósofa judía alemana Hannah Arendt, cuyos controversiales artículos en la revista *The New Yorker* veían a Eichmann no como un psicópata monstruoso, sino como un ser humano sin imaginación que, en sus palabras, no era «ni pervertido ni sádico… sino terrible y aterradoramente normal».[23]

Lily Mathé, quien logró salir de Belsen en 1947 y llegar a Inglaterra para casarse con su rescatista británico de Viena, Eddie Bernstein, ahora estaba desesperada por comparecer como testigo en el juicio de Eichmann. Hasta ese momento, Lily nunca había hablado públicamente ni escrito sobre la espantosa pesadilla que había padecido en Auschwitz y Belsen. Había creado una doble vida para sí misma como la señora Bernstein, viviendo tranquila en un suburbio al norte de Londres con el hombre que se había enamorado impetuosamente de ella en Belsen, y como Lily Mathé, la virtuosa intérprete que tocaba regularmente en el café Lyons Corner House en The Strand, en el centro de Londres, usando el hermoso violín robado que Josef Kramer le había regalado en Belsen.

Cuando se enteró de la captura de Eichmann, su angustia renació y aceptó dar varias entrevistas, incluyendo una publicada en octubre de 1960 como una serie de cuatro partes en el periódico británico *News of the World* bajo el título «I too was Eichmann's Victim» [Yo también fui víctima de Eichmann].[24] El terrible relato de Lily inspiró un documental especial de una hora en la cadena de televisión británica ITV (Independent Television) sobre Eichmann, en el cual ella apareció como la testigo principal. No obstante, para su disgusto, Lily no fue convocada para testificar en persona contra Eichmman porque la fiscalía ya había reunido suficientes pruebas en su contra. Durante su juicio, que duró desde el 11 de abril hasta el 15 de diciembre de 1961, Eichmann dio su testimonio desde una jaula de vidrio, insistiendo obstinadamente en que solo cumplía órdenes. El tribunal lo declaró culpable de crímenes contra el pueblo judío y lo sentenció a muerte, la única pena capital impuesta por un tribunal israelí. Lo ahorcaron el 31 de mayo de 1962, y sus cenizas fueron esparcidas en el mar.

Lily Mathé en 1960 después de contar la historia de su audición con Eichmann en Auschwitz.

En 1976, 30 años después de la liberación, Fania Fénelon, como ahora se le conoce, se convirtió en la primera de las niñas de la orquesta en publicar un libro sobre sus experiencias. Su biografía semificcionalizada, en la que la mayoría de las protagonistas tenían nombres inventados pero fáciles de reconocer, inicialmente se llamaba *Playing for Time* o, como fue publicada más tarde en el Reino Unido, *The Musicians of Auschwitz.* Si bien el libro causó dolor y enojo entre las protagonistas sobrevivientes, trajo a la luz una historia que hasta entonces era casi desconocida. Fania sostuvo que escribió el libro porque no podía extraer de su ser lo que fue Auschwitz-Birkenau, donde pasó 11 meses en la orquesta, y había basado su relato en el «pequeño y rasgado cuaderno» que había llevado en secreto de Auschwitz a Belsen, en el que había anotado detalles de su tiempo en el campo.[25]

—Especialmente de noche. No puedo evitarlo. De repente estoy de vuelta en el bloque de Birkenau y todo sucede sin que yo pueda hacer nada. Nunca empieza igual, alguien grita… Florette o Irene… alguien está llorando, Anny tal vez, hay una lluvia de insultos, golpes… paso cada noche ahí… cada noche.[26]

Le pregunté por qué había esperado treinta años para contar su historia y ella respondió que había tenido que vivir, «tener la juventud que nunca tuvimos; nos veíamos como mujeres mayores, y teníamos 20 años. Necesitaba disfrutar de la calidez de otras personas, comer, hacer el amor, amar… recuperarme. Tenía que superar los campos. Eso tomó años. Después de treinta años de silencio, durante los cuales intentas olvidar lo inolvidable, vi que era imposible. Lo que tenía que hacer era exorcizar a la orquesta».[27]

Fania veía su tiempo en la orquesta de Auschwitz como «un oasis y un gueto… un tipo de sándwich; una rebanada de música entre dos de miseria».[28]

Agregó que quería que el mundo supiera de la miseria y las concesiones, como ella las veía, que habían tenido que hacer para sobrevivir, incluyendo las alusiones a relaciones lésbicas entre su elenco ficticio, lo cual después fue eliminado de algunas traducciones. Pero había otras razones. Ella sostenía que fue el resurgimiento del nazismo en Francia lo que la impulsó a escribir el libro. Otro factor, que no mencionó, es que necesitaba dinero.

La vida después de la guerra no fue fácil para Fania. Se divorció del atleta suizo Silvio Perla casi de inmediato, luego viajó por Europa dando conciertos estilo cabaret con varias producciones. Uno de los artistas a los que acompañó fue el barítono afroamericano Aubrey Pankey, quien había sido acusado por el Comité de Actividades Antiestadounidenses de la Cámara de los Estados Unidos de estar afiliado a «organizaciones del frente comunista» y no pudo vivir en Francia después de que el Gobierno francés se negara a renovar su permiso de residencia y le ordenara abandonar el país. Se mudó a Berlín Oriental en 1956 y Fania, «que estaba muy enamorada de él»,[29] se mudó ahí poco después y fue maestra en una preparatoria de música. En 1971, Pankey murió en un accidente automovilístico en Berlín Oriental, después de lo cual Fania regresó a París, donde vivió sola en un modesto departamento.

Las historias sobre los campos de concentración eran un género de publicación relativamente nuevo. El libro de Fania, escrito con la ayuda de la periodista francesa Marcelle Routier, era una narración altamente novelizada de sus 11 meses en la orquesta, pero con suficientes hechos verídicos en la narrativa para convertirlo en una lectura cautivadora para una audiencia que no estaba familiarizada con la realidad de Auschwitz, Belsen y Ravensbrück. Estos hechos, insistió ella, provenían de su cuaderno de notas de su tiempo en el campo. Alma Rosé se mantuvo como «Alma» y los celos que Fania le tenían son evidentes en el libro, criticándola por su sumisión ante los alemanes y por sus duros castigos hacia las niñas.

—Las notas equivocadas parecen ser tu única pesadilla recurrente. —Fue una de las acusaciones que lanzó contra Alma.[30]

»Qué detestable era Alma, dominando desde su plataforma, autoritaria y segura de sí misma. Pero ¿en verdad lo era? Si yo fuera ella, me avergonzaría [una referencia a cómo Alma se negó a pedir más pan]… ¿una admisión de orgullo e impotencia?[31]

Después de Alma, la representación más cruel fue la de Claire Monis, la cantante francesa e integrante de la resistencia que había llegado con Fania. Claire, apenas disfrazada como Clara, fue descrita de manera negativa a lo largo del libro como obesa «con enormes pechos colgando sobre su gordo estómago»[32] y constantemente intercambiando sexo por favores en el campo tanto con prisioneros masculinos como con la ss. Es posible que una de las razones por las que Fania señaló a Claire y a Alma fue que ambas estaban muertas al momento de la publicación y, por lo tanto, no podrían defenderse.

O quizá Fania sentía celos de Claire, al igual que de Alma, ya que Claire tenía una voz hermosa, mientras que la de Fania ya había pasado su mejor momento. Claire también había tenido un papel activo en la resistencia, mucho mejor documentado que las actividades un tanto vagas de Fania. La verdadera Claire «tenía el rostro muy bonito de una joven»,[33] según Helena. Anita también estaba indignada por la descripción de Claire en el libro de Fania.

—La peor distorsión fue la de Claire, que ya no estaba viva cuando el libro salió —recordó Anita en 2014—. Pero su hijo aún estaba vivo…

En otra entrevista, Anita expresó su opinión al respecto: «absolutamente IMPERDONABLE [*sic*] es la representación de la chica que se convierte en prostituta. No solo es de mal gusto, sino que es FALSA».[XLI, 34]

En 1980, cuatro años después de la publicación, el libro de Fania se convirtió en una película aún más controversial, producida por Linda Yellen, con un guion escrito por Arthur Miller. Era el turno de Fania para enojarse. Se opuso amargamente a lo que describió como una versión sanitizada de la vida en los campos y se sintió especialmente molesta por la elección de la actriz británica Vanessa Redgrave para interpretarla. Redgrave fue una elección controversial después del discurso que dio al aceptar un premio en 1978, cuando se refirió a las acciones de «un pequeño grupo de rufianes sionistas»[35] y también porque, con casi 1.80 m de altura y ojos azules, no se parecía físicamente a la pequeña Fania, que apenas medía 1.50 metros.

—No acepto que me interprete una persona que sea lo opuesto a mí… Yo quería a Liza Minnelli. Ella es pequeña, está llena de vida, canta y baila. Vanessa… no tiene sentido del humor, y eso es lo único que me salvó de la muerte en el campo —dijo Fania en una entrevista.

[XLI] La figura de Claire, bien formada para los estándares del campo, podría deberse a inflamación o edema por hambre.

Incluso atacó a la alta y rubia Redgrave en persona durante una entrevista en el popular programa de televisión estadounidense *Sixty Minutes,* pero finalmente perdió la batalla sobre el *casting*. Redgrave insistió en que no era antisemita.

—¿Cómo podría serlo? —dijo en el programa—. Todo lo que he hecho demuestra que he luchado contra el fascismo y el racismo.[36]

Jane Alexander, la actriz estadounidense que interpretó a Alma, fue muy elogiada.

La familia Assael en Nueva York: Michel, Lili e Yvette (derecha) con Fania Fénelon entre las hermanas.

Muchas de las mujeres de la orquesta que seguían con vida en ese momento se sintieron traicionadas por la narración de Fania de una u otra manera. En público, las respuestas eran moderadas. Incluso

Lili Assael, quien sí tenía razones para criticar la manera en la que Alma la había tratado, no hizo ninguna declaración pública para apoyar la versión de Fania. Hélène Wiernik defendió a Alma, a quien adoraba, con firmeza durante una entrevista en 1997.[37] Sin embargo, aún no estaba lista para atacar a Fania, insistiendo en que «le caía muy bien» y «tenía una voz especial».

La hija de Hélène Wiernik, Danielle Minkowski, declaró que lo que más le molestaba a su madre no era solo la «incorrecta noción» de que las mujeres no se llevaban bien, sino que Fania no dejara claro para la posteridad dónde tocaban. De acuerdo con Danielle, su madre «quería que quedara MUY CLARO que esta orquesta NUNCA había tocado afuera de la cámara de gas. SOLO tocaban marchas cuando las prisioneras salían a trabajar o cuando regresaban».[38]

Anita Lasker-Wallfisch escribió su versión de la orquesta del campo de concentración, llamada *Inherit the Truth* [Hereda la verdad], publicado en 1996.

«Es muy importante que no subestimemos el apoyo mutuo que nos dimos las unas a las otras», escribió Anita. «Creo que todas contribuimos un poco a la supervivencia de las demás. Observábamos a todas y hostigábamos a las personas cuando, por ejemplo, veíamos que empezaban a descuidar su higiene personal».[39]

Es una rica ironía que Fania Fénelon, a pesar de no igualar a Alma en habilidad musical ni en liderazgo, ayudara a inmortalizarla. A raíz del escándalo, Richard Newman, un periodista canadiense y crítico de música, comenzó a trabajar en una biografía de Alma Rosé, a la que contribuyeron muchas de las integrantes sobrevivientes. Hubo un consenso general entre los grupos centrales, tanto judíos como no judíos, que fueron entrevistados por Newman, sobre el deber de hablar no solo para señalar la rigurosa determinación de Alma para salvarlas a todas, sino también para dejar claro la enorme ayuda y asistencia que se dieron mutuamente en Auschwitz, y contrarrestar el relato de Fania sobre la división y las peleas. Pero en su determinación de que la versión de Fania de esta época atroz de sus vidas no quedara para la posteridad como la narración predominante, las mujeres que expresaron su opinión no negaron por completo que, junto a la sororidad, mayormente entre pequeños grupos, también hubo discusiones triviales y desconfianza mutua.

Fanny Birkenwald, que en Auschwitz había sido la mandolinista belga Fanny Kornblum, escribió en 1996 a sus 70 años:

> Tengo un increíble recuerdo de la maravillosa comprensión que reinaba entre nosotras. Particularmente en los valientes y pequeños gestos con los que nos dábamos la valentía de seguir adelante; la esperanza que nos inspirábamos cuando ya no quedaba nada que esperar; y el pan que compartíamos. Seguíamos siendo seres humanos y, para quienes atravesaron la vida en el campo, es un gran logro el poder preservar su dignidad. Estoy orgullosa de haber sido parte de la orquesta. En mi opinión, todas éramos responsables de la conducta de las demás.[40]

Es posible que los comentarios de Fanny, escritos deliberadamente para rechazar la imagen de división entre los miembros de la orquesta, hayan exagerado la cooperación. No todos los miembros de la orquesta estaban siempre dispuestas a compartir su pan o cuidar de las otras en un sentido más general. Pero desde la perspectiva de Fanny, reflexionando sobre haber llegado a Auschwitz con su familia y que su madre la hubiera animado a hacer una audición para la orquesta, aunque no estaba cerca de ser una instrumentista talentosa, fueron precisamente esos valientes y pequeños gestos —una rebanada de papa por acá o un abrazo reconfortante por allá— los que hacían la diferencia entre la vida y la muerte. Frieda fue enviada a las cámaras de gas, junto con la abuela y la hermana de Fanny.

Hubo algunos resultados positivos de la publicidad que recibió el libro de Fania. Anita en Londres y Helena en Cracovia habían iniciado un intermitente intercambio de correspondencia, aunque solo tuvieron que esperar a septiembre de 1994 para volver a verse.

«Me alegra estar en contacto de nuevo con dos de las integrantes polacas de la orquesta, Helena y Zofia», escribió Anita en su biografía de 1996.

> Aún algo limitadas por las dificultades lingüísticas, logramos hablar a pesar de ello y, en lugar de desconfianza mutua, establecimos una relación buena y honesta… lo que realmente quiero decir es que, a diferencia de la forma en que fuimos retratadas en la versión cinematográfica de Arthur Miller sobre la orquesta del campo, estábamos lejos de ser un vengativo grupo de niñas revoltosas que robaban y traicionaban entre sí cada que podían. A pesar de las muchas diferencias en carácter y origen, éramos una comunidad pequeña y muy positiva de personas que compartían una vida miserable y la posibilidad de un fin miserable.[41]

Helena (Dunicz Niwińska) con Anita (Lasker-Wallfisch) y Zofia (Cykowiak) en Europa después de la guerra.

◆ ◆ ◆

Flora Jacobs, después Schrijver, le dijo a Newman lo que Alma significaba para ella. Afirmó que, aunque Alma también sufría de nervios extremos sobre lo que pasaría si no lograban una buena interpretación, infundía en sus protegidas el valor necesario para creer que sobrevivirían. «Me lo prometió, nunca les temas a las cámaras de gas porque si eso pasa, yo te voy a sacar».[42]

Pero dijo que ver la película fue lo que la había impulsado a hablar de sus experiencias, porque «ese no es un verdadero reflejo de la realidad... hasta ese momento evitaba la publicidad. La película fue un factor decisivo. Tenía que honrar a Alma Rosé póstumamente. La mujer que nos salvó la vida estaba siendo retratada como la mujer que nos maltrató. Le escribimos a Arthur Miller diciéndole que, si iba a hacer una película, debía escuchar nuestras historias».[43]

Flora necesitó medio siglo para sentirse lista y compartir sus experiencias de manera pública al cooperar en la escritura de unas memorias tituladas *Girl with the Accordion* [La chica del acordeón], publicado en 1994, basado en una serie de entrevistas que tuvo con el autor. Habló sobre cómo llegó a Holanda en 1945, una viuda de 21 años cuyo esposo, Emmanuel van Praag, un judío alemán con quien se había casado apresuradamente en el campo de Westerbork en 1942 con la esperanza de que un matrimonio con una mujer holandesa lo salvara, había sido deportado y asesinado. Se sentía desamparada e infeliz, con el deseo imposible de recuperar la normalidad tras haber quedado como la única sobreviviente de su enorme familia.

En agosto de 1945, regresó a Ámsterdam, que estaba casi irreconocible. Se sentía perdida, sin un lugar donde vivir, pero dependía de la amabilidad de parientes lejanos, ya que insistía en que no regresaría a otro campo. No pudo encontrar trabajo hasta que fue a la Embajada británica y explicó que había trabajado para «Lady Montgomery», como ella creía que se llamaba, en Belsen.

—Desde ese momento fui recibida con los brazos abiertos —dijo Flora.[44]

Antes de que terminara el año, se había casado con Appie Schrijver, su cuñado, después de descubrir que su hermana había sido asesinada en Sobibor, y tuvo dos hijos con él.

«Fuimos al ayuntamiento a arreglar todo... Yo aún estaba oficialmente casada con Emmanuel van Praag. Buscamos a alguien que pudiera confirmar la muerte de Emmanuel». La última vez que vio a su cuñado Appie fue en Belsen, cuando intentó llevarle comida. Más tarde, se sintió horrorizada por su propia prisa.

> En retrospectiva, está mal, por supuesto. En 1945, eres liberada, te reúnes con tu cuñado, te casas y piensas «Ah, bueno, han muerto muchas personas y ahora nos gustaría tener hijos». Pero cuando estás embarazada en 1946, tu cerebro sigue en 1945, en el campo. Se lo pasas a tus hijos en la sangre. Tengo dos hijas a las que nunca les he hablado de los horrores de la guerra.[45]
>
> Mi [segundo] esposo quería darles a nuestros hijos lo que nosotros perdimos en la juventud... así que mis hijas, Jettie y Phyllis, pueden recordar una infancia sin preocupaciones.[46]

Aunque Flora también intentó no compartir su trauma con sus hijos, no pudo evitarlo. Su odio por los alemanes tenía pocos límites. «Una vez estaba en el Côte d'Azur y una pareja de alemanes con dos hijos adultos no dejaban de mirarme... caminé hacia ellos y dije "Miren, no sabían, por supuesto, pero nunca, nunca me miren. Me vuelvo loca cuando veo alemanes..."». Esa pareja en particular me dijo que los dos habían sido doctores de la resistencia alemana.

En 1981, Flora, aún traumatizada cada vez que interactuaba con alemanes y viuda de nuevo, estaba en un crucero cuando el sobrecargo la puso en una mesa con alemanes.

—¿Quieres una tercera guerra mundial? —le pregunté.

> Me dieron otra mesa. Frente a mí había un grupo de ingleses. Uno de ellos había sido parte de las misiones para bombardear Alemania durante la guerra. [Le] hablé de Birkenau, de la orquesta, de Bergen-Belsen. Le dije que le había perdido la pista a Lily Mathé, que creía que se había casado con un oficial británico.
>
> No sabía que ese hombre me había tomado una fotografía en el crucero. Después la envió a varios periódicos ingleses, con el texto: «Flora Schrijver, quien tocó en la orquesta de Birkenau y después en Bergen-Belsen, buscando a Lily Mathé».[47]
>
> Una semana después, recibí una llamada. Lily Mathé estaba en Londres. Anita Lasker también estaba en Londres, me dijo aquel hombre inglés. Fui ahí. Fue una reunión de señoras canosas, que se rencontraron después de 36 años. Después descubrí a algunas sobrevivientes de la orquesta en Bruselas.

◆ ◆ ◆

A finales del siglo xx, muchas de las mujeres encontraron maneras de reunirse, a pesar de que casi era demasiado tarde. Anita se encontró a Lily Mathé por casualidad dentro de una tienda departamental en Londres, pero las mujeres nunca fueron cercanas. Sus estilos musicales eran diferentes y Lily solo había conocido el final de una orquesta menguante, una creación muy diferente a la unidad cohesiva en la que Alma las había convertido. Helena Dunicz Niwińska escribió que cualquier contacto restablecido después de la guerra, incluso con algunas de las integrantes judías de la orquesta, se volvía un evento importante para todas. «Una de las primeras niñas judías de la banda con la que logré ponerme en contacto fue mi maestra de inglés en el campo de concentración, Margot Anzenbacherová, después Větrovcová. Desafortunadamente, nunca nos volvimos a ver. Margot murió en 2007». Gracias al Museo de Auschwitz, logró ponerse en contacto con Rachela (Zelmanowicz)

Olewski cuando Rachela visitó Birkenau a sus 80 años. «Me llamó desde su hotel en Cracovia. Fui de inmediato». Las mujeres acordaron volver a verse en Israel en 1992, pero Rachela murió justo antes. No obstante, Helena usó esa oportunidad para conocer a Regina, y comentó después que «la alegría de esa reunión después de tantos años mitigó la pérdida de Rachela».[48]

Y luego tuvo lugar una de las reuniones más poderosas para Helena, en Alemania, con Esther, ahora Bejarano, aunque ese par nunca estuvo en la orquesta al mismo tiempo. Aun así, estaban conectadas por un hilo muy fuerte que las atraía mutuamente, conscientes de que ambas habían sobrevivido una experiencia que las unía de una manera única e irresistible. Como Helena escribió en su biografía después de conocer a Esther: «Me di cuenta de que la polaca, Zofia Czajkowska, había sido una figura de salvación en la vida de Esther, una mujer judía deportada de Alemania a Auschwitz, como Alma Rosé, una judía, lo había sido para mí, una polaca».[49]

Una de las cicatrices físicas más obvias que las mujeres tenían era el tatuaje en su antebrazo.

Esther Bejarano sufrió muchas preguntas hostiles por parte de extraños sobre su tatuaje en Alemania durante la década 1960, después de regresar a vivir ahí. Una vez le preguntaron: «¿Tienes el número (41 948) para que tu esposo te meta en la lavadora? Y en Berlín, un hombre en el metro dijo que tenía el número porque era una chica fácil y quería que me llamaran». Con el tiempo, inició un doloroso proceso para borrarlo, pero decidió, dada su ambivalencia hacia Alemania, que no quería hacerlo ahí y regresó a Israel para que se lo quitaran.[50]

Flora decidió, después de seis años, en 1952, quitarse su tatuaje, el número 61 278, en parte porque ella tampoco podía tolerar las constantes preguntas sobre si ese era su número de teléfono, y también porque era un recordatorio permanente de su sufrimiento. Mucho después admitió que se arrepentía; con o sin número, no podía sacar el campo de su mente. Aún tenía la cicatriz en la muñeca por haberse quemado con la pequeña estufa en el centro del bloque de música.

Murray Perahia, hijo de judíos griegos criado en Estados Unidos y uno de los mejores pianistas de la actualidad, cuenta una historia similar sobre la ignorancia de los números tatuados en los brazos de los sobrevivientes. A principios de la década de 1970, conoció a Anita a través de la Orquesta de Cámara Inglesa y vio los números en su brazo. Confundido, dijo que le recordaban a su primera maestra de piano y los números que tenía tatuados, y se preguntó qué eran.

—Nadie hablaba de Auschwitz en ese entonces… de niño claramente no le pregunté a mi maestra de piano por qué había números en su brazo —dijo Perahia en una entrevista.[51]

Gracias a una extraordinaria coincidencia, aquella maestra de piano había sido Lili Assael, la hermana mayor de Yvette, que había emigrado a Nueva York después de la guerra para seguir a su hermano Michel, que consiguió una beca para estudiar ahí. No tenía mucho más de 50 años cuando se convirtió en la primera maestra de piano de Murray. Le dio clases desde los 5 hasta los 7 años a principios de la década de 1950 cuando, al darse cuenta de lo talentoso que era, les insistió a sus padres que buscaran a algún docente más avanzado.

—Era generosa en ese sentido y no intenté detenerme —recordaba Perahia.

Lili y el joven Murray hablaban ladino juntos, la lengua judeoespañola que hablaban algunos judíos sefardíes, la cual probablemente sea la razón por la que sus padres la eligieron, reflexiona hoy en día. No había muchos profesores de piano en el Bronx que hablaran ladino.

Murray no creció en una familia particularmente musical, aunque su padre David, un sastre por oficio, disfrutaba la ópera. Eran parte de una comunidad griega muy unida del Bronx, adonde David se había mudado con su familia en la década de 1930 por razones económicas. Había regresado a visitar Salónica a finales de esa década y, durante esa visita, se involucró con Julie Stroumsa, la violinista, quien murió debido a la fiebre tifoidea en Belsen.

Sin embargo, Murray supo desde una edad temprana que quería aprender a tocar el piano. Su inspiración vino del hermano de Lili.

«Estaba asombrado con un hombre llamado Michel Assael, que parecía tocar, componer e improvisar toda la música en la sinagoga. Eso es lo que yo aspiraba a ser. Pero, por alguna razón, Michel no estaba disponible para enseñarme, Lili sí». Y así fue como Lili se convirtió en su primera maestra y, al conocer a Anita veinte años después, pudo ayudar a las dos mujeres a reconectar.

Lili Assael dando clases de piano en Nueva York después de la guerra.

Lili no se volvió a casar después de que su joven esposo, Sam Hasid, fuera enviado a la cámara de gas al llegar a Auschwitz, pero sí creó su propia vida como una exitosa maestra de piano. Su hermana menor, Yvette, que seguía siendo una adolescente al final de la guerra, intentó regresar a sus raíces en Salónica desde Belsen, pero resultó imposible. Al principio trabajó en un club nocturno para los soldados Aliados, pero no quedaba rastro de la comunidad judía y ella estaba abatida y perdida.

Un soldado irlandés salvó su vida, el sargento James Lennon, asignado a trabajar con el Ejército británico para ayudar con la reinserción de las personas desplazadas, cuando escuchó una de sus interpretaciones en 1946. Fue su amor el que salvó a Yvette.

—De verdad no sabía si quería seguir viviendo —le dijo su hija Peggy.

Michel y Lili, que vivían en Nueva York, estaban extremadamente preocupados por su hermana. En 1947, con tan solo 20 años, se casó con Lennon y, después de pasar cinco años en Londres, también se mudaron a Nueva York, donde tuvieron dos hijos. Lennon «pasó toda su vida ayudándola a sobrepasar esa etapa y a recuperar las ganas de vivir», afirmó Peggy.[52] David, el hijo de Yvette, recordaba que en la década 1960 un doctor de la familia los visitaba con regularidad para tratar a su madre. «Nos dijeron que estaba sufriendo de ataques nerviosos, teniendo pesadillas sobre el campo».[53] Tanto Peggy como David creían que mientras su madre sentía «tristeza, la tía Lili estaba enojada. Solía reírse al contar historias de la vida en los campos. Creo que se reía mucho porque la situación le parecía ridícula», comentó David.[54]

Además de las griegas, que habían estado aisladas en Auschwitz, pero seguían apoyándose las unas a las otras después de la guerra, los dos grupos principales que lograron mantenerse en contacto de forma regular fueron Anita Lasker (después Lasker-Wallfisch), Violette Silberstein (después Jacquet-Silberstein), Hélène Wiernik (primero Minkowski y después Schepps), Fanny Kornblum (después Birkenwald) y, hasta cierto punto, Hilde, y en Polonia Helena, Zosia y Wisia.

La boda de Yvette en 1947 con el sargento irlandés James Lennon.

Pero había una mujer que, a pesar de haber sido un miembro integral de uno de los subgrupos en Auschwitz, no aparece en las biografías de las otras: Elsa Miller, la violinista que salvó a Hélène al decirle que audicionara para la orquesta para poder salvar a Fanny, lo que llevó a la creación del grupo belga. El hijo de Elsa, Jean-Jacques Felstein, emprendió una odisea en la década de 1990 para redescubrir a su madre, que había muerto trágicamente debido al cáncer a los 41 años en 1964, cuando él apenas tenía 16 años. Nunca le había hablado de su tiempo en la orquesta y su violín había sido relegado a la parte de atrás de un armario y nunca volvió a ser tocado. Ella fue, o así lo sintió él durante su infancia, «una madre casi ausente, alguien casi destruida por su experiencia».[55] Jean-Jacques habló con Hélène sobre su madre, pero «me ha dejado claro lo que el costo de mencionar estos recuerdos frente a mí le hace a ella».[56] Quedó perturbado al descubrir que algunas de sus compañeras de la orquesta —Hilde, Regina, Sylvia e Yvette— no recordaban a Elsa.[57]

En una conversación imaginaria con su difunta madre, Jean-Jacques escribió lo siguiente:

> En Auschwitz, comías en la misma mesa que Carla, Sylvia y Ruth, la banda que hablaba alemán. Pero tú las mantenías unidas, ¡la unión entre los grupos alemanes y belgas! Ya no más. Por fin me di cuenta de que no es sorprendente que ella [Hilde] se haya olvidado de ti. Si hubieras tenido una función asignada en el grupo más allá de tu puesto como segundo violín, hubiera sido limar asperezas y borrar cualquier conflicto. No eras una de esas personas que los demás recordaran por su energía y ruidosa voz, como Violette, o por su talento como instrumentista, como a la gran Hélène. Por lo que sé de ti, fueron tu discreción y preocupación por no escatimar esfuerzos o pelear con las otras lo que prevaleció.

Había algo más que le daba a Elsa fuerza en Auschwitz. De acuerdo con Anita, es posible que la clave de su supervivencia haya sido la suerte. Otro factor debió de haber sido Dora, una niña de 14 años a la que intentó proteger, aunque no formaba parte de la orquesta.[58]

Elsa tenía 20 años cuando llegó a Auschwitz en 1943 junto con Dora, ambas arrestadas en Bruselas. Las niñas se conocían porque vivían en departamentos dentro de la misma casa y Dora estaba enamorada de uno de los hermanos de Elsa. Mientras eran vigiladas por los guardias antes de la deportación, Dora quería escapar, pero Elsa tenía demasiado miedo. Al reconstruir la vida de su madre después de entrevistar a sus amigas en la década 1990, Jean-Jacques concluyó que Dora había sido la clave para la supervivencia de Elsa. Desde el momento en que llegaron deportadas, «se sintió responsable por la niña… en el campo, Dora no dejaba de llorar. Tenía miedo de todo y de todos y se acurrucó junto a ella. Elsa fingió estar tranquila y llena de confianza en el futuro para tranquilizar a Dora. Pero ahora hará por la otra niña lo que antes pensaba que no podría hacer. Va a luchar por sobrevivir».[59]

En el Museo Imperial de la Guerra, en Londres, abrieron nuevas galerías del Holocausto en 2021, llenas de impresionantes imágenes sepia recreando la vida de los judíos en Europa antes de la guerra, un suéter rojo en una de las vitrinas resalta. Es el suéter rojo de angora que Anita arregló tantas veces, el suéter salvavidas que de alguna manera la acompañó desde Kanada, en Auschwitz, a Belsen y luego a Londres. Le había costado «mucho pan» —la moneda de Auschwitz— «organizarlo», pero era tan importante que lo usaba sin cesar, un símbolo de un futuro más brillante, tal vez, o solo una manera de mantenerse abrigada. Anita no encontró una respuesta sobre cómo ella, dejando a un lado el suéter, había sobrevivido, algo muy extraño tomando en cuenta que (como la mayoría de las niñas de la orquesta) fumaba. Los cigarros, o las partes de estos, le ofrecían un leve momento de placer, nada más. Aunque reconoce que la música fue la clave para la supervivencia de varias, no era una garantía. Para Julie Stroumsa y Charlotte Croner, simplemente pospuso la muerte. Anita insiste en que no hay una receta para sobrevivir más allá de la suerte. Todas hicieron lo que pudieron mientras pudieron.

Una vez que las personas se enteraban de lo sucedido en Auschwitz, la pegunta complementaria regular era: «¿Cómo lograste sobrevivir?». Szymon Laks, director de la orquesta de hombres, escribió sobre cómo le respondió a una mujer que le hizo esta pregunta con resentimiento en su voz:

> Muchas personas murieron, pero tú sobreviviste. ¿Cómo lo hiciste?». Me sonrojé, me sentí culpable y respondí, con un poco de teatralidad: «Lo siento mucho... no lo hice a propósito.[60]

Regresar a Auschwitz era difícil para muchos sobrevivientes. Hélène recordaba que siempre se había resistido la idea de regresar, pero en 1995, para el 50.º aniversario de la liberación, aceptó ir cuando se lo pidió el Ejército belga. «No pude encontrar nuestro bloque. La inmensidad ya no estaba porque el bloque había sido destruido. Fue muy difícil regresar así. Era un gran espacio vacío, no como era antes, solo estaba lleno de angustia y recuerdos».[61]

Cuando el director de cine francés Michel Daeron decidió que quería hacer una película sobre esta inusual historia de supervivencia a través de la música, reunió a tantas sobrevivientes de la orquesta como pudo, incluyendo a Hélène, Anita, Violette, Margot, Eva, Flora, Regina, Sylvia y Hilde, y las entrevistó en sus hogares. Este enfoque tan sensible ayudó a las instrumentistas a hablar abiertamente sobre sus experiencias, algunas por primera vez frente a la cámara. Daeron también llevó a Helena y Zosia de regreso a Auschwitz para revivir sus experiencias. Su película se llamó *Bach en Auschwitz*, una referencia a la Chacona interpretada por Hélène en su audición. Flora, con algunas reservas, aceptó ser parte de ella, y luego dijo:

—Solo hago entrevistas en televisión para honrar a Alma... tengo que pensar en todo y después no duermo. 48 horas después, sigo llorando.

Explicó que un director de televisión le había propuesto una idea en la que ocho sobrevivientes de la orquesta tocarían juntas para una película que tenía en mente, ofreciéndole un gran pago. Ella le pidió que se fuera.

—¿Estás loco? —le dije—, teníamos que tocar por nuestra vida.[62]

Anita finalmente aceptó dirigirse al Parlamento alemán el 31 de enero de 2018, después de haber dicho, cuando se fue de Belsen, que nunca pondría un pie en Alemania de nuevo y cómo le horrorizaba que la consideraran una judía *alemana*.[63] Fue con su hermana Renate —ambas mujeres ahora viudas— para recordar a las víctimas del nacionalsocialismo con una ceremonia especial en el Bundestag. Después del discurso inaugural del presidente del Bundestag, el doctor Wolfgang Schäuble, Anita dio el discurso conmemorativo.[64]

Hablando en alemán, lo que con el paso del tiempo pudo hacer sin sufrir, relató con claridad su vida en Breslau antes de la guerra y los inicios del antisemitismo que condujeron a su arresto y tiempo en prisión antes de llegar a Auschwitz.

Habló sobre cómo «la orquesta estaba basada en el Bloque 12, cerca del final del camino hacia el campo, a solo unos metros del Crematorio I y con vista despejada a la rampa. Podíamos ver todo: las ceremonias de llegada, las selecciones, las columnas de personas caminando hacia las cámaras de gas para ser transformadas en humo.

> Incluso si no te enviaban directamente a la cámara de gas, nadie sobrevivía mucho tiempo en Auschwitz, lo máximo que podías esperar eran más o menos tres meses. Pero si, por cualquier razón, te necesitaban, tenías una pequeña posibilidad de sobrevivir. Yo tuve esa oportunidad… me «necesitaban».
>
> Tocábamos marchas en la entrada del campo para los prisioneros que trabajaban en las fábricas cercanas —IG Farben, Buna, Krupp, etc.— y dábamos conciertos dominicales alrededor del campo para las personas que trabajaban ahí o cualquier otra persona que quisiera escucharnos tocar. Para muchos, escuchar música en este infierno viviente era el peor insulto. Pero para otros, tal vez, era una oportunidad para soñar con otro mundo, aunque solo fuera por unos momentos.

Y luego pasó a un tono más elevado al hablar sobre el presente:

> El antisemitismo es un virus que tiene 2 000 años y aparentemente es incurable. Muta para adoptar nuevas formas:

religión, raza. Sin embargo, hoy uno no necesariamente dice «judíos». Hoy son los israelíes, sin realmente entender el contexto ni saber qué está pasando detrás de escena.

Se critica a los judíos por no haberse defendido, lo que simplemente confirma lo imposible que es imaginar cómo era para nosotros en ese entonces. Y luego se critica a los judíos por defenderse. Es escandaloso que las escuelas judías, incluso las escuelas infantiles judías, necesiten una guardia policial.

A veces pienso que la orquesta en Auschwitz era una especie de microcosmos, una sociedad en miniatura de la que podemos aprender. Todas las nacionalidades estaban representadas. Era una Torre de Babel. ¿Con quién puedo hablar? Solo con personas que hablen alemán o francés. No hablo ruso ni polaco, así que no hablaré con ellas. Entonces, en lugar de eso, nos miramos con desconfianza y asumimos automáticamente que la otra persona es hostil; no se nos ocurre preguntar por qué esa persona también terminó en Auschwitz.

Y en cuanto al resurgimiento del antisemitismo: pregúntense, ¿quiénes son los judíos? ¿Por qué los encontramos por todas partes? ¿Es quizá porque fueron expulsados de su tierra natal hace 2 000 años y esparcidos por todo el mundo, y desde entonces han estado buscando un lugar donde puedan vivir en paz y no ser asesinados? «Judíos» no funciona como un término colectivo. Los judíos son solo personas —personas con una historia muy inusual, es cierto—, pero tan a menudo chivos expiatorios, perseguidos, asesinados, difamados.

Lo positivo es que el 18 de este mes, esta Cámara adoptó por unanimidad una resolución que establece que el antisemitismo debe combatirse firmemente. Solo podemos esperar que ustedes ganen esta batalla. El futuro está en sus manos.

Para aquellos que sobrevivieron más allá del 50.º aniversario de la liberación de los campos, Anita se convirtió en el vínculo vivo, o, como ella misma lo describió, «el objetivo móvil». Debido a que tocó en muchos conciertos de alrededor de Europa, vio a sus amigas de la orquesta del campo más que otras. Poco a poco se hicieron otros documentales sobre quienes sobrevivieron, incluyendo uno con Anita y su hija Maya, donde regresaron juntas a Auschwitz, llamado *Playing to Survive* de la BBC en 1996, y otro titulado *El maestro y la chelista de Auschwitz,* realizado por la televisión alemana en 2022, que intentó comparar la perspectiva de Anita con la de Wilhelm Furtwängler, el compositor y director alemán que, a pesar de su profesada oposición al antisemitismo, siguió trabajando en Alemania durante la guerra.

También ese año, Peter Kuhfeld, el único hijo de un prisionero de guerra alemán, pintó el retrato de Anita. Fue uno de los siete retratos de sobrevivientes del Holocausto en el Reino Unido solicitados por el entonces príncipe Carlos para la Royal Collection Trust [Fondo de la Colección Real].

Una vez que comenzó a hablar, nunca dejó de hacerlo. Anita rara vez rechaza una entrevista, pero sabe que no puede cambiar nada y se desespera ante la ignorancia.

> Me han preguntado:
>
> —¿Cómo es posible que fulano de tal haya logrado sobrevivir a tal o cual campo?
>
> Para mí, eso implica que la «supervivencia» es algo sospechoso y debe haber sido lograda por medios ilícitos, como la colaboración con los alemanes. Esas preguntas me entristecen muchísimo. La respuesta corta es... si fuiste testigo del día de la liberación, simplemente tuviste suerte. Fuiste un sobreviviente.[65]
>
> ¿Por qué sobreviví? Llegué a la conclusión de que es mejor que alguien sobreviva para contar la historia. No necesito sentirme demasiado culpable por eso.[66]

EPÍLOGO

Si olvidamos, somos culpables, somos cómplices

En una fría mañana de enero en 2023, salí de Londres y abordé un avión hacia Israel para reunirme con Hilde Grünbaum Zimche, de 99 años. Me preguntaba qué tipo de discusión sobre dolor y trauma tendré con esta mujer que ha visto tanto de ambos. Hilde es una desconocida para mí y, sin embargo, he estado pensando en su vida durante muchos meses antes de conocerla.

Me preocupa haberlo aplazado tanto que no logre tener una reunión profunda con Hilde. Como descubriré, estoy subestimando la fortaleza mental que se necesita para sobrevivir en un campo de concentración y ayudar a liderar a otras, características con las que estoy a punto de encontrarme cara a cara.

Cuando comencé mi investigación para este libro, les había creído a varios reportajes de periódicos sobre la orquesta, los cuales comentaban que solo quedaba un miembro con vida: Anita Lasker-Wallfisch, en Londres. Anita, que había sido excepcionalmente cercana a Hilde en Auschwitz, creía que esto era cierto, ya que había perdido contacto con su amiga un año atrás cuando Hilde, en necesidad de más cuidado, se trasladó a otra sección de su kibutz. En cuanto me enteré de que Hilde estaba viva y a salvo, hice planes para ir a conocerla.

Mi taxista, que me llevó en un viaje de media hora desde mi hotel en Tel Aviv hacia el kibutz de Hilde, quiso platicar, pero se le dificultaba hablar inglés. Mientras salimos de la ciudad con el sol matutino, me preguntó la razón de estar ahí. Cuando le expliqué, inmediatamente quitó la mano derecha del volante y golpeó de forma repetida su antebrazo izquierdo.

—Mi madre… —me dijo, dejando que su voz se apagara.

No hace falta decir nada más. Soy extremadamente consciente de cuántos sobrevivientes o hijos y nietos de sobrevivientes caminan por esas calles, cada uno con una historia que contar sobre cómo han lidiado con el dolor y el trauma. «Mi respuesta a Hitler», como muchos dicen. Me siento como una intrusa.

Hilde, en una silla de ruedas empujada por su cuidadora, me esperaba en la entrada del kibutz, al igual que Sivanne, la nieta de otra integrante de la orquesta, Regina. Hilde, vestida con una sudadera y pantalones cómodos, se veía bien arreglada, con las uñas hermosamente pintadas con esmalte rosa; su rostro como es obvio había envejecido, pero es reconocible de inmediato por la foto de una joven sonriente tomada después del Día de la Victoria, con el mundo a la espera. Las tres hicieron un gran alboroto por mí mientras me llevaban a una gran sala marcada como «Guardería», con globos en una pared rosa y una guirnalda con la inscripción «Feliz Navidad» (un guiño a los muchos extranjeros que trabajan en los kibutz), casi un mes después, colgada en la otra. Me preguntaba cómo iniciar la conversación. No fue necesario preocuparme, ya que Hilde estaba llena de sonrisas y se sentía feliz de responder lo que yo quería saber. Cuando elogié su inglés, me dijo orgullosa:

—Traduje para los británicos en Belsen.

Entonces le mostré la fotografía de mi padre con su uniforme del Ejército británico cuando estuvo ahí, más como una forma de explicar mi interés en Belsen que porque esperara algún tipo de reconocimiento por su parte. Parecía tener un recuerdo claro de ese campo.

—Sí, recuerdo el concierto ahí el 24 de mayo. Creo que era para las personas polacas en Belsen, pero Anita y yo fuimos de todas formas.

Mi misión en ese momento era redirigirla para hablar de Auschwitz y preguntarle si recordaba el tiempo que pasó ahí.

Emergieron recuerdos al azar, interrumpidos por reiteradas exhortaciones a comer más galletas.

—Sé que, en el invierno, al final, cuando no podíamos salir, solo tejíamos, tejíamos calcetas para los soldados.

Luego continuó:

—Recuerdo que Anita solía decirme: «¿Quién entiende a estas personas? En un momento quieren *Träumerei,* de Schumman, y al siguiente están incinerando personas».

Recordaba que Alma solía hablarles a ella y a Anita de libros, de literatura y del círculo de artistas y escritores, como Jakob Wasserman y Franz Werfel, con los que solía relacionarse en Viena antes de la guerra.

—Podíamos hablar con Alma en *Hoch Deutsch* [alemán formal, lo opuesto al coloquial, lo cual indicaba una educación avanzada] —me dijo.

Cuando le pregunté por el miedo dentro del campo de concentración, no dudó antes de hablarme sobre un momento en 1943 en que tenía un absceso en el cuello y no podía tocar el violín.

—No quería ir a la *revier*... un doctor llegó y me dio medicina y mejoré. En ese momento, tuve miedo porque no era lo suficientemente buena para la orquesta y copiaba la música. Estaba aterrada.

Conforme el mosaico de recuerdos comenzó a salir, muchas de las historias que ha contado antes, dijo que no recordaba lo que tenía puesto en Auschwitz, aunque sí recordaba que tenía zapatos.

—Era la única que tenía zapatos... una amiga me los dio. Así que dormía con los zapatos puestos.

Continué haciéndole preguntas, pero podía ver que se estaba cansando. La cuidadora me advirtió que tendría que descansar pronto.

Hilde quería decirme algo sobre su viaje de Belsen a Palestina y cómo su fe en el sionismo nunca flaqueó. Me preguntó si sabía que ese kibutz se fundó como Kibbutz Buchenwald en Alemania después de la guerra en 1945, donde un grupo de ellas tomaba clases de agricultura, y cómo llegaron por su cuenta a Amberes, donde les enseñaron aún más sobre esa actividad.

—Y después tuvimos que cruzar la frontera de Holanda a Bélgica, y nuestro chofer era un soldado inglés.

Sin embargo, estaba decidida a no desviarme hacia una discusión sobre el sionismo o Israel. Con gentileza, volví a hablar de los campos y le pregunté, mientras recordaba su vida, si entendía qué la mantuvo viva, qué la hizo querer seguir viviendo después de haber presenciado tanto horror.

Le recordé un impactante comentario que hizo en una entrevista de 1997: «Sabía que, si no hacía todo lo posible por ayudar a las personas, no quedaría nada».[1] Me dijo repetidamente que fue la esperanza lo que la sostuvo.

—La esperanza era mi religión, y mi fe en el sionismo.

Eso es lo que más les agradece a sus padres, además de haberle brindado una buena educación, donde la música y los idiomas jugaron un papel tan importante.

—Nos ganamos nuestra vida porque sabíamos tocar. A menudo pienso en lo que mi madre me enseñó: «Todo lo que sabes lo puedes llevar contigo, los bienes materiales no tienen valor», y tenía razón. [Fueron] los dos años y medio viviendo sola los que me ayudaron a sobrevivir y todo lo que aprendí de los libros y los poemas, eso fue lo que me ayudó a sobrevivir.

Pero después de la guerra, me dijo que nunca volvió a tocar música. Hubo un silencio en nuestra conversación. No sentí la necesidad de pedirle alguna explicación y dejé que el silencio se asentara. Después de todo, la mayoría de las mujeres en la orquesta no nacieron para ser instrumentistas, simplemente usaron la música como una herramienta cuando se les ofreció.

Mientras que algunas de las mujeres de la orquesta, como Hilde, dejaron de tocar música después de 1945, otras la abrazaron con pasión y transmitieron su amor por la música a sus hijos y nietos. Violette Silberstein se reinventó como cantante de club nocturno con su voz ronca de fumadora —un potente recordatorio de que los cigarros habían sido un elemento vital en el campo— e insistió en que siempre tuvo una fuerte reacción positiva al escuchar música después de la guerra.

—Me siento bien. Digo que todavía estoy aquí —dijo en 1999.[2]

Del mismo modo, Anita, quien siempre está dispuesta a proclamar con firmeza que, sin importar todo lo que habían asesinado, los nazis nunca pudieron matar la música, tiene, además de su exitoso hijo chelista, Raphael, varios nietos que también son músicos profesionales. Simon Wallfisch es barítono y vive en Alemania, Benjamin Wallfisch es compositor de bandas sonoras de películas en California y Joanna Wallfisch es cantante, compositora y multiinstrumentista. Otros descendientes tocan por placer, lo que demuestra su punto.

En abril de 2022, Deborah Assael-Migliore, la hija chelista de Michel Assael y sobrina de Yvette y Lili, con quienes tuvo una relación cercana, organizó un concierto en el Carnegie Hall de Nueva York para una pieza escrita por su padre en 1947, llamada *Himnos de Auschwitz*. Deborah nunca había escuchado la música antes y creía que encapsulaba «toda la experiencia que me contó mientras crecíamos, todas las historias las escucho en su lenguaje musical». Michel Assael, quien falleció en 2006, escribió la pieza poco después de la liberación como un tributo para quienes no sobrevivieron. Fue dedicada especialmente a la memoria de Lillian Menasche, la adolescente griega que fue gaseada después de que Zofia Czajkowska la sacara de la orquesta de mujeres para remplazarla por una de sus amigas polacas. El padre de Lillian, el doctor Albert Menasche, flautista y médico, era un amigo de Salónica que siguió tocando con Michel Assael en la orquesta de hombres mucho después de enterarse de la muerte de su hija. Michel y Albert eran «compañeros inseparables... después del pase de lista vespertino, uno podía verlos parados, brazo a brazo, justo frente a los alambres de púas», recordaba el director de la orquesta, Szymon Laks. «Se quedaban mirando el campo de mujeres vecino, donde estaban la hija del doctor y las dos hermanas de Michel... Otras veces esperaban en vano que aparecieran sus seres queridos».[3] La música, en este caso, fue una manera de recordar, de conmemorar.

Mi intérprete durante la breve visita con Hilde, apenas necesaria pero útil en caso de que la mujer de 99 años cambiara a ivrit o hebreo moderno, el lenguaje del kibutz, fue la nieta de Regina, Sivanne, una vibrante mujer israelí casada con un holandés que, junto con sus hijos, se mudó al kibutz impregnado de historia de la Segunda Guerra Mundial. Sivanne está investigando su historia familiar, ya que nunca la discutieron cuando era joven.[XLII] Poco a poco, durante el almuerzo en el enorme comedor comuna del kibutz, y después, mientras caminábamos por el campo recogiendo mandarinas, me di cuenta del porqué. Me habló sobre cómo su madre era muy cercana su abuela Regina, quien se sentía derrotada por la historia. Sivanne ha aprendido mucho de lo que sabe a través de libros. Pero se hizo muy cercana a Regina poco antes de su muerte en noviembre de 2014.

—Aprendí de mi abuela que, aunque Alma era complicada porque su temperamento artístico la hacía una perfeccionista, también era como una madre para ella, por lo que cuando Alma falleció, fue como si su madre hubiera muerto de nuevo —me contó Sivanne—. Mi abuela siempre fue infeliz porque cuando la orquesta salía a tocar, ella se quedaba cortando leña, limpiando y sintiéndose como una simple sirvienta, Cenicienta.

Cuando el hijo de Elsa Miller, Jean-Jacques Felstein, conoció a Regina en 1997, ella le compartió que sentía cierta culpa. Sufrió

[XLII] Gracias a que ella descubrió mi interés en esta historia y se puso en contacto conmigo, descubrí a Hilde.

por años al pensar en el estatus privilegiado que sostenía en Birkenau; pero, además, «había estado enojada con Hilde por haber sido la responsable de que se uniera al grupo». Solo cuando estuvo muy enferma y al borde de la muerte, Regina pudo hablar con Hilde al respecto. Nunca dejó de sentirse como una extraña en el grupo; aunque, finalmente, dejó ir el remordimiento, reconociendo cómo el haber sido parte de la orquesta le había salvado la vida. De acuerdo con Felstein: «Regina me dijo… que ya no quiere recordar nada y que, además, como no era nada más que una ayudante, su historia no es de interés. Teme haber sido olvidada por sus compañeras». Pero, por supuesto, su historia es interesante justo porque «experimentó el escándalo de la música en Auschwitz a diario, esta actividad humana que se llevaba a cabo naturalmente en lo que de otro modo fue una locura generalizada».[4] Fue salvada por la música en el sentido más amplio, sin importar que haya o no tocado un instrumento en la orquesta.

Entre todas las atrocidades de los campos, el peor miedo de muchos prisioneros hombres en Birkenau que seguían vivos para trabajar y no eran inmediatamente enviados a las cámaras de gas era ser seleccionados para el *sonderkommando*, el llamado escuadrón especial con una tarea horrible, mover los cadáveres de las cámaras de gas al crematorio, y donde los trabajadores eran asesinados después porque sabían demasiado. La orquesta de mujeres tenía un vínculo particular con este escuadrón porque Dov, el hermano de Rachela Zelmanowicz, pasó un tiempo en este trabajo hasta que fue asesinado después de la revuelta en octubre de 1944.

Pero cada *kommando* de trabajo tenía sus horrores. Krystyna Zywulska, la escritora judía polaca que había asumido otra identidad para esconder su religión y fue enviada a Auschwitz en 1943 como prisionera política, lo recordaba así:

—Estábamos asustadas, pero siempre llegábamos a la misma conclusión: «Van a deshacerse de nosotros al final, no importa dónde estemos».[5]

Zywulska logró sobrevivir disfrazada de prisionera política no judía, asignada a trabajar en Kanada, o el *effektenkammer*, ampliamente conocido, al igual que la cocina, la lavandería, la oficina y el hospital, como uno de los mejores *kommandos* en el campo. Las prisioneras asignadas a este tipo de escuadrones de trabajo estaban a salvo del trabajo físico pesado en exteriores y, a diferencia de las instrumentistas, tenían muchas oportunidades para conseguir comida, ropa y otros objetos valiosos de forma ilegal. Dormían en barracas más pequeñas, les permitían usar ropa de civil y dejarse crecer el cabello, además de ser libres de ambos pases de lista y de las selecciones. Sin embargo, a pesar de todos sus privilegios, incluso las trabajadoras de Kanada, que vivían al lado del crematorio, no podían escapar de la posibilidad de enfermarse o de la vista, los gritos y la peste de los incesantes asesinatos en masa que ocurrían diariamente a unos metros de distancia.

Tal vez el privilegio más grande que les otorgaba estar en la orquesta a sus integrantes era la esperanza; la esperanza de que sobrevivirían mientras los nazis las necesitaran o disfrutaran sus conciertos. Anita reconoció que «lo único que podíamos esperar era vivir hasta el día siguiente». Aferrarse a una esperanza tan precaria explica cómo vivían con las acusaciones de que eran privilegiadas, lo cual ellas reconocían. Compartían el miedo de las otras prisioneras y casi la misma hambre. Incuestionablemente, trabajaban duro, aunque no en exteriores, y con una cama, manta y acceso a los baños por la noche.

Y eran precisamente estos pequeños y prácticos privilegios lo que sustentaba otra esperanza, que no todas comprendían, es decir, que «algún día todo eso se terminaría, algún día llegaría el fin, para bien o para mal, algún día». Incluso al esperar un buen final, supervivencia y una nueva vida, Rachela nunca fue del todo optimista sobre si lograría evitar la muerte en el campo. Sería un final, pero no el que ella quería.[6] Los prisioneros ordinarios que marchaban a sus trabajos de demolición o cargaban piedras no tenían fundamentos para aspirar a una vida después de la guerra.

Otras prisioneras en *kommandos* con privilegios como Olga Lengyel, una sobreviviente de Auschwitz judía romaní que trabajaba en la enfermería, creían que «el mayor crimen que los nazis cometieron contra los prisioneros puede no haber sido su exterminación en las cámaras de gas, sino sus frecuentemente exitosos intentos de moldear a los prisioneros a su imagen, de convertirlos en malas personas».[7]

Primo Levi pensaba lo mismo, que el establecimiento de la Zona Gris, donde algunos prisioneros tuvieron que trabajar para la continuación del sistema nazi, convirtiéndose en prisioneros privilegiados, fue lo más malvado que hicieron los nazis, ya que obligaron a los prisioneros a tomar una decisión si querían sobrevivir.

«La clase híbrida del prisionero funcionario [en el campo] constituye su armadura y, al mismo tiempo, su característica más inquietante. Es una zona gris con líneas mal definidas que, al mismo tiempo, separan y unen los dos campos de amos y sirvientes. Posee una estructura interna increíblemente complicada y en su interior contiene lo suficiente como para confundir nuestra necesidad de juzgar», escribe Levi. Luego dice que cualquier juicio moral es «imprudente», ya que «debe quedar claro que la responsabilidad más grande recae en el sistema».

En general, concluyó, los funcionarios prisioneros eran

> pobres diablos como nosotros, que, por medio litro de sopa extra, estaban dispuestos a realizar estas y otras funciones «terciarias»; inofensivas, a veces útiles, y a menudo inventadas de la nada. Su privilegio, que en todo caso implicaba dificultades y esfuerzos suplementarios, les ganaba muy poco y no los eximía de la disciplina y el sufrimiento de los demás; su esperanza de vida era sustancialmente la misma que la de los no privilegiados.[8]

Yo creo que cualquier mención de los escasos privilegios disponibles en un lugar como Auschwitz siempre debe mantenerse dentro del marco de Primo Levi: «Que su esperanza de vida era sustancialmente la misma que la de los no privilegiados».

Y no todos, incluso aquellos en un llamado *kommando* privilegiado, podían siempre invocar el deseo de vivir, el último reproche, para triunfar sobre este sistema obsceno.

He cuestionado de forma constante qué características especiales impregnaron en los sobrevivientes la fuerza y el deseo de seguir viviendo: ¿a qué lograron aferrarse?, ¿qué les permitió vivir por algo más allá de ellos mismos? Cuanto más contemplo la barbarie del sistema de los campos de concentración, más admiro el poder del deseo de vivir demostrado por *cualquiera* de los sobrevivientes que salieron vivos de ellos. Incluso teniendo en cuenta que sus privilegios les daban una oportunidad marginalmente mejor de sobrevivir en Birkenau que a sus compañeras en el campo de mujeres, la fuerte voluntad de vivir mostrada por las «niñas» de la orquesta exige ser reconocida.

Violette Silberstein admitió libremente que la impulsaba el deseo de vengarse del hombre que la había denunciado a ella y a sus padres, lo que derivó en su deportación y muerte.[9] Yvette Assael habló sobre cómo siempre rezaba en el campo:

—«Por favor, Dios, no me dejes morir aquí», y eso me mantenía viva. Luego estaba tranquila. Siempre decía mis oraciones y sabía que todo estaría bien.[10]

Margot Anzenbacherová, la instrumentista y poeta checa, insistía con:

—Debo sobrevivir para poder dar mi testimonio.[11]

Para Hélène Wiernik, fue la belleza de la música lo que la sostuvo, al igual que el profundo deseo de volver a ver a sus padres. Habiendo perdido su fe en Dios, trató de perderse por completo en tocar bien. Ocasionalmente lo lograba, «alcanzando un momento en el que olvidaba dónde estábamos... si realmente nos concentrábamos y luego teníamos que volver a la realidad».[12]

Sin embargo, en mi búsqueda por entender por qué algunas mujeres sobrevivieron y qué cualidades, si las hubo, las ayudaron, sé que debo resistirme a sacar conclusiones con solo ver docenas de entrevistas en la pantalla de mi computadora para ver cómo algunas sobrevivientes, décadas después, pueden contar su historia llena de horrores con una voz plana y sin emociones, mientras que muchas otras titubean constantemente al borde de las lágrimas cuando recuerdan la brutalidad a la que se enfrentaron. No tengo respuestas certeras más allá de saber que es desesperadamente importante escuchar directamente a quienes experimentaron los campos y desean hablar. Al mismo tiempo, sigo siendo consciente de que, para el resto de nosotros, al intentar enmarcar en palabras estos eventos, simplemente nos arriesgamos a traicionar lo que se experimentó durante el Holocausto.

—¿No son las palabras las que nos permiten verbalizar lo que no se puede decir? —preguntó la escritora estadounidense Lore Segal.[13]

En cuanto a si la creencia religiosa fue de ayuda, Anita dice que no podía creer, ni entonces ni ahora, en un Dios en el sentido tradicional de «un hombre sentado allá arriba asegurándose de que todo esté bien... ¿cómo podría creerlo cuando todo estaba tan mal?».

Presionada en 1996 por el entrevistador de radio de la BBC, Sue Lawley, sobre qué la sostuvo en Auschwitz, Anita dijo que su fe estaba en otras personas, o al menos en las otras personas con quienes compartía ese tormento, las que se habían cuidado y hostigado mutuamente para evitar que cualquiera de ellas se rindiera, dejara de comer o de asearse... pero después agregó *sottovoce* «aunque no tengo tanta [fe] en otras personas». Anita, de tan solo 18 años cuando llegó a Auschwitz en 1943, principalmente dependía de sí misma.[14]

Y aun así, y aun así...

Hay una historia reveladora en la biografía de Anita publicada en 1996, *Inherit the Truth*, sobre cómo llevaba una pequeña cápsula de cianuro que le había dado un amigo al inicio de la guerra. Cuando ella y Renate fueron arrestadas por primera vez, decidieron que ese era el momento de tragarla y acabar con todo. Pero cuando descubrieron que la cápsula contenía azúcar glas, no cianuro, Anita admitió que «nuestro alivio por seguir vivas fue enorme».

Como Anita reflexionó en su biografía: «El episodio demuestra, si no otra cosa, nuestra total ignorancia sobre lo que el siguiente momento nos deparaba... excepto que en la vida normal las circunstancias podrían haber sido menos extremas».[15]

Cuando le pregunté de manera más cercana a Hilde si fue la fe religiosa lo que la sostuvo en Auschwitz, me dijo:

—Tenía una profunda creencia espiritual de que sobreviviría... lo que podría llamar esperanza.[16]

Llevó consigo desde Auschwitz, a través de Belsen y hasta Israel, el diario de Alma y una edición de *Fausto* que recibió de una mujer en Kanada y que leía ocasionalmente en el bloque musical.

—¡*Fausto* de todas las cosas, *Fausto* en Auschwitz! —exclamó Anita en una de nuestras entrevistas.

Pero sí, *Fausto,* por supuesto, *Fausto,* este poema dramático considerado por muchos como la obra suprema de la literatura alemana, escrito por Goethe a lo largo de muchos años y publicado en dos partes a principios del siglo XIX, que cuenta la rica y compleja historia de un hombre que vendió su alma al diablo a cambio de satisfacción terrenal.

—En la torre, ve la luna y las estrellas y dice: «Es tan bueno estar vivo». Nos ayudó a mantener el ánimo —explicó Hilde.[17]

La determinación de Hilde de aferrarse a estos dos libros, así como a la sencilla bolsa roja cosida a mano a partir de una funda de almohada que sus amigas de Kanada le dieron y que usó para llevar las vitales partituras hasta el final, son, para mí, una profunda demostración de la fe de Hilde en que sobreviviría a la guerra. Los tres artefactos, tristes recuerdos del horror, sin utilidad práctica a diferencia de la comida o la ropa cálida, ahora están preservados en

Jerusalén, en Yad Vashem, el monumento y centro de investigación de Israel sobre el Holocausto, que perdurará para siempre como un recordatorio de lo que los prisioneros se vieron obligados a hacer para sobrevivir.

Ruth Kluger, quien sobrevivió a Auschwitz, pero no fue miembro de la orquesta, escribió sobre el papel de la esperanza en su biografía de 2001, *Still Alive: A Holocaust Girlhood Remembered.* Señaló que la canción que muchas mujeres en la orquesta oyeron ser cantada por los prisioneros en su camino hacia la muerte en la cámara de gas, y que posteriormente se convirtió en el himno nacional israelí, no solo hablaba de esperanza, sino de «La» esperanza, *Hatikva,* «como si solo hubiera una que engloba todas las otras más pequeñas».[18] *Hatikva* significa literalmente «la esperanza» y la letra[XLIII] fue escrita en 1886, mucho antes de la Segunda Guerra Mundial.

Por otro lado, Kluger reconoció que, aunque en su caso la esperanza fue justificada al sobrevivir, «el resultado no refutó la improbabilidad de tal desenlace más de lo que nombrar al ganador de una lotería refuta el hecho de que la mayoría de quienes apuestan pierde su apuesta».[19] En otras palabras, si la esperanza fuera una moneda, la suerte sería su reverso. Alguien que sobrevivió a Auschwitz, pero no logró sobrevivir a la vida, ya que la supervivencia nunca garantizaba un final feliz, fue el escritor polaco no judío Tadeusz Borowski. Borowski estaba tan deprimido por su experiencia en Auschwitz, al ser testigo de las cámaras de gas nazis, que se ahogó a sí mismo con gas en su cocina, a los 29 años, en 1953. En su novela *This Way for the Gas, Ladies and Gentlemen* [El gas está por acá, damas y caballeros], escribió sobre los aspectos negativos de la esperanza.

[XLIII] Mientras en lo profundo del corazón palpite un alma judía, y dirigiéndose hacia el Oriente, un ojo aviste a Sion, no se habrá perdido nuestra esperanza, la esperanza de dos mil años, de ser un pueblo libre en nuestra tierra, la tierra de Sion y Jerusalén.

> Es esa misma esperanza la que hace que las personas vayan sin quejarse a las cámaras de gas, que les impide arriesgarse con una rebelión, que los paraliza en una inactividad entumecida. Es la esperanza la que destruye los lazos familiares, hace que las madres renuncien a sus hijos, o que las esposas vendan sus cuerpos por pan, o que los maridos maten. Es la esperanza la que obliga al hombre a aferrarse a un día más de vida porque ese día puede ser el de su liberación. Ah, y ni siquiera por la esperanza de un mundo diferente y mejor, sino simplemente por la vida, una vida de paz y descanso. Nunca antes en la historia de la humanidad la esperanza había sido tan fuerte en el hombre, pero nunca había hecho tanto daño como en esta guerra, en este campo de concentración. Nunca nos enseñaron a renunciar a la esperanza, y por eso hoy morimos en las cámaras de gas.[20]

La esperanza vacilante tropezaba y balbuceaba junto a una gran variedad de sufrimientos en Auschwitz. Una razón por la cual el dolor experimentado por tantas de las instrumentistas de la orquesta se volvió tan duradero y difícil de articular en el mundo después de la guerra fue la variedad de emociones contradictorias que cada mujer experimentó, o no experimentó en absoluto, incluyendo vergüenza, enojo, humillación y culpa. Y se manifestó de diferentes maneras, desde lo aparentemente menor, como el hecho de que Regina nunca más pudo limpiar zapatos, una de sus insignificantes tareas en el bloque, hasta Fanny, quien no podía comer huevos revueltos porque le recordaban el aspecto y el olor de los huevos que las chicas polacas cocinaban en el bloque.

Flora luchó contra innumerables problemas al intentar adaptarse al mundo después de la guerra. En 1994 dijo:

> Aparte de dos libros, no tengo nada en casa que me recuerde la guerra. Todavía hay días en los que recuerdo todo. Cuando voy a un restaurante, nunca me siento de frente a una pared.

Si me cambio de casa, elijo una casa con vista. Cuando regreso a casa en coche, lo estaciono cerca de la puerta principal. Ya no me atrevo a cruzar un estacionamiento oscuro de noche. Todavía tengo una fobia por la vez que un hombre borracho de la ss me persiguió en Birkenau con una pistola desenfundada.

Hay días en los que no pienso en eso. No sufro del síndrome del campo de concentración, pero no estoy liberada. He intentado suprimirlo durante cuarenta años.

Nunca les he contado nada a mis nietos. Si se quejaban de tener hambre, yo les decía: lo que ustedes experimentan no es hambre, solo tienen apetito. Dos rebanadas de pan a la semana, eso sí es hambre... en el fondo, sin saberlo, ese campo está muy vivo.[21]

◆ ◆ ◆

A principios de abril de 2023, Anita me llamó con una petición urgente. ¿Por qué Hilde no le respondía?, ¿podía intentar comunicarme a su número nuevo? Cada año, las sobrevivientes de la orquesta celebraron el 15 de abril juntas mientras pudieron, de cualquier manera posible, a veces en persona con pastel y, otras veces, a larga distancia solo con una llamada telefónica. Habían decidido que el 15 de abril era su nueva fecha de nacimiento. Anita y Hilde eran, en 2023, las últimas dos sobrevivientes de la orquesta, pero Hilde ya no podía llegar al teléfono y necesitaba que un cuidador se lo llevara, lo cual requería tiempo. Anita, ahora que sabía que Hilde estaba viva, necesitaba escuchar su voz el 15 de abril y celebrar que estaban vivas. Las mujeres finalmente lograron ponerse en contacto no solo en ese momento, sino también en otro momento del año, cuando Hilde celebró su centenario con una fiesta en el kibutz.

Me siento profundamente afortunada de haber conocido a estas dos mujeres y haber escuchado sus historias de primera mano, además de escuchar los testimonios de tantas otras que han quedado grabados para la posteridad en enlaces de video y audio, así como en libros. El testimonio de las sobrevivientes no necesita ser tratado como algo sagrado. Pero, por otro lado, ¿cómo podríamos nosotros, que no estuvimos ahí, explicar, hacer comentarios o juzgar cuando es lo suficientemente difícil comprender la dura realidad de tan solo sobrevivir el día a día en los campos nazis?

El doctor Jürgen Matthaüs, director del Centre for Advanced Holocaust Studies [Centro de Estudios Avanzados sobre el Holocausto] en el Museo Conmemorativo del Holocausto de los Estados Unidos (USHMM, por sus siglas en inglés), preguntó en su libro *Approaching an Auschwitz Survivor* [Acercándose a un sobreviviente de Auschwitz], publicado en 2010, si realmente importa tener el relato de Zippi Spitzer con minuciosos detalles sobre el sistema administrativo del campo para marcar a los nuevos prisioneros con rayas de colores, triángulos y números.

Hilde Grünbaum Zimche en el festejo de su centenario en Israel.

—¿Necesitamos su práctico relato cuando tenemos reflexiones profundamente perspicaces de otros sobrevivientes de Auschwitz, especialmente de Primo Levi y Jean Améry, quienes plantean profundas preguntas existenciales? —preguntó.

Para un historiador, las respuestas a estas preguntas son claras: sí, importa. La información detallada es esencial.

—Nunca podremos saber suficiente sobre lo que ocurrió en Auschwitz; cada voz nos ayuda a comprender mejor, especialmente una que habla con base en una vasta experiencia personal y un profundo conocimiento práctico.[22]

Como escribió Elie Wiesel, el sobreviviente de Auschwitz nacido en Rumanía y presidente de la Comisión Presidencial sobre el Holocausto, en 1979:

> No recordar a los muertos ahora significaría convertirnos en cómplices de sus asesinos.
>
> Debemos recordar no solo por los muertos; es demasiado tarde para ellos.
>
> Debemos recordar no solo por los sobrevivientes; para ellos también podría ser demasiado tarde.
>
> Nuestro recuerdo es un acto de generosidad destinado a salvar a hombres y mujeres de la apatía ante el mal, si no es que del mal mismo.[23]

◆ ◆ ◆

Hay una escena en la película *Bach in Auschwitz* en la que dos violinistas, Helena (Dunicz Niwińska) y Zosia (Zofia Cykowiak), ya dos ancianas polacas apoyadas en sus bastones, una de ellas medio ciega, deambulan por el campo intentando recordar la distribución del Bloque 12, que ahora solo es un recuadro de césped con algunos ladrillos alrededor. Más de cincuenta años después, en 1999, recordaban quién dormía dónde, pero no concuerdan en si Alma entraba a la sala principal de ensayos desde la derecha o si ese era el lugar por donde entraba Zofia Czajkowska, la supervisora del bloque. Sin embargo, al hablar sobre el trauma de tener que tocar cuando llegaban los deportados, llegan a un armonioso pero agonizante acuerdo.

> El tren llega por allá, frente a nuestra barraca.
>
> Podíamos verlo todo desde lejos mientras hacían filas para ir al crematorio.
>
> Y después ya no estaban. Ni un alma. Solo las llamas de las chimeneas brillaban.
>
> Y teníamos que seguir tocando.
>
> Estábamos engañando a estas personas.
>
> Estábamos ayudando al engaño alemán.

Es fascinante ver a Helena y a Zosia decir que este es el recuerdo que nunca las abandonará. «Nunca podré escapar de la mirada en los rostros alemanes. Es una mirada que me atormenta... estas personas que realizaban sus terribles tareas con tanta indiferencia».[24]

Y esta es la escena que me acompaña cuando visito Auschwitz.

Casi dos millones de turistas y estudiantes llegan de diversos países para visitar el campo cada año, pisoteando lo que ahora es, esencialmente, una fosa común atravesada por una vía ferroviaria. He visitado varios campos de concentración y prisiones por razones profesionales y he leído muchos libros y visto muchas películas sobre Auschwitz. Pero Auschwitz-Birkenau es diferente a cualquier otro lugar. Es difícil saber qué esperan estos turistas de una visita de un día, pero es probable que no puedan formarse una imagen de orquestas tocando música en este lugar infernal, y tampoco deberían hacerlo.

Es casi imposible imaginar lo que ocurrió ahí entre 1940 y 1945 y, en muchos aspectos, así debería ser. El esfuerzo de imaginarlo conlleva el peligro de que, conforme uno intente entenderlo o verbalizarlo, el proceso normalice lo que debería seguir siendo una atrocidad más allá de cualquier explicación. Pero no más allá de ser recordado y respetado.

Auschwitz-Birkenau en la actualidad.

Mientras camino por los restos ahora cubiertos de césped del Bloque 12 de Birkenau, atacada por los vientos gélidos del este, incluso en noviembre, sería un exceso de credulidad decir que veo fantasmas, pero me pregunto si los escucho. Porque el Bloque 12, el bloque musical de madera, estaba a metros de la infame rampa junto a las vías del tren dentro del campo, donde un simple gesto del dedo de un nazi, «tú a la izquierda, tú a la derecha», determinaba la vida o la muerte y conducía directamente a los crematorios. El Bloque 12 fue el lugar donde al menos cuarenta miembros de la banda de niñas dormían, practicaban, ensayaban y copiaban música para crear algo que una variada tropa de instrumentistas principiantes pudiera tocar, día tras día, durante meses.

Lo único que queda del Bloque 12, el bloque de música, con la pila de ladrillos en medio de lo que en algún momento fue un fogón.

En el centro, aún hoy, están los restos del pequeño horno de ladrillo, concedido a Alma Rosé como una necesidad para conservar los instrumentos y, como muchas otras cosas en esta historia de doble filo, una fuente de consuelo, pero también de disputa: ¿quién podía usarlo primero o quién tenía suficiente comida para usarlo y calentar sus escasas raciones? También fue ahí donde al menos una de las chicas se quemó las manos en un intento por no congelarse. Auschwitz plantea enigmas interminables. Fue un lugar con fabulosas riquezas, ya que los judíos que huían solían llevar sus posesiones más preciadas, como se les había indicado, pensando que los estaban «reubicando». Pero también se convirtió en una vasta llanura de desesperación, escasez, hambre, miedo y enfermedad. ¿Qué posible papel podía tener la música en un lugar de tal bestialidad?

Me doy cuenta de que siquiera hablar de la vida cultural en los campos es una perversión, ya que se trataba de un mundo nunca exento de miedo y lleno de crisis, coerción, enfermedad y muerte, todo lo cual destruía o dañaba automáticamente cualquier cosa hermosa. La mayoría del tiempo, lo que la orquesta proporcionaba no era música hermosa, sino marchas utilizadas por sus opresores para imponer una disciplina militar superficial mientras infligían daños feroces. Sin embargo, al mismo tiempo, al tocar las notas de Mendelssohn, Chopin o Beethoven, música prohibida porque el compositor era judío, polaco o demasiado bueno para los «inferiores» músicos judíos, en secreto, ocasionalmente proporcionaba momentos, dentro de la historia más oscura del siglo XX, en los que un puñado de mujeres desafiaron al sistema nazi en el que estaban atrapadas e hicieron un esfuerzo decidido por recuperar algo de lo que significaba ser humanas y sentir un creciente deseo por vivir.

Mientras que la gran mayoría de los prisioneros que pasaron por Auschwitz no podían obtener ningún beneficio de escuchar a una banda de música, de hecho, era lo opuesto, la historia de la orquesta de mujeres es un apremiante recordatorio del poder que se deriva de superar diferencias con pequeños actos de amabilidad y gestos de solidaridad. En su mejor momento, ahí estaba la solidaridad femenina afirmándose como una fuerza inamovible que salvó al menos cuarenta vidas.

PERSONAJES PRINCIPALES

ESTA ES UNA LISTA DE LAS INTEGRANTES PRINCIPALES de la orquesta entre abril de 1943 y octubre de 1944 bajo la batuta de sus tres directoras principales: Zofia Czajkowska, Alma Rosé y Sonya Winogradowa. Es posible que algunas integrantes se unieran temporalmente y luego se retiraran, y se carece de información sobre otras. Además de sus nombres artísticos o apodos, algunas utilizaban variantes para diferenciarse de quienes tenían nombres similares, o asumían nuevos nombres tras el matrimonio. Esta lista es un intento de aclarar quiénes fueron las mujeres y niñas cuyas historias aparecen en el texto. Si no se establece una religión, es porque no eran judías. Después de mayo de 1944, las prisioneras judías tenían el prefijo A. «Pani» es un término que se le asigna a mujeres mayores.

Alla Gres, después **Ermilova** (1921-2001, n. Ucrania). Prisionera núm. 38 116; piano y orquestación.

Alma Maria Rosé, después **Přihoda**, en ese entonces **van Leeuwen Boomkamp** (1906-1944, n. Viena). Prisionera núm. 50 381; violín y orquestación, 2.ª conductora de la orquesta.

Anita Lasker, después **Wallfisch** (1925-, n. Breslavia, Alemania; judía). Prisionera núm. 69 388; chelo.

Bonita Maria Assael, cambiado a **Yvette** a los 6 años, después **Lennon** (1926-2008, n. Salónica, Grecia; judía). Prisionera núm. 43 293; piano, acordeón y contrabajo.

Bronia Labuza (1922-, n. Ucrania). Sin número; guitarra.

Carla (o Karla) Wagenberg, después **Tamar Berger** (1923-1993, n. Anhalt, Alemania; judía). Prisionera núm. 42 020; flauta travesera, flauta dulce y flautín.

(Irma) Charlotte Clara Croner (Tante Croner) (1887-1945, n. Berlín, Alemania; m. Belsen; judía). Prisionera núm. 47 511; flauta travesera.

Claire Monis, mantuvo su apellido durante su matrimonio con Khan (1922-1967, n. París, Francia; judía). Sin número; cantante.

Danka/Dani/Danuta Kollak (antes **Jadwiga Danilowicz**, después **Kollakowa**) (1918-1974, n. Ucrania). Prisionera núm. 6 882; platillos de percusión.

Dora (o Dorys) Wilamowska (comprometida con Curt Lewinsky) (1910-1943, n. Gera, Alemania; judía). Prisionera núm. desconocido; cantante.

Elsa Miller (después **Felstein**) (1923-1964, n. Bochum, Alemania). Prisionera núm. 42 490; violín.

Esther Loewy (después **Bejarano**) (1924-2021, n. Saarlouis, Alemania). Prisionera núm. 41 948; flauta dulce, flautín, acordeón, guitarra, voz.

Eva Benedek (1921-1944, n. Oradea, Hungría/Rumania; judía). Prisionera núm. 76 430; violín.

Eva Steiner (después **Forschirm**) (1921-2021, n. Oradea, Hungría/Rumania; judía). Prisionera núm. A17 139; cantante.

Flora Jacobs (después **Schrijver**) (1923-2013, n. Nimega, Holanda; judía). Prisionera núm. 61 278; piano y acordeón. Brevemente, nana de Josef Kramer.

Helena (o **Halina** y **Halinka**) **Dunicz** (después **Niwińska**) (1915-2015, n. Viena, pero «de Lvov»). Prisionera núm. 64 118; violín.

Hélène Rounder (después **Diatkine**) (1922-1972, n. París; judía). Prisionera núm. 50 290; cantante.

Hélène Wiernik (**la Grande Hélène**, también **Itta**, después **Minkowski**, en ese entonces **Schepps**) (1927-2006, n. Polonia; judía). Prisionera núm. 51 887; violín y concertino.

Helga (u **Olga**) **Schiessel** (1907-1982, n. Alemania; judía). Prisionera núm. 6 831; percusión.

Henryka Brzozowska (después **Czapla Brzozowska**) (1912-?, n. Zawiercie, Polonia). Prisionera núm. 27 578; violín y maestra de primaria.

Hilde (Hildegard) Grünbaum (después **Zimche**) (1923-2024, n. Berlín, Alemania; judía). Prisionera núm. 41 912; violín y orquestación, lectora de viernes por la noche.

(Pani) Irena Lagowska (1908-1980, n. Varsovia, Polonia). Prisionera núm. 49 995; violín.

Janina Palmowska (n. Polonia); mandolina.

Jolanda Steiner, madre de Eva (1891-1976, n. Oradea, Hungría; judía). Prisionera núm. desconocido.

Lili Assael (también **Hasid**) (1909-1990, n. Salónica, Grecia; judía). Prisionera núm. 43 280; acordeón.

Lily Mathé (antes con el nombre artístico **Markstein,** después **Bernstein**) (1910-1985, n. Eger, Hungría; judía). Prisionera núm. A17 137; violín y un poco de dirección.

Margot Anzenbacherová (antes **Steinova**, después **Větrovcová**) (1915-2007, n. Pilsen, Bohemia; judía). Prisionera núm. 46 155; guitarra, poeta, maestra de idiomas.

Maria Langenfeld (**Marylka**, después **Langenfeld-Hnyda**) (1920-1996, n. Zagórz, Polonia). Prisionera núm. 42 873; violín, mandolina, copista, supervisora conocida por su grito matutino de «limpia tus zapatos».

Maria Mos (también **Marysia,** después **Wdowik**) (1916-2007, n. Będzin, Polonia). Prisionera núm. 8 111; guitarra y copista.

Olga Loseva n. **Karelia** (1923-?, n. URSS). Prisionera núm. 23 728; prisionera de guerra; mandolina, ocasionalmente el cuerno francés.

Rachela Zelmanowicz (después **Olewski**) (1921-1987, n. Będzin, Polonia; judía). Prisionera núm. 52 816; mandolina, guitarra.

Regina Kupferberg (también **Rivka,** después **Bacia**) (1922-2014, n. Będzin, Polonia). Prisionera núm. 51 095; asistente personal de Alma.

Ruth Basinski (después **Bassin**) (1916-1989, n. Rawicz, Polonia; judía). Prisionera núm. 41 883; flauta dulce.

Sonya Winogradowa (**Soja Alekseevna Vinogradova,** después **Tsibulskya**) (1921-?, n. Leningrado). Prisionera núm. 72 319; prisionera de guerra; pianista y 3.ª directora de la orquesta.

Stefania Baruch (también conocida como **Founia**, antes **Puchalska**) (1891-?, n. Lodz, Polonia). Prisionera núm. 6 877; guitarra y mandolina, después supervisora.

Sylvia Wagenberg (después **Shulamit Khalif**) (1928-2003, n. Dessau, Alemania; judía). Prisionera núm. 41 948; flauta dulce, flautín.

Szura Makarova (después **Nazarova**) (1925-1994, n. Vologda, URSS). Prisionera núm. 38 115; prisionera de guerra; guitarrista y enfermera.

Violette Silberstein (**Fiorica Violette**, después **Jacquet**) (1925-2014, n. Rumania, infancia en El Havre, Francia, desde los 3 años). Prisionera núm. 51 937; cantante y violín.

Wisia/Jadwiga Zatorska (1916-1981, n. Cracovia, Polonia). Prisionera núm. 36 243; violín.

Zippi (también **Helen**) **Spitzer** (después **Tichauer**) (1918-2018, n. Bratislava; judía). Prisionera núm. 2 286; mandolina y administración.

Zofia/Zosha/Zosia Cykowiak (1921-2009, n. Poznań, Polonia). Prisionera núm. 44 327; violín.

(Pani) Zofia Czajkowska (1905-1978, n. Tarnów, Polonia). Prisionera núm. 6 873; maestra y 1.ª directora de la orquesta.

UNA NOTA SOBRE EL REPERTORIO

La orquesta de mujeres tenía al menos doscientas piezas de música en su repertorio, y solo 12 de ellas eran marchas: la *Marcha militar* de Schubert, la *Marcha Radetzky* de Strauss y algunas otras de Franz von Suppé eran las más populares. El resto era, en su mayoría, música ligera para los conciertos de los domingos, que llegaban a durar tres horas e incluían oberturas y dúos operísticos. El cuarteto de *Rigoletto,* reorquestado para cuatro voces femeninas; una mezcla de arias de Puccini de *Madama Butterfly,* o de *Carmen,* de Bizet; *Cavalleria rusticana; La viuda alegre,* de Lehár, y la «Canción de campana» de *Lakmé,* así como tangos populares, incluido un famoso foxtrot tango llamado «¡Josef, Josef!», eran los más frecuentes durante sus presentaciones. Otras piezas que tocaron o que las instrumentistas mencionaron años después incluyen:

La Chacona, de Bach, interpretada por Hélène Wiernik durante su audición.

Bel Ami, una popular canción alemana de la época, interpretada por Esther Loewy durante su audición.

Anita Lasker tocó la *Marcha militar* en su audición y posteriormente Josef Kramer le pidió interpretar *Träumerei,* de Schumann. Ella también habló sobre el repertorio de la orquesta, que consistía en éxitos alemanes de la época, como *Zardas,* de Monti; *Aires gitanos;* «12 Minuten» de Peter Kreuder; *El Danubio azul; Cuentos de los bosques de Viena;* arias de *Rigoletto, Carmen* y *Madama Butterfly,* así como «Dvořákiana», entre otros.

Rachela Zelmanowicz dijo: «Solíamos tocar *Aires gitanos,* de Sarasate, y *Zardas,* de Monti, y todo tipo de cosas... Ella [Alma] lo intentaba. Recuerdo la última vez que nos pidió tocar *Para Elisa,* de Beethoven, o valses. Tocamos valses de Strauss y una vez dijo: "¡No, no tocarán así! Les falta el swing. Cuando toquen el vals de Strauss, deben practicar más y más y más"».

De acuerdo con la doctora Ella Lingens-Reiner, cuando las instrumentistas estaban afuera de los bloques del hospital los domingos, tocaban melodías vienesas ligeras de los espectáculos teatrales de Lupi Leopoldi.

Flora Jacobs habló de cómo Alma tocaba el *Concierto para violín en mi menor,* de Mendelssohn, en secreto y en silencio cuando estaba enojada y sola. También ofreció interpretaciones como solista con el acompañamiento de la orquesta, que incluían «La mañana», de Grieg; «Caprice Viennois» y «Liebeslied», de Fritz Kreisler; *Legend,* de Schubert, y las *Polonesas,* de Henryk Wieniawski, un compositor de origen judío.

Varios miembros de la orquesta mencionaron *Tristeza,* de Chopin, interpretada en las barracas con letras alternativas, así como el intento de tocar un cuarteto transcrito de la sonata *Patética* de Beethoven.

Según Zofia Cykowiak: «Después de un par de meses, la orquesta, además de las marchas y la música ligera, comenzó a interpretar obras de un repertorio más serio, por ejemplo, obras o fragmentos de obras de Brahms, Tchaikovsky, Dvořák, Grieg, Lehár, Ravel, *Rimsky-Korsakov,* Rossini, Sarasate, Schumann, Schubert, Strauss, Verdi e incluso Chopin. El repertorio completo alcanzaba las doscientas piezas. El repertorio de Alma como solista incluía *Danzas húngaras,* de Brahms; *Zardas,* de Monti, y melodías gitanas de Sarasate. Entre la música ligera que presentaban en los conciertos de los domingos se encontraban éxitos populares de la época como el tango "Jalousie", "Komm Zurück" y valses de Kalman, Lehár y Strauss, y otros más».

BIBLIOGRAFÍA

HAY UNA VASTA VARIEDAD DE LIBROS sobre el Holocausto. Abajo hay una lista corta de libros que han sido citados en el texto o que han informado mi manera de pensar.

Adelsberger, Lucie. (1996). *A Doctor's Story* (Londres: Robson Books).

Adler, H. G. (2017). *Theresienstadt 1941-1945: The Face of a Coerced Community* (Cambridge University Press).

Adlington, Lucy. (2021). *The Dressmakers of Auschwitz* (Londres: Hodder & Stoughton).

Arendt, Hannah. (2019). *Eichmann en Jerusalén: un estudio sobre la banalidad del mal* (España: Lumen).

Borowski, Tadeusz. (1992). *This Way for the Gas, Ladies and Gentlemen* (Penguin Modern Classics).

Brown, Daniel Patrick. (2002). *The Camp Women: The Female Auxiliaries who assisted the SS in running the Nazi concentration camp system* (Pensilvania, Atglen: Schiffer Military History).

Brown, Daniel Patrick. (2004). *The Beautiful Beast: The Life and Crimes of SS Aufseherin Irma Grese* (California: Golden West Historical Publications Inc.).

Bucheim, Hans, Broszat, Martin *et al.* (1970). *Anatomy of the SS State* (Londres: Granada).

Clarke, Comer. (1960). *Eichmann: The Man and His Crimes* (Nueva York: Ballantine Books).

Czech, Danuta. (1997). *Auschwitz Chronicle 1939-1945* (Nueva York: Henry Holt and Company).

Cywinski, Piotr M. A. (Ed.) (2013). *Auschwitz-Birkenau: The Place Where You Are Standing* (Museo Estatal de Auschwitz-Birkenau).

Delbo, Charlotte. (1995). *Auschwitz and After* (Yale University Press).

Dunicz Niwińska, Helena. (2018). *One of the Girls in the Band: The Memoirs of a Violinist from Birkenau* (Museo Estatal de Auschwitz-Birkenau).

Eischeid, Susan. (2016). *The Truth about Fania Fénelon and the Women's Orchestra of Auschwitz-Birkenau* (Londres: Palgrave Macmillan).

Eischeid, Susan. (2023). *Mistress of Life and Death: The Dark Journey of Maria Mandl* (Texas: Citadel Press).

Eyre, Makana. (2023). *Sing, Memory: The Remarkable Story of the Man who Saved the Music of the Nazi Camps* (Nueva York: W.W. Norton & Company).

Fairweather, Jack. (2019). *The Volunteer: The True Story of the Resistance Hero Who Infiltrated Auschwitz* (Londres: W. H. Allen).

Felstein, Jean-Jacques. (2021). *The Violinist of Auschwitz* (Barnsley: Pen & Sword History).

Fénelon, Fania y Routier, Marcelle. (1977). *The Musicians of Auschwitz* (Michael Joseph), también publicado con el título *Playing for Time.*

Frankl, Viktor. (2021). *El hombre en busca de sentido* (Herder & Herder).

Freedland, Jonathan. (2022). *The Escape Artist: The Man who Broke out of Auschwitz to Warn the World* (Londres: John Murray Press).

Gilbert, Martin. (2000). *Never Again: A History of the Holocaust* (Londres: Harper Collins).

Gilbert, Martin. (1981). *Auschwitz and the Allies* (Nueva York: Holt, Rinehart and Winston).

Gilbert, Shirli. (2005). *Music in the Holocaust: Confronting Life in the Nazi Ghettos and Camps* (Oxford University Press).

Gutman, Yisrael y Berenbaum, Michael. (1998). *Anatomy of the Auschwitz Death Camp* (Indiana University Press).

Hart-Moxon, Kitty. (1981). *Return to Auschwitz: The Remarkable Story of a Girl who Survived the Holocaust* (Londres: Sidgwick & Jackson).

Haas, Michael. (2013). *Forbidden Music: The Jewish Composers Banned by the Nazis* (Yale University Press).

Helm, Sarah. (2015). *If This Is a Woman: Inside Ravensbrück: Hitler's Concentration Camp for Women* (Londres: Little Brown).

Hillesum, Etty. (1999). *An Interrupted Life: The Diaries and Letters of Etty Hillesum 1941-43* (Bath: Persephone Books).

Holden, Wendy y Ruzickova, Zuzana. (2019). *One Hundred Miracles: Music, Auschwitz, Survival and Love* (Londres: Bloomsbury).

Höss, Rudolf. (1992). *Death Dealer: Memoirs of the SS Kommandant at Auschwitz* Ed. Steven Paskuly (Nueva York: Prometheus Books).

Jacquet-Silberstein, Violette. (2013). *Les Sanglots longs des Violons* (París: Oskar jeunesse).

Karpf, Anne. (1996). *The War After: Living with the Holocaust* (Londres: William Heinemann).

Kluger, Ruth. (2001). *Still Alive: A Holocaust Girlhood Remembered* (Nueva York: Feminist Press).

Knapp, Gabriele. (1996). *Das Frauenorchester in Auschwitz* (Hamburgo: von Bockel Verlag).

Kounio-Amariglio, Erika. (2000). *From Thessaloniki to Auschwitz and Back: Memories of a Survivor* (Elstree: Vallentine Mitchell).

Lachendro, Jacek. (2015). «The Orchestras in KL Auschwitz» en *Auschwitz Studies 27* (Museo de Auschwitz-Birkenau).

Laks, Szymon. (1989). *Music of Another World* (Evanston: Northwestern University Press).

Langbein, Hermann. (2004). *People in Auschwitz* (Chapel Hill: University of North Carolina Press).

Lasker-Wallfisch, Anita. (1996). *Inherit the Truth 1939-45* (Londres: Giles de la Mare).

Lengyel, Olga. (1983). *Five Chimneys: A Woman Survivor's True Story of Auschwitz* (Nueva York: Howard Fertig).

Levi, Primo. (1988). *The Drowned and the Saved* (Londres: Michael Joseph).

Levi, Primo. (1979). *If This Is a Man and The Truce* (Londres: Penguin Books).

Lingens-Reiner, Ella. (1948). *Prisoners of Fear: An Account of the Author's Experiences in Auschwitz Concentration Camp* (Londres: Victor Gollancz).

Macadam, Heather Dune. (2020). *The Nine Hundred: The Extraordinary Young Women of the First Official Jewish Transport to Auschwitz* (Nueva York: Citadel Press).

Matthäus, Jürgen, (Ed.) (2010). *Approaching an Auschwitz Survivor: Holocaust Testimony and its Transformations* (Oxford University Press).

Mears, Charlotte. (septiembre 2020). *A Social History of the Aufseherinnen of Auschwitz*. [Disertación doctoral en Kingston University]. Disponible en: <https://eprints.kingston.ac.uk/id/eprint/50539/1/Mears-C-50539.pdf>.

Menasche, Albert. (1947). *Birkenau: Auschwitz II: Memoirs of an Eye-witness, How 72,000 Greek Jews Perished* (Nueva York: Isaac Saltiel).

Miller, Arthur. (1985). *Playing for Time* (Londres: Nick Hern Books).

Newman, Richard y Kirtley, Karen. (2003). *Alma Rosé: Vienna to Auschwitz* (Cambridge: Amadeus Press).

O'Neil, Robin. (2013). *The Mahler Family in the Rise and Fall of the Third Reich* (Cirencester: Memoirs Publishing).

Perl, Gisella. (1948). *I was a Doctor in Auschwitz* (Nueva York: International Universities Press).

Shuldman, Ken. (2005). *Jazz Survivor, The Story of Louis Bannet, Horn Player of Auschwitz* (Londres y Chicago: Vallentine Mitchell).

Sington, Derrick. (1946). *Belsen Uncovered* (Duckworth).

Smeed, Suzi y Quinn, Terence. (2023). *The Courage to Care* (Queensland: Connor Court Publishing).

Stone, Dan. (2015). *The Liberation of the Camps: The End of the Holocaust and its Aftermath* (New Haven y Londres: Yale University Press).

Stone, Dan. (2023). *The Holocaust: An Unfinished History* (Londres: Penguin Random House).

Stroumsa, Jacques. (1996). *Violinist in Auschwitz: From Saloca to Jerusalem 1913-1967* (Constanza: Hartung-Gorre Verlag).

Szmaglewska, Seweryna. (2001). *Smoke Over Birkenau* (Varsovia: Ksiazka i Wiedza).

Tedeschi, Giuliana. (1992). *There is a Place on Earth: A Woman in Birkenau* (Pantheon Books).

Verheijen, Mirjam y Schrijver, Flora. (1994). *Het meisje met de accordeon* (Utrecht: Uitgerverij Scheffers).

Wachsmann, Nikolaus. (2015). *KL: A History of the Nazi Concentration Camps* (Nueva York: Farrar, Straus y Giroux).

Zelmanowicz Olewski, Rachela. (2009). *Crying Is Forbidden Here! A Jewish Girl in pre-WW2 Poland* (basado en testimonios hebreos grabados por Yad Vashem 21.5.1984, Universidad Abierta de Israel).

Zywulska, Krystyna. (2006). *I Survived Auschwitz* (Museo de Auschwitz-Birkenau).

PELÍCULAS

We Want the Light: The Jews and German Music. (2016). Dirigida por Christopher Nupen. (Allegro Films). Disponible en: <https://www.bbc.co.uk/programmes/m00109wp>.

Bach en Auschwitz. (1999). Dirigida por Michel Daeron.

Saved by Music: The Wallfisch Family. (2010). Dirigida por Mark Kidel. (Calliope Media).

La música en la Alemania nazi: el maestro y la chelista de Auschwitz. (2022). Dirigida por Christian Berger. Disponible en: <https://www.youtube.com/watch?v=JaaT6dfaZtc>.

Playing to Survive. (1996). Dirigida por Teresa Smith. (BBC). Disponible en: <https://www.imdb.com/title/tt0939541/>.

AGRADECIMIENTOS

CUALQUIER HISTORIADOR QUE ESCRIBA sobre el Holocausto en el siglo XXI le debe una enorme deuda de gratitud a los pioneros que reunieron los primeros documentos y recopilaron las entrevistas de los sobrevivientes y testigos mientras pudieron. Yo reconozco felizmente mi deuda con esas instituciones responsables de preservar estas colecciones, especialmente con el Fortunoff Institute de Yale, la Fundación Shoah, creada por Steven Spielberg en 1994, el Memorial Yad Vashem en Jerusalén y, por supuesto, con el Museo Estatal de Auschwitz-Birkenau.

También debo agradecer a diversas personas, muchas de las cuales ya no están con vida, como el difunto sir Martin Gilbert y, en el caso de la orquesta de mujeres, Richard Newman, cuya biografía de Alma Rosé se basó en muchas entrevistas con sobrevivientes de la orquesta y fue escrita junto con su colega, Karen Kirtley. Agradezco a Sara Newman por permitirme escuchar y citar estas entrevistas. Bruce Colegrove, profesor e historiador del Holocausto, ha pasado años investigando todos los aspectos de la orquesta de mujeres, y su generosa oferta de compartir su base de datos de documentos y archivos ha sido de incalculable ayuda al escribir este libro. Le agradezco de todo corazón por toda su ayuda y apoyo.

Un agradecimiento especial a los Archivos Nacionales en Kew por mostrarme la carpeta de documentos, varios con la firma de mi padre, que detallan su tiempo como soldado en Bergen-Belsen. Mi arrepentimiento de nunca haber discutido esto con él es abrumador. Otras instituciones con archivos valiosos incluyen el Museo Imperial de la Guerra de Londres, con un agradecimiento especial a Nora Ni Dhomhnaill por guiarme en la dirección correcta; a la Biblioteca de Londres, cuyo personal siempre encuentra el libro que necesitas en tiempo récord; y a la Wiener Library, que posee recursos invaluables. Mi libro se construyó sobre estos archivos y repositorios.

También he tenido la suerte de platicar con dos miembros sobrevivientes de la orquesta, Hilde Grünbaum Zimche y Anita Lasker-Wallfisch. Mis agradecimientos a ellas por discutir esos años conmigo van más allá de las palabras. Otras personas que han ayudado de diversas maneras son Jeremy Adler, quien me proporcionó los primeros caminos que explorar y libros para leer basados en su investigación sobre los escritos de su padre sobre Theresienstadt; Sandra Alexander de Jewish Care; Dana Arschin, quien me presentó a Debbie Assael-Migliori y a Peggy Clores, hijas de integrantes de la orquesta.

Por su hospitalidad en Nueva York y por conseguirme una copia de un libro holandés poco común, mis más cálidos agradecimientos a Joop y Dixie de Koning, y a Susanne Lap por traducirlo de manera tan rápida y sensible; a Mark Kidel, por sembrar la semilla al mostrarme su película sobre la familia Lasker-Wallfisch y leer un primer borrador del manuscrito.

En Polonia, Jack Fairweather fue una fuente de información y apoyo, y me presentó a Katarzyna Chiżyńska, quien tradujo algunos documentos polacos de Auschwitz-Birkenau, por lo que estoy muy agradecida; mis agradecimientos a Renate Koszyk, por guiarme por el campo; y a Agnieszka Kita, Jacek Lachendro y Edyta Chowaniec.

También quiero agradecer a Susan Eischeid, Paul French, Tom Gross, Naomi Gryn, Joe Halio, Nina Kaye, Sivanne Cohen Kramer (nieta de Regina Kupferberg), Sue Lawley, Rachel Levy, Stephen Ludsin, Raymond Meade, Danielle Minkowski (hija de Hélène

Wiernik), Abraham Mouritz (nieto de Flora Jacobs), Stephen Naron, Arianna Neumann, Arie Olewski (hijo de Rachela Zelmanowicz Olewski), Murray y Ninette Perahia, Janie Press (fundadora de Holocaust Music Lost and Found y una constante fuente de ayuda), David, Yoav y Tsafi Sebba (en Israel), Adam Sisman, Richard Tomlinson, Bret Werb y Ari C. Zev, antiguo miembro del equipo directivo de la Fundación Shoah.

También quiero agradecer a aquellos sin cuyo apoyo y compromiso inicial este libro no habría sido posible: mis editores, agentes y familia. Mi inmenso agradecimiento a Adam, Louise, Amy, Hugh, Imogen y Nora por demostrar su habitual y amoroso interés en mi trabajo, ofreciendo ayuda práctica de muchas maneras.

Clare Alexander se merece el mayor agradecimiento por ver la importancia de esta historia desde la primera vez que la discutimos y por ser el pilar de constante aliento que todo autor necesita. Varios miembros de su equipo en Aitken Alexander, incluidos Amy St John y Lesley Thorne, también merecen un agradecimiento especial.

En Weidenfeld & Nicolson, mis agradecimientos van a Jenny Lord por su perspectiva, empatía con la historia y cuidado con las palabras, así como a su maravilloso equipo: Lucinda McNeile, Natalie Dawkins, Lily McIlwain y Suzanne Jayes.

Y en Nueva York, quiero agradecer al igualmente alentador equipo de Charlie Spicer, Hannah Pierdolla y Dori Weintraub, quienes han aportado entusiasmo y rigor editorial.

Anne Sebba,
Londres, 2024

NOTAS

INTRODUCCIÓN. LA ORQUESTA DE MUJERES DE AUSCHWITZ

1. Testimonio de Zofia (Zosia) Cykowiak, *Wspomnienia*, vol. 141, PMA-B, pp. 6-16, traducción de Jack Fairweather y Katarzyna Chiżyńska.
2. Anita Lasker-Wallfisch, *Inherit the Truth (ITT)*, Giles de la Mare Publishers, 1996, Londres, p. 84.
3. Richard Newman y Karen Kirtley, *Alma Rosé: Vienna to Auschwitz*, Amadeus Press, 2000, Cambridge, Mass, p. 262.
4. Charlotte Delbo, *Auschwitz and After*, traducción de Rosette C. Lamont, Yale UP, 1995, pp.100-101.
5. <https://vha.usc.edu/testimony/4103?from=search>, entrevista de Pearl Pufeles, 19 de julio de 1995.
6. <https://collections.ushmm.org/search/catalog/vha7832>, entrevista de 1995 con Irene Zisblatt, Fundación Shoah, código 7832.
7. <https://holocaustmusic.ort.org/places/camps/death-camps/birkenau/laksszymon0/>.
8. Anita Lasker-Wallfisch, *Inherit the Truth*, p. 84.

9. Helena Dunicz Niwińska, *One of the Girls in the Band*, traducción de William Brand, Museo Estatal de Auschwitz-Birkenau, Oświęcim, 2018, p. 83.
10. Dunicz Niwińska, *One of the Girls in the Band*, p. 84.
11. Comer Clarke, *Eichmann: The Man and His Crimes*, Ballantine Books, Nueva York, 1960, pp. 121-122.
12. Correspondencia no publicada de Dunicz Niwińska a Lasker-Wallfisch, 1996, cortesía de ALW.
13. Archivos Nacionales, Kew, WO 171/4352, enero-mayo de 1945.

CAPÍTULO 1. YA NO SENTÍAMOS DOLOR

1. Danuta Czech, *Auschwitz Chronicle 1939-1945*, Henry Holt, 1997, Nueva York, p. 146.
2. Helen Tichauer (Zippi) a la Dra. Joan Ringelheim, <https://collections.ushmm.org/search/catalog/irn508470>, USHMM, septiembre de 2000, RG 500300462.
3. *Ibid.*
4. Entrevista de Helen Tichauer con David Boder, Instituto de Tecnología de Illinois, <https://perspectives.ushmm.org/item/david-boder-interview-with-helen-tichauer>, 23 de septiembre de 1946, en el Feldafing Displaced Persons Camp [Campo de Personas Desplazadas de Feldafing].
5. Entrevista de David Boder, como se mencionó arriba.
6. Heather Dune Macadam, *The Nine Hundred*, Hodder & Stoughton, 2000, p. 115, para más detalles.
7. Entrevista de Ringelheim, como se mencionó arriba, USHMM.
8. <https://perspectives.ushmm.org/item/david-boder-interview-with-helen-tichauer>, como se mencionó arriba.
9. Entrevista de Ringelheim, como se mencionó arriba, USHMM.

10. Ver https://www.mp.pl/auschwitz/other-publications/313877, infectious-diseases-in-the-auschwitz-birkenau-environment de Karel Ptaszkowski, MD.
11. *Approaching an Auschwitz Survivor: Holocaust Testimony and its Transformations*, Ed. Jürgen Matthaüs, OUP, 2010, p. 110.
12. Entrevista de Ringelheim, como se mencionó arriba, USHMM.
13. *Approaching an Auschwitz Survivor*, p. 106.
14. *Ibid.*
15. Entrevista de Ringelheim, como se mencionó arriba.
16. *Ibid.*
17. Newman y Kirtley, p. 22.
18. <https://jewishcurrents.org/record-keeping-for-the-Nazis-and-saving-lives>.
19. Entrevista con Katya Singer y Susan Cernyak-Spatz, <https://jewishcurrents.org/record-keeping-for-the-Nazis-and-saving-lives>.
20. *Ibid.*
21. *Ibid.*
22. *Ibid.*
23. Entrevista de Ringelheim, como se mencionó arriba.
24. Szymon Laks, *Music of Another World*, traducción de Chester Kisiel, Northwestern University Press, Illinois, 1989, p. 52.
25. Entrevista de Ringelheim, como se mencionó arriba.
26. Danuta Czech, como se mencionó arriba, p. 148, citando a Rudolf Höss, comandante de Auschwitz, 1947.
27. Susan Eischeid, *Mistress of Life and Death: The Dark Journey of Maria Mandl*, Citadel Press, Nueva York, 2024, p. 13.
28. Charlotte Mears, <https://www.academia.edu/10833241/To_what_extent_does_the_career_of_Maria_Mandel_showcase_the_role_of_women_in_power_during_the_Holocaust>, citando a la prisionera Lina Haag.
29. Citado de Eischeid, *Mistress of Life and Death*, p. 95.
30. Ella Lingens-Reiner, *Prisoners of Fear*, Victor Gollancz, 1948, p. 44.
31. *Ibid.*, p. 29.

32. Eischeid, *Mistress of Life and Death*, p. 116.
33. Mears, como se mencionó arriba.
34. <https://jewishcurrents.org/record-keeping-for-the-Nazis-and-saving-lives>.
35. Entrevista de Ringelheim, como se mencionó arriba.
36. *Ibid.*
37. *Ibid.*
38. Ella Lingens-Reiner, p. 78.
39. Eischeid, *Mistress of Life and Death*, p. 107.
40. Ella Lingens-Reiner, p. 41.
41. Eischeid, *Mistress of Life and Death*, p. 97.
42. Entrevista de Magda Blau Hellinger con Linda Kuzmack, 11 de junio de 1990, USHMM, cinta 1, acceso núm. 1990.408.1, <https://collections.ushmm.org/search/catalog/irn504535>.
43. *Ibid.*

CAPÍTULO 2. BUENA MÚSICA PARA LA SS

1. Entrevista de Helen Tichauer (Zippi) con Richard Newman, 1983, <https://collections.ushmm.org/search/catalog/irn558849>.
2. Jacek Lachendro, *Auschwitz Studies 27*, Museo Estatal de Auschwitz-Birkenau, 2015.
3. Lachendro, como se mencionó arriba, p. 69, citando el testimonio de Wojciech Kawecki, colección de memorias, vol. 75, pp. 243-244, Museo Estatal de Auschwitz-Birkenau.
4. Extraído del testimonio de un prisionero no nombrado en el documental de la BBC *Playing to Survive*, <https://www.imdb.com/title/tt0939541/>.
5. Lachendro, como se mencionó arriba, p. 68, citando el testimonio de Janina Janiszewska, colección de memorias, vol. 95, pp. 159-160.
6. Lachendro, *Auschwitz Studies 27*, p. 77.
7. Szymon Laks, *Music of Another World*, p. 117.

8. *Ibid.*, p. 33.
9. Entrevista de historia oral con Helen Tichauer y la Dra. Joan Ringelheim, 2000, <https://collections.ushmm.org/search/catalog/irn 508470>.
10. Entrevista con la Dra. Joan Ringelheim, 2000, como se mencionó arriba.
11. <https://collections.ushmm.org/search/catalog/irn677604>, entrevista de 2005 con la Dra. Joan Ringelheim, continuación de entrevistas previas.
12. Entrevista con Richard Newman, <https://collections.ushmm.org/search/catalog/irn558849>.
13. Newman y Kirtley, p. 231.
14. Gabriele Knapp, *Das Frauenorchester in Auschwitz*, Von Bockel Verlag, Hamburgo, 1996, p. 66.
15. Testimonio de Cykowiak, como se mencionó arriba, Cracovia, 2 de julio de 1982.
16. Jean-Jacques Felstein, *The Violinist of Auschwitz*, p. 145.
17. <http://www.auschwitz-prozess-frankfurt.de/index.php?id=97>.
18. Dunicz Niwińska, *One of the Girls in the Band*, p. 108.
19. Zelmanowicz Olewski, *Crying Is Forbidden Here!*, p. 46.
20. Newman y Kirtley, *op. cit.*, p. 231.
21. Laks, *op. cit.*, p. 44.
22. Lachendro, *op. cit.*, p. 92.
23. <https://baruchfamily.wordpress.com/2018/12/08/hachshara-neuendorf-the-last-youth-hachshara-in-germany>.
24. William Drozdiak, 10 de diciembre de 1999, «Panel finds Switzerland complicit in Holocaust», *The Washington Post*.
25. Entrevista con Inge Franken, 2003, <http://www.inge-franken.de/fehrbel-liner92/sylvia>.
26. *Ibid.*
27. *Ibid.*
28. Extracto del testimonio de Shulamit Wagenberg Khalif, <https://www.yadvashem.org/artifacts/featured/hilde-grunbaum.html>.

29. Testimonio de Esther Bejarano, nacida con el apellido Loewy, archivos del Museo Auschwitz-Birkenau, 14 de enero de 1995.
30. <https://ehne.fr/en/encyclopedia/themes/wars-and-memories/violence-war/music-and-torture>.
31. Szymon Laks, *Music of Another World*, p. 58.
32. <https://vha.usc.edu/testimony/979?from=search&seg=143%20Shoah%20foundation%201995%20>, videoentrevista de 1995 con Yvette Assael Lennon, Fundación Shoah, código 979.
33. *Ibid.*
34. *Ibid.*
35. *Ibid.*
36. <https://vha.usc.edu/testimony/979?from=search&seg=143%20Shoah%20foundation%201995%20>, entrevista de 1995 con Yvette Assael Lennon, Fundación Shoah, código 979.
37. *Ibid.*
38. *Ibid.*
39. Testimonio de Cykowiak, como se mencionó arriba, Cracovia, 2 de julio de 1982, *Wspomnienia*, vol. 141, PMA-B, pp. 6-16.
40. Citado de Lachendro, p. 79.
41. Testimonio de Bejarano para los archivos del Museo Auschwitz-Birkenau, como se mencionó arriba, 14 de enero de 1995.
42. Newman y Kirtley citando a Helena Dunicz Niwińska, p. 235.
43. Felstein, *The Violinist of Auschwitz*, p. 125.
44. *Ibid.*
45. <https://vha.usc.edu/testimony/979?from=search&seg=143%20Shoah%20foundation%201995%20>, videoentrevista de 1995 con Yvette Assael Lennon, Fundación Shoah, 1995.

CAPÍTULO 3. ALGO HERMOSO QUE ESCUCHAR

1. Felstein, *The Violinist of Auschwitz*, p. 5.

2. Itta W., Testimonio del Holocausto (HVT-4083), Archivo de Video Fortunoff para Testimonios del Holocausto, Yale University Library.
3. *Ibid.*
4. *Ibid.*
5. Newman y Kirtley, p. 233.
6. *Ibid.* (Historia también contada en la entrevista para Fortunoff arriba).
7. Itta W., Testimonio del Holocausto (HVT-4083), Archivo de Video Fortunoff para Testimonios del Holocausto, Yale University Library.
8. Newman y Kirtley citando a Hélène Wiernik, p. 233.
9. Itta W., Testimonio del Holocausto (HVT-4083), Archivo de Video Fortunoff para Testimonios del Holocausto, Yale University Library.
10. Mali Fritz Essig, *Gegen den durst 565 Tage in Auschwitz-Birkenau*, Viena, 1986, p. 22.
11. Lucie Adelsberger, *A Doctor's Story*, p. 38.
12. Newman y Kirtley, p. 231.
13. Szymon Laks, *Music from Another World*, p. 45.
14. Lachendro, *Auschwitz Studies 27*, p. 95, citando la colección de declaraciones de Auschwitz, vol. 129, p. 246.
15. Newman y Kirtley, p. 234.
16. <https://forbiddenmusic.org/2018/01/23/from-crossover-star-to-survivalist-the-unexpected-transformation-of-alma-rose>.
17. Carta de Alma Rosé a Leila Pirani, 1962, citada en Newman y Kirtley, p. 114.
18. <https://forbiddenmusic.org/2018/01/23/from-crossover-star-to-survivalist-the-unexpected-transformation-of-alma-rose>.
19. Testimonio de sobrevivientes del Convoy 57, Yvette Levy y Gabriel Benichou, citado en <http://garedeportation.bobigny.fr/en/104/the-deportation-stages.html>.

20. Robin O'Neil, *The Mahler Family Memoirs Publishing*, Cirencester, 2013, p. 457, citando los archivos de Yad Vashem.
21. Newman y Kirtley, p. 221.
22. Entrevista USHMM <https://collections.ushmm.org/oh_findingaids/RG-50.030.0030_trs_en.pdf>.
23. Magda Hellinger, más tarde Blau, después de su matrimonio con Bela Blau y su vida postguerra en Melbourne <https://wamu.org/story/22/03/15/magda-hellinger-survived-auschwitz-while-saving-her-fellow-prisoners>.
24. Newman y Kirtley, p. 223.
25. *Ibid.*
26. *Op. cit.*, p. 224.
27. *Ibid.*
28. Newman y Kirtley, p. 34.
29. *Ibid.*
30. Newman y Kirtley, basado en diversas entrevistas entre 1988 y 1999, pp. 234-235.
31. *Ibid.*
32. *Ibid.*
33. Dunicz Niwińska, *One of the Girls in the Band.*
34. Itta W., Testimonio del Holocausto (HVT-4083), Archivo de Video Fortunoff para Testimonios del Holocausto, Yale University Library.
35. Kitty Hart-Moxon, *Return to Auschwitz*, House of Stratus, 2000, p. 109.
36. Itta W., Testimonio del Holocausto (HVT-4083), Archivo de Video Fortunoff para Testimonios del Holocausto, Yale University Library.
37. Lachendro, *Auschwitz Studies 27*, p. 93, citando *In Birkenau You Did Not Die Alone*, p. 71-72.
38. Itta W., Testimonio del Holocausto (HVT-4083), Archivo de Video Fortunoff para Testimonios del Holocausto, Yale University Library.

39. *Ibid.*
40. Newman y Kirtley, p. 236.
41. Lachendro, *Auschwitz Studies 27*, p. 92.
42. Dunicz Niwińska, *One of the Girls in the Band*, p. 112.
43. Dr. Albert Menasche, *Memoirs of an Eyewitness, How 72,000 Greek Jews Perished*, 1947, pp. 65-66.
44. Zelmanowicz Olewski, *Crying Is Forbidden Here!*, traducción al inglés basada en el testimonio hebreo para Yad Vashem, 21 de mayo de 1984, p. 29.
45. *Ibid.*, p. 49.
46. Citado por Sivanne Cohen Kramer, basado en su traducción privada del testimonio en hebreo de su abuela Regina Kupferberg para Yad Vashem.
47. Como se mencionó arriba.

CAPÍTULO 4. SERÁS SALVADA

1. Zelmanowicz Olewski, *Crying Is Forbidden Here!*, p. 30.
2. Felstein, *The Violinist of Auschwitz*, p. 19.
3. *Ibid.*, p. 21.
4. *Ibid.*
5. Zelmanowicz Olewski, *Crying Is Forbidden Here!*, p. 39.
6. *Ibid.*
7. *Ibid.*, p. 43.
8. Dunicz Niwińska, *One of the Girls in the Band*, p. 77.
9. Dorys Wilamowska, recorte de periódico sin fecha, Colección del Instituto Leo Baeck.
10. Zelmanowicz Olewski, *Crying Is Forbidden Here!*, p. 33.
11. Flora Jacobs Schrijver con Mirjam Verheijen. *Het meisje met de accordion: de overleving van Flora Schrijver in Auschwitz-Birkenau en Bergen-Belsen*. Uitgeverij Scheffers Utrecht, 1994. ISBN 90-

5546-011-7, *Girl with the Accordion*, todos los números de página son aproximados, p. 25, traducción al inglés de Susanne Lap.
12. *Ibid.*, p. 26.
13. Newman y Kirtley, p. 241.
14. *Bach in Auschwitz*, película documental de Michel Daeron, 1999.
15. Newman y Kirtley, p. 241, basado en la entrevista con Flora, <https://collections.ushmm.org/search/catalog/irn558864>.
16. Dunicz Niwińska, *One of the Girls in the Band*, p. 35.
17. *Ibid.*
18. *Ibid.*
19. Newman y Kirtley, p. 237.
20. *Op. cit.*, p. 238.
21. *Ibid.*
22. *Bach in Auschwitz*, película documental de Michel Daeron, 1999.
23. *Ibid.*
24. *Ibid.*
25. Lasker-Wallfisch, *Inherit the Truth*, prefacio.
26. <https://www.hmd.org.uk/resource/anita-lasker-wallfisch>.
27. Lasker-Wallfisch, *Inherit the Truth*, p. 20.
28. Mrs. E. Lasker a M. Lasker, Breslau, 19 de junio de 1939, archivo IWM.
29. Mrs. E. Lasker a M. Lasker, 26 de julio de 1939, *Inherit the Truth*, p. 22.
30. Lasker-Wallfisch, *Inherit the Truth*, p. 31.
31. *Ibid.*
32. Anita L-W a Marianne Lasker en *Inherit the Truth*, p. 46.
33. *Ibid.*, p. 43.
34. *Ibid.*, p. 53.
35. *Ibid.*, p. 55.
36. *Ibid.*, p. 58.
37. *Ibid.*, p. 71.
38. *Ibid.*, p. 72.

39. *Ibid.*, p. 6.
40. *Ibid.*, p. 80.
41. *Ibid.*

CAPÍTULO 5. LA ORQUESTA SIGNIFICA VIDA

1. Lasker-Wallfisch, *Inherit the Truth*, p. 76.
2. Dunicz Niwińska, *One of the Girls in the Band*, p. 101.
3. Krystyna Zywulska, *I Survived Auschwitz*, publicado en cooperación con el Museo Estatal Auschwitz-Birkenau, 2004, p. 51.
4. Newman y Kirtley, p. 280.
5. *Ibid.*, p. 282.
6. *Ibid.*
7. Entrevista, como se mencionó arriba <https://fortunoff.aviaryplatform.com/collections/5/collection_resources/4127>.
8. Newman y Kirtley, p. 280.
9. Dunicz Niwińska, *One of the Girls in the Band*, p. 101.
10. *Ibid.*
11. Entrevista de ALW con el autor, 22 de noviembre de 2022.
12. HDN a ALW, correspondencia privada, sin fecha.
13. HDN a Anita, 4 de noviembre de 1996, correspondencia no publicada, como se mencionó arriba.
14. Zofia Cykowiak a ALW, 16 de mayo de 1994, correspondencia no publicada.
15. Zelmanowicz Olewski, *Crying Is Forbidden Here!*, 2009, basado en su testimonio en hebreo para Yad Vashem, grabado el 21 de mayo de 1984.
16. Newman y Kirtley, p. 271.
17. Jacques Stroumsa, *Violinist in Auschwitz*, Hartung-Gorre, 1996, p. 57.
18. Newman y Kirtley, p. 272.

19. Itta W., Testimonio del Holocausto (HVT-4083), Archivo de Video Fortunoff para Testimonios del Holocausto, Yale University Library.
20. Danuta Czech, *Auschwitz Chronicle*, p. 513.
21. Dunicz Niwińska, *One of the Girls in the Band*, p. 98.
22. *Bach in Auschwitz*, película documental de Michel Daeron.
23. Testimonio de Auschwitz, como se mencionó arriba.
24. Itta W., Testimonio del Holocausto (HVT-4083), Archivo de Video Fortunoff para Testimonios del Holocausto, Yale University Library.
25. Newman y Kirtley, p. 268.
26. Citado en Lachendro, *Auschwitz Studies 27*, p. 97, citando la biografía de Wanda Koprowska.
27. Citado en Lachendro, p. 97, de la colección de memorias de Zarębińska-Broniewska, Museo de Auschwitz.
28. *Ibid.*
29. Dunicz Niwińska, *One of the Girls in the Band*, p. 77.
30. *Bach in Auschwitz*, película documental de Michel Daeron.
31. *Ibid.*
32. Itta W., Testimonio del Holocausto (HVT-4083), Archivo de Video Fortunoff para Testimonios del Holocausto, Yale University Library.
33. Charlotte Delbo, *Auschwitz and After*, traducción de Rosette C. Lamont, Yale UP, 1995, pp. 100-101.
34. Lachendro, *Auschwitz Studies 27*, p. 103.
35. *Bach in Auschwitz*, película documental de Michel Daeron.
36. Itta W., Testimonio del Holocausto (HVT-4083), Archivo de Video Fortunoff para Testimonios del Holocausto, Yale University Library.
37. Bejarano, testimonio en el Museo Estatal Auschwitz-Birkenau, como se mencionó arriba.
38. Zelmanowicz Olewski, *Crying Is Forbidden Here!*, p. 37.
39. *Ibid.*

40. Newman y Kirtley, p. 271.
41. Dunicz Niwińska, *One of the Girls in the Band*, p. 96.
42. Testimonio de Cykowiak, como se mencionó arriba, Cracovia, 2 de julio de 1982, *Wspomnienia*, vol. 141, PMA-B, pp. 6-16.
43. Citado en Sivanne Cohen Kramer, basado en su traducción privada del hebreo del testimonio de su abuela Regina Kupferberg para Yad Vashem, 21 de mayo de 1984.
44. *Ibid.*
45. Entrevista con Ruth Bassin, <https://collections.ushmm.org/search/catalog/irn558875>.
46. Newman y Kirtley, p. 289.
47. *Ibid.*
48. Laks, *Music of Another World*, p. 100.
49. <https://www.nytimes.com/1978/01/07/archives/memories-of-a-Nazi-camp-where-a-musical-gift-meant-survival-many.html>.
50. Notas de entrevista (traducidas del hebreo) de su testimonio en video para la Fundación Shoah en 1998.
51. Información sobre apellidos y números de prisioneros descubierta por el investigador de la orquesta Bruce Colegrove.
52. Flora Schrijver con Mirjam Verheijen. *Het meisje met de accordion: de overleving van Flora Schrijver in Auschwitz-Birkenau en Bergen-Belsen*. Uitgeverij Scheffers Utrecht 1994. ISBN 90-5546-011-7, *Girl with the Accordion*, p. 25, traducido al inglés por Susanne Lap, p. 44.
53. Cykowiak, testimonio de Auschwitz, como se mencionó arriba, vol. 141, p. 9.
54. Newman y Kirtley, p. 282.
55. *Ibid.*, p. 275.
56. *Ibid.*, p. 288.
57. Felstein, *The Violinist of Auschwitz*, p. 90.
58. Zippi Tichauer a Richard Newman, cinta 1, <https://collections.ushmm.org/search/catalog/irn558849>.

59. European Association for Jewish Studies Congress: *Jewish Studies at the Turn of the Twentieth Century: Proceedings of the 6th EAJS Congress, Toledo, July 1998*. BRILL, 1999, ISBN 978-90-04-11 558-3, p. 527.
60. Zelmanowicz Olewski, *Crying Is Forbidden Here!*, p. 48.
61. Dunicz Niwińska, *One of the Girls in the Band*, p. 76.
62. Citado en Newman y Kirtley, p. 273.
63. *Ibid.*
64. Véase Dunicz Niwińska, *One of the Girls in the Band*.
65. Ken Shuldman, *Jazz Survivor: The Story of Louis Bannet, Horn Player of Auschwitz*, p. 35.
66. <https://collections.ushmm.org/search/catalog/vha49087>.
67. Felstein, *The Violinist of Auschwitz*, p. 127.
68. Lasker-Wallfisch, *Inherit the Truth*, p. 162.
69. Newman y Kirtley, p. 245.
70. Dunicz Niwińska, *One of the Girls in the Band*, pp. 92-93.
71. Véase Danuta Czech, *Auschwitz Chronicle*.
72. *Bach in Auschwitz*, película documental.
73. *Ibid.*
74. Seweryna Szmaglewska, *Smoke Over Birkenau*, pp. 230-232.
75. Zelmanowicz Olewski, *Crying Is Forbidden Here!*, p. 36.

CAPÍTULO 6. NOS DIO ESPERANZA Y VALOR

1. Itta W., Testimonio del Holocausto (HVT-4083) Archivo de Video Fortunoff para Testimonios del Holocausto, Biblioteca de la Universidad de Yale.
2. *Ibid.*
3. Ver Felstein, p. 56, para una broma sobre la estatura de Sylvia, que no sería una buena llama si fuera gaseada.
4. Lasker-Wallfisch, *Inherit the Truth*, p. 84.

5. <https://collections.ushmm.org/search/catalog/irn558875>.
6. Hermann Langbein, *People in Auschwitz*, University of North Carolina Press 2004, p. 152.
7. Wendy Holden, *One Hundred Miracles*, Bloomsbury 2019, p. 55.
8. Hart-Moxon, *Return to Auschwitz*, p. 102.
9. <https://www.auschwitz.org/en/history/auschwitz-and-shoah/the-unloading-ramps-and-selections>.
10. Dunicz Niwińska, *One of the Girls in the Band*, p. 104.
11. Felstein, *The Violinist of Auschwitz*, p. 89.
12. Guido Fackler, <https://holocaustmusic.ort.org/places/camps/death-camps/auschwitz/camp-orchestras>.
13. Documental *Bach en Auschwitz*, como se mencionó arriba.
14. Lachendro, *Auschwitz Studies* 27, p. 103.
15. *Ibid.*
16. <https://collections.ushmm.org/search/catalog/vha25639>.
17. Testimonio de Hilde Grünbaum para Yad Vashem, traducción de Jessica Ross, archivo privado de Bruce Colegrove.
18. Testimonio de Cykowiak, memorias de Auschwitz, volumen 141, PMA-B, pp. 6-16.
19. Newman y Kirtley, p. 266.
20. Testimonio para Yad Vashem de Hilde Grünbaum, como se mencionó arriba.
21. Testimonio de Cykowiak, memorias de Auschwitz, volumen 141, PMA-B, pp. 6-16.
22. Dunicz Niwińska, *One of the Girls in the Band*, citado de Lachendro, *Auschwitz Studies* 27, p. 102.
23. Flora Jacobs Schrijver con Mirjam Verheijen, *Girl with the Accordion*, traducción de Susanne Lap, p. 43.
24. Citado de Eischeid, *Mistress of Life and Death*, p. 176.
25. Newman y Kirtley, p. 267.
26. Flora Jacobs Schrijver con Mirjam Verheijen, *Girl with the Accordion*, traducción de Susanne Lap, p. 43.

27. Itta W., Testimonio del Holocausto (HVT-4083) Archivo de Video Fortunoff para Testimonios del Holocausto, Biblioteca de la Universidad de Yale.
28. Dunicz Niwińska, *One of the Girls in the Band*, p. 83.
29. Lasker-Wallfisch, *Inherit the Truth*, Transcripción del Juicio, apéndice 4, p. 158.
30. Documental *El maestro y la chelista*, Naxos, dirigida por Christian Berger 2022. ALW también ha hablado mucho sobre esto, <https://www.naxos.com/CatalogueDetail/?id=762808>.
31. BBC *Desert Island Discs* <https://www.bbc.co.uk/programmes/p0093ndt>, entrevistadora Sue Lawley.
32. Entrevista de ALW con el autor, 11 de noviembre 2022.
33. Danuta Czech, *Auschwitz Chronicle*, p. 562.
34. Felstein, *The Violinist of Auschwitz*, p. 92.
35. Testimonio de Cykowiak, como se mencionó arriba, Cracovia, 2 de julio de 1982, *Wspomnienia*, vol. 141, PMA-B, pp. 6-16, traducción privada.
36. Felstein, *The Violinist of Auschwitz*, p. 92.
37. Dunicz Niwińska, *One of the Girls in the Band*, p. 113.
38. *Ibid.*, p. 110.
39. Felstein, *Violinist of Auschwitz*, p. 90.
40. Entrevista con Newman, USHMM.
41. Artículo de ALW sobre su reacción a la biografía de Alma por Newman <https://www.musicteachers.co.uk/journal/2000-08_laskerwallfisch_3.html>, archivo privado de Colegrove.
42. Lachendro, *Auschwitz Studies* 27, p. 93.
43. Zelmanowicz Olewski, *Crying Is Forbidden Here!*, p. 33.
44. Primo Levi, *The Grey Zone*, p. 37.
45. Dunicz Niwińska, *One of the Girls in the Band*, p. 76.
46. Lasker-Wallfisch, *Inherit the Truth*, p. 78.
47. *Ibid.*
48. *Ibid.*
49. Newman y Kirtley, p. 274.

50. Zelmanowicz Olewski, *Crying Is Forbidden Here!*, p. 37.
51. Entrevista de ALW con el autor, como se mencionó arriba.
52. Zelmanowicz Olewski, *Crying Is Forbidden Here!*, p. 34.
53. Dunicz Niwińska, *One of the Girls in the Band*, p. 84 y <https://devilstrillblog.blogspot.com/2018/06/violinist-and-auschwitz-survivor-helena.html>.
54. Entrevista con el autor, 26 de junio de 2022.
55. Hart-Moxon, *Return to Auschwitz*, p. 103.
56. Newman y Kirtley, p. 268.
57. *Ibid.*
58. *Ibid.*
59. Seweryna Szmaglewska, *Smoke Over Birkenau*, p. 35-36.
60. Lachendro, *Auschwitz Studies* 27, p. 98.
61. *Ibid.*, p. 99.
62. Newman y Kirtley, p. 304.
63. Felstein, *The Violinist of Auschwitz*, pp. 149-50.
64. Newman y Kirtley, p. 261.
65. Entrevista a Zippi Tichauer con Richard Newman, cinta 1, como se mencionó arriba.
66. Dunicz Niwińska, *One of the Girls in the Band*, p. 103.

CAPÍTULO 7. SENTÍA EL SOL EN MI ROSTRO

1. Lasker-Wallfisch, *Inherit the Truth*, p. 85.
2. Testimonio de Hilde para Yad Vashem, traducción de Jessica Ross, con agradecimientos a Bruce Colegrove.
3. *Ibid.*
4. Cykowiak, Zofia, *Wspomnienia*, vol. 141, PMA-B, pp. 6-16. Cracovia, 2 de julio de 1982, traducción privada.
5. Giuliana Tedeschi, *There is a Place on Earth: A Woman in Birkenau*, p. 59, Random House, 1992.

6. «I too was Eichmann's victim» [Yo también fui víctima de Eichmann], *News of the World*, 23 de octubre de 1960.
7. Lasker-Wallfisch, *Inherit the Truth*, p. 85.
8. *Limburgsche Dagblad*, 12 de agosto de 1937.
9. Comer Clarke, *Eichmann the Man and His Crimes*, pp. 121-122.
10. *Ibid.*
11. «I too was Eichmann's victim», *News of the World*, 23 de octubre de 1960.
12. *Ibid.*
13. Flora Jacobs Schrijver con Mirjam Verheijen, *Girl with the Accordion*, p. 44.
14. *News of the World*, como se mencionó anteriormente.
15. *Singapore Free Press*, 27 de septiembre de 1951, p. 4.
16. Gabriele Knapp, *Das Frauenorchester im Auschwitz*, p. 130.
17. Flora Jacobs Schrijver con Mirjam Verheijen, *Girl with the Accordion*, pp. 54-55.
18. Gisella Perl, *I was a Doctor in Auschwitz*, 1948, Ayer Co Pub, pp. 83-84.
19. Entrevista con Volcker Kühn, *They Played for their Life, Cabaret in the face of Death* <https://www.aufrichtigs.com/01-Holocaust/00-Otto_Aufrichtig_[Aurich]/Westerbork_Volker_Kuhn.htm>.
20. *Ibid.*
21. *Ibid.*
22. <http://www.jewish-theatre.com/visitor/article_display.aspx?articleID=529>.
23. Flora Jacobs Schrijver con Mirjam Verheijen, *Girl with the Accordion*, p. 42.
24. <https://brzesko-briegel.pl/en/news/mala-zimetbaum-brzesko-born-heroine-of-auschwitz>.
25. <https://www.latimes.com/archives/la-xpm-1986-10-19-vw-5733-story.html>.
26. Dunicz Niwińska, *One of the Girls in the Band*, p. 122.
27. Zelmanowicz Olewski, *Crying Is Forbidden Here!*, p. 32.

28. *Ibid.*, pp. 38-39.
29. *Ibid.*, p. 42.
30. Dunicz Niwińska, *One of the Girls in the Band*, p. 105.
31. Felstein, *The Violinist of Auschwitz*, p. 56, basado en una historia contada a él por Violette y otros.
32. Felstein, *The Violinist of Auschwitz*, p. 137.
33. *Ibid.*, p. 147.
34. *Ibid.*, p. 148.
35. Lasker-Wallfisch, *Inherit the Truth*, p. 86.
36. Entrevista con Lily Mathé, *News of the World*, gracias al archivo privado de Bruce Colegrove.
37. Lasker-Wallfisch, *Inherit the Truth*, p. 87.
38. Archivo privado de Bruce Colegrove.
39. <https://collections.ushmm.org/oh_findingaids/RG-50.005.0009_trs_en.pdf>.
40. Lasker-Wallfisch, *Inherit the Truth*, p. 87.
41. *Ibid.*, p. 88.
42. Itta W., Testimonio del Holocausto (HVT-4083), Archivo de Video Fortunoff para Testimonios del Holocausto, Yale University Library.
43. *Ibid.*
44. *Ibid.*
45. Lasker-Wallfisch, *Inherit the Truth*, p. 90.
46. *Ibid.*, p. 89.
47. *Ibid.*

CAPÍTULO 8. AQUÍ NO VAN A TOCAR

1. Dov Paisikovic, *Witness Accounts Liberation of KL Auschwitz*, Museo de Auschwitz-Birkenau.
2. Zelmanowicz Olewski, *Crying Is Forbidden Here!*, p. 46.
3. Flora Schrijver con Mirjam Verheijen, *Girl with the Accordion*, p. 53.

4. *Ibid.*
5. *Ibid.*, p. 59.
6. Recuerdos de Violette Silberstein y Hélène Wiernik en el documental de la BBC de 1996, *Playing to Survive* <https://www.imdb.com/title/tt0939541/>.
7. Fania Fénelon, *The Musicians of Auschwitz*, p. 240.
8. «I too was Eichmann's victim», *News of the World.*
9. Lasker-Wallfisch, *Inherit the Truth*, p. 91.
10. Hilde Grünbaum, testimonio para Yad Vashem.
11. Zelmanowicz Olewski, *Crying Is Forbidden Here!*, p. 48.
12. *Ibid.*, p. 46.
13. *Ibid.*, p. 47.
14. Felstein, *The Violinist of Auschwitz*, p. 64.
15. Flora Jacobs Schrijver con Mirjam Verheijen, *Girl with the Accordion*, p. 60.
16. *Ibid.*, p. 92.
17. Derrick Sington, *Belsen Uncovered*, Duckworth, 1946, p. 109.
18. Zelmanowicz Olewski, *Crying Is Forbidden Here!*, p. 47.
19. Flora Jacobs Schrijver con Mirjam Verheijen, *Girl with the Accordion*, tr., p. 61.
20. *Ibid.*
21. Ilse Diament <https://collections.ushmm.org/oh_findingaids/RG-50.005.0009_trs_en.pdf>.
22. *Ibid.*
23. Itta W., Testimonio del Holocausto (HVT-4083), Archivo de Video Fortunoff para Testimonios del Holocausto, Yale University Library.
24. Yvette Lennon, entrevista con la Fundación Shoah. Visual History Archive, 1995, Entrevista 979.
25. Lasker-Wallfisch, *Inherit the Truth*, p. 93.

CAPÍTULO 9. NUNCA HABÍA VISTO ALGO ASÍ

1. Flora Jacobs Schrijver con Mirjam Verheijen, *Girl with the Accordion*, p. 65.
2. <https://blogs.lse.ac.uk/polis/2020/04/15/75-years-on-richard-dimblebys-bbc-report-on-the-liberation-of-belsen-concentration-camp>.
3. Lasker-Wallfisch, *Inherit the Truth*, p. 95.
4. Ilse Diament <https://collections.ushmm.org/oh_findingaids/RG-50.005.0009_trs_en.pdf>.
5. Flora Jacobs Schrijver con Mirjam Verheijen, *Girl with the Accordion*, p. 65.
6. *The New York Times*, 7 enero 1978.
7. Flora Jacobs Schrijver con Mirjam Verheijen, *Girl with the Accordion*, p. 65.
8. *The Guardian*, 13 octubre 2008, Geoffrey Alderman.
9. Artículo publicado en el Middlesex Hospital Journal, julio de 1945, Gerald Raperport.
10. *Ibid.*
11. «I too was Eichmann's victim», *News of the World*, 23 octubre 1960.
12. Lasker-Wallfisch, *Inherit the Truth*, p. 99.
13. Zelmanowicz Olewski, *Crying Is Forbidden Here!*, p. 57.
14. Haaretz, «The cellist in Auschwitz who feared the world wouldn't believe her», 1 marzo 2023.
15. Lasker-Wallfisch, *Inherit the Truth*, p. 99.
16. *Ibid.*, p. 101.
17. ALW Fólder 92/31/1, Archivos del Museo Imperial de la Guerra.
18. ALW a Marianne Lasker, Archivos IWM, como se mencionó arriba.
19. Lasker-Wallfisch, *Inherit the Truth*, p. 112.
20. *Ibid.*, p. 122.
21. *Ibid.*, pp. 124-127.

22. *Ibid.*, p. 130.
23. *Ibid.*, p. 145.
24. Zelmanowicz Olewski, *Crying Is Forbidden Here!*, p. 57.
25. *Ibid.*
26. *Ibid.*
27. Dunicz Niwińska, *One of the Girls in the Band*, p. 123.
28. *Ibid.*, p. 125.
29. *Ibid.*
30. Danuta Czech, *Auschwitz Chronicle*, p. 743.
31. Dunicz Niwińska, *One of the Girls in the Band*, p. 126.
32. <https://www.tandfonline.com/doi/abs/10.1080/23256249.2017.1294315>.
33. Stroumsa, Jacques, *Violinist in Auschwitz*, p. 63.
34. Dunicz Niwińska, *One of the Girls in the Band*, p. 129.
35. *Ibid.*, p. 131.
36. *Ibid.*, p. 136.
37. *Ibid.*, p. 144.
38. Felstein, *The Violinist of Auschwitz*, p. 144.

CAPÍTULO 10. ALGUIEN CASI DESTRUIDA POR SU EXPERIENCIA

1. Entrevista con el autor, 15 de junio de 2022.
2. Lasker-Wallfisch, *Inherit the Truth*, p. 15.
3. Entrevista con el autor, 22 de noviembre de 2022.
4. Newman y Kirtley, p. 313.
5. <https://myscena.org/norman-lebrecht/the-true-humanity-of-alma-rose>.
6. Newman y Kirtley, p. 313.
7. *Bach in Auschwitz*, documental dirigido por Michel Daeron.
8. Testimonio de Hilde para Yad Vashem, como se mencionó arriba.
9. <https://www.sueddeutsche.de/politik/holocaust-esther-bejarano-1.2459943>, entrevista con Esther Bejarano, 6 de mayo de 2015.

10. <https://www.theneweuropean.co.uk/esther-bejarano-the-accordionist-of-auschwitz>.
11. Obituario del *The New York Times* <https://www.nytimes.com/2021/07/15/arts/music/esther-bejarano-dead.html>.
12. *Ibid.*, <https://practisingthepiano.com/remembering-studies-with-peter-wallfisch>.
13. *Ibid.*
14. BBC *Desert Island Discs* <https://www.bbc.co.uk/sounds/play/p0093ndt>, 1996.
15. <https://www.imdb.com/title/tt0939541/>, documental de la BBC, *Playing to Survive*, 1996.
16. Entrevista con Jessica Duchen, *Jewish Chronicle*, 18 de junio de 2020.
17. Entrevista con el autor, 11 de julio de 2023.
18. *Desert Island Discs* <https://www.bbc.co.uk/sounds/play/p0093ndt>, 1996.
19. *Ibid.*
20. Eischeid, *Mistress of Life and Death*, p. 291.
21. *Ibid.*, pp. 297-298.
22. Felstein, *The Violinist of Auschwitz*, p. 133.
23. Hannah Arendt, *Eichmann in Jerusalem: A Report on the Banality of Evil*, p. 276.
24. «I too was Eichmann's Victim», *News of the World*, 23 de octubre de 1960.
25. Susan Anderson, *The New York Times*, «Memories of a Nazi Camp», entrevista con Fénelon Arceuil, 7 de enero de 1978.
26. Fénelon, *The Musicians of Auschwitz*, p. 9.
27. *Ibid.*
28. <https://www.nytimes.com/1978/01/07/archives/memories-of-a-Nazi-camp-where-a-musical-gift-meant-survival-many.html>.
29. Gabriele Knapp, *Das Frauenorchester in Auschwitz*, pp. 283-284.
30. Fénelon, *The Musicians of Auschwitz*, p. 109.
31. *Ibid.*

32. Eischeid, *Mistress of Life and Death*, p. 36.
33. Dunicz Niwińska, *One of the Girls in the Band*, p. 36.
34. Eischeid, *Mistress of Life and Death*, p. 37.
35. <https://www.nytimes.com/2019/01/11/movies/oscars-1978-politics-vanessa-redgrave.html>.
36. <https://www.nytimes.com/1979/08/20/archives/vanessa-redgrave-says-she-wont-quit-tv-role-sparked-sharp-criticism.html>, <https://alchetron.com/Fania-F%C3%A9nelon>.
37. Itta W., Testimonio del Holocausto (HVT-4083) Archivo de Video Fortunoff para Testimonios del Holocausto, Yale University Library.
38. Lasker-Wallfisch, *Inherit the Truth*, p. 83.
39. <https://www.czestochowajews.org/wp-content/uploads/Krasner_and_Windman_Families.pdf>.
40. Lasker-Wallfisch, *Inherit the Truth*, p. 84.
41. *Ibid.*
42. Flora Jacobs Schrijver, entrevista con Richard Newman <https://collections.ushmm.org/search/catalog/irn558864>.
43. Flora Jacobs Schrijver con Mirjam Verheijen, *Girl with the Accordion*, página final, 1994.
44. *Ibid.*, p. 73.
45. *Ibid.*, p. 81.
46. *Ibid.*, introducción.
47. *Ibid.*, pp. 87-88.
48. Dunicz Niwińska, *One of the Girls in the Band*, p. 160.
49. *Ibid.*
50. <https://www.sueddeutsche.de/politik/holocaust-esther-bejarano-1.2459943>.
51. Entrevista con el autor, 11 de septiembre de 2023.
52. <https://www.sfgate.com/bayarea/article/yvette-assael-lennon-survived-holocaust-in-3204554.php>.
53. Entrevista conjunta por Zoom con el autor, 30 de abril de 2023.
54. *Ibid.*

55. Felstein, *Violinist in Auschwitz*, p. 5.
56. *Ibid.*, p. 68.
57. *Ibid.*, p. 105.
58. *Ibid.*, p. 26.
59. *Ibid.*, p. 29.
60. Laks, *Music of Another World*, p. 15.
61. Itta W., Testimonio del Holocausto (HVT-4083) Archivo de Video Fortunoff para Testimonios del Holocausto, Yale University Library.
62. Flora Jacobs Schrijver, entrevista con Richard Newman <https://collections.ushmm.org/search/catalog/irn558864>.
63. Lasker-Wallfisch, *Inherit the Truth*, p. 115.
64. <https://www.bundestag.de/en/documents/textarchive/speech-lasker-wallfisch-542306#:~:text=There%20were%20endless%20difficulties%20to,boundless%20hatred%20of%20anything%20German>.
65. Lasker-Wallfisch, *Inherit the Truth*, p. 93.
66. Lasker-Wallfisch, entrevista con el autor, 18 de octubre de 2022.

EPÍLOGO. SI OLVIDAMOS, SOMOS CULPABLES, SOMOS CÓMPLICES

1. Hilde Grünbaum Zimche, entrevista con el autor, 16 de enero de 2023.
2. *Bach in Auschwitz*, documental dirigido por Michel Daeron, 1999.
3. Laks, *Music of Another World*, p. 56.
4. Felstein, *The Violinist of Auschwitz*, p. 109.
5. Krystyna Zywulska, *I Survived Auschwitz*, p. 105.
6. Zelmanowicz Olewski, *Crying Is Forbidden Here!*, p. 34.
7. Langbein, *People in Auschwitz*, p. 63.
8. Primo Levi, *The Drowned and the Saved*, p. 42.
9. Felstein, *The Violinist of Auschwitz*.

10. <https://vha.usc.edu/testimony/979?from=search&seg=143%20Shoah%20foundation%201995%20>, videoentrevista de 1995 con Yvette Assael Lennon, Fundación Shoah, código 979.
11. *Bach in Auschwitz*, documental dirigido por Michel Daeron, 1999.
12. Itta W., Testimonio del Holocausto (HVT-4083) Archivo de Video Fortunoff para Testimonios del Holocausto, Yale University Library.
13. Lore Segal, prólogo a Ruth Kluger, *Still Alive: A Holocaust Girlhood Remembered*, Feminist Press NYC, 2001, p. 11.
14. *Desert Island Discs*, <https://www.bbc.co.uk/sounds/play/p0093ndt>, 1996.
15. Lasker-Wallfisch, *Inherit the Truth*, p. 52.
16. Entrevista con el autor, 16 de enero de 2023.
17. *Bach in Auschwitz*, documental dirigido por Michel Daeron.
18. Ruth Kluger, *Still Alive*, p. 88.
19. *Ibid.*, p. 90.
20. Tadeusz Borowski, *This Way for the Gas, Ladies and Gentlemen*, Penguin Modern Classics, 1992.
21. Flora Jacobs Schrijver con Mirjam Verheijen, *Girl with the Accordion*, página final.
22. *Approaching an Auschwitz Survivor: Holocaust Testimony and its Transformations*, Ed. Jürgen Matthäus, OUP, 2010, p. 120.
23. <https://www.ushmm.org/m/pdfs/20050707-pres-commission-79.pdf>.
24. *Bach in Auschwitz*, documental dirigido por Michel Daeron, 1999.

CRÉDITOS DE LAS FOTOGRAFÍAS

p. 26 – Oficiales de la ss en Auschwitz (Alamy/World History Archive).
p. 58 – Orquesta de hombres de Auschwitz (Memorial de La Shoah).
p. 77 – Esther Loewy (©Galerie der abseitigen Künste).
p. 85 – Yvette Assael (Peggy Clores).
p. 92 – Hélène, o Itta, Wiernik (National Archives of Belgium. Policía de Alines. Archivo de extranjero núm. A395.547).
p. 102 – Alma Rosé al volante de su convertible (Colección Gustav Mahler-Alfred Rosé; Archivo y colecciones especiales; Biblioteca de Western; Universidad Western).
p. 103 – Alma y su orquesta (Colección Gustav Mahler-Alfred Rosé; Archivos y Colecciones Especiales; Western Libraries; Western University).
p. 118 – Escuela en Będzin con mandolinistas (Arie Olewski y Sivanne Cohen).
p. 120 – Rachela Zelmanowicz Olewski (Cortesía de Arie Olewski, Israel 2024).
p. 135 – Flora Jacobs (Wikimedia Commons).
p. 153 – Anita Lasker, 13 años (Anita Lasker-Wallfisch).
p. 168 – Prisioneras de Auschwitz-Birkenau (Archivos Yad Vashem).
p. 191 – Fania Fénelon (Alamy/Sueddeutsche Zeitung Photo).
p. 194 – Claire Monis (Wikimedia Commons).

p. 215 – Alma con su padre (Colección Gustav Mahler-Alfred Rosé; Archivo y colecciones especiales; Western Libraries; Western University).
p. 241 – Regina Kupferberg (Sivanne Cohen).
p. 270 – Enfermera británica de la Cruz Roja, Margaret Montgomery (Dumfries & Galloway Arts & Museums, el Stewatry Museum, Kirkcudbright).
p. 273 – Anuncio de un concierto de la Cruz Roja (Duckworth Books).
p. 279 – Josef Kramer (Alamy/piemags/ww2archive).
p. 284 – Hilde Grünbaum, Anita Lasker y Hélène Rounder (Archivos Yad Vashem/Cortesía de Asaf Zimche).
p. 306 – Maria Mandl (Alamy/War Archive).
p. 310 – Lily Mathé (*News of the World*, 23 October 1960).
p. 314 – La familia Assael (Peggy Clores).
p. 317 – Helena con Anita y Zofia (Helena Dunicz Niwińska, *One of the Girls in the Band* (PMA-B, 2013).
p. 323 – Lili Assael dando una clase de piano (Peggy Clores).
p. 325 – Boda de Yvette con el sargento James Lennon (Peggy Clores).
p. 348 – Hilde Grünbaum Zimche en su cumpleaños 100 (Asaf Zimche).
p. 351 – Auschwitz-Birkenau en la actualidad (Alamy/Eric Nathan).
p. 352 – Los restos del Bloque 12 (Anne Sebba).